山青
秋色
远

史崇高 著

百花洲文艺出版社
BAIHUAZHOU LITERATURE AND ART PRESS

图书在版编目（CIP）数据

山青秋色远 / 史崇高著 . —— 南昌：百花洲文艺出版社，2023.6
ISBN 978-7-5500-5170-6

Ⅰ . ①山… Ⅱ . ①史… Ⅲ . ①中篇小说—小说集—中
国—当代②短篇小说—小说集—中国—当代 Ⅳ . ① I247.7

中国国家版本馆 CIP 数据核字（2023）第 084686 号

山青秋色远
Shan Qing Qiuse Yuan

史崇高　著

责任编辑	熊怡萍
特约编辑	甄珍珍
书籍设计	汇文书联
制　作	汇文书联
出版发行	百花洲文艺出版社
社　址	南昌市红谷滩区世贸路 898 号博能中心一期 A 座 20 楼
邮　编	330038
编辑电话	0791-86894717
经　销	全国新华书店
印　刷	武汉鑫佳捷印务有限公司
开　本	720mm×1000mm　1/16　印张　16.75
版　次	2024 年 1 月第 1 版第 1 次印刷
字　数	270 千字
书　号	ISBN 978-7-5500-5170-6
定　价	78.00 元

赣版权登字　05-2023-319

网址 http://www.bhzwy.com
图书若有印装错误，影响阅读，可向承印厂联系调换。

《山青秋色远》序

夏世信

读崇高的小说，如同回到故乡听一位学识渊博的老朋友讲故事，亲切、有味，越听越想听。如闻一支歌，乡音甜美；如看一幅画，山河壮丽；如读一部史，回肠荡气。

小说中的景色是这样迷人而动人心魄——

"我们梁坪坝——这个大娄山逶迤过后的僻远山村，四面环山，塬上的土，塬上的风，让封闭的世界酿成了一坛古老的酒。四面的柿花树、白杨树纷纷扬扬把枯黄的叶子一把一把从天空撒下来……"

"淡淡的余晖散落在山间，树林中野鸡等动物不停攒动，偶尔有老山羊的号响从对面的菁林传来。翻过山坳，青山成黛。俯瞰村落的黄昏，宛如天河里坠落了一弯金色的月亮，亲吻着田园。炊烟袅袅的村落，传来几声犬吠鸡鸣，仿佛是一个遥远、朦胧的梦。"

读了崇高的这些小说，你就知道黔北道真这一片山塬的人们从何而来，将往何去。什么叫"改土归流""开荒辟草"，从明末清初至民国年间的兵荒马乱，从1949年到21世纪的繁荣昌盛，"扶贫攻坚"中有些什么故事；甚至，这里的"傩戏"，这里的"三幺台"，这里的儿歌，这里的乡俗俚语，你都可以在这些小说里感受到，如临其境，如闻其声。而且，你在读完这些小说后，会热血沸腾或潸然泪下。这就是好的文学作品给人以力量的作用。

文学为谁服务？我们的小说写什么？本来，毛泽东同志早就说过，文艺是为人民服务，首先是为工农兵服务。那么，文学作品，或者说我们的小说究竟写什么？怎样写？崇高的小说较好地回答了这个问题，他用艺术的真实写出了生活的真实。他既不是一味地只唱赞歌粉饰现实，歌功颂德，也不是一叶障目，不见光明，只写黑暗，而是站在人民大众的角度客观地认识社会，歌咏光明，鞭笞丑恶。

他把乡镇干部工作和生活中的酸甜苦辣写得淋漓尽致，塑造了一心扑在工作上不怕苦不怕累，作风务实的申老书记、骆露乡长、耿干乡长、老兵尤四等人物形象。写到烟农种烟失败，乡政府兑现不了种植合同时，让人看得揪心，让人跟着心急火燎。乡长耿干病倒在乡间的山路上，被送往县医院途中，一路都有村民在公路边挥手送行。

有一个地方叫青云崖，全村的年轻人都外出打工，并在外安家立业了，村里最后只留下七位老人。于是乡政府要给老人们建敬老院，但老人们说，他们是有儿有女的人，又不是绝子绝孙，所以，不同意政府给他们建敬老院，最终一群老人在大山里相互关照直至离世，于是就有了这样的情景——

> 一天，水二回到村里，走进乡政府见到了乡长。乡长说，老人们在三年之间前前后后去世，但是他们去世时身体都是软软的，暖暖的，他们每个人的寿衣寿帽都是我亲自替他们穿戴的。
>
> 水二十分感激乡长，说乡长啊，你是我们真正的亲人啊，我给你鞠躬吧，说完给乡长鞠了一躬。

那情那景让人热泪盈眶，水二的那一鞠躬诠释了我们的党和政府确确实实是在全心全意为老百姓谋幸福。

毋庸置疑，崇高的这些小说是成功的，字里行间折射出了这一片山塬里历史的厚重。这也是他对这片故土的深情奉献。正如他自己所言，"人类浩繁的文明史有一些章节需要人来记述、挞伐、呼告甚至礼赞"。

他说："我们常说守住心灵的家园，扎根这片热土，这话很响亮，但是践行者并不多。"显然，崇高做到了。他其实不是专业作家，写小说不过是他的业余爱好。他一直像小说中的那些乡村干部一样，在风雪交加或赤日炎炎的田野里与村民们同甘共苦。一个曾经的乡村基层干部为什么能写出如此动人的小说？这就是生活、思考，再加上勤奋。其实，像他一样有基层工作经历的人很多，但是，大多数人是做了、累了、苦了，然后就过了、忘了，最后什么也没有了，来也空空，去也空空。然而，崇高却是在做过苦过之后，茶余饭后，或深深的夜里，点上一支烟，用思辨的历史眼光去审视曾经的那些岁月，思之记之，然后，熬更守夜，终成文章于世。一如欧阳修之《醉翁亭记》，"醉能同其乐，醒能述以文者"，唯其太守欧阳修也。

这就是扎根热土，爱的奉献。

这就是知行合一，天道酬勤！

（作者系贵州省作家协会会员、贵州省戏剧家协会会员）

目录

血源或命土

很多时候，一个人的观念会随着一些叫人意想不到的经历发生转变，这种转变并非与生俱来，无法回避的。当然有的时候可能是一个极小的故事情节使你的情绪跌宕起伏，叫你依恋不舍。

（一）

杉县的三级干部会议临近尾声的时候，书记李耕如在会上做了一个总结。他一脸严肃，右手握着的老板杯不停地在主席台上发出"哪哪哪"的脆响，然后他换了一只手，很认真很用力地把它伸向空中，再在他的胸前拉成了一条直线："二十一只脑袋都给我听着……"坐在会场上最前排的二十一个乡镇的党政主要负责人也都随着书记铿锵有力的话音时而伸长颈子，时而垂下脑袋，任凭书记的那些话落在自己的天灵盖上。

这个县很特别，全县以县城所在镇为中心逆时针方向分别将辖区内的二十一个乡（镇）命名为第一乡（镇）至第二十一乡（镇）。关于这方面的个中细节，嘉庆续修县志做了有板有眼的记录："凡二十一个乡乃先贤所设，今人因之……"虽然杉县历经风云变幻、时代更替，但是二十一个乡（镇）的命名，寒来暑往延续着从古到今的岁月。

二十一乡的乡长耿干是因乡书记韩志浩到省委党校学习而来参加会议的。耿干有耿干的悟性，他深谙这次会议的重要性已经远远超过会议本身。在二十一乡，耿干在政府整整干了三年的乡长。三年任职期满，何去何从就有如一叶无舵的小舟漂浮难定。他的思绪沉得很远。来二十一乡之前，他倒挂金钩，推荐自己所在单位的一位同事任了副局长，自己却被组织上安排到二十一乡任党委副书记，后来又通过选举成为政府乡长。这是组织上对他的厚爱，他想。他不像其他那些人，组织部刚刚才宣布由机关充实到乡镇任职，就左一把眼泪右一把鼻涕在组织部长或县委书记面前不厌其烦地讲述自己家庭的种种遭遇和不幸，希望在乡镇混到科级正品即打道回府，正儿八经在县里干个主任或局长之类的工作。耿干就是耿干，耿干的人生是别样的。这样想着的时候，会议就已进行到了各乡镇表态发言的环节。

耿干浑身的血液在沸腾。耿干走到发言席，把两只手心朝下端端正正放在胸前的桌上，开始了自己的陈述，他很平静。

"我们二十一乡的全体参会人员认真聆听了县里几位领导的重要讲话，我们经过热烈而认真的讨论，一致认为几位领导的重要讲话切中要义，很符合我县县情，更符合我乡实际，这次会议的精神，是我们二十一乡当前工作的出发点和立足点。我们表示，回乡以后，要认真分析和研究这次会议精神的实质，制定切实可行的措施和方案，召开好各种不同形式的会议，动用一切可以利用的宣传工具，措施到人，任务到人，责任到人，背水一战，用实际行动坚决捍卫县委政府的政令畅通！"

耿干的话一结束，李耕如和那些在主席台上坐着的头头脑儿们带头为他鼓起掌来。是的，同在一片蓝天下，你能那个，我就不能这个么？他的发言字里行间包蕴着自己的超人智慧和独到见解。

"看看，二十一乡！"有人指着耿干皱巴巴的背影说。

……

耿干掖着那只黑色小提包走出会场大门，一阵阵风袭来，吹乱了他的头发。大街上那幅"千军万马齐上阵，万众一心战粮烟"的红布白字宣传标语，在风中不停地飘荡着，像极了战场上呼啦啦的战旗，很有号召力。这幅宣传标语把全县的工作重心浓缩得十分到位。看着看着，耿干体味出中国文化的高深和精妙，从悬挂的那幅标语中，他似乎读懂了其中内容和丰厚的内涵。又一阵风吹起了他衣服的下摆，风也知时节啊，他用手按了按衣摆，笑了。书记李耕如在做总结时不是要求各乡镇转去以后要抓好几个薄弱环节吗？书记列数说，宣传算不算一个薄弱环节？抓主动算不算一个薄弱环节？抓典型算不算一个薄弱环节？抓重点算不算一个薄弱环节？……总之，薄弱环节太多，每项工作牵涉到的环节方方面面。想想也是的，薄弱环节无一不是。唉……书记说到兴头时就把话用力地那么一转，说今年必须在这些方面有一个突破性进展，……这个这个，啊……书记总归是书记，书记那些深入浅出的话语掷地有声！书记的那些话落在红头文件上是工作的指南，落在报纸上是精辟的语录，从大屏幕上显示出来是放之全县而皆准的行动纲领。"要想富得快，烤烟加油菜"，"科技兴烟，富民强县"，真是真知灼见！富民强县，烤烟这根支柱垮不得丢不得，书记说的时候，摊着一双无可奈何的手，摇着头说，今年的烤烟产量一下滑，全县的财政收入就有六千多万元的缺合不拢口，嗯？要是干不好烤烟就真的无颜见江东父老，是不是？

"金旋风"停在海天宾馆大门口，驾驶员小周沉醉在那盘"你总是心太软"的歌带里，耿干跨上车，小周轻声问："耿乡长，溜一圈？"

要在往常，他总要给驾驶员打招呼走外环看看县城的风景。但今天不能。

"返乡吧。"

平素里的耿干谈笑风生，今天却显得心事重重，小周心里明白，这次会议的任务一定不轻。一路上耿干没说什么话，只抽了几支烟。

小车在乡政府院坝"吱"地停了下来，党政办主任万小红盼星星样急急忙忙跑来递给耿乡长一封信，耿干接过信看了看信封，知道是韩志浩从省委党校寄来的，"行吧"，就和万小红走进办公室。坐在办公室的沙发上，他展开信纸轻轻诵读起来：

小耿：

见字如面，知你辛苦了！

今年的烤烟生产任务不轻，目前正是关键之关键，要完成今年的生产任务，光靠单一的增加面积的办法来完成生产任务那是极不科学的，建议召开党委扩大会议认真研究此事，能否采取扩大水改旱面积的办法，提高单产从而依靠质量取胜。请酌。代问同志们好。

志浩
元月二十日

读罢信，耿干不知怎么眼眶湿漉漉的，他感到了同志之间友谊的真诚和珍贵。人在千里之遥，而情系着他曾经生活的乡土，关心着那片乡土上工作与学习的人们。一个人的理想是什么？追求是什么？字典辞海里都难以寻到确切而富有生命力的答案。

他连续喝完了万小红倒过来的三杯热水，点上一支烟。他患有胆囊炎和浅表性胃炎，医生要他少抽烟，他却总不肯。他意识到二十一乡正面临着一道难解的题。不出三个月，乡级政府即将换届，在这次乡镇领导干部会上，县委分管干部的副书记再三强调了换届之前的工作和纪律。乡里的书记韩志浩到省委党校学习，有小道消息说他下一步要到县人大常委会任副主任，关键在于民间传得厉害。

耿干不在乎自己的升迁，只是眼前的工作……总不至于书记前脚一走，乡政府就垮桶子撤摊子吧？一想到此，他就抽大气，背心骨就特别的凉。

副书记令狐荣述走进办公室，见到耿干蜷曲在沙发上闷着不语，就说耿乡长啊，有什么事说来听听。

"哦……哦……"耿干回应着，掏出烟递给令狐书记一支，令狐书记却摇了摇自己嘴上的土烟斗说"我抽这个"，也罢，耿干就自己点上一支放在嘴里，"我把这次会议精神给你作个通报，请你多考虑考虑，提个方案，行吧？"

令狐荣述书记从沙发上站起来，两手拍着自己的两肋，做出两肋插刀的样子。

耿干笑了："真的？"

令狐荣述，四十刚出头，是从村干部成长起来的农村基层干部，他为人坦诚，对工作任劳任怨，他当过村民组长、经联社主任、村支部书记，后来成为一名基层党务工作者。他对仕途已经知足，他人前人后说："党对我的关心和培养已经大大超出了我的付出，应该多做点事，协助大家搞好这一沓的工作。"这不，前次到组织部，他还专门找领导汇报了自己的思想和工作。

所以，耿干常常把令狐荣述比作一面镜子经常对照自己。

也因为这样，只要耿干在工作上有什么为难，令狐荣述副书记总是第一时间站在他的眼前。

耿干想到自己那下肢高位截瘫的母亲，他真想抱着令狐荣述大哭一场！

但他没有，只把一双湿润的双眼投向令狐书记，点了点头，他心里在高喊："我的好书记！"

第三天吃罢中饭，办公室主任给他送来县委的一份要情通报，通报说：行政一乡依托优势规划 2000 亩麦套烟高速发展经济带；行政十八乡挥大手笔写大文章说 2000 亩烤烟水改旱可望月底完工……县里的《豹嘴山报》不断推波助澜，通讯、图片整版整版推出。举县兴烟，好一派热气腾腾的景象。

二十一乡怎么办？乡党委会上，领导们如坐针毡，但也有人滑头，表决四对三，通过。

既然二十一乡有二十一乡的乡情，那么，二十一乡就有二十一乡的特色！

二十一乡毫不含糊地在响水洞大坝汇聚全乡 200 名干部职工拉开了 5000 亩水改旱麦套烟基地的大会战。

这是耿干的决定，不，这是二十一乡党委集体的决定！

那几日，响水洞大坝人声鼎沸。

"我们把那些旱地都种上烟，就是不想拿田种呢！"

"不行啊！一层火来一层炕，乡里的财政税收年年亏欠大家也是知道的，我们自己不拼命加油干怎么行？"

"你们制定政策是不是灵活一些，考虑一下孤儿寡母家庭？"

"不是不可以！问题是烤烟面积的缺口怎么办？"

又问：

"我们只签合同，收购的时候去邻边地界套烟来交行不行啊？"

"鸡蛋碰石头。政府有法管种就有法管收！"

两眼鼓两眼。

一位年过八旬的老伯眯缝起双眼手捋银须暗自思忖，条条蛇都咬人，做官也难，一味责怪上级也不成道理，横竖都要拿条路来走。

总算有通情达理之人！老伯打开了乡广播站喇叭。

于是，倾巢一坝，红旗招展，锣鼓震天，人山人海……

乡中心学校三年级以上的学生，由班主任带队，在分管文卫的副乡长高凯的带领下，振臂齐呼：

"科技兴烟，粮烟翻番！"

"打倒拦路虎，坚决搞好水改旱！"

学生们一浪高过一浪的呐喊足以和足球赛场上啦啦队的"雄起雄起"声争相媲美。其实，他们的父母正痛心疾首。

　　小车在公路上不停游动，车篷上一前一后的高音喇叭不厌其烦地播放着乡政府关于认真抓好烤烟水改旱的措施和意见。

　　场景完全感染了响水洞村的村民，也感染了公路上来来往往的行人。

　　乡长耿干也被眼前这种局面感染着，他倒剪着手，从一道一道田坎上走过，不时还向挥汗开沟排水的干部职工们点点头，或者说点什么，以示慰问。

　　从公路旁的那棵古柏树下看过去，乡长的表情显得很兴奋。有时，他要细心观察一下在边远角落劳作的人群，样子小心谨慎，生怕有什么意外的闪失出现。

　　小车上那两只喇叭的音量很足，录音带过后是一曲电视剧《西游记》里的片尾曲《敢问路在何方》，字正腔圆，感人肺腑。

　　一个星期后，县委书记李耕如的小车在公路上停靠下来，随后他以思想者和政治家的姿态在响水洞大坝十分从容地绕了一周。

　　乡长耿干给县委书记做了工作汇报，他是这样说的：

　　"二十一乡用智慧的力量、人格的力量、感情的力量，全面完成了水改旱任务，这个任务的完成，是县委县政府有力领导的结果，是二十一乡人民勤劳苦干的结果！"

　　书记吃罢饭就要回城。上车前，不知怎么不自觉地把嘴巴吧嗒了那么一下，耿干会意了：这下子书记一定是满意归去。

　　县《豹嘴山报》专门约请县委书记李耕如写了一篇题为《拿出你的亮丽拿出你的辉煌》的特约评论员文章，文章说：

　　"二十一乡的水改旱工程，是我县近半个世纪以来富民兴县的又一次伟大创举，它是实施偏远山区脱贫致富奔小康的有力举措，是贫困地区变苦熬为苦干掀掉贫困大山的卓越决策。"

　　县电视台记者还专门到二十一乡做了现场采访。

　　耿干对二十一乡情有独钟，他希望这一片土地哪一天能真正富庶起来，他不止一次这样问自己，难道官就是这么当的？

　　很快，二十一乡成为杉县的缩影，市委、市政府到杉县检查工作，二十一乡响水洞大坝的水改旱成为一个检查点固定了下来。来来往往参加现场会、经验交流会的人们用双足踏碎了响水洞大坝的每一颗泥丸，人们用"啧啧"声对二十一乡的惊人之举做了一字千金的总结。

杉县的头头脑儿们经过多次研究，最后决定，拨专款十万元对通往响水洞的公路做维修改造。

请不要忽视我们笔下的那坝平涛，在合作化时曾经高擎过历史的大旗，为那个时代的人们添了很多美丽的话题；在体制改革而至分田到户过后，它以它的丰腴创造过它亘古未有的奇迹。生活于此的庄稼人为此心旌摇荡。

……

而现在，往昔的影子仅能依稀残留于人们的记忆当中。

在水改旱的公路旁，那座由青石砖砌成，然后用水泥和生漆加工制成的烤烟水改旱宣传栏，用一副憨诚的面孔迎接着往来人们的嬉笑和话语。宣传栏上面用大红油漆写着该项水改旱指挥长、副指挥长的职务和姓名，李耕如第一、耿干第二，其余是水改旱指挥成员名单与工程技术规范要求。

市里一位领导看过水改旱后，站在那块长九米、宽三米的宣传栏前对随行人员感慨地说："不简单，不简单，这是用血的经历书写的史诗啊！"

看来，二十一乡不再是过往的二十一乡了！倏然间，耿干的名字走进了二十一乡的家庭院落，走进了人们的记忆。

在村民们看来，耿干的形象犹如那座宣传栏一样敦厚，有耿干是二十一乡的福分，人们先前的躁动情绪顷刻间消失殆尽。

时间一晃而过，二十一乡的典型经验材料经过笔杆子们一层层的苦心经营，来到省报编辑的桌前，没几天工夫，一篇署名为本报记者采写的长篇纪实通讯《窝底里的躁动》赫然在省报头版和二版黑压压地登了出来，标题是加了套红的，无疑，它成了二十一乡展现在世人面前的全新面孔，同时也是对二十一乡耿干和同事们工作的肯定！

……

（二）

高原的那个季节永远是个多事之秋。

耿干的心叫久晴不雨的高温烧得焦了。面对揪心的日子，他总把牙齿咬得嘎嘎直响，以至于落得只要久晴不雨就牙疼的后遗症。

持续二十来天的春旱实在是前所未有，这片白茫茫的土地期冀着雨水的降临，然而事实却让人失望，令人胸口绞痛万分。

鸡们、狗们、羊们蜷在屋檐口不肯作声，用一副心事重重的样子打量着这个旷远无垠的世界。

泉水不再叮咚，村民们在这个春天的几多美妙设想被糟践得一塌糊涂，没有留下一丁点值得怀念的物件或者关于男人女人们夜间耕耘人种的故事。

所有的一切都索然无味。

村民们只好把饮水问题作为一项新内容添进每天的日程，都埋怨烂天，六十年甲子还没有满怎的这气候就要变阵了是不是⋯⋯

响水洞当槽一坝乃至几湾几汊烤烟水改旱基地上，二尺宽三尺深的排水大沟一横一竖很规则地摆放在那儿。烤烟集中育苗，一丘紧接着一丘，一块连着一块。烟苗一日日枯萎，不像春天的草、春天的苗那样蓬勃而苗壮地成长，情态悲凉，蔫头耷脑，大煞风景。人们没完没了、无休无止地咒骂出他们的不快和不满，和这个春天之初的另一种图景一样拼命挤干那一双已经流不出泪的眼。在凄楚和惶惑中人们简直无法想象接下去的日子该怎样耗磨，对于今后的生存到底有多大的信心，每一个人都找不到答案。

每人四分地四分田相加起来组合而成的总耕地面积，在乡政府的统一规划下已经用掉了三分之二去栽种烤烟，其余部分全是石旮旯残边余角。但村民们的精力和信心都十分充足，打算到收获的时候，实现乡政府在发动人们种烟时所宣传的那样，自己满口袋儿都盛满钱，不为女人过年扯花布娃娃上学背新书包愁死人，自然也顺顺当当给政府的财政增长做点贡献。

而眼前的景象实在叫正常人无法看下去，村民强烈希望有一种比较恰当的方式来摆脱困境。

那个时候，村支书刘冬生瑟缩着，很有些恐惧和不安。他把村主任王大山叫到一起，盘算着做些什么样的努力，希望村民们在关键时候无论如何冷静些，千万不要做出不文明的举动来。但村民们说，现在我们都到了这种地步，你还谈这些有什么用⋯⋯人们都焦急地守望接下来的日子。

担忧如山塌洪卷形成的堰塞湖，浸泡了人们整整两个月。

乡长耿干胆囊炎复发，从外面治病回来，分管烤烟的副乡长秦松就把响水洞村的情况和久旱不雨形成的整个恶劣局势详细做了一个汇报，还提醒说这节骨眼上不管怎样你乡长总该拿出一个主意来，不然有些事情会弄得不好收拾。

第二天一大早，乡长耿干率烟草站站长鲁叶娜风风火火赶往响水洞村。

耿干他们一连走了几个家庭，又拜访了几个老党员和乡人大代表，他们都哭丧着脸，乡长你看，今年怕是吃屎都找不到人脱裤子了，接下来就埋怨不该这样毛手毛脚地搞哪样水改旱，这老天爷这样不睁眼睛整死人不填命，哎呀……说着说着，便胡乱埋怨一番。

耿干听着他们的怨气，心里毛躁得非同一般，但又不好发作，总是赔笑脸"嗯嗯"地鸡蚀米样点头，不停答复人们的一些提问。那模样，甭提多懊丧。烟草站长鲁叶娜顺着屁股跟在耿干后面，嘿嘿地笑着问，耿乡长你是怎么了，瞧瞧你那副狗脸。耿干气得七窍生烟，说老子一爪拧死你，我都落到这般烫头，龟儿你还耍猴……鲁叶娜便努着粉嫩的小嘴，嘿嘿，你把我吃了吧你。

其实鲁叶娜她挺关心耿干的。

鲁叶娜是主动请缨到二十一乡的。她从省农学院毕业分配到县烟草公司生产股工作已有五年的时间。鲁叶娜这人模样生得俊秀，她的手巧心也巧，两年当生产股副股长，三年后提升为生产股股长，为烟草公司这两年的振兴立下过功劳，公司经理曾多次向上级公司举荐她任公司副经理，她懒得干这份差事。她男人是本地的一名诗人，长年累月爬格子，吃里爬外捞油腥，形骸放荡不能自己，去年指导一个女孩子写诗写到床上，从此两口子心儿不能扭到一块，不见狗屎不恶心，于是在到二十一乡来之前忍痛把婚离了各走各的康庄道。她说在四五年内不会再谈结婚这件事。

他们在响水洞村逛了一大圈，就空着肚子踏上回去的那条弯弯曲曲的土路，俩人从工作扯到生活，又反过来从生活扯到工作，耿干先前的毛躁情绪消失得无影无踪。

耿干回到自己的寝室，用冷水胡乱把脸洗了，不脱衣不脱鞋就咚的一下倒在床上。起初那会儿，大脑里总是浮现出响水洞那一幕幕情景，他三次四次或更多次把村民的那些话像留声机那样放了一遍，心里总是像揣了一只小毛鼠一样。他翻下床来写下今天的工作笔记，又倒在床上，迷糊之中竟走进了梦里，他在梦里见到自己在荆棘丛中挣扎，衣服已经被撕得一块一块的，浑身布满了血痕，痛苦不已……

夜幕深了，二十一乡的人们带着别样的心绪走进夜的世界。乡政府大院里，工作人员也都早早地关上自己的门，或躺在床上看武打小说，或者给自己的亲人朋友写信。有几间单人寝室的房屋紧闭，从天黑到现在一直没有人影晃动，保不准是几个年轻人又到哪儿玩麻将或打板子炮（玩扑克的一种方式）去了。

一切都显得无声无息空前寂静。二十一乡的干部职工生怕眼前的这桩事情会牵扯到自己身上，从而影响了自己的前途和命运。他们都有相当的理由，我们受人钱财，替人消灾，不关我的事……

耿干醒来，走出门外借着公路上的路灯光，在走廊上来回踱着，然后又燃起一支烟。一副沉甸甸的担子压在了他的双肩，一种责任在他身上已经毫不可推卸，他的双眼有些湿润。他来到令狐书记的门前，不断踱着，准备找令狐书记商讨工作方面的事，举起右手敲了他的门。住在令狐书记隔壁的副乡长高凯听到敲门声以为是有人在敲自己的门，就起来开门，"是耿乡长，坐，他母亲病危回家了。"

"啊？"

耿干拍了拍自己的后脑门儿："对对，我这记性，今天早上他不是给我说了？"他很失望，就自言自语地说了那一句。

"他几天能回来呢？"似乎在问自己，又像在问高凯，但高凯知道有一层是在问他，就接了话说："这就要看病情了。"

耿干这时特别需要有人给他说话，他走进高凯的屋里，高凯给他泡了一杯茶，谈起了一些工作上的事。没两支烟的工夫，两人都找不到新的话题，喝了一回茶，便开始沉默下来。

（三）

县的三级干部会结束回到乡里，耿干就伏在办公桌上很专注地把方案构思了好几遍。他觉得其他兄弟乡镇之所以都能成为亿元乡镇上省报市报，里面至少有一个原因是他们获得了某种契机，从而产生了一种社会效应和经济效应。二十一乡穷，修公路修学校都拿不出足以支配的钱，这就需要人们寻求某一种赖以依托的载体，甚至是需要另辟蹊径且实干实效才对。

第三天，召开乡党委和政府联席会议，耿干在会上一丝不苟地传达了县里的会议精神，开宗明义，他提了四个要点：

一、思想解放的程度决定经济建设的程度；

二、龙头活，龙身方能活起来；

三、冲刺是向"望贫兴叹""见贫不忧""安贫乐道"懦夫懒汉的思想宣战；

四、对烤烟产业支柱的再认识。

会议上，人们长吁短叹。乡人大主席说，政府这些年把赌注都押在烤烟上，可烟叶部门坐收渔利，还收人情烟、关系烟，甚至压级压价，抬级上调，整苦了烟农也整苦了政府，政府管种不管收，我们在群众中丧失了威信，你成天尖牙利嘴、口干舌燥，可烟叶收购人员想收就收，收好收坏，你能管吗？虽然每年收购都设立了收购仲裁领导小组，还不是形同虚设？倒不如不设的好，去年收购期间，几个烟农天麻亮就背烟来排队，可等到天黑都一直没收。烟农意见大，就闹到乡里来，你乡长当时也在场，是怎么处理的，还不是请烟叶部门在夜啤酒家花五百多元让他们撮了一顿才解决的？

乡纪委书记更是气愤得不行，他说，对烤烟收购群众意见很大，我们收到不少举报，群众反映说，要想把烟交出去，就得买上一条"红塔山"塞给验级的，有的甚至把钱放在背篓里面，明摆着是拿钱做交易。有的收购人员一天在收购场地得到的收入就相当于行政干部一个月的工资。我们查也查了，事实俱在，但你有那个权力吗？

"还有，"副乡长秦松接着说，"烟叶收购人员与社会上的不法之徒合伙做烟叶生意，大家都清楚吧？情况反映到了县公司，公司到头来调整了一下人，去了一个和尚来了一个蓑。"

作为基层，尤其是二十一乡这样的特殊乡，有几个干部愿下去再发动群众种烟的？又有几个烟农是心甘情愿种烟的？即使有个别种烟的也都是和烟叶部门有这门子亲戚那门子朋友的，七道弯八道拐套着近乎的，没有一点人情关系的人，真正老实巴交的农民，能行吗？

会议把主题抛到了一边，似乎都要发泄一下这些年来乡干部和烟农为种烤烟受的那些窝囊气。

但是，在杉县，不种烤烟不行！百分之三十一的税收啊，有哪一样产业能比它值？这样产业那样产业都没有一个烤烟产业强呀。

　　大家越说越来气，简直有些义愤填膺，耿干认真听了，他想，就让大家抱怨一次吧。其实，他也有同感，但有什么办法呢，你抱怨管什么用，纵使你把自己的脑袋撞在石块上碰得头破血流管什么用，你会搬石头打天？这是管理机制的问题。这些企业，在他们如日中天的时候，便傲视一切，甚至不把政府放在眼里，他在前面走着就是爷，你是孙子，你得为老百姓的生存去求他，巴结他。

　　……

　　一天的会议开得还未尽兴，时间就已经到了晚上八点多钟，耿干把大家的发言做了一个归纳，然后把乡的领导分成几组，要求在几天之内分头到全乡各村组对烤烟生产基地进行实地考察。

　　不管从哪一个角度来说，烤烟这根支柱都丢不得垮不得，这不仅是县委书记李耕如的工作经验之谈，它也是这块土地上的人们的生存和发展需要。

　　或许，耿干为了他头上的那顶乌纱帽，他可以抛弃自己的家，他可以忍受不能奉养年迈老母的痛苦，他可以不管胆囊炎切除后还需要疗养，但不能放弃烤烟这个支柱产业不管，他在二十一乡这些年孜孜以求，不在乎自己的名声和地位，"为官一任，造福一方"，只践履过去的许多诺言。在其位则谋其政，这是为官的千古良训啊！

　　分管烤烟生产的副乡长秦松和财政所长老陆一大早到其他村组去了。耿干和鲁叶娜他们沿着那条通往邻省的国道线径直朝响水洞村走去。

　　响水洞村不足三百户人家，人口却有六千人，是二十一乡的基本农田保护区。一条弯曲的小河在村上绕了一圈便马不停蹄奔泻到长江的那条支流，鸭啊鹅啊成群结队在水里嬉戏。河床两边的堤岸上是两排笔直而翠绿的杨柳、刺槐和椿树，有水鸟从水面掠过，落在它们的枝杈上啾鸣着。一头水牛在河边浅水塘里泡水，显得悠然而自得。放牛的男孩坐在它附近的大石墩上专心地翻一本连环画。耿干他们从石墩上跳过河的时候，那小孩一眼就认出了耿干，很快收拾起连环画胡乱揣进裤子口袋，但没揣进去，人刚一站起来书便掉在耿干的脚边，耿干拾起来一看，"啊，你小子看战神金刚呢，你爸呢？在屋吗？"小子点了点头。耿干向鲁叶娜介绍说："这是村主任王大山的小幺儿。"

　　到村上的时候，对面那座水巴岩的山腰还缠着几簇雾，质地极细腻，凭直觉今天又是一个好天气。不一会儿工夫，他们到了村多功能活动中心。这个多功能活动中心起先是土改时从本村一家发财主子那儿改过来的木房子，有三间，后来用作学校，本村的孩子在这儿咿呀发蒙，等上初中就到乡上中心学校寄读。

前年村上得了希望工程的一笔补助，重新修了一所逸夫小学，村里趁机挪过来作村里开会或临时办公之用。去年上级要求村村建多功能活动中心，响水洞就第一个不费灯油地建成了。今年年初县里搞"千乡万村读书活动"就在这儿搞的试点，所以这个村的名声在外嘎嘎地叫得响。耿干心里想，别看这些劳什子不顶啥作用，但是实实在在有耐人寻味的东西。

在院坝里，他们各自在阶檐坎上寻了一个地方极随便地坐下来。耿干又燃上一支烟，鲁叶娜从提包里掏出水瓶咕咚咕咚地喝了一阵。休息了一会儿，就先到了村东头村支部书记刘冬生家里。

在村支书刘冬生家里坐下来，耿干先把工作交代了一遍，耿干一口吞了刘冬生倒过来的二两苞谷烧。鲁叶娜不喝酒，望着耿干的样子惊奇了一会儿，就把刘冬生女人递过来的那碗油茶喝下了。耿干说："我们找找大山去。"很利索地从座位上站了起来，冬生和叶娜同声回答说："行。"

三人一道叩开了村主任王大山的家门。王大山每逢赶场天都要到真州场做些鸡呀蛋的倒腾，人是辛苦，一年下来还能赚个几千上万块，手头不缺钱花，他早不愿干这个村主任，他说这营生值不了几个盐巴钱，可村里和乡里都说你党员得讲党性、服从分配，像你这种人应多给村里办点事。组织上横竖拿他不放手，后来他的心软了，所以至今还在村干部的位子上。他想，能赖就赖，能撑就撑着吧。他这几年的生意倒也风风火火，赚了不少票子，目前家里正在公路边修平顶房子。大儿子在成都干了三年武警，前年退伍到广东打了两年工也赚了些钱，准备修好房子在家里做生意不打算出去了。儿子长得英俊，转来的时候带回一个姑娘，她自我介绍说是云南宜良人，就是隔石林不远的那地方，是在广东认识的。看样子生米已煮成熟饭。十月怀胎，不等七八个月就要抱孩子当娘了。村主任的女人乐呵呵的一天合不拢嘴，又是个积极分子，每年党员民主评议，少不了得个优秀党员的称号，比男人还荣光，还连续当了两三届的乡人大代表，见多识广，人缘又好，男人不在的时候，隔壁邻居哪家闹纠纷，她就出面吼几句，"各人管好各人的人，今天不许再闹，该是叔子就是叔子，胀饱了就多挖几锄土多栽几窝洋芋……"她猴声武气这一出声，气壮如山，听者都不敢出大气，所以村主任的女人不光徐娘半老耐人看，而且明白事理，家里不论哪方面都比别人家维持得亮堂。

耿干一屁股在沙发上栽下来，村主任女人就这的茶乡长、那的烟乡长忙个不停，然后半真半假在乡长面前数落起男人家的事来。

村主任正收拾背篓准备上街，乡长一跨进屋，女人就往屋里喊："大天不起身，还赶哪样场，算了，乡长找你有事呢！"

别看这个村主任，四十五岁头发生光，西装领带皮鞋，在二十一乡很有派头。他一面给乡长和支书敬上一支烟，一面招呼屋里的女人："弄吃的来嘞！"

耿干反客为主，主动招呼村主任："来来来，坐下。"四人围成一团开始扯起了工作上的事。

耿干说："县里要求今年的烤烟生产必须基地化，分三个阶段验收，如果过不了关，就取消生产计划，现在的工作难做，我说的意思是，你们能不能替政府分忧，我先出这个题目，支书主任都在，请你们来装内容吧。"

"这办法嘛，我看有是有，就是群众压力大了点，怕做不通工作。"村支书说。

"有法子？有什么法子？"耿干用一双火辣辣的眼睛紧盯着村支书。

"我们响水洞村的田都集中在那一坝，要是有一个措施弄出来搞成水改旱种上烟，保准猛收一季！"村主任接过支书的话茬。

"嗯，对，说到点子上了，到底是个生意客。"

耿干有些兴奋，说："这里面有一个群众思想动员问题，同时有一个政策和服务配套的问题，你说是不是，鲁叶娜？"耿干望着鲁叶娜说。

"技术问题，种子、农药、肥料、薄膜，这些由烟叶部门承担下来！"鲁叶娜果断地说。

两位村干部同时点了点头，齐声说："这样好啊。"村主任王大山接着说："我们不是没有考虑过，也在考虑，我想有一个关键性的东西，只要政府能和烟农签保值合同，一切问题都可迎刃而解。"

"对，这就是一个问题，是值得我们认真研究的，保值合同就是政策配套的关键措施之一嘛，政府要抓紧研究这个方案，叶娜，你说呢？"鲁叶娜说："是啊，要让农民种放心烟就得采取这一条措施。"

刘冬生和王大山心领神会地对视了一会儿，就对耿乡长和鲁站长说："只要政府和烟叶部门说话算数，我们今晚就可以开个村民组长会，听听他们的意见，先统一思想。"

"不！干脆把全村的党员、种烟能手都请到多功能活动中心，我要亲自给他们讲，通过他们去发动，他们总比我们强嘛！"耿干万万没想到两位村干的想法和自己的观点靠得近，就从座位上站了起来，很兴奋地补充了这一句。

在村主任家吃罢中饭，耿乡长和鲁叶娜朝多功能活动中心走去，两位村干部便按各自包的片通知全村组干部、党员和种烟能手集中到多功能活动中心开会。

不出半个钟头，应该到会的人都到齐了。在多功能院坝，有的裹叶子烟抽，有的扯闲话。刘冬生看到的人差不多了就呃呃两声主持开会，王大山接着先讲了一通拉开了话题，他说："国民党那个时候，我们响水洞就靠了那一坝田，每一年保收不歉。现在这年头，党的政策一天比一天好，叫大家挺起腰杆找钱，喊大家种烟，大家又嘀咕烟叶部门管收不管种，压级压价，收人情烟整死人。今天烟草站鲁站长在场，这个，呃，我看你别小看人家是个女的，女的凶，你看我家女人……呃，不说这些，我看，我们怎么不把那坝田搞成水改旱种烤烟？我算了一个账，一亩只打算收二百三十斤黄烟，平扯五块，五三一十五，五二得十，好多？一亩就得一千一百五十块，一千一百五十块呀，我的弟兄叔侄些，相当于要卖三千斤谷子，如今眼目这日子，谷贱，四角钱一斤还不到……哎呀，请耿乡长给大家说，他比我说得利落些。"

"好个王大山！"耿干暗暗地叫道，会议的开场白让王大山那么搅和就把气氛搞活了。以前村里开会，总是皮吊吊的，你喊八点钟开会，他偏在十点钟才拖拖拉拉到场，所以，想在会上解决什么问题，那实在难办得很，当然喽，兴许今天有乡长到会压阵，人们的想法就和往常不一样。

接下来，乡长耿干先从口袋里摸出了一张用钢板刻印的烤烟收购价格表。他清了清嗓门，说："我把这张表读给大伙听。"于是，柑黄价格好多，橘黄价格好多，柠檬价格又是好多，照本宣科给大家念了一遍，又把右手的指头一伸一屈地给大家算了一回账。价格牵动万人心，夜幕把村庄罩得严严实实，耿干意犹未尽打住话匣子。

王大山看看大伙儿的兴趣都正在火候上，就率先表了个态。几个年轻党员一齐嚷嚷，说："要得要得，我们今年攒劲搞一盘！"

会议开得很成功，一股力量牵引着大家朝前拼命奔呀奔。

会议要结束的时候，刘冬生和王大山在房子外边商量了一阵，刘冬生扯着喉咙说："各村民组长要在三天以内开好村民会议，宣传好上级的政策，动员群众做好思想准备搞好水改旱。今晚上把政策都交代得一清二楚了，大家回去后就按今天讲的讲解和宣传。"

会议一结束，耿干和鲁叶娜就到王大山那里弄了一顿饭，又跟王大山一起到一个组上开会去了。开完会，已过了三更。

夜色很沉，耿干和鲁叶娜踏着一路泥丸在返乡的道路上艰难地走着。汗水浸湿他俩的衣衫。

微风习习，他们在一块石头上歇下来。远处农家的公鸡传来了报晓的啼鸣。耿干感觉出时日不会漫漫，光亮就在眼前。他用手掏了掏口袋，可香烟早已经没有了，他还是按了按。他们歇了一会儿，只好加快步伐努力朝前走。

是的，农村每一项工作，都要基层干部用尽心血，并且要潜心、静心、苦心经营才成。

等到他们要跨进乡政府院坝，耿干先送鲁叶娜到烟草站，然后才返回自己的屋里。

耿干今晚上有说不出的高兴，一时半会儿没有睡意，于是伏在办公桌上，提起笔来记录下工作的感受。他觉得乡居的这些日子是如此丰盈和充实，这里的人民是那样善良、纯朴、勤劳，尽管他们的劳作和收成是那样不成比例，而他们总不会计较过去，只寄希望于将来，总相信日子在某一天会丰腴起来。

写罢笔记，他反复推敲着烤烟水改旱保值合同的事……

天已亮，耿干伏在桌上小寐了一会儿。他拿毛巾在脸上擦了一阵，两手在空中甩了几下，觉得清醒了许多。他通知办公室主任万小红把烟草站和财政所的负责人、副乡长秦松叫到办公室来。会议规模不大，但是内容重要。耿干说："我琢磨，要保证水改旱成功，就得和群众签订保值合同，起码得保证群众每亩有一千元的收入，不然的话，群众是难以接受的。"

副乡长秦松说："我赞成这个观点，但如果达不到这个标准又从哪里挖生肉来补进去？"

鲁叶娜说："我们烟草站愿承担不足部分的百分之五十。"想了想又接着说，"但必须按烟叶部门的技术要求来严格操作！"

副乡长秦松见鲁叶娜亮出家底，偷偷地看了一眼耿干，心里犯难：难道我们就承担另一半不成？但好歹他没说出口，他想，这话还是由财政所老陆来说。老所长做了几十年的财政工作，跟的领导多，遇到类似的情况不少，他想了想，既然烟草部门都承担了一半，政府就应承担另一半了，他鼓足勇气坚定地说："乡财政是困难了点，但烟草部门这样支持政府的工作，那另一半就再也没有地方推的了。"

副乡长秦松见财政所长表了态就顺水推舟说："政府承担另一半是有理由的，我想了想也应该是这样。"

"好啊，工作上的事就暂时扯到这个地方吧，中午我们开个会，议一议，集中意见，再形成文件。"

耿干需要一种支持，一种人格的支持，一种智慧的支持，一种力量的支持。在他心力交瘁的时刻，他不由自主地想起过去读的那些书，真是让他受益匪浅。曾经读过的书告诫他，历朝历代的改革者之所以半途而废，其主要原因在于领导层内部在权力分配、利益分割等方面产生矛盾，最终才会失败，王安石如是，康有为亦如是。

中午党政联席会上，就三个主题进行讨论。会议决定由办公室主任万小红负责在公路沿线、大小村寨的主要人行道书写烤烟生产的宣传标语；由烟草站长鲁叶娜负责印发烤烟生产的政策，特别是那张收购价格表，并作为"门神"贴在每家每户的门上；由副乡长高凯负责组建文艺宣传队，用喜闻乐见的形式深入家庭院落宣传烤烟生产。

不到十天时间，二十一乡所有醒目山头、石岗、土丘写满了用石灰或大红油漆书写的宣传标语，最大的字达到五米见方。应当承认，并非国人有书写标语的习惯和传统，而是国情孕育了中国的标语，并赋予了它独特的内涵。标语已经走出政治殿堂，与时代相连，是经济改革大潮这本书的"目录索引"。二十一乡的烤烟生产氛围就在这种形势下逐渐鲜活起来。

高凯接到任务便立即投入工作，他向县里的几个文艺家挂了约请电话。没过多久，宣传烤烟生产的文艺节目便在二十一乡的村村寨寨、田边地角沸腾开来。

耿干对高凯的能力十分佩服，这些年来，工作上的推动总少不了他，他拍了拍高凯的肩膀说："老兄啊，我是这场戏的编导，你是唱戏的堂二，我的哪台戏离得开你这个堂二啊！"然后两人眯着眼对视着笑了。

高凯之所以对工作专注和热情，是因为周身有那一股血液在沸腾，他高凯另外还有什么呢？刚到二十一乡的时候，人们背里叫他这个二十出头的人毛孩子、娃娃乡长，乡的个别领导也曾戏弄他，至今，他还想起他刚到乡报到时，副乡长秦松从鼻孔里流出的那句话："上面的人都喂了猪饲料开胃精，到底比土种长得快！"高凯当时没接茬，他知道，秦松是对县委组织部有意见说的抱怨话，就把气忍了。

确实，这些年来，县委从县机关抽调一大批人员充实到乡镇任职，乡镇的本土干部都闹情绪，都说还搞哪样工作哟，搞好了还不是给上头来的人脸面上争光，他们到这里搞个年把两年就拍着屁股一溜烟走了，所以本土干部在那种土壤和气候下自然地形成了一个联合体，他们裹成一团，共同与外为敌。思想素质好一点的，只是消沉，不至于坏得透顶。然而秦松，他这个人的想法就非同一般。

他在乡的会上说："我秦松就是这样一个人，副乡长的瘾过够了，祖坟上不冒烟，祖宗不会保佑我当再大一点的官，我给大家说说，今年驻村驻片就请同志们包涵了，我要治病！"

这算点了一把火，且明且旺。

（四）

在二十一乡，耿干是一个准，这是组织决定的，秦松是另外一个准，这是他周围的那帮人抬举的。

这个秦松，并没有什么特殊的。他高中毕业那年刚好恢复高考制度，他习惯了每逢考试给班主任提鸡蛋提糯米换回老师的评语，那年高考考场上别人都交了卷他仍在咬笔杆，后来悻悻回家种地。说来凑巧，当时他们队上小学差老师，他父亲是贫协主席，自己又有高中生毕业证，大队党支部一合计，他便成了民办教师，开始了他的粉笔生涯。这对秦松来说已经是高兴得不得了的事情。因为这总是比捏锄把要远一层，好歹是个教书的先生。岁月匆匆，他在学校很艰难地度过了五个年头，适逢上级政策发生变革，把过去的公社革委会改为乡人民政府，由民主选举政府头头。那时政策好，就是要具备"四化"的人做领导，乡党委在全乡左来右去筛选，秦松成为人选之一，人选归人选，不是非叫你去当，因此他选择了一条路线，当时乡书记姓李，到了要退休的年纪，家住海拔千米的高山上，家里穷得秋荒六月开不起锅。他认准这一点，拜李书记为干爹，不辞辛劳肩挑背驮给李书记家送去二百斤洋芋，又顺便送去一只六十来斤的母羊，良心苦心尽在不言中。李书记女人常在他耳边说，"秦松这小子心眼好，疼人"。李书记想，自己很快就要靠边了，说不准明天组织上就通知你填表办手续退休呢，退休有啥，人走茶就凉，唉，这世道……因此，他在给区委汇报时，把秦松的好话说尽堆成一座山，区委相信乡党委，李书记的一句话，秦松成为副乡长重点人选，关键时刻，在民主选举时获得了满票，秦松就这样稳稳当当吃了官饭，坐了官椅。

做官能成瘾，秦松又瞅准区委书记的干女儿楚楚。

楚楚，是一个大队支部书记家的千金，区委书记过去也是个支部书记，二人都爱好喝酒，那时开会总凑在一堆，在酒的力量下认了干亲家。人情债难还，后来，区委书记把楚楚安排在秦松所在乡的医院当村医。楚楚有了这层关系，眼珠子直愣愣也就往上不朝下，平日里她那小嘴向前噘着，活像个小小的猪鼻子，中间有个滚圆的洞，仿佛是用来吹口哨的，或者倒过来可以用作笔筒，嘴巴上方是一个轮廓鲜明的典型的鹰钩鼻，大眼睛黑而发亮，但总是阴沉沉的。别人都不敢亲近搭理她，可秦松不一样，他三天两头到医院有事无事留些影子，时间一久居然恋爱上了，半年不到，两人结了婚，楚楚天经地义做起了副乡长夫人。

楚楚的干爹依着一些关系，撤区建镇并乡，这年顺风顺水调进县城坐了一个科局的头把交椅，秦松的苦难日子总算熬到了头，青云直上，任了二十一乡党委副书记。头一两年，岳丈大人保举，还差点进了县城，后来他依靠的泰山官运不再亨通，被打发到另外的单位，三年两头换，光景越来越不如从前。这时候的秦松，才知道站队站错了。在乡里，秦松整整干了连续三届的副职，从初任到现在，来来去去的书记一任又一任，秦松始终坐不改姓站不改名，仍当他的副职，人到这种地步，牢骚和怨气四处乱泼，所以二十一乡的干部在工作上都让着他，在处事上都防着他。

二十一乡的烤烟水改旱，经过若干次讨论基本定了下来，乡党委开会分工，明确由秦松负责在一个星期内起草好文件，可秦松没那份心思，耿干为此还催促了几次，直等到烤烟即将开秤收购才理出了几个干条条交到办公室。秦松明里分管烤烟，但他没踏足烟草站一次，乡里其他事情他又怕沾上，只管在出差单上签字。"秦乡长，给签个字。""啊啊，好好，笔呢？"他就喜欢这个。

响水洞村的村民签完水改旱保值合同才过一个星期，气温居高不下直把村民们急得跳起来。

那天中午，正好耿干到其他村了解情况回来，办公室主任万小红就把耿干拦了下来，说："耿乡长，有急事呢，响水洞村刘支书和王主任在办公室等你好久了。"

"秦乡长不是在家吗？"

"我找了他，他说他不舒服，再说重大事情还是由你躬亲的好。"

"你通知那两个村干部到我办公室来。"

耿干在办公室沏好两杯茶，刘冬生和王大山便跨进了他的办公室。

"二位请坐，请用茶。"

两位村干部苦笑了一下，刘冬生说，"我们是来反映情况的，我们也向秦乡长反映了，秦乡长不理这事。"

"什么事啊？说吧。"

刘冬生把响水洞村水改旱的情况大致地给乡长说了一遍，王大山接着把话转入正题："我们是被迫来的，昨天上午，刘支书家那头水牛还放得好好的，晚上他女人到牛栏去上夜草也没什么事，到天亮去开牛栏，牛却死了……"

"死了，得的什么病啊？"

"哪里是病，白天都好好的，怀疑是叫人毒死了！"刘冬生很气愤地说。

"毒死的，谁？"

"后来有人说是刘二做的鬼。"

"哪个刘二？"耿乡长问。

"呃，就是秦乡长……呃，基层干部难喽，耿乡长，你得做主啊……"

"有这等事？"耿干的脸铁青起来。"给我找派出所。"耿干对万小红说。

"不，人叫我们给绑起来了，在那棵柳树上呢。"王大山指了指公路旁那柳树，一个人反剪着被捆在树上。

耿干把头稍微伸了伸，缩回来了。

"报告派出所了吗？"

"嘻，就为这事我们想请乡长发落。"

"通知派出所所长到办公室来！"耿干用手指着桌上的电话对万小红说。

派出所所长何忠很快到了政府办公室。耿干正给刘冬生和王大山交代事情，何忠坐下以后，王大山把前前后后的经过叙述了一遍。耿干对何忠交代说你得抓紧派人查清这起案子。

何忠迅速召集所里七个干警简单碰了一个头，就骑着摩托风驰电掣般奔赴响水洞刘冬生家。

刘冬生家院坝里围着好大一群人，正议论他家那头死去的耕牛。刘冬生女人坐在墙根石作上捞起衣角反复揩着眼睛。牛栏里那头牛蜷曲着，似乎在临死时挣扎得很苦，翻着白眼珠眼角湿汪汪淌过不少泪，嘴偏着，牙缝咧得很开。何忠叫那位挎口袋的民警从口袋里取出相机咔嚓咔嚓从各种角度拍了照。然后根据刘冬生提供的线索，分成三个组找有关人员调查取证。

直到晚上十二点钟，派出所的人才调查完毕，正准备起程返乡，却找不到摩托，找了大半天，才在乱石坡上找到了。车已经被砸坏，只好徒步赶回乡里。

第二天清晨，派出所所长正在办公室给乡长汇报情况，何忠说："刘支书家的耕牛是刘二有意毒死的可能性极大，主要理由有三条。"何忠还没汇报完，县检察院的车就驶进乡政府院坝，为首的是一个副检察长，是耿干大学的同班同学，人熟就顾不得礼节，刚在办公室坐下来，那检察长就说明了来意，同时对耿干说："公事公办吧，县人大签有交办意见。"

耿干惶惑了，他正准备说话，却又咽下了那句正想说出的话。

检察院的同志从办公室里出来，就把车开往响水洞村。

"简直乱弹琴！"骆露心里大骂。

警车回来的时候一路上拉着警报器，从响水洞一路响来，在乡政府院坝那儿停下来，耿干站起身从办公室出来走向警车。王大山在囚车里腰板直挺挺地坐在垫子上，目光从玻璃孔中射出来，一副万分愤懑的样子，耿干对王大山说："你去吧。"然后又回到办公室蜷在沙发里长久不语。

响水洞村委会主任王大山非法捆绑他人被检察院抓走的消息不胫而走。第二天天不明二十一乡十四个村的村干部来到乡政府，他们以为王大山没走，要向检察机关的人询公理，看人已经走了，就索性逗留下来。耿干和乡的其他领导分别给他们做了些解释，但终不能说服盛怒之下的村干部。

非法捆绑的案子成了二十一乡人们谈论的话题，刘冬生因多做了些工作遭到如此非难，竟然没有能讨回一个说法就匆忙地搁置，更可悲的是王大山还闹出了一场人生的悲剧。

十四个村的村干部们看到耿干忧心的神色而感觉出问题是有些严重了。

这时候，办公室的电话铃响了起来，耿干举起话筒听了一会儿，人便散了骨架般慢慢在桌子旁瘫了下去。话筒从办公桌上掉了下来，话筒里的声音很尖厉："请你们在十天之内按有关程序罢免王大山的乡代表职务……喂，听到了吗？"

耿干怒从胆边生，似乎失去了知觉。他呆了很久，回过神来，话筒里仍在嚷着，他猛地站起来举起右手"砰"地把电话机砸了，碎片散了一地。这一砸，脑袋清醒了。

村干部们为耿干的这一举动暗暗吃惊，可他们哪里知道这时候的耿干的忧愁比他们还要猛烈上千倍、万倍……

王大山被抓走后，刘二却被放回了家。当派出所干警给他解开绳子的时候，他往手心里吐了泡口水把双手反复搓揉了几下，鼻子哼哼地窜冷气，画外音无疑在对人们说：我刘二能乱捆的么？

天麻黑的时候有人清楚地看到，刘二从秦松家出来，好像还喝了酒，有些醉态，在空旷中唱着"哥哥我在岸上走……"一路逍遥回家。

那么，二十一乡叫人揪心的事情应做一次了结了罢，派出所那几辆摩托被砸坏，由乡财政支付有关修理费用算是息事宁人，解了一次怨。

王大山的案子既然引起了二十一乡的疑问，这就要慢些静候上面的公断。毒死刘冬生耕牛的祸首本应严惩不贷，然而……看来二十一乡坠入灾难的痛苦中已经不浅了。

或许，人们都被这些令人烦恼的事儿老缠磨着，精力有些疲乏，实在地说，这世界应该充满激情充满希望才像话。

人们都在留心这些日子，秦松女人在大街上逛悠的时间多了起来，这是她最舒心的时候。在二十一乡，这个不足八百米长的窄狭巷道拥簇着那几家做煤油、盐巴或者麸醋、酱油等生活必需品的生意人家，偶尔，他们也趁着政策宽松或者托着县上乡上的熟人偷偷贩卖一回化肥、农药之类的赚上一笔钱后又迅速收手。在街的另一头那几家砖木结构的房子让风雨蛀蚀得很厉害，高低斑驳、参差不齐，他们的主人没有足够的房屋摆摊设点，也可能本钱太小，只好到猪市场当说嘴客做"猪偏二"生意换回一天的烟钱或盐巴钱，不用说，他们的日子离富足还差老长一截。从街的这一头可以清楚看到街的那一头，那个经常喝二两白酒就酩酊大醉的老头儿头顶上那顶旧毡帽是否戴错了方位，更或者，在那一截水泥阶檐上叮当响过之后，你就可以准确判断一个女人——一个让人战栗得不能喘粗气、刺耳尖叫的女人是谁。只要有这噪声滚过，人们就得像躲避瘟神一样远远避开……或许，因为一些极小的事情，你这个月的工资到下个月中旬，仍到不了单位的账户，也不清楚是哪一天工商所的大檐帽跑到你的店铺，突然说是增加了税费，或是被收缴营业执照……突然停电，突然停水，总之什么可能都会出现！只要楚楚不高兴一天，你就得惊惧一天，你要知道二十一乡从天上到地下有一半姓秦。

在秦松的家里，秦松女人是时针，她走一格，他得走一圈，而且永远如是。

在那几天时间里，二十一乡的烤烟水改旱已到了紧要关头，其他干部都入了村，秦松却躲在家里不出门，他要看一看"西洋镜"。在他看来，天下皆醉，唯他独醒。事实上却并非如此。秦松清楚，有楚楚在，就不存在什么了不得的事。有些时候这个女人会把她的不高兴情绪带到单位上去，使单位的人感到莫名其妙，单位上那些人拿她没办法，就在单位领导身上出怨气，有时还骂娘，骂自己男人没本事，甚至会殃及孩子们身上，"专心点读，弄个乡长来当，帮老娘出口恶气！"

楚楚觉得二十一乡的那些麻烦还不够，她对男人说："你成天待在家里有什么用？你得到各村走一走，接触群众了解情况，我托人再给刘二他们打打气。"这女人一说话，两边嘴角聚起一坨一坨的白沫。

"是的，我也这样想过了，不过你得给刘二说死，而且还必须守口如瓶。"

"喂，高凯那小子，太得意忘形了，根本不把我们放在眼里，那笔钱报销了吗？"

"什么钱？是不是搞烤烟文艺宣传的？"

"对，听说县里那几个穷文人在电话上催呢！"

"耿干在会上表了态，要求先垫支。"

"垫支就垫支,你别插手,由财政所老陆去办。"

第二天早晨,鲁叶娜拿着一份资料叩开秦松的门,她是来汇报工作的。秦松刚起床,显得很惺忪,看来是昨晚过于疲倦了,嘴里哈欠一串串的,见鲁叶娜走进来,就指着沙发,"坐吧,鲁站长。"就自顾自忙他的洗漱去了。

秦松女人在屋里梳妆,听到鲁叶娜的声音,就拖着一双红色塑料拖鞋出来,在鲁叶娜对面坐下来,说:"我的好妹子,你没到我们家点过脚呢,你的脚步才金贵啊。"她暗自打量面前的这个鲁叶娜说。

鲁叶娜看秦松洗漱完毕,就说:"秦乡长、秦乡长,你忙不,我来汇报工作呢。"秦松望着鲁叶娜说:"你给耿乡长,还有乡的其他领导说了就行了呗。"鲁叶娜说:"主要是那几户在闹意见。"秦松明白是哪几户在闹意见。"乡的收购意见几时才出台啊?"鲁叶娜着急地问。"还没研究呢。""今年的收购弄不好会出问题的。""所以你要做好思想准备才行,当然,天塌下来自然有高个子顶着的,我是说你应该召开收购人员会议,讲清楚政策,绝不能出乱子!"

（五）

二十一乡振乡富民的步伐显得艰难而苦涩,耿干当初的许多美好设想被现实击得粉碎,他感到疲惫不堪。但他不打算消沉下去。令狐荣述和高凯的心情也和耿干的差不多,他们都为眼前的烤烟收购感到焦急和不安。

令狐荣述对耿干说:"我始终觉得我们有几件事要做,要先发制人,我预计有人会设置障碍的。"

"工作必须要过细,心中要有数。"高凯非常赞同令狐荣述的观点。

三人在耿干办公室对当前的烤烟形势做了一通分析,就把工作的事情进行了临时性分工,耿干到烟草站协调收购的事,令狐荣述、高凯、秦松、财政所老陆等分别到各村了解后期烤烟生产。

耿干参加了收购员工作会议,他在会上对收购人员说:"今年是个特殊年景,收购时必须严格执行国家收购政策,同时要兼顾烟农和国家利益。"说到此处,他喝了一口水,望着鲁叶娜,希望她支持。鲁叶娜点了点头。他继续说:

"在保证收购上中等黄烟比例的同时，要收足下限烟叶……"耿干在说这句话的时候，是下了很大的决心的，他准备着思想上、精力上及体力上的付出。

会场开始躁动，这么多年来，二十一乡的领导还没有哪一个人敢在收购的问题上说出这样有胆量的话。参加会议的收购人员都习惯在这个时候得到奉承，听到耿干这样对他们讲话感到特别别扭。但是耿干清楚会场乱纷纷所包含的那一层意思。他没顾虑又继续用坚定的语气说："今年烤烟收购如果还像往年那样不听政府的招呼，先小人后君子，政府绝不会手里握着刀儿不用，对那种收人情烟、压级压价、抬级上调，甚至徇私舞弊收受贿赂的人，政府一定坚决追查到底……"耿干转换口气动情地说："同志们，老百姓才是我们真正的衣食父母啊，在这个问题上，我耿干的态度是：舍生取义！"会场又一次震惊了。是呀，耿干为二十一乡付出的太多，他们又何尝不知？

鲁叶娜最后说："今年的收购要遵照乡政府的意见执行，坚持约时定点，轮流交售，我还要强调，收购时要优先保证响水洞烟农的烟叶交售。"

晚上，鲁叶娜列席乡政府会议，令狐荣述把响水洞的烤烟情况做了汇报，他说："尽管今年气候一直干旱，但中途还是下了几场透雨，烟叶长势得到了一些缓解，依据我们走访的情况，多数烟烘烤出来质量不好，残张破片多，黑头叶子数量大，烟农没打算交烟，所以我建议收购部门是不是先收响水洞的烟叶，最大限度减少烟农的损失。"

耿干听罢，对乡干部提出要求，他说："我们要组织所有干部职工一家一户地做好烟农的思想工作，帮助他们做好分级扎把，然后由我们的干部带队交烟，做好登记，以此保证来一户收一户，不然的话，群众的情绪本身十分不好，稍有不慎，就会爆发一场乱子。"

人们都对交烟感到焦急。收购开秤第一天，几乎没有烟农交烟。到第二天，响水洞村的烟农蜂拥而至，他们都没有言语，一背篓一背篓的烟叶用床单遮掩着。收购人员也不敢高声大气对烟农说话，只是小心翼翼验级、过磅、填卡……

说实在的，烟农们根本没有多大信心交烟，只不过从蚀本里去打算，哪怕是挽回一点烘烤煤本也好。他们已经盘算过了，只要能捞回煤本，今年的种烟损失也算减少了一点。

突然，人群中有一个人暴跳起来，指着验级员说："你瞎暴了眼不是，我这背篓烟是这个等级吗？"验级人员连忙解释说："我已经做了努力的，你看你这烟，库房里挂着国标的，我是按下限处理的。"

烟叶点里，交烟的那些烟农都在围观收购验级情况，对收购员的验级纷纷不满，他们起哄、号叫："像你们这样收烟，我们不是亏得更惨吗？"

鲁叶娜闻声过来，把那个烟农喊到自己的办公室，给他倒了一杯水，又递上了一支烟，心平气和地说："好兄弟啊，你们种烟很辛苦，我是知道的。我们收购部门是做了牺牲的，你们那些烟本来就不上等级，如果不收，你们损失就更大，不瞒你说，那些烟我们先收起来，最后都要烧掉，上级烟叶部门是不准这样做的。"鲁叶娜知道，思想工作很重要，牵牛要牵牛鼻子，那个中年男子听鲁叶娜这么一说，心软下来了，就说："鲁站长，你是知道的，我们的田都种上了烟，我们是支持配合政府的，可到烘烤时烟叶就是烘不出质量，烟又交不出去，我们是劳民伤财，亏大了呀！"

"你们支持政府，政府也知道大家的难处，所以才和你们签订保值合同的嘛。"鲁叶娜开导说。

响水洞村烟农的烟叶，多数人家都才头烘、二烘，最多可以烘到三烘，叶子就全部到了顶。换一句话说，今年的烟叶到了这一步就没有戏了。

烟叶烘烤刚结束，村民显得愈发空落起来，在不安之中艰难地度过余下来的日子。

那一坝田野，以前在这个季节是金黄灿烂，现在是烟杆残叶一片，一派萧条。响水洞的人们越来越觉得当前要紧的是政府尽快兑现保值合同，因为等大季作物收割入仓，就要完成国家的税收和提存任务。在这个问题上，以前他们从没迟疑过、拖欠过，然而，今年的景况由命不由人，光景瑟瑟地剜着他们的心坎儿。

村民们每天都涌进村民组长的家，村支书刘冬生的家。村干部也罢，组干部也罢，他们有一个共同感受，眼下要挽回损失无力回天。村支书和组长肩负村民的重托到乡政府找领导们反映村民们的想法，但领导们的神态比他们还焦急，比他们还不安，"你们等着吧，会兑现的"，耿干和其他领导都这样安慰他们。他们都相信领导们说的完全是从心底里淌出来的实话。

财政所老陆在办公室里盘算了一天一夜，终于把响水洞烟农的交烟情况制在一张表上，很直观，等级、价格、数量、总额等相当仔细。全村五千亩水改旱，才收入一百七十万元，与烟农签订的保值合同比较就差了一大截，有三百三十万元的悬殊。看到这个数，耿干的双眼黑了下来，老陆说："乡长，这三百三十万元的缺口，烟叶部门承担百分之五十暂且不管，政府承担百分之五十，就是一百五十万元呢。"

令狐荣述说："和烟草站协商，先把全乡的烤烟补贴款垫来支付在保值合同上，不足的部分，再给干部职工做做工作，这两个月只发生活费，全部贴上去，我们在和烟农结算时，先扣取农民应交的各项提存和农业税。"

高凯说："这也许是个办法。"

老陆说："我一笔一笔算过了，响水洞村全村应上交农业税十八万元，各项提存十四万元，总共三十二万元，上级每亩水改旱补助七十元，一共是三十五万元，如果能做通干部职工的工作，全乡两百来号人，借用两个月，一共十六万元，这几笔加起来才八十三万元，还有八十七万元的缺口。"

这个时候，刘冬生跌跌撞撞地跑进办公室报告："不好了，村民们砸烂了村多功能活动中心，还要到政府请愿呢！"

响水洞的人们起初是找刘冬生，要求村里出面到乡里交涉兑现合同的日程，刘冬生告诉他们说："乡里说了，在月底之前就会兑现给大家，大家再等等吧。"但村民们如丧考妣，他们认为那些话很空洞，因而根本不在乎这些劝阻和说明，他们气急败坏砸烂了村委会办公楼的板壁，甚至当众把它毁掉烧掉了，真是肆无忌惮。尽管这样，仍然不能消除他们的心头之恨，他们三五成群聚着，散落在已经被毁掉的村委会办公室的院坝里，站成几个横排，然后每人喝下在冬下间用苞谷烤成的酒，情形显得极其悲壮，好像要把百十斤肉豁出去，样子十分坚定。他们手里提着锄头，扁担或者别的什么棒棍，喊着"我们要生存！"等口号，而且围着村上绕了数圈。

村支书刘冬生做了几次努力想要劝阻他们，他情绪有些激昂地站在院子中央的院坎上，对着村人们说："乡亲们，乡亲们，请你们不要激动，要相信共产党，相信政府……你们各自回家去吧，各忙各的活去，我到乡里报告情况，凡是共产党员，我这全都有名字，其他人我暂且不管，难道你们就不相信共产党了吗？"他这一说，几个年轻党员还真的从队伍里走出来了，"喂，大伙回家去！"有人在这样说话。

刘支书继续对大伙说："我们从来就相信政府是讲理的，我们老百姓有不对的地方，就应该由政府来公断，政府有不对的地方就应该由老百姓来公断，但是，像你们这样行吗?"

刘支书的话说完，村民们都像做错事的孩子，又悔恨起当初的不该来。

（六）

烤烟收购期间，耿干和鲁叶娜为二十一乡的许多事情忙得不可开交，耿干说："叶娜，收购方面的事，你无论如何要给我顶住，还有那一百五十万元的保值合同的事，你前面是做了承诺的，也要挺住啊!"

"乡长，别人你可以不信，连我你也不放心了吗?"

"我不是这个意思，我是说你得支持我一把。"

在鲁叶娜办公室里，耿干和鲁叶娜把响水洞村的那几笔合同数字测算了一遍又一遍。

那天夜里，鲁叶娜和耿干把全乡的烟叶收购码单复查完之后已经是深夜一点钟，鲁叶娜从抽屉里拿出两盒方便面用开水泡三分钟，一人一盒呼呼下肚，耿干说我走了你休息吧，明天事多呢，就把左脚跨出门槛。

耿干从鲁叶娜那儿出来，正好遇到黑云三哥，见了耿干直点头，把嘴咧开得很大，嬉皮笑脸地说："啊，乡长搞事了?"耿干白了他一眼，没有搭理，径直上楼梯进自己的屋里。外面传来黑云三哥拖着哭丧的调儿唱着山歌：

> 哥要来就快快来，
> 别在家中紧倒挨，
> 花在园中正在开，
> 以免野蜂采花来。
> ……

他胀着喉咙唱了一阵，还觉得不过瘾，便对着无垠的夜空大吼："搞事喽!"

第二日天麻麻亮，黑云三哥就"笃笃"地敲开秦松的家门，秦松把门一开，就像发现什么新大陆似的说："搞事了，嗯，这回搞事了，昨晚我亲眼看到的，没错，耿干搞事了！"

"真的？"

"绝对！我哄你是龟孙。"

"看清楚了？来，打冷疙箅（喝早酒）！"

秦松说打冷疙箅，黑云三哥涎水就咽得很努力。

黑云三哥是秦松的本家，屋里女人一连给他生了五朵金花，心情十分不宽畅，渐渐地就像变了个人似的，连活路也懒得再做了。

"都成孤魂野鬼，做什么做？"他逢人就这样说。

随着时间的熬煎，他看谁都不顺眼，有事没事找人出气解闷。

有一天秦松悄悄对他说："耿干拿你开涮呢？"

黑云想，他耿干拿我开涮不是寻开心吗？就这样，黑云于是把这恨给记下了。

日复一日，黑云琢磨还是咱姓秦的本家好，所以一见到耿干的影子他就手痒痒，牙也痒痒，简直恨到骨子里头了。

黑云成为一道风景，闻名乡里。他从早到晚，把柜台酒从街头窜到街尾喝个遍，酒喝高了，就嚷着要拔掉耿干身上的毛，看这地盘姓耿还是姓秦！

那天夜里，耿干又到鲁叶娜那里去，这让楚楚无意中暗地里盯上了，她转来时秦松说："真的，两个姘头！"

那些时候，耿干全被响水洞保值合同的兑现耗尽了一身精力，没顾及人们的议论。他担心合同不能按期兑现会影响农业税和提存的收缴，只好硬着头皮到县里找李耕如书记汇报情况，请求县委给予援助。

李书记说："小耿，情况我知道了，这算得了什么？人关键是要点精神的，每开展一项工作都要准备着失败……"耿干感激书记理解自己的难处，情到深处他便掉了泪。

说着，李书记挂通县长办公室的电话，把二十一乡响水洞水改旱的事说了，请他想想办法。李耕如回过头来对耿干说："乡政府承担的部分可调其他经费来解决，比如坡改梯，那是国家的扶贫项目，挪用它是不行的，不光不能挪，还要按质按量完成。我考虑，可以把它列入渴望工程范围中，缺水嘛，国家就是要解决这个，你要组织好劳力，你看有问题没有？"耿干点着头回答说："谢谢县委的支持。"想了想他又说，"烟叶部门承担的部分也有一定的难度，是不是也请书记给出面打个招呼？"李书记沉默了一会儿，说烟草公司我想是会考虑的，要取信于民嘛，这涉及来年生产的大事。县里有必要开个联席会来解决这个问题，你可先转去给群众再解释一下。"

书记的话像一颗定心丸，耿干心里轻松多了，他捞出烟递给李书记一支，李书记说犯支气管炎戒了。耿干自己点了一支抽着。"啊，喝水。还有，王大山的事人大和政法委下周要再去做些调查，把材料取齐就可以放人，他还是干他的村主任嘛。"李耕如猜想耿干会问到这事就先说了。耿干灭了烟头喃喃地说太感谢太感谢了……

耿干从李书记办公室出来，他不打算回家，但又挂念自己的老母亲，想了一会儿还是上了车，对小周说："你放磁带听听吧。"小周把那盒"天不刮风天不下雨天上有太阳"放进机子里。

一路听来，耿干潸然泪下。

第二天，乡召开联席会，耿干把到县里的情况做了通报，希望大家充满信心，该做解释工作还得做解释工作，基层工作嘛，上面千条线，下面一根针，哪方面的事情都要做好。

会议结束了，高凯对耿干说："这两天到处议论说你到县城背书去了，马上会受到处分降职呢！"

耿干笑着说："只要不开除工作籍，只要保留我的党员身份，我就还可以办事嘛，碍什么事？这些议论是我预料到的，不在预料之外，有人在上面控告我，说我滥用职权，乱搞女人，只要有事实有依据，我供认不讳，现在有人在威逼我，要我交权，趁机罗列罪状……"

耿干越说越气，停了一会儿说，"真气人，成事不足败事有余，市侩意识，我不管那么多，是非问题最终还要由组织上来裁定，群众来裁决。"

高凯笑着说："我是在你面前奏一本了。"

"谢谢你老兄一片真心诚意，走，到我屋里喝酒去。"耿干把手搭在高凯肩上。

二人在耿干寝室一人一杯苞谷烧喝开了，本来医生不准耿干喝酒，那次在医院住院，医生再三叮嘱，"再喝，阎王爷要勾簿了"。

但今天不喝似乎不足以表达自己的一片喜悦之情，"干！"吱溜一下杯中不留点滴。正准备斟第二杯，令狐书记闯进来，"好兴致啊，有酒喝怎么没有我的份了？"

"怎么没有了呢？晚来三杯，先敬你了。"

"这三杯我得喝了？"

"喝！"

三人就把兑现响水洞水改旱保值合同的事议论了一番。

高凯说："县里对响水洞的事这样关心，我估计耿乡长是得远走高飞了，这是个好兆头啊，县里总不会让你揩不干净屁股就走吧。"

令狐书记说："这几天有人仍在议论秦松当乡长。"

"他当乡长我给跑跑腿总可以吧。韩志浩书记从党校学习转来说不定要走，谋事在人，成事在天，不要过多考虑个人升迁的事，我是向来不给组织上提出任何要求的，何去何从自有组织的公断，再说咱们几兄弟扭在一起过惯了，割不开了啊。"耿干呼噜噜说了一大堆。

第二天天色微明，耿干伫立于乡政府的院坝，望着黛色的远山发呆。燕子们出得巢来，在高压电杆上驻足了一会儿，翻飞着悠然地飞向空中，远远地留下它们的倩影，很美丽。清晨的空气如泉水般洁净，他猛烈地吮吸了几口，伸开双臂活动了一下关节，精力很快旺盛了起来。他在那儿反复地踱步，直到乡政府的干部和职工起床开门。

他返回寝室把工作笔记装在口袋中，叫上令狐荣述和高凯直赴响水洞。到多功能活动中心的时候，他看到那一堆灰烬以及未完全燃尽的木块，一缕悲伤的情绪涌上了他的心头。他站在那儿出神，令狐荣述和高凯也不曾打扰他，很久，他自言自语地不知说了些什么。他对令狐荣述和高凯说："我们到那坝水改旱基地看一看吧。"

对于水改旱烤烟基地来说，耿干始终尽力使它长留于自己的记忆，努力使它不至于消失，就正如这里的人们一样会永远地保存这一段历史。

他们沿着水改旱排水的壕沟，用双足权衡着自己的心情是何等的沉重。

三个人都那个样子，谁也没说一句话。

"都歇一歇吧。"耿干说。他大汗淋漓。

耿干对令狐荣述和高凯说："听着，这水改旱保值合同兑现的事情说不定落在你们二人身上了，还有，你们看……"

耿干指了指响水洞的院落，不知准备说什么，就把双手捂到了胸口，脸色苍白得好难看，但他坚持着想把那句话说完，最终还是没能成功。

令狐荣述想可能是耿干的心病犯了，就和高凯一起把耿干扶到田坎上那棵大树下的阴凉处。耿干气喘吁吁，已经难用语言表达自己，令狐荣述知道问题很严重了，他们把耿干搀扶到乡医院时，已经是拉明了电灯的时候，令狐荣述对院长说："你得想想办法，把乡长的病症弄清楚。"院长啊啊地应命而去。

到第三天，县委书记李耕如和县委组织部部长带着烟草公司、县水利电力局等部门负责人来到了二十一乡。他们是来宣布耿干的任职决定和解决响水洞水改旱保值合同的事情的。

当他们来到二十一乡的时候，乡政府大院一派寂静，只有秦松一人在家里接待了他们。书记李耕如得知耿干住院，没在乡政府逗留，就直接到了乡医院。

那时候，令狐荣述、高凯、鲁叶娜都在医院里，他们已是三天三夜没能合眼了，神情十分萎靡不安。

李耕如到医院里，令狐荣述从医务室走出来，迎了上去刚刚开口喊了一句"李书记"，然后没有说下去，只有泪水滚滚地涌出来。李耕如来到病床前，紧紧地拉着耿干的手，沉默不语，任泪水模糊双眼。好半天后，李耕如对令狐荣述说："你通知乡里在家的领导成员和各股室负责人马上到乡里集中开会……"又对高凯说："你拨通县委办公室的电话，说我叫他们赶快和县医院联系救护车到二十一乡。"

根据医生的诊断，耿干的生命已危在旦夕，但李耕如书记还是做出了自己的安排。

当天下午，李耕如代表县委在二十一乡股室干部会上宣读了市委组织部关于耿干任县人民政府县长助理的任职通知，县委组织部部长宣布了二十一乡领导班子的人事调整方案；接着烟草公司和水电局的负责人对响水洞的有关工作事宜做出了安排。

会议结束，李耕如做了最简短的讲话。

夜幕降临，救护车载着耿干出发了。鲁叶娜经李耕如的特允，陪同耿干到县城医院护理。

　　暮色中，从乡政府院坝一直到乡医院都站着二十一乡的干部和群众。连绵十余里，他们在那里目送心中的乡长。他们都很忧郁，因为这是他们送乡长的最后一程……

　　山路弯弯。救护车在夜幕的那一方缓缓消失。

天黄黄，地黄黄

（一）

骆露在云雾里不辨东西南北，正苦苦寻思，这时电话铃响了。老王在档案柜里捣鼓什么资料，顾及不了，骆露又没兴趣去接它，等到响第三遍了，骆露才咧着嘴骂："响你个锤！"然后没好气地一爪把话筒拧过来。对方说，你请找找骆露行不？他听是女人声音便说我就是呀，正问对方什么事，岂料对方一阵数落接着演变成了哭腔，骆露这才想起儿子今年升初中，原来答应临考前几天回家照顾，岂料自己没能回家，妻子又让县里抽出去搞行风评议，他木木地拿起话筒不知该说哪一句好，对方那一头"嘟"的一下先断了。嘻，这下好了，有好果子吃了，心里直喊苦。老王见乡长脸上都掉了血色，忙问什么事啊乡长，你木木的？骆露这才回过神来，说儿子初中考试都考过了，让我给忘了……

老王反倒不好劝了。想说你该回去照顾，好歹这是关系到千秋万代的事吧，可乡里正闹着旱灾，只好帮着苦笑。苦笑一阵后，就点上烟说抽一支吧，乡长你解解闷。

副乡长文浩从八角村回到乡里，见乡长骆露阴着脸蜷在办公室的沙发上，就说，老天爷滴雨不下，稻田，还有石岗上的苞谷全走苗了。龙塘沟大堰上挤满了看水的人，那些人青皮垮脸都显出一副凶相，怕是要出事……文浩停了停，又接着说，堰头上都横七竖八睡了好多的人，连饭也没有吃一顿利落的，为了田里多少能够渗进一粒水珠，那些人把命也搭上了……

乡长骆露说老王你查查文件，不是县里成立了个什么人工降雨的组织吗？老王回答说是有那个组织，接着把文件递了过来，骆露对文浩说我们请示县上到乡头来放他几炮！文浩说那行，好歹算是乡政府尽了责，不然，心里硬是悬吊吊的，怪日弄人。

骆露从办公室里出来，举目端详了一遍天空，又瞅了瞅这个火一般的地球，接着想到乡运、乡事以及个人的远大前程，不免生出一切前功尽弃的感慨。年初，乡政府在制定工作目标时，把全年的工作任务一样一样地分解到了具体的单位和个人，也向乡直各部门签订了责任状，上半年的工作丁是丁，卯是卯，那个劲头还真是没有说的。春播时节，县委书记来乡里调研时了解到这种情况像得了个宝似的连连赞赏，说带领群众奔小康不这样哪能行啊。书记话里有话，大家都听得懂。书记本不喝酒，那天破例和大家碰了杯，待他脸上泛起了一阵红晕，就自言自语，呃，这个二郎……满座的人也都弄不清原委，各自便耷拉着脑袋回到办公室里。

隔天县委章力副书记带着一拨人马直奔乡里，好像把救灾作为头等大事，没牵制乡里的精力就下到关老寨、木耳寨等村，直到天黑才气喘吁吁拖着疲乏的步子回来。章力副书记脸也来不及洗，就招呼乡里骆露说，集中全乡干部开会。乡政府秘书老王说书记你还没吃饭吧，章力副书记看了看表说还早，先把有些事儿给大家说说，等开完会再吃。

由县委领导主持召开乡一级会议，二郎乡的历史上是没有过的，乡里的干部自然闻风而动，纷纷前来听取县委领导的工作指示。

章力副书记没有讲过多的开场白，这就有点单刀直入了，他说，目前抗旱救灾刻不容缓，工作纪律是关键中的关键，人民的利益党的利益才是至高无上的……他欠着身子向骆露示意，听听乡里的意见吧。

此刻的章力副书记他需要听到的是你怎样做的而不是怎样去做，他需要看到一种精神而不是听到救命的哀号声。

骆露也十分明白，这节骨眼上乡书记被派到市委党校学习三个月，乡里的工作一四六九全由他担着。一个月时间里自己和乡里的领导都在村里住了五六宿了，还不是稳定人心做人们的工作叫大家搞抗旱救灾夺丰收？章力副书记的话刚完，他心头一阵五味倾泼，眼角儿开始潮湿。章力副书记催促道："你说呀。"骆露一听心里抖一下子，悄悄瞄了一眼对面的章力副书记，骆露歪着肩膀儿说："书记那我就开始说了？""你不说，你还要等个鬼呀？"章力副书记说。

骆露望了一眼神情严肃的章力副书记，说："我从两个方面给领导汇报，一是前半年的工作情况，二是目前抗旱救灾情况，行不？"

章力副书记说："上半年甭管你实现没实现满栽满插满种满播，庄稼如今都蔫不拉儿，上半年的工作么还不成了灰上写字一抹不算了？你重点谈当前的，直奔主题，不要文过饰非！"

骆露一听章力副书记这话的意思，似乎是要自己检讨工作，好像天不下雨乡土不受滋润与自己有很大关联，陡然间便想起那句歌词：天不刮风天不下雨天上有太阳。这回灵了，天下一切没了，就剩天空中有个火球了，人也都要灭种了。想着想着就悲憾，差一丁点啜泣。

章力副书记说："你也不要过分担忧嘛，现在这种局面，关键是要有一种精神。"听章力副书记这么一说，骆露这才用手敲了敲自己的天灵盖，哎呀，想哪儿去了？他从衣袋里摸出皱巴巴的手帕儿揩拭潮湿的眼角，渐渐扭转情绪。

会场上的每个人都受到了一场深刻的思想教育，这个骆露才正儿八经是一方鸡母娘娘呢！县报社记者咔嚓咔嚓对着骆露眼泪汪汪的哭丧样连连抢拍了两三张照片，就把骆露打造成十分高大的好官形象，章力副书记叮嘱记者，说你们在明天的报纸上登出来。章力副书记也想，如今真心把一方水土看得很重要的乡镇书记、镇长全县不多了，于是感情的潮流顷刻间在他大脑里不停翻卷，又加上一天入村入户的实地调查了解，二郎乡的整体形象就更直观了。骆露的心情低落时他也跟着眼角潮湿。

一乡的哀怨与愿望就这样全让骆露用一种特殊方式表达了。刚开会时，乡里干部在心里比骆露还急，都希望这回乡领导在县领导面前好好汇报一下乡里的情况，争取得到上级帮助。没想到这个骆乡长真有高人的一招，他那么一啜泣空气都给凝固了，整整半把个钟头都没有人言语，天上的火球似乎也让他给降伏了。

骆露停住啜泣，接着对章力副书记说："我们全乡干部分四班人马战斗在各村，一班人马坐水口，帮群众分水；一班人马普查登记灾情，及时向上级汇报情况；一班人马向每家每户递送治安通知；一班人马负责调运小季作物种子，大季损失小季补，力争抗旱夺丰收……"

骆露的话还没说完，章力副书记满意地说："好！好！"示意他停下，他接过骆露的话头传达了县委的精神，于是会场上的笔和本子又一次出现整齐划一的沙沙声……

（二）

骆露钻进那辆破吉普车上了县城的路。他对副乡长文浩说，到县城后我们分头行动。上午我到农机局，你到水利局，中午来我家聚集，下午再一同去找孔县长谈人工降雨的事。停了一会儿又说，我跟你嫂子先联系，让她炖个猪蹄髈，再熬个"党参鸡"，哥弟几个趁这个时间好好开怀痛饮几杯。

进了县城，驾驶员老李把车开进县政府招待所，自个儿要服务员开了间房，倒头呼噜呼噜地睡了。骆露和文浩便按照事先的分工各自朝农机局和水利局走去。

县农机局在延安路，骆露走出巷道朝一辆突突而来的电黄包叫道："黄包，黄包。"电黄包在街上猛冲一阵后，骆露便在驾驶员背心上敲，说："好好，就这儿了兄弟。"接着扔给他一元零头，就朝农机局的办公楼颠去。

走到农机局办公楼，会计韩三正提着裤子从厕所出来，韩三是骆露的初中同学，骆露刚一拐过二楼楼梯口就看到了，他直朝韩三喊："韩三，韩三，丁局长呢？"韩三手指会计室说："在，在。"

骆露来到会计室，丁局长正眯着眼在审核全县的抗旱物资分配表。他走向丁局长说："局长，你好呀。"丁局长抬起头来见是二郎乡的骆乡长，说："您好呀骆乡长，我正在分配抗旱物资，你看你那里是不是合适？"骆露接过丁局长的抗旱物资分配表看了一会儿，就对丁局长说："少了少了局长，我们二郎乡的情况你是知道的，这几天要出人命了。"于是从口袋里摸出一份写好的灾情报告，又递上一支烟，说我专程来跑这事的，你是救星，全乡六个村都指望着的。

丁局长张开手掐住下巴沉思了一会儿，对骆露说："这样，这灾情报告搁在我这儿，你那里我再用备用物资给加些码如何？"骆露问："你怎样加啊？""柴油 20 吨、汽油 15 吨、抽水泵 10 台，可以了吧？"骆露说："这行，我的恩人。"

事情顺顺当当地办成了，他们接着就开始抽烟、喝水、侃天，同时骆露也想顺便了解了解其他乡镇的抗灾情况。丁局长说，这次旱灾可不得了啦，那天跟随县长到八角乡检查灾情，那里一村一组的群众一见到县里来的车就集体拦路齐嚷"救救命哇，行行好呀，这日子还怎么过哇"。一个八十多岁的老大妈带着小孙孙给县长跪了下去，老大妈说："我六岁那年大旱一月，娘带着我从凉风坝逃荒到这儿都几十年了，你看，现在天干到两个月，这日子怎么过下去？"老大妈一边抹泪，一边对孙孙说："给恩人跪下去吧，看能不能活口命……"县长一看眼前的情景，就磕了磕牙说："乡亲们都起来吧，政府会考虑的。"这不，昨天政府召开联席会就要各职能部门以抗旱救灾为重，各科局还硬邦邦地在会上表了态。

丁局长丁永豪以前是一个乡的一把手，大前年还和骆露同在市委党校一块儿学习过，可如今人家官不掉价回到县城坐了农机局的头把交椅，自己则三十斤的羊子四十年的尾巴不紧不慢仍然干着乡长。俗话说得好，人不比人同，要和人家比熊样总差那么一旗杆儿。丁永豪说："骆兄怕是醉翁之意不在酒，我听说这次乡镇班子调整是大面积的，八成也有你的份吧？"骆露笑着说："我可是听天由命的人，我一没路子二没票子，何去何从，全靠党的政策英明领导决策英明。"骆露这么一说，丁永豪打着哈哈笑了。

到了中午十二点，办公室的人都起座纷纷向丁永豪和骆露点头说我们走了，你们聊吧。骆露有些不好意思，于是起身拉着丁局长的手说："对不起老兄，咱们都走吧到我那儿。"丁永豪也没有过多的推辞，他和女人分灶过日子也一年有余，就说："行，行，到你那儿就到你那儿，但不兴灌酒。"骆露嘿嘿一阵说："我俩还谈这些不是？谈你怎么样支持我的工作吧。"

进得家门，副乡长文浩和老李师傅正嗑瓜子看电视剧中间一个广告，文浩说现在的电视台就是弄这烂广告占时间，见骆露回来，就问你怎么才来啊，接着站起来和丁永豪打招呼了。

骆露说在丁局长那里搞了点小事，语气饱含感激之意，丁永豪冲着文浩点了点头笑了。

（三）

办公桌上的红色电话响了，骆露抓过话筒，嗯嗯两声之后，就走出了办公室，长长地舒了一口气暗暗叹道，呃，是祸躲不脱，躲脱不是祸，三年，在漫长的岁月之河里是多么短暂，而对于自己的人生来说，却是多么漫长。三年来，自己都做了些什么？他倏然间自我怀疑，任他好一阵惆怅与迷惘，仍是不得其解，为什么三年的任期届满就非得要换防？对了，铁打的营盘流水的兵啊，尽管自己已飘浮了好多时日，但也只好听天由命了。

三年以前，他作为二郎乡现有班子成员中最合适的人选接替了乡长的位置。革命化、知识化、年轻化使他独踞这个僻远之乡的雄峰之巅。在春暖花开时节召开的那次人代会上，他拍着胸脯斩钉截铁地向人大代表说："在三年之内不再造一个二郎乡，我骆露遭雷劈挨刀砍沟死沟埋路死路埋做乌龟王八还给你当玄孙子……"三年，似乎就在眨眼之间过去。掐指算算，到马王村的最后一条村级公路修通了，目前正铺八卦石；乡场上那条过境街道的硬化总算成功了，虽然当初拆了那么几间房屋猪圈，房主们如今仍偏着脑袋戳他的背脊；还有，那个极其僻远仅有三十多户人家的联苔村的照明线架通了。那么当然，对于乡集镇市场的建设更是举乡皆知的事了。有谁不知道偏僻小县之隅的二郎？他想着想着便把脚步挪到了走廊尽头，然后拐了一个弯来到申书记的办公室。

申书记从党校学习刚转来，正趴在桌上翻阅乡里的文件，他问骆露："你木头木脑的尽愣些啥啊？""啥？嘿嘿……要认真说起来就没有个啥？有啥呢？没有啥！"他摇着头对申书记说。

申书记告诉他，县委最近正在考虑乡里的人事，说不定最近要下来宣布了，转告弟兄们大家下村就走近点，莫走远了，随时在乡里候令。

骆露听完申书记的话点着头，然后自言自语："是呀，顷刻之间，我们就要各奔东西了……我们为着共同的目标从不同的地方来，为着共同的目标又朝着不同的地方去……"

县委要来宣布人事调整方案的消息从乡里传出去，在原本就有些空旷的乡场上凝固了，然后又炸裂开了。

那么，谁会调走？谁又要留任？二郎乡的群众这些年对上级的心思已经琢磨得十分清楚，工作平庸无大业绩者或闹不团结者调整，工作上有一定建树者或前途无量者调至大一点的乡镇进一步锤炼敲打，伺机重用。所以，这个二郎也就和农人们舞弄的过水丘一样，县机关那些股室干部要提任副科级的也都来这里停顿停顿，一两年后便在本乡或其他乡镇做一把手。这个僻远的二郎，成了当之无愧的人才培养基地，有人干脆叫它"行政学院"。

和往常一样，乡里的干部们三五成群地做着种种议论，他们根据地方上的需要以及乡官们各自在上面的来头做出自己的猜测，当然，他们这样做难免有些偏颇。但不论怎样，凭着他极其朴素的想法也总能估摸个八九不离十。一乡群众，每每茶余饭后，总要对乡里干部下些结论，做些猜测。

这次和从前相比多少有些不一样了，乡场上的人们，还有来乡场上买麸醋酱油的人们，纷纷加入议论的人群，好像大伙儿的想法都十分一致，这就有点心照不宣了。他们抱着膀子盯着乡政府大院说："说不定让骆乡长干它一任书记，龟儿这地方就硬要翻梢起个浪……"

在人们明晃晃的目光下骆露和申书记并着肩从乡政府的院坝走出来，似乎各自的心情都显得格外沉重。会不会是因为要离别了要天各一方了难以割舍呢？

"不会的吧，我们难得碰上这届好官，怎么组织上睁着眼睛瞎弄呢？"街上的人群中开始有担忧的议论声。

申书记先闷声闷气开了腔，他说："我俩谁会走呢？照我的想法，还是你走，你的家庭需要照顾，如果组织上这样安排了，那你就安安心心地走，我留下来，继续完成那些没有完成的事情，反正我已是到了靠边的年龄了。"

"还是你走，你都在这儿干了两三届了，我记得我第一天来报到还是你接待的。"骆露眼里噙着些泪花。

他们沿着乡场走了百多米，在田畦上停下来。骆露摘了一片稻谷叶片在手上搓了搓，就成了绳儿，他对申书记说："人工降雨没有得到成功，你看这一坝田五百多亩都在水尾上，上堰的水流不到尾，田地干了，稻谷走了苗……"

申书记说："县里这时候调整乡级班子，怎么说也不是时候，为什么非要在这个时候叫人走呢？"他喃喃道："如果现在要叫我走，我还不忍，全乡二十多个村有一半以上靠龙塘沟大堰灌溉，现在水涸了，水量减少，水尾上的群众只能眼睁睁看着水稻苗走苗，枯死。"

骆露说："龙塘沟大堰是20世纪60年代修的，都几十年了，老化了，龙塘沟森林又遭到砍伐，植被破坏了不保水，就是不在这个季节上，水量也比较小。"

他们都深深地忧虑着这片乡土，一步一顿地从田畦中走过，禾苗干焦得在他们的衣裤上擦得唰唰作响，那种声音显得有些空旷，响得和深山峡谷间老人的咳嗽声一样，令人无比惊悸。走过田埂的尽头，一个七十多岁的老大妈，脱光衣服赤着上身正在割那干枯的禾苗。老人的奶萎缩了，看不到它的生机与活力，但它曾经哺育过自己的儿女，曾经与这天地间的一切生物一样，有过灿烂，有过辉煌，也曾经创造过那种蓬勃——那种令人心旌摇撼的春天和夏天。

骆露来到老人跟前，静静地立在那儿，听老人一个人自言自语地唠叨："你干吧干吧老天爷，天干三年吃饱饭，大涝三年才饿死人哪……"

她好像不是在割禾苗，而是伴随着刀镰的咔嚓声播下了一粒粒希望，这希望很快会在地里生出根，发出芽……

骆露看了一会儿，很快把眼光移开了，他不忍，他似乎觉得自己的心上正在撕开一条裂缝淌着殷红的鲜血。

申书记知道他在想什么了，对他说："我们走吧，到仔猪市场看看去。"骆露这才把心思收回来，跟随着申书记来到仔猪市场。

仔猪市场在三岔溪大桥的当头，这是二郎乡实施"双六八"工程取得的战果。以前，二郎乡逢五逢十赶集，乡人们的仔猪要运到二十公里以外的真州场出售，不仅不方便群众，而且严重制约了一方经济的发展。县里一位领导来乡里视察"双六八"工程实施情况，对乡里领导说，你们乡是黔北仔猪市场集散地，不更改场期，不修建自己的仔猪市场哪行啊？"双六八"工程是当时黔省叫得呱呱响的一项富民工程，全县要实现出栏60万头肥猪、6万头牛、8万只山羊，畜牧渔业产值8亿元。形势所逼，当时骆露一咬牙，更改场期三、六、九，贷款15万元修建了仔猪交易市场。

在仔猪交易市场，面对自己亲手搞起来的建筑物，骆露顿时生出万般的感慨。市管所的老宋说，这个月上市的仔猪越来越少，大热天仔猪经不起折腾，猪贩子也来得少了，生意很萧条。老宋摇着头说："这样天晴嗷嗷的，哪个还有好心情来饲养这些生灵哟，怪折磨人啊。"

申书记已近古稀之年，担任书记也就是这最后一届了。工作上与乡长骆露一个唱白脸，一个唱黑脸，配合得十二分默契，这是他一生中感到最欣慰的，自己都是要靠边的人了，还能做到晚节生辉。

一次县里的三干会上，县委书记用他的例子来说明作为一个共产党员就应该具备这些素质和修养，搞好班子团结，县委书记还特别强调了一句："类似这样的人，今后组织上就要考虑他到一个社会环境和经济环境都比较好的科局去让他好好地度晚年。"县委书记说得激动，他听了感动，会场上的人听了就都议论得炸开了锅，谁说如今没有了好人？

后来，申书记私下对骆露讲："八成县上真的要弄我走了？"

骆露说："这不光应当，而且还应该。"

在以后的工作中，申书记有意让贤，让骆露在乡里多承担些担子。骆露不是那种脑筋不开窍的人，他能深刻领会书记的厚意，乡里大的小的、重的轻的，一味抢着干。事事事前请示事后汇报，士为知己者死，作为中文系毕业的骆露，对于古书上的这些句子，好说歹说也能从中掂量出味儿来。

有一次在乡的股室干部会上，申书记有意擂响桌子说："骆乡长的意见就是我的意见，都是我们认真商量的，哪个单位哪个人要是有个含糊、拉稀摆带，我要你自己吞下那颗涩乎乎的果子，看你敢不敢试……"

既然如此，谁还敢用鸡蛋去碰石头？那不是没事找事做，肚皮撑饱了糊弄吗？这些话全让干部们都听进肺里腑里，都说你一个乡书记都做到这一步，我们一个垫桌子脚脚的难道敢不知趣？

好，就让骆乡长放开手脚把二郎治一治。申书记表达的内心好像正符合乡人的意愿，甚至于，他找了一个合适的机会把乡里下一步的书记人选向县里做了推荐。

他们一字排开，来到建设工地。工地上热火朝天的气象裹挟着空气中的热浪。开阔的施工地连接着笔架山麓，此刻，那里的石工慢号连绵不断袅袅于天空——

哎咿咂嘞

哎咿哑嘞

喂呀哑哦

哎哑

……

　　骆露望着眼前的情景，他陶醉了。他说："二郎的村镇建设真越来越像那么回事了。"说完他拽着申书记的衣角朝前一指，"你看那里……"那里曾经是一片乱石岗，去年乡政府为了拉动地方小城镇建设和非公有制经济的发展，便把乱石岗五十万元拍卖了，然后用这笔钱修了有上百个摊位的贸易市场。如今乱石岗成了预制水泥厂、石粉厂。

　　石岗没了后，街面一字儿拉开，又把原来十分狭窄的街道扩到 12 米。街面硬化后，宽阔而整齐的街道鼓舞了一方人的士气。接着乡政府又出台了招商引资政策。规定不论何方人士，只要是在二郎乡以外引来资金，供乡政府发展地方经济使用，一律按 5% 一次性奖励给个人。不到一年光景，看好二郎乡的外地老板纷纷如过江之鲫穿梭而至，红砖厂、石棉瓦厂一个接着一个崛起在这块曾经十分寂寞的僻壤之乡。"这山乡啊！"骆露望了望就叹道。当他们在岩垭口停下来，眼前的美景让他们陶醉了。村民们按照政府的规划修建一幢幢住宅，住宅一律都是按乡村镇管理所统一设计的图纸修建的，既保持当地的民风民俗，又整齐美丽，不用说这深深地显示了一方经济一方文化的浓厚底蕴。

　　骆露抬起左手看了看手表，对申书记说："我们返乡吧。"

　　乡政府大院巍然高挺，显出它的庄重与肃穆。他们在乡党委和乡政府的衔牌前逗留片刻，然后就迈开脚步朝着各自的办公室走去。很显然，此刻他们都踏着自己的心程，踏着心中那一片深深的期盼与向往。

（四）

　　日头很毒，龟裂的土地丝丝地喘着气。火烧火燎的地里升起一片白茫茫的光，那些光无丝无缝，在晴空下形成缕缕雾幔，那些雾幔发怒般把舌头伸向青枝如蓬的烤烟苗、苞谷苗，把那些禾苗身上的水分吸干倒下去后，又伸向稻田里，如青蛙舔食飞蛾、青虫一般，稻田全白了，骆露用脚一踢，土里升起灰蒙蒙的尘雾，他很认真地把周围的庄稼看了看，接下来就跨过了田坎。他的脚步迈得很沉，透出一种近乎悲哀的味道。来到山麓，他圈着食指把脸上左右的汗水刮了，便鼓足勇气蛇形样地陡行过了莲花山。这莲花山和他要去的地方是一个联结的整体，只是这山还不那么挺拔，山上有村民种植的烤烟，还有刀耕火种播下的迟苞谷。由于海拔的关系，它们的叶子尽管蔫下去打成了结，但还不至于完全干枯。骆露注视着它们，希望它们无论如何要坚强些，尽量能躲过眼前这场劫难。

从悬崖俯瞰下去，眼底里留下的全是白色和焦黄色。不用说，焦黄色的是再也没有生命力的禾苗，白色的是一片片焦土。

过了莲花山，就是一条延伸在悬崖上的大堰。堰底都成白色了，死蛇、死老鼠多得如麻，让人不忍目睹，它们是不小心跌入堰里的，没想到稀里糊涂那么一跌，便成了冤魂，形成一具具腐烂不可闻的肉尸。

他们走着走着，听到敲锣声从岩脚涨水湾传来，骆露的心陡然间揪得更紧了。

办事处主任吴明盯着前面的骆露汗津津的腿肚说："你听见呜嘘呐喊声音没有？好像是在动粗了。"骆露鼻孔里哼哼地喘了口气，就大步流星加快了速度，他们一边走一边听，骆露着急地问："是不是真的动起了粗？"

吴明说："硬是不听招呼，一旦拿几个红脑壳来摆起，怕是要捆几个去蹲黑屋子，才教育得到人。"

听吴明这么一说，骆露大脑里满都是红肉飞天的尸体，脚步一时软巴下来，吴明说："乡长你硬起，有哪样过不到路的事我来顶，你是乡长，谁对谁不对，总是要你给他们做个评判。"

骆露问："到水堰上的有多少人？"

吴明说："凡是用堰上这股水的，男男女女全上了阵，具体多少人不清楚，估计不上一千也有八百。"

吴明告诉他，昨天六个村的群众已经在这里聚了一次，下堰三个村已经向上堰三个村下了挑战书，说到中午十二点，在涨水湾出水口那根竹竿子的影子都缩成了一个黑点的时候，政府如不派人来处理，他们就要开战。办事处的干部从昨天到现在一直守在水口上。

上堰灌溉的是东村、中村、马儿村。因为这条灌渠灌溉的面积相对较少，而且离水源又较近，近水楼台，他们用的水多些，个别农户还把下堰的水全给筑断了，显得贪婪不知足。下堰的农户见从上游流来的水小了，甚至于断流，也就不能不气愤，起初是个别的农户，后来发展到家家户户集体上堰坐水口。

其实下堰的农田已经完全不能灌溉，除了水流距离较远外，另外一个重要因素是灌溉面积大，三个村每村二十四小时，分摊到各组各户去，每户也就半把个钟头，莫说灌溉，就是保证有半个钟头时间，水也不可能流进田里，特别是水尾上的农户只能眼巴巴看着水在流经途中挥发殆尽。

骆露他们出现在涨水湾的人群中时，正是中午十二点差一刻。

骆露挤过人群，见水口分水槽上横睡着一个赤着上身只穿一条裤衩的人，他问吴明："那人是谁？"

吴明走拢定睛一望，认出是王村王二杆。

骆露问："这个是不是去年的那个人？"

吴明走过去示意乡长，说正是。

这个王二杆在全乡叫得嘎嘎响，他早年因为动过军婚以身试法，关押在白渣劳改农场很受约束地过了十多年，刑满释放回到家里，老母亲已经七十多，一双眼都让一个独丁丁儿子不争气哭瞎了。王二杆对此十分伤心难过。后来他打算脱胎换骨好好维持家业，讨门媳妇为王家续上香火，可是，前来提亲说媒的都摇着头说，箩篼（王二杆乳名）你就将就一点，高不成低不就，虽然都是些残肢缺腿的，可一个个身体都壮实，你选中一个下胎崽吧，说实在的这叫不图大牛图牛儿。

王二杆起初也想将就将就，反正岁月不饶人，自己已渐渐日落西山，哪比得二十郎当，再说家里住的千柱落脚还真不好提更多更高的要求。但后来他一连想了几个通宵之后，就咬着牙，我王二杆就是王二杆，过日子就好比吃饭穿衣哪能够将就，后来干脆不认前来提亲人的账。

第二年，邻村一个女人让男人蹬了，主动上门求秦晋之好，他也就乐呵呵把事情应承下来，村人都说箩篼可能前世修道积德做得好，老天有眼不让他绝后。女人九月怀胎，王二杆越发心疼，索性一人承担家务，让女人闲着，说怕动了胎气，又隔三岔五捉鸡宰鸭上街为女人称白糖，那个时候，王二杆的梦做得溜圆溜圆，心里暗暗想，星星之火已成燎原之势，我王二杆头顶上的乌云快要散尽了。可没有等王二杆把梦做圆，女人没等生下腹中的儿子便惨死了。

从此，母子二人的生活又回到从前。老母抽泣，成天擦泪，王二杆更是自我叹息，自责怪自己没有养儿的命。

去年村里修公路占了他家的田边地脚，面积不过一分，他死活不依，硬是要一分一厘赔偿。

驻村干部是财政所长，左说右说承诺在年底兑现，但是他坚持拿不到现成的钱事就不好说。恰好整个公路就在他的地上交界，再说，施工队要在天黑前完成基础工程，第二天就转场到其他地方去不再来了，没办法，财政所长索性指挥施工队把那块地给挖了。

这件事简直就像点燃了一个火药桶。

王二杆也知道有钱不跟官打斗这些道理，但就是不相信没有闹不清理的地方。后来，他用千疮百孔的方便袋提上母亲为他煮的几截红苕，乘车到县城给县人大常委会主任跪了，说，我要告官，主任你理不理？县人大常委会主任一五一十正经记下了原委，转交县纪检机关到村级查了，结果乡财政所长背了行政记过处分，政府如数赔了他，还向他道了歉。

从这件事过后，他逢人就说，事情总是有个说理的地方，不然国家就要倒台，就要乱。

这次天干，王二杆的田又全在水尾上，中途他也上堰坐了几次水口，后来见天空高朗，不挂一丝云彩，没有很快下雨的意思，他也就铁了心肠硬了心，索性不上堰，连田角也不去看一眼，他说："慌什么慌，只要大家田里都有收获，老子我王二杆田里如果不结穗粒，就要日人，就要拿几颗人头不上数！"

当他听到村民们说，上堰三个村已经把下堰的水筑断了，他就挨家挨户通知，并要每家筹集五十元钱，说，这次要和上堰三个村闹个没完，打死一个够本，打死两个赚回一个，打死自己的人集体烧埋，到时候要杀要剐，我一个人的事，和大家无关，只是有劳大家到时替我照看好老母亲，来世我王二杆一定做牛做马报答！

下堰三个村的群众听说王二杆这次要找上堰的人闹输赢，男女老少一个个摩拳擦掌，说正愁没人提桶桶，搞烂就搞烂，搞烂了就朝蒲牢场搬，到时只要你王二杆出来吼一声，我们全部都服从于你的指挥。这时候的王二杆赫然成了下堰三个村与上堰三个村决战的核心人物。

这天早上，下堰三个村的群众果真耀武扬威沿着堰渠挺进涨水湾，王二杆在前面大摇大摆走着，三个村的村干部委曲求全地跟在王二杆的屁股后面，样子自然有些懊丧。

到水口分水槽，王二杆先朝岩脚那个出水洞瞅了瞅，然后令人把上堰三个村的村干部强行叫到水口边，也不给他们说一句话，然后当面自行阻断堰渠，上堰的村干们目瞪口呆，哪里敢放一声响屁？上堰沿途的人见堰里没有水流料定水口上出了闪失，一群人便鸭母般气冲冲地前来探个究竟。

水口两边云集着上下堰渠六个村的群众，十分炫目的日空下，上堰的村民提着锄头斧子气冲霄汉，齐嚷着要是下堰的人硬要不识数，老子们先弄他几个摆起！下堰的人也不说话，任他们号啕。十分混乱的局面中，王二杆精神抖擞地从腰间摸出一把杀猪刀，在人们眼皮底下晃了晃。那刀发出威威寒光，只见他不紧不慢地把舌头从嘴里伸出来，在刀刃上从左至右，又从右到左反复舔了几番，接着在空中挥舞了一番。见此情景，人们噤若寒蝉，一种不祥之兆逼得每一个人都无法喘气。

此时此刻，天地都是王二杆的，他没有说一，就没有人敢说二。只见他把一件油腻腻的衣服呼的一下扔了，跳在分水槽的石墩上朝四周的群众不屑地睨了一眼，咬着牙梆子一字一句发出宣告说："哪个敢动这个水槽，我王二杆不提了他六斤四两人头，我就不是人！"

接下来，似乎他的力气已经耗尽，在分水槽上横身躺下了。

上堰的人凝聚的勇气陡然消失，他们见势不妙，只好怏怏而去。

几天的时光，上堰的堰底开始发白，稻田里的秧苗开始发卷，村干部们派人到办事处把主任吴明请到水口处，并当着吴明立下竹竿，说："今天十二点，倘若竹竿的影子缩成一个点，你们政府不来人做出公正的处理，一切后果就由你政府承担。"又一面派人把纸条送到乡政府——

　　乡政府：
　　　今天中午十二点，在我们的竹竿影子缩成一点的时候，你们如

果不来人处理，我们就要准时决一死战，所造成的一切后来由你们
乡政府承担。

上堰三个村全体村民

上堰三个村的人提着锄头、斧子、棍棒蜷缩在离水口二公里处养精蓄锐，又一面派人在水口处监视竹竿影子的变化情况。只要影子缩成一点，他们就要鸣锣为号，唤起上堰三个村的人朝水口处狂涌。这当然，上堰的人事先都已经做了充分准备，有男出男，没有男人的自动把家里藏的火酒坛子抱出来，要为前去英勇捐躯的人壮行。情形如此豪壮，多么令人扼腕叹息！监视竹竿影子的人，在影子还有尺余时，用粗壮的骨节在地上认真地卡了卡，便敲了一次锣，锣声回荡在山谷，形成一种空阔的呜咽，人们的心再一次揪紧，一股淤于肝胆上的怒火即将得到宣泄。叫骂声、叮当作响的棍棒撞击声在白热化的烈焰中飘过来又荡过去，而后又泼向空中

影子一刻刻在变短、变短，人们的血脉偾张。两眼猩红的人群中，骆露一个箭步跃上分水槽，与竹竿齐比高低胜负。

在人们的注目下，他十分从容地拔掉了耸于身边的竹竿，并十分响亮地把它扔在一边。人们屏神敛气，目光针芒般盯着他。骆露知道，他这样做，会使上堰的人把注意力集中在他身上，甚至会把一切愤怒发泄到他身上，但他会赢得下堰三个村的拥护。

他准备着失败，准备九十九次失败，只要一次成功就行。

他示意吴明宣布一项决定：上下六个村的村干部留下协商解决问题，其余群众自行解散回家。

此刻的人们万万没有注意到骆露两眼异常冷峻，神情万分漠然。

（五）

乡长，是多大的官？在省城顶多是个主任科员，在京城只能是打扫厕所的命了。骆露出生乡僻，命途险恶，也就由不得他过多地去掂量自己的得失与否。

张着牛卵眼的上、下堰六个村的村干部以上下两条堰渠为界限，各自凑在一块，都撬了祖宗坟墓一样愤愤地喘着粗气，把背留给对方。

骆露问："这水到底怎么个分法，啊？"没有人吭声接话，村干部们心里都说："你说吧，任你随便说，你说得像那么回事，我们是听着了的，如果说的不是那回事，恐怕你乡长也不管用。"

"人不吃五谷不行是不是？要吃五谷就得好生伺候是不是？你们，都是村里的头面人物，你们想想你们的责任都哪里去了？组织上叫你们在地方上管好自己的人，看好自己的门，办好自己的事，叫你们带领大家脱贫奔小康，你们倒好，你们来这里聚众斗殴来了……"他扫视一遍在场的村干部说。

骆露整整说了一个多钟头，仍旧不见有人吭声。淙淙的泉水翻着白浪很诱人地在眼皮底下淌过，他愈发口干舌燥，很想蹲下去狠命喝一顿，但他看到汗流如注的村干部十分顽强地曲坐在那儿，只好吃力地强咽了一口唾液抛弃了这个想法。

吴明接过骆露的话题，一阵雷霆咆哮："我们组织上的责任已尽了，你们今天想打架的阴谋算是让我们彻底粉碎了，这就是组织上的最大胜利。"说着说着，吴明的气就越来越大了，他两眼一黑，竟然撂出一句狠话，虽然知道这样不对，他说："既然你们没有把组织上放在眼里，你们吃不吃饭关哪个锤子大爷的事！"

趁着吴明讲话，骆露向他要了张纸离开了人群躲在石旮旯里解手，吴明见状，提了提裤子说我也去，二人在石旮旯里叽里咕噜商量了一阵。吴明提着裤子回来时边走边说："大家想没想清楚？"他看人家没有理睬的意思，便猴急狗跳说："你们不说，我可要说了，大家听着，我的话可要作数的，请大家转去继续摸到良心思考，明天到乡里座谈，要是在这个时间里弄出个人命来，都没有好果子吃。"说完，举着锄头把水二一添作五分了，他指着分水槽说："谁要在这儿动，就喊派出所的把他铐了！"

村干部们见事情已经麻利地宣布了，也就知道今天没有好戏可看，便各领各的人马悻悻离去。

（六）

骆露抬脚走进乡里，乡政府秘书老王把他拉住了，说："县里刘部长和王科长等你多时了，他们找你有要紧事哩。"

听说乡长回来了，刘部长主动迎过来和他握手，对骆露说："听说你到堰上处理水纠纷去了，怎么样？顺利吧？"骆露回答说："几个村约定好在今天十二点钟准时凭武力见高下，幸好及时赶到，不然我还有机会来见你吗？"说着笑了。

刘部长，乡干部出身，干过乡长和书记，他对农村工作十分谙熟，他听了骆露的话，自然对骆露的这种务实作风感到满意，便对骆露说："去年一个乡因为照明线路发生两个村民组闹纠纷的事，情况反映到乡里，乡里借口天黑不能处理，造成一死二伤，村里为这事闹得不安宁，状一直告到省委书记那里，结果书记乡长挨了撤职处分，县里也因此受了社会治安综合治理黄牌警告，这基层工作啊鸡毛蒜皮一样一样的你都得时时处处绷紧那根弦啊。"

骆露说就是的。一瞧蔚蓝的天空，又说："你看，这烂天就是个多事之秋。"

骆露和刘部长正说着，乡村规划所的小李一头钻进办公室，他急匆匆地对骆露说："有几户没按设计施工，影响乡里的整体规划，你看怎么办？"

骆露问："是二号规划区吧？"

刘部长站起身来对骆露说："走，一道去看看。"

二号规划区是小城镇建设的重点区域，为了这个规划区，骆露年初专门带着一拨人马到夜郎县去学习取过经，转来后他把拳头攥得吱嘎作响，狠命在乡信用社贷了五十万元干开了，当时为造声势扩大社会影响，吸引外商投资，二郎乡扎扎实实办了一个开工典礼，乡里的请柬传到省建设厅，江厅长一高兴便带着二十万元亲自到二郎乡，从礼仪小姐托着的盘子里拿起剪刀把绸缎剪了，最后激动地说二郎乡么远是远了点，但乡政府信心大，我也不能坐视不管，他对参加会议的县长说，小城镇建设既是你的责任也是我的责任，这里就作为全省的首批试点乡吧，你看行不行？县长自然高兴，说："你江厅长一开口就是玉言就是真理，我给你下跪还来不及。"

去规划区的路上刘部长详细询问了它的总体规划、投资规模和预期社会效益，骆露如实向刘部长做了汇报。

小李在前面小心翼翼引路，径直来到几处正在修建的大楼前，小李对骆乡长说："你看，就是这几户！"

这五户是街上的常住户，乡里规划新区，征用了他们的土地，从稳妥里考虑，骆露专门请示了县政府分管领导和国土局，又咨询了律师事务所，然后乡里才郑重其事召开联席会，专门邀请几个已经退休在家的本地干部参加，形成了专题会议纪要，规定乡里乡外不论张三、李四、王二麻子，凡有志来此投资建厂，修建经商门面者一律欢迎，并且手续从简，政策从优。

在征用土地办理手续时，征用的五户死活也要建房，原因是乡里既然对外地的都欢迎支持，肥水不流外人田，何况我们还支持政府拿出土地让你们征用，我们提出这个小小要求，不算过分吧。

骆露当时说可以的可以的，一切按政府的规定办就得了。

土地挨家挨户丈量了，秘书老王戴上老花眼镜字斟句酌地写了土地征用协议，黑字落在白纸上，这就要村、组、户各签各的字，这是开不得玩笑的。

之前，骆露一字一句向到会的人反复说了协议的意思，大伙说只要允许我们几户也修上房子就没有什么可说的，签字就是。

老王于是写：

> 经甲乙双方协商并按土地法之规定，甲方向乙方征用土地××亩用作小城镇建设之用，在动工之前甲方付给乙方土地征用补偿费××元，附作物及青苗补偿费××元，安置补偿费××元，甲方拨给土地被征用户建房用地××亩，但乙方需在动工之前按土地法之规定办理相关手续并交清有关费用。

协议拟定，乙方指派一人领读，看有没有什么不清楚的地方。领读完后，大家见协议都写得一清二楚，遂签字的签字、盖私章的盖私章，顺顺利利把事儿办了。

可是没过多久，村民收到的土地征用补偿费是每亩按八百元计算的，当他们办理宅基地征用手续时却是按每平方米六十元交付，村民们大喊大叫着这下亏惨了，要政府重新算账。

"这是没有办法的事情，征用土地乡里付出四十万元，而通过划拨建设用地，政府收回九十万元，从中解决了街道路面硬化资金五十万元。严格说，我们打的是擦边球，钻的是政策和法律的空子，国家冻结土地征用，我们不得不调整乡里的整体用地计划，分期分批办理有关手续，不采取这些手段，小城镇建设就难以启动……"骆露不厌其烦地解释。

刘部长问他下步打算怎么办。骆露说当然是要把二郎乡建成三县结合部的边界贸易镇，把户籍制度改革带来的机遇抓紧抓好，增加城镇人口容量，增加公共设施，待条件成熟专题向上级申请撤乡建镇，使之成为三县结合部的新兴集镇，成为新时期一方水土的一种期盼与向往。

刘部长似乎明白了什么，一双皱眼穿过浩浩的长空停在热闹闹的那片工地上……

（七）

即将人事调整的消息在二郎乡闹得沸沸扬扬，乡里干部改朝换代似的惶惶不可终日，节骨眼上乡干部们生怕跟错了人，站错了队，到时受新任的乡长书记猜忌。领导班子内部也暗中盘算自己的退路，各自分管的工作都阴不阴阳不阳尽在表皮上做文章，缺了以前的深度。骆露却不敢苟同，甚至对这些不合情理的做法有些反感。他十分明白，县里应该马上要宣布人事调整方案了。守好这个摊子，这是他首先意识到的，他想现在的很多事情，说硬也硬，说软也软，说不定组织上会用一些鸡毛蒜皮的事去从高度上指责一个人的是非曲直。

他勾着腰进了会议室。这是一间陈旧木楼，丑陋、破败，让人想到它的年代着实久远。他砰地把玻璃杯置于桌上，回声在狭窄的空间萦绕。那张乒乓球台已经不成规矩地成了开会的主席台，是哪任乡长干的事现在没有追述的必要。

耷拉着脑袋的村干部们随着那声脆响扬起头颅，神情实在有些恢恢的，骆露一睐眼便全看出他们的心思。骆露从不飞扬跋扈，也不想背那样的名声，还在县机关时他便知道这一点。那时，他听别人背地里议论，某领导本事没得，光是凶。所谓气质是另一回事，人一旦背上凶险、残忍的名声那就完蛋了。他摸出口袋里的香烟笑嘻嘻一人递上一根，盯着到场的人问："你们想好了没有啊？"

村干部们只是竖起指头抽烟，把他的话当作耳边风，他心里有点发毛。都哑巴了？转念又想，别真的和他们较上劲，他们怎么了？他们为什么非要回答你的问题？他们虽然是基层干部，但说白了他们根本上也是最底层的农民。

他软了，连起码的说话的勇气也仿佛顷刻间丧失了。

会场陷入沉寂，像寒冬腊月走进了坟堆。

他几乎是用一种哀求的语气对大家说，你们或多或少也该说两句吧？比方乡政府有什么不对的地方你们也都可以大胆说啊。

他一面说一面注视大家的表情，希望有人接着他的话说下去，起码不至于让会议冷场。

但是没有。

足足五分钟过去了，接着十分钟过去了，骆露彻底心灰意冷下来，他对处理这场事关六个村的纠纷有些力不从心。他的鼻子开始发酸，没想到在他的任期告满之时，却在自己的人生中写下了最为悲壮的一页。

这时，一个毛胡子站起来底气充足地说："虎倒不失威，听说政府要换人了，但组织上没有宣布你走的一天，你仍然是我们二郎乡的乡长，你说吧，我们一切听从你的裁断！不过我要多说一句的是，我们村干部就为什么有这么多的过错，一年三百六十五天至少有一半的时间在你们国家干部屁股后面跑，烤烟生产，征购任务，哪样少跑了，少做了？你们每月到时盖章拿钱，而我们呢，一年到头才五百块，还这扣那扣的，我们凭什么就比你们下贱？还不就是因为我们是基层干部！我还要补充的是，这次天干闹纠纷，不是我们无能，也不是我们不做工作不去劝阻，只是他们（村民）要吃口饭，要养家糊口，要从夹缝中奔出条命来，如果换成你们，未必就高尚到哪里去。"

上堰马儿村的村主任说："骆乡长，不是我们有屁不放，不给你留面子，这两天全乡都在议论你们当官的又要走了，既然人都要走了，还说些难听话做甚？坏就坏在这节骨眼不该出这事，它丢了你们的面子，让你们走得不光彩。

不过我还是要说一句，请你转告新来的人，如果是打算来这里镀镀金升官发财，最好别来，来了我们也不欢迎！"

下堰王村的李村长说："作为一名村干部，我对我的失职感到愧疚和不安，因为王二杆就是我那个村的人，他是这场灾祸的受害者不是肇事者，他代表了一方群众的愿望，他想填饱肚子，想有个温馨的家，照理说他的田处在水尾上，即便水能全放下来，也无济于事，但他心理不平衡，产生一种病态的想法，这几天我一直在想，谁能医治好王二杆的病？只有这个社会，好在你们及时遏制了这场械斗，算还有点良心，否则真正的责任还是由你们组织上来承担！我们几个村干部手中没有刀，也放不了哪个人的血，不当村干部是农民，当村干部还是农民，你们就不同了，不当干部，会寸步难行，要我说，真正的原因，是现在这个社会缺少一种支撑，失去了一种灵魂……"

骆露认真地听着每一个人的发言，他接受了一次深刻的教育。他闭上眼睛，想想在二郎乡的种种行为，不禁战栗起来："双六八"工程，小城镇建设看似轰轰烈烈，实际上是为树政绩的一种手段，靠此一级级爬上台阶，做自己垂涎已久的官。心灵上的龌龊与肮脏，使他不敢正视眼前的每一位村干部。

过了一会儿，骆露对村干部们说："你们容我好好想想吧，我会公正地处理这件事的。"

秘书老王提醒他，县委组织部刘部长来乡宣布人事已经等你多时……

他又低头沉思了一会儿，就冲大家说："乡政府会马上下达处理意见，一定的，一定的……"

在到办公室的路上骆露吩咐老王，你起草一份处理决定吧。刚刚说完，他把话收回来，斩钉截铁地说："不，本届政府的最后一份决定还是由我自己来起草。"

龟裂的土地不断地吐着团团火苗，逼得人没法喘气，就连院坝里那棵柳树也缩着脖子情绪低落地发呆。

骆露坐在办公桌前正思索一些事情，忽然传来一群顽童的声音：

　　天黄黄，地黄黄，
　　二郎尽是哭儿郎。
　　二郎人家吃不饱，

一晚到亮哭的爹和娘。

……

骆露静静地听罢，心里怔了一怔，于是他轻轻地铺开了稿纸，拧开了笔帽……

——也许是过于惆怅，他竟然写不出一个字来。他只是想，在这个时候到底有没有理由去见刘部长……

家　祭

　　时间无头无尾。进入十冬腊月，梁坪坝这地方雾蒙蒙一派阴冷，四周的森林黑压压被一层雾霭罩着，大人细娃成天围着疙瘩火烤串肚火。这日子就极其单调，抑或有些像在坟地转悠，荒芜、悲凉且懵懂。

　　老山羊此起彼伏号嗨，犄角旮旯顿时山摇地转，让人惊悸。老班子说，老山羊的声音应到哪一沓地势，哪一个地方就会死人，即便不死人，至少也会死猪、死牛、死羊，总之一句话，那是推山垮岩，不死也要脱层皮！

　　……

　　良班递给我一把灰脏的小木凳，很随便地说起了他母亲去世的消息。

　　我说："你事先啷个不给我报信呢？"

　　他吁叹一阵，仿若有说不清的原委。好半天，两肩儿抬着长发晃了几晃，舌尖在上下齿间咻了一阵才说："哎呀，这都怪我榆木脑袋，死钝，时间匆忙，再说我又不会写信……"样子吊儿郎当很不负责任。

　　我见他心不在焉东拉西扯，毫无诚意地把我伯娘怎样陡然患上老年疯癫症，后来又是怎样溘然长眠的话题延续下去……

　　我因此扫兴得很。

　　我思前虑后，决定去找我大姐。

　　实际上，大姐是我的堂姐。

　　大姐是这个家族中我们这一辈人里唯一的女性，且年龄最大，今年六十九岁。

　　在她交家聘对过婆家那会儿，缘于伯娘的偏爱，或者说是固执保守，她没有嫁得过远，就嫁在本村的王家。伯娘说，图个有伤风咳嗽好照应。这当然是情理之中的一件事，族中叔子伯爷都是接受的。

　　大姐的头发已叫岁月染上了一层白霜，头顶孝帕，穿一身麻衣。很显然她还沉浸在悲哀之中。她两眼透着灰暗无力的光，脸上像贴了张苍白的皱纹纸，两腮皮肤耷拉得老长，已经难有哪根神经能把它们往上调动。

我怃然暗自感叹这离别岁月的残酷和自然的无情。

……

大姐正在为伯娘烧头七。

我带着女儿幼幼，大姐一见着就十分高兴。她双手把幼幼抱起来，用脸贴着她的额头。

"幼幼，你没看过大婆呢，再也看不到咯。"

她这样说着的时候，木然地松了手，让幼幼从她身上滑下。

她转过身，垂下头，双手捂着面孔呜咽。

我的双眼已经润湿。

"姐，我没有接到伯娘去世的信呢。"然后说了些安慰的话。

我顾不上疲劳，裁了几刀草纸用钱钻打成阴钱到坟上烧。这是梁坪坝的规矩。

掌灯时分，良班独自一人到坟上烧纸。我纳闷，给长辈烧七该是全家人一道去的呀。良班大概没有等纸钱完全烧起来就离开了他母亲的安息之地，屁股上三巴掌不沾一粒灰尘。因为我后来发现有好多纸钱没烧过。纸钱烧不透这纸就白买了，这坟也白上了，这七也白烧了。每隔七天烧一次纸钱，直到七七四十九天才封七，这才头七呀，良班哥！你这失去了母亲的悲痛就被化为力量了不是？

来到坟地，看那森森丛林，让人有些惊慌。阳光依旧很明媚，蓝天洁净如洗，但朔风凛冽得刺人生痛。在坟茔丛列的旮旯处，我们寻到了伯娘蜷缩的坟。在伯娘的新坟前我重重地叩了三个响头，又强扶幼幼磕了三个，她被弄得莫名其妙。

"娘，乌棒和幼幼来看您了，你保佑他们啊，娘！"大姐对着坟茔说。样子戚戚得可怜，我起了一身鸡皮疙瘩，窃想伯娘在九泉之下，听到大姐凄婉的声音应当会保佑我们吧？

开始烧纸钱的时候，沸沸扬扬的火舌舔着阴冷的坟茔，我小心谨慎地烧着纸。我的心情有几多虔诚！

"我的娘哎……"

不一会儿，大姐扑通一声匍匐在坟茔的拜台前，冷不防"哇"地发出长长一声，回响在这空旷得吓人的坟旮旯周围，撩起衣衫真挚无比地呼唤一声，然后站起来，甩一把鼻涕。

好悲戚。

好动人。

幼幼骇得躲在我身后紧抱住我的腿。我起初是手足无措，随即被大姐的恸号拖进角色，眼泪把世界揉得一片模糊，心底顿时浮现出伯娘生前的许多感人事……

关于哭坟，梁坪坝自古有言：儿子哭舍不得田地，儿媳哭假心假意，女婿哭驴子放屁，女儿哭真心实意。

大姐哭得悲我想是顺理成章极其自然的，良班即使撒了泡狗尿也并非舍不得田地，那么良班的女人能假心假意一下也算是吃了斋，大姐夫在县城工作，自然可以免了那驴子放屁之嫌。

> ……
> 送我老娘上南山，
> 天也昏来地也暗，
> 儿女哭得肝肠断，
> 阴风凄凄好伤惨。
> ……

大姐这样叙事诗般哭诉的时候，我抱着幼幼让她看故乡葱郁的松林，以及小溪涧汩汩的流水。当我把哭成泪人的大姐扶回寨上时，有人投来鄙夷的笑和冷漠的目光。连良班和他的女人也没给一副好面孔。

我如坠云雾。

大姐的两个孩子都在外求学，一个在省城读商校，一个在北方读航天工业大学，家里有空床，叫我到她家住。良班嫂喊我到她家，可这个人说话让人生气。

"乌棒弟，你去坟上烧纸啦？"

我小鸡啄食那样把头点了几下。

"有钱花的人就是不一样哩，大方，舍得。"

我内心极度不悦，心里骂她烂肺烂肝。

良班嫂脸上生出一股春风，硕大无比的奶子颠得生风。

"呃，你还不晓得喽，那个疯老太婆活在世上多丢人哦，你大姐没对你讲?"

"哦?"

"哎呀，她好意思给你讲不?"

我脸上腾起一股热流，既气又羞。

伯娘到底有多少丢失面子的事?

伯娘是我的长辈，也是良班的长辈，然而良班嫂却把她全当外人糟蹋。

"你去问问秋狗……"女人扑哧一声站那儿泛起一双眉眼。

我懒得和这号女人搭语。

我闷着头朝大姐家走，她又追上来。

"乌棒弟，你良班哥到外地跑收购，要不到我家里去坐一坐。"

跑收购合同，还说不会写信? 哼!

缺德! 有机会我得好好地教育她一顿。

天忽地下起连绵细雨，好一个下雨没商量!

……

秋狗泡牛屎样缩在他家门前的那棵核桃树下，听任鸡们咯咯地啄食青虫。直到我迈着响亮的脚步走到秋狗身边，那些鸡们才皮吊吊地走开。他用一双手拄着脸腮不知在想爪哇岛的啥事，表现出一副生不起死不起的样子。

秋狗站起来，尽量挺直那精瘦而佝偻的身子。我似乎听见他那把骨头干柴般噼啪作响。

我的心恻然一动。他用劲一笑，把一脸岁月拉向耳根隐匿起来。

"你回来了。"

声音微弱，嘶哑尖刺，吐字鸡喷糠那般艰难，那般揪心。我想他的声带八成成了干裂的河底。

不过，他喊我的乳名，倒使我顿添几分亲切感。他把我迎进屋，招呼在一条小木椅上。一阵捶腰打背过后，脸猪肝般紫红地骂骂咧咧。

秋狗的痛骂使我感到莫名其妙。见他那双愤恨而痛苦的小眼睛，我不敢多问下去。

他递给我一支"遵烟"，我才想起那包用十五元买来的"鹰盾"香烟，赶忙撕掉开口处的拉线递过去一支。

我鼓足万般的勇气，吞吞吐吐地向他说明来意，我说，我是来向你探听一件事情……

他把上眼皮朝上翻，沉默了好半天。

"都快六十年了，要不是你伯娘上半年发疯，嘴巴没把拦，那事是要让她带着下坑的。"

他陷进破旧的藤椅里，把夹烟的手垂露在外，任烟雾熏黄那两个枯指。

"那是民国十七年……"

他像梦蚕一样一动不动，很久才吐丝般挤出沙哑的一句。

循着那支离破碎的音符，我走进六十年前灾难深重的日子——

川匪徐文光、段少清带千余人进入跑马坝，先熏大关洞，后窜至梁坪坝村寨，朝夕拉丁捉夫，奸淫妇女，酷刑害民。

秋狗和其他村民被土匪掳去，小娟和其他妇女惨遭土匪蹂躏。秋狗奇迹生还，但终身受创。小娟后被一个年轻人所救。

为感谢小伙子的救命之恩，小娟伤愈后即和小伙子成了婚。那个小伙子就是我伯父，小娟就是我伯娘。

第二年冬天，大姐呱呱坠地，取名为润。

数年过后，伯娘喜生一子，乳名良班，贱名不贱人。这完全出于父母对儿女的怜爱。

伯父在放"钢铁卫星"那年，积劳成疾，撒手扔下妻室儿女扬长而去没有回头之意。

再后便是伯娘守寡茹苦含辛把儿女拉扯大云云。

——我已经走进历史很远。

故事好曲折，好悲壮。

我说："你歇歇吧。"

雨落大了，屋檐向地面叙说起它的故事。

秋狗取下夹在耳朵上的香烟烧起来。这个被叶子烟烧得干缩的老头，毫无表情地将烟屁股乱七八糟扔得满地都是，使我伤心地想起秋狗所叙说的那个日子的昏暗以及在那个慌乱的日子中的种种不幸和无辜的生命。

我仿佛听见远处传来了幼幼的哭声。

秋狗的叙述已经揭开伯娘这事的所有因果关系，或者其他与之相干的事情。

我很迫切地说，我们明天再抽空吹吹如何？他慷慨应承，同时邀请我第二天到他屋里吃菜豆猫稀饭，我不置可否地哼哼着走出门外……

到大姐家的时候，我落汤鸡样地垂着一脸丧气，只是幼幼早已醒来，玩得很开心。

大姐没有过问我到底到哪儿闲逛这么晚才摸回家。

我倒头拥衣而睡。这整整一夜几乎叫一些所料不及的事折腾得不安生。一连串问号从屋梁上悬落。

我没跟大姐打招呼是不是惹她生气了？她晓得我到秋狗那儿去了？她不高兴我打听这些事？

……下半夜迷迷糊糊净做些怪头怪脑的梦。

在鬼都和匪团长赤膊搏斗；

上五台山数十级台阶腾云驾雾；

嘎婆坐在高家庄废墟上哭，我在一旁流泪；

被土匪从背脊到胸脯刺死……

做梦时想这是做梦就好，还见到幼幼也在那里。是谁将满世界涂成血红却嫁祸于我且我受到四处通缉等等。

梦境杂乱不成体统……

讨厌的噩梦叫人难以摆脱，想永远把美梦做下去却如断线风筝，缥缈难觅，即使想接着做下去也终难如愿。与一个漂亮女人同床共枕那场精彩戏，醒来后令我百般惆怅后悔没把梦做彻底。闭上双眼强令自己做下去，可惜，那种因睡眠的局部大脑皮质还没有完全停止活动而引起脑中的表象活动已经消失，形象思维和抽象思维已经恢复正常活动，借助大脑的正常活动想入非非一番，总有失梦的真实和自然。似梦非梦也。而最终还是昏昏跌入他梦，身不由己地充当另一个永不重复的悲剧角色，真是不胜遗憾。

幼幼把我吵醒后，我想如果今朝到秋狗家去，他该是有几多的亢奋并唾沫四溅把昨天的故事完善得更加生动……

白云赶来一个好日子。早饭后，大姐叫我和她一道出去走走。她是个涵养极好的女人，凡事都懂得节制，没有十分的必要是不随便提出要求的。

秋狗那里我只好改期再去。当然秋狗那些话还得慢慢坐下来琢磨。

我们在一群交头接耳的人中穿过，我极其难受。大姐气喘吁吁，大步流星的情形就更加难堪。

"乌棒，你晓得你伯娘是哪个疯的?"

"不晓得。"

"秋狗没对你讲?"

"……"

我无言以对。她无限后悔地告诉我，她春上带伯娘上姐夫那儿玩耍，姐夫说春光明媚是个旅游的好时光，于是，心血来潮地带伯娘到丰都鬼城转了一圈。哪晓得那些鬼怪青面獠牙竟使伯娘疯话连篇精神失常，逢人便说人早死早翻身。在医院治病半年收效甚微，回到乡下，仍旧神志惶惶，如今儿女们陷入难堪境地，被那些长舌妇们说三道四添足画翼换成新的话题。

世间本来就怪，一些人善于或惯于打听别人一些和自己毫不相干的隐私，以之卖弄自己消息灵通，可以使自己幸灾乐祸小过一瘾，从此证明比别人更伟大、更崇高、更清白，所以削尖脑袋不择手段搜寻打听或肆意推测，对此他们干得兢兢业业一丝不苟，比如那些长舌妇等从伯娘的疯话单方面臆断一个骇人听闻的结论：大姐是川匪生的崽!

可怜大姐实在本分厚道到了极点，对于长舌妇母夜叉的轮番进攻显得无所适从难以找到恰当的话语辩白。这也使良班沦入窘境，母亲尚且如此，母亲的儿子又如何? 他无法了解母亲的过去，陡然觉得无地自容，似乎天底下的人都和自己有前世之冤，竟都说些不堪入耳的话，而良班的女人成天拍屁股打大腿地说她父母怎么有眼无珠把她嫁给这样一个有着极不光彩历史的人家! 还时常用一些风凉话奚落良班，她不肯与旗鼓相当的女人舌战，又因婆婆娘的丑闻而丧失锐气，心虚气短理屈词穷灰溜溜败下阵来，只摔碗摔瓢拿良班出气……

当然，这女人这一辈子也是恼恨不过的了。倘孩子和别的孩子格斗闹纠纷，常惹得一身酸气，那些为自家护短的大人，指着良班儿子的脑门咬牙切齿："你到底是谁的种，难道没有数吗？"

……我不明白这些人为什么待人这样刻薄，成天说三道四飞短流长与我伯娘过不去。

我可怜的伯娘！

良班起初责怪大姐不该带伯娘到鬼都看那些怪眉日眼的东西，后来县志办、县政协文史委员会的同志从秋狗那里掏出不少鲜为人知的细枝末节。良班这人太缺志气太缺德，竟在他女人的威逼下与大姐划清"同母异父"的界线。

何从考证谁是大姐的生父？

土匪被政府镇压，或者都去见了阎王佬。何况岁月悠悠已是今日！

大姐就这样让日子磨白了头，连眼珠也深陷得如木偶人的塑料瞳孔。

人们精神上庸俗的那部分，是要看他们怎样对待受害者才能清楚的。大姐说，这些人真是坏透了顶，为什么专揭人家的这些短？反正她死也不承认过去的那些事。她往往伤心痛苦，但有别于祥林嫂那样哭！

太阳洒着一片金光，多么蓬勃的山水和日月啊！触目皆是生命的色彩，仿若一个巨大的调色盆。

大姐在一个大圆坑前停下，默然垂首。我把一块石头扔进坑内，立刻回荡起深远的闷响，幼幼也跟着往坑中扔石子，咯咯地忍不住笑。大姐脸色十分难看，絮絮叨叨地说："娘就死在这里……"

"死在这里？"

"那天天气好，她就……"

"她就在这里死了？"

"？！"

这些年粱坪坝建砖瓦厂，发展集体企业，增加集体经济积累，销路相当不错。

工人们在打砖窑时，掏出一堆白晃晃的尸骨，一个个咬牙切齿、面目狰狞，样子极为痛苦。

"得请县里的领导来看一眼。"老支书见状如是说。

县里派来的专家兢兢业业一连工作了几天，接下来还找寨子里的几个老人核实了一些情况。

结果如人们所想，一时间多了饭后的谈资。

有见证就好。人证物证俱全，就说明当年土匪弯二作恶多端罄竹难书！

数十年前的事大白于天下。

呼！我把闷气狠狠地吐出去。

"后来呢？"我问。

大姐说，县里来人用栏杆把那些骷髅围了起来，还举起照相机咔嚓嚓地照相，可伯娘得到消息，风风火火赶来在那儿叩头作揖，说是祭悼。无论人们怎样劝说也无济于事。当天下午，伯娘不停折腾筋疲力尽，天黑时分口吐白沫痛苦死去。

大姐叙述这个故事情节的时候，眼泪汪汪已是悲痛万分。秋狗不知何时钻进人群堆，用嘶哑的喉音劝慰我姐："你好生将歇自己，去的已经去了……"

很显然，秋狗眨巴着那双小眼睛告诉我，事情的最终结果如此而已。

大姐说："人前马后的那些闲言碎语，实在叫我无法忍受，可怜我的娘啊！"

秋狗缄默一阵，从怀中掏出一个小布袋，说这些核桃是刚晾干的，不多。今年年岁不好，还没等到白露，核桃就落得满地都是，等明年结得多了，一定让幼幼吃个够。

幼幼捧着那满是污秽的布袋笑眯了一双眼睛。

不一会儿，秋狗抱着一双手哈哧着像个问号起身走了。

良班很久没跟我打招呼，就迈着那企业家的步子过早地、悄悄地从我的故事中消失了。

我原本想在他们夫妇与大姐之间做些斡旋，无奈我的假期已经临近只得放弃这一计划。

告别家园，告别这曾生我养我的故乡的山水。我必须向良班嫂、大姐以及一切与我有故的人辞行。

当我路过良班那幢具有现代气息的小洋楼时，良班女人正在收拾衣裳。说实话，她那模样儿也俊。她走过来拦住我，重重地在地上跪着。

哈，我这人活了一大把年纪还没享过这么大的礼。

"兄弟，你大人不记小人过，看在本家人的情分上多多原谅啊。"她乖巧如一个害羞的小女孩。

"你起来吧。"

"难道就一点都不原谅吗?"

听到女人的话我似乎原谅了她许多。可见,我们这穷乡僻壤也是一方道德净土!

她说,我娘实在好冤,要是早一点知道这些,娘何至于受那么多的苦,再说我们的腰杆也伸得直。她声泪俱下,样子极真诚。

这下不清楚的也清楚了,从今往后……她十分窝气。我知道她此刻想表达什么。

我想,千载难逢的机会来了,趁此,我在她对待伯娘和大姐的那些事情上发一通脾气,她鸡啄米般点头不止……

我说,良班和大姐是亲生姊妹,你要向她赔礼道歉,不许诬蔑已故的伯娘,要按乡俗为她超度,要维护伯娘的尊严……女人发誓要牢记叔子的训导,一定痛改前非,脱胎换骨,重新做人。我顿时格外惬意。

我站在那棵老核桃树下准备起程,良班女人和大姐来为我送行。良班女人一声亲亲热热的"大姐"叫得厚道善良的大姐忘掉了前五百年后五百春的许许多多哀怨憾事。我举起右手示意他们好好生活……

拿破仑说过,脏衣服得在家里洗,倘如此,我还有什么牵挂的呢?

是啊,豁达地理解过去,用百倍的信心和勇气对待将要来临的一切,那就是生活的又一层面。

缘

大月亮，

细月亮，

哥哥起来学木匠，

嫂嫂起来舂糯米，

姐姐起来打鞋底，

大姐挑的灵芝草，

二姐挑的牡丹花，

三姐挑不成，

嫁在高山苦竹林。

——石香炉童谣

（一）

九月的石香炉，天高云淡。

这一天，阳光有说不出的好，用大粗后来的话说就是"十年难闯金满斗"。很好的日光中，一簇浮云从大老远的天边边地角角飘来，久久盘旋于石香炉的上空，似乎在关切着什么。女人那时全身上下有如火光威逼一般，魂魄仿佛随着天上那一团浮云缥缈了去。大粗龇牙咧嘴一时六神无主。他在嘴唇上恶狠狠地把自己咬了一口，右手上的袖子已经挽得老高了但还是使着劲又挽了一番。他顾虑太多发不了狠，毕竟大姑娘上轿头一回。大粗就是大粗，一定不是彼大粗，是他大粗自己。大粗在这方面一窍不通，猫吃乌龟找不到头这倒是其次，关键是女人，还有女人肚子里的那条生命，哪一头都叫他无法割舍，都要他拿命来过。他想老天爷是不是在有意拿他大粗开涮？犹豫的过程是撕心裂肺的，不久他就心生主意，铁了心，不管它三七二十一把左脚迈开了，那架势毅然决然一不做二不休。接下来，他笨手笨脚劈开女人的双腿在那里使劲拽弄。脑海如梦似幻，一幕幕悲的场面、喜的情景交织在一起。出于人的本能，自然他刻意往好的方面去想，而且还想得美滋滋的，可是……万一……他心里咯噔一下，把头摇了摇，他想，万一有哪样闪失，祖宗八代你们千万要给小的留出一条生路来走，这是没有一点办法的事情。不知不觉，汗水在他的身上汩汩地泛滥，自己一个人热气腾腾起来，样子十分不由自主，无可奈何。

大粗虽然是胡乱折腾，但还是尽心尽力，一点不马虎。他极其希望事态有所进展，哪怕是有那么一点点。进程不可谓不艰苦卓绝，局面却依然黯淡。这下，他下意识觉得自己当初把事情想象得太过简单，还是怪自己有麻痹松懈思想。严峻的现实正一步步瓦解他那阳刚之躯，侵吞他身上滚腾腾的血性。他心急如焚，偏着头瞟了一眼处在万分痛苦中的女人，安慰说："我又不会帮着痛，你横竖要忍一些吧。"大粗隐隐觉得，照眼目前这情形下去，续香火这事这辈子怕是都无望了。可不偏不倚，恰好这时天空中闪过一道白光，一阵响雷似乎洞穿了屋脊直接劈了下来。女人停住了呜咽叫喊，从她肚脐之下的不远处挤出一团血糊糊的东西，大粗的眼前陡然间横亘着一个两足生灵。

那场景，活生生地展现在大粗眼皮底下，他看得一清二楚。叫大粗百思不得其解的是，那两足生灵只"苦哇苦哇"地干嚎了两声，就不声不响睡了起来。

此刻的大粗如释重负。他从肚心里长长地拉出一口凉气，而后愣起一双大眼瞪着那坨肉疙瘩走神发呆：我的个先人板板呢！

小家伙还是血淋淋的一坨肉疙瘩，当时还想在睡梦中自由自在地飘游一番，然而大粗却不许，他顺手从地上捡起一把锈迹斑斑的砍柴刀，扯起小家伙的肚脐带在门槛上咔嚓就是一刀。

大粗咬着牙帮说："畜生，你是我的人，你就好好地长吧！"

大粗拎起小家伙贼眉鼠眼样地瞟了一眼下体，就把他放进女人的怀里，小家伙竟然吧嗒吧嗒地把一对白嫩嫩的奶弄得天崩地裂。大粗看着看着，禁不住一人耸着猴耳咕咕地笑了起来，这娃，叫花子投胎来的……

女人走阴一般晕了好长时间。她醒过来的第一时刻就是仔细端详这个小生灵。又过了好半天，她盯着大粗说，你得起个名呐……话虽然有气无力，却是一个期待。

起什么呢？大粗实在踌躇得不行，自个儿烦闷不已。

是啊，得有个名。石香炉这地方一辈接着一辈传下来的习俗说，在孩子生下地七天之内，就必须得有个名字，因为，观音菩萨七天后要下凡人间，了解孩子的转世情况，倘若主家没有给起名，那她生气了是要把孩子领走的。这固然是个传说，但是没有哪一户人家敢懈怠。

女人的提醒与催促让大粗不得不面对现实开始认真思索。在石香炉，别人家添丁进口是要翻书的，总是要掐一掐命理。由命不由人，他大粗就实在是算不得那一根葱。

大粗抓耳挠腮一阵，看了看屋角落那一只朴朴实实的夜壶——夜下间便尿的器皿，就开始扎扎实实地联想，半晌之后即嘀咕出一串字："万物肥作首，夜壶乃聚肥之皿，小名就叫他夜壶吧。"

日子过得出奇的平淡。夜壶就像石香炉坝上那一片片施了肥的苞谷苗，硬是一日日地疯长。爹上山砍柴，他就在爹的脖颈上打马马肩；娘下地，娘便在厚实的土地里随便掏个坑儿，让他自个儿在坑里抓土抓泥尽情玩耍。

夜壶苗壮成长，让别的人家格外眼睛发红。

皮子贱！大粗时不时盯着夜壶那茄子样自言自语。

夜壶浓眉大眼，跟着大人东山晒西山淋。随后四五年，大粗闲余先教夜壶一些白口书，又在地上写字让他识，日积月累，夜壶居然能吟诵好多的诗文。

大粗说："细草微风岸。"

夜壶说："危樯独夜舟。"

大粗又说："迟迟钟鼓初长夜。"

夜壶就说："耿耿星河欲曙天。"

大粗问："去声三十韵？"

夜壶应道："一送二宋三绛四置五未六御七遇八霁九泰十卦……"

大粗点头。

夜壶眯一双嫩眼儿笑。

夜壶菜籽命，从小争气，长得利索，大人起床他起床，自个儿穿衣自个儿洗脚洗脸，从不叫大人操心觉得是个包袱，真是应了老一辈的那一句话：穷人家的孩子像根草啊！

石香炉的山就像刀砍斧劈一般，不遮风不挡雨。进入冬月，从崖间跌荡过来的风既粗又重，落在人的脸上犹如刀剜一般，让人十分生痛。夜壶和小伙伴喜欢到屋外头的烂田里踩冰凌块，人小，是不晓得啥叫冰啊冻的。

那是一天早晨，他和邻居一个伙伴到房屋边那一丘烂田里踩冰凌块，起先他们都是手靠着手、人倚着人的。走着走着，伙伴掉进冰窟窿里，由于他比人家矮那么一截，脑袋上的木鱼帽儿让伙伴给绊在冰窟窿里打湿了，还沾了很多的泥，这无疑使他火冒三丈，于是他跳起来就把伙伴的帽儿也给扔进烂泥里。

别人不知道，可是他夜壶最清楚，那木鱼帽是嘎婆（外婆）熬更守夜在煤油灯下一针一线缝的，大舅娘送过来的时候说，嘎婆为此感冒了一次。帽檐嵌了一排的银老汉，亮闪闪，银光逼人，帽尾巴又坠着一串响铃，走起路来脑袋一悠一晃发出叮叮当当的声音，悦人心欢，叫那一拨小伙伴羡慕得不得了，夜壶为此神气了好一段时间。当时，两个小朋友开始顽强激战，互相浇水，互相扔泥，很快双方都成了泥人。后来，夜壶提出休战，不玩了，说："我们一身稀泥巴，大人看到了还不把我们都煮了？"伙伴说："趁大人们不在，我们回屋里烧火烤干吧。"夜壶说："要得，要得，这个法子好。"

在伙伴家的门窗下做鼠一样仔细观察一通，他们就猴精精地从门窗翻进屋里。他们找来一些柴草，经过一番周折，算是烧起了火，接着各自脱下湿衣服架在火苗上。他们为自己的聪明才智感到得意。可能是撞鬼了，双方竟然为到底谁的功劳大一些又突发醋战。这时候，满屋的浓烟直接往外面蹿，在房子上空形成黑黢黢的一团团蘑菇云。这当然不是好兆头。也不知道是哪一个吃饭吃胀到了，站在坝上那棵大柏香树下丧心病狂地喊："房子起火了！房子起火了！"于是，一拨人接着一拨人喊爹叫娘地朝着蘑菇云下面的房子包围过来。这可把夜壶他们吓惨了，他们来不及悔恨，就仓皇奔命。在那种紧要关头，他们已经处于慌不择路的状态，只好奋不顾身朝着猪圈坑沿上那口装着半深的木灰桶纵身一跃。简直没有办法，他俩蜷缩于木灰桶里苦闷嘀咕。到了晚饭光景，他们实在无法抵抗父母亲的阵阵嘶喊，最终被大人捉鳖一样从木灰桶里捞了出来。

（二）

到了七岁光景，夜壶能写出"天空深远，我不知道自己的未来……"这些令人摸不到深浅的句子。

字，是他爹大粗手把手教的。大粗读过《大学》《中庸》《孟子》。那时，大粗两眼冒火地说："我蛮儿啊，你好好念，得用心念！"

这几粒字眼从大粗的胸腔乒乓滚出，自是不可言状的凄凉。

等到有一天，邻居家的孩子都挎上新书包进了学堂，夜壶则趿着他爹的一双布鞋追着跑了一湾又一湾。那些孩子回来后就对夜壶说：夜壶，我们学校好大哟，我们的老师好凶哟，我们的桌子好安逸哟……夜壶不语，只伫望着石香炉深厚的蓝天和土塬。

"我们学校好大哟，我们老师好凶哟，我们的桌子好安逸哟……"夜壶日日奇想，竟在睡梦中说了出来。

大粗俯身贴耳倾听一阵，心想，莫非夜壶痴了？一种无奈与悲痛在心中冉冉升起。

第二天早上，夜壶爹放下碗筷，从枕头下面翻出顶叶子烟，急匆匆牵着夜壶跨进队长家的门槛。他先递上一把顶叶子烟，接着惴惴地站在队长面前说："幺爷，夜壶怕是要痴了，他不知天高地厚也想念书呢，多承你在校长面前帮我们夜壶说一句吧，让夜壶到学校，二天认得到壳儿，认得到工分。"现在这种局面下，陈氏家族就只有这一点微薄的理想，毫无远大可言。所以说，人啊，三十年河东三十年河西！

队长是族中叔伯，都是高高祖的后代。他躺在凉椅上，一杆三尺长的竹烟杆靠在一尺高的木凳上，无牵无挂般抽着叶子烟。听大粗把话说完，这才把嘴从烟杆哨上取出，扭头吐了泡清口水，反复把夜壶打量又打量，说："想念书，去就是，回头我给校长说一句。"

比登天还难的事情，让队长轻易做了决定，大粗和夜壶父子俩无限感激。夜壶爹泪眼婆娑，按着夜壶的头说："夜壶，你给幺祖祖跪一个吧。"

上学第一天，夜壶没有领到新书，他就把别的同学的书弄来翻。"嗬呀，读的这些哇！"夜壶不屑一顾大声说。邻座的同学十分惊奇，说："夜壶，你能识字，你读给我们听听吧？"夜壶果真大声读了起来，他一口气读了好几课，根本没费一点劲。读完了他又给同学们解释那些字的意思。

那时语文老师早早到了课堂，他没有打扰大家。夜壶在读和讲的时候，老师也跟着翻课本，听着听着也跟着入了迷。

乡村小学，谈不上什么规模，就百八十人而已。语文老师是学校的校长，这节课一完，夜壶就跟着老师到了办公室。校长说："夜壶，这一二年级你就别念了，从明日起你赶三年级的课吧。"

所以，当后来夜壶回忆起自己的读书生涯，他总是说："那叫什么读书哦？简直是残肢缺腿！"

残肢缺腿，就是不完整，就是离整体还差那么一杆儿，隔着一些空！

夜壶读书，就和春天的蚕子吃桑叶一般，噼里啪啦没几下工夫就到了小学结束。

毕业那天，夜壶双手攥紧那张毕业证，惴惴地来到校长跟前。他问校长，这证书是怎么来的呀？

校长一阵挠腮抓耳，觉得这个问题太唐突，心想，你夜壶说起话来不怕闪舌条，我老师都没教这个呢。他见夜壶还那么呆愣愣地等着答案，就毫不负责任地打发了一句："是国家造的。"

"哪样叫国家呢？"夜壶穷追不舍。

校长说："这个……哎，很大嘞。"然后用双手做喇叭状在夜壶眼前比画，说："起码……比我们这个石香炉要大！"

关于这个问题的发问，连夜壶自己也觉得是个解不开的谜。你要知道，那时一年四季一双光脚板，春夏秋冬始终一件衣。更为关键的是，自己一家人命途多舛，朝不保夕，你问这些有啥用喽？

那天，夜壶和爹娘正在塬上勒豆叶子。万里晴空下，太阳猛烈地蒸烤，使他们心烦意乱。夜壶偶尔挺挺腰肢活动一下周身的骨节。他想着心事。他知道父亲母亲都十分劳累，两个弟妹又年幼，如果考上乡上的学校，他就不能帮助父母挑起生活的重担，家庭这艘船的负荷就会加重。他恨自己不能支撑门户，担当重任。如今这种形势下，于夜壶而言，能够读到初中毕业，已经是上天的保佑、政府的宽容，其他还想什么呢？不管怎么说，上面是不会让他去读高中或中专的。再说父亲已经病态兮兮，时常在夜间不停地咳嗽，一听到咳嗽声，夜壶就会揪心地痛。一样的人，不一样的命。夜壶一想到自己的前程，眼泪就一串串掉下来。

夜壶爹在一棵高大粗壮的向日葵下坐下来，那里多少能够遮些阴，他把头上的白汗帕子取下来揩干脸上的汗水，接着又用它扇了扇。风很热，热得他喘粗气。待稍微平静了一些，他就裹起了叶子烟慢慢地吸起来。认真说，他不是在吸烟，是在品味一种艰辛。吸了几口后，就问夜壶："能不能读上乡里的初中啊？"夜壶回答说："前天校长对我说，读初中的事，乡里要研究，要经过推荐，校长一再叮嘱考上考不上都要正确对待。"

夜壶爹听了这些话，全明白了。他陷入了沉思，停住了言语。

母亲也想着心事。她抵挡不住地气的熏烤，静悄悄捞起衣衫揩干脸上和颈上的汗水，又继续劳作。母亲十分勤劳、贤惠，很少有笑容出现。在嫁到石香炉之前，她也是一名共产党员，全区的优秀积极分子，而且当过区里小学的少先队辅导员。在她到了这个家庭后不久，大队支书就递给她一张条子，说她不再是共产党员了。母亲很伤心，她悄悄哭，泪水浸湿了她的枕巾。再后来她就没过多想这件事。母亲这一生都很苦。起先嘎公嘎婆把她嫁给邻村一个小伙子，后来那人参加了工作，吃了公家的饭，在外面长期不回家，嘎公嘎婆经过打听，知道那人已经变了心，也就主动提出离婚，把母亲接回家。嘎公嘎婆说"风吹鸡蛋壳，两头不耽搁，你走你的阳关道，我走我的独木桥"。不然，她绝不可能到石香炉这个地方来……从小，夜壶在外人的闲言碎语中知道了这些内容。正是这些缘故，夜壶才觉得太有理由，太有责任承担家庭的许多职责和义务，让父母亲或多或少地得到一些慰藉。有时他埋怨老天不公，待人不平等。他每时每刻都在想，只要有能够读书的一点点希望，他都要认真去抓住，他不能蹉跎光阴，让两位老人伤心。

夜壶爹叹息，万般无奈，又无法排解自己。他静静想了想，就对夜壶娘说："还有他舅爷送过来的那半边猪脑壳呢？"夜壶娘望了男人好半天，回答说："还在的呐。"夜壶爹说："你把它洗了熬了吧。"他在心里想，他很有必要到一个地方去，去向一个亡灵倾诉。

那半边猪脑壳肉是过年的时候，舅爷受嘎公安排送过来让他们过年的。舅爷知道姐姐过得很苦，说，姐，你熬点汤来过年吧……还有夜壶呢。说着说着一汪泪水淌了下来。夜壶娘把眼泪揩了，劝弟弟不要挂念，日子慢慢会好起来，她欣慰地告诉弟弟，现在夜壶一天天懂事了，也争气。到天擦黑的时候，姐弟俩又抱着哭了一阵，夜壶娘才把舅爷送到石香炉东边的山垭口，直到舅爷的影子从眼里完全消失。

还是在过年的时候，娘把猪脚熬了，留下猪脑壳。娘很会操持，那时她就意识到留着会有用，靠那只猪脚总算让一家人把年度过去了。夜壶清楚，爹和娘几乎没有在碗里动筷子。

夜壶考试那天，夜壶娘起得很早，她想今天夜壶应该吃饱点，吃饱了才有力气做完那些题。大米早已经吃完了，玉米也没有了，她只能把半撮箕麦穗加工煮成麦饭，这是她唯一的办法。

夜壶认认真真考试，夜壶爹一心一意琢磨一些事情。那些日子，每天收工回来，夜壶爹就带着夜壶到祖祖的坟上去。夜壶不明白爹到底是出于什么原因。凭夜壶直觉，爹好像有点恍恍惚惚。最后夜壶终于想出一个简单的道理，祖祖的坟茔有他爹永远祭奠不完的哀思。祖祖离开人世的时候，夜壶爹还不到十二岁，独熬岁月这些年，他对家庭、对社会有了太多的理性认识，一种责任时时压在他的心头。因此夜壶越来越明白现在爹这样做，于情于理都是一种寄托。也有可能，是一种排遣。

他们在一堆坟茔前停下来，坟茔被林木草丛紧紧包裹着，夜壶爹看着看着好像自己的父亲被人捆绑得面目全非了，而且还看到满身殷红的血。他大刀阔斧把坟茔清理一番，心里面一下子踏实了许多。他指着坟茔对夜壶说"叩吧"，先自个儿叩起来了。夜壶爹望着祖祖的坟茔先诉了一番离别以来的苦，说："爹啊，您要保佑夜壶啊……"总之一大堆话。他泪如泉涌，淋湿了那块坟地。那声音拖得很长，拖出了一湾的悲凉。似乎只有这样才能释放出此刻他的一种心情——上辈人的期望，下辈人的希望……过了一些天，夜壶就接到乡中学的录取通知书，通知书是加盖了印的，红红的，圆圆的，夜壶爹看着入了神，对夜壶说："夜壶，你入了初中了啊。"夜壶点了点头。队长得到消息，第一次踏进他们家。夜壶爹很感激，他倒了苞谷酒让队长喝了。队长起身离开时一边用手揩嘴巴，一边说："柏树底下长柏秧……"那一句话把大粗带入云雾中，当他回过神来，只见队长把一双皱眼对着对门的一派青山。大粗小心翼翼回答说："幺爷呀，我们家犬儿他不敢的。"不等大粗把话说完，队长的那一双脚早已经跨出了门槛，远远地还听得到他一路念叨："柏树底下生柏秧……"乡中学离石香炉有三十多里路程，那路是一条古代的驿道，听说早在高高祖那一辈人就已经有了的。那路从山顶蜿蜒到山麓，又从山麓盘到山顶，反反复复，曲折而柔长，两岸岩壁对峙。夜壶每天顶着星星上路，又顶着星星回家，磨厚了他一双赤脚板，磨断了他父亲母亲的一副衷肠，真是路漫漫其修远兮啊。

有一天，同桌的女同学杨柳凑近他的耳朵，悄悄对他说："我猜个猜子给你猜，看你能不能把它猜出来。"猜子，就是猜谜语，石香炉的土俗说法。

夜壶说："你说。"

女生杨柳说："猜子猜，猜子猜，我走开，你过来，是哪样?"

夜壶清楚，这个猜子是蹊跷人的，谜面上的"你"就是谜底的狗。不用明说，在石香炉那一带的那些狗就是这样子的。夜壶于是说："你!"

杨柳在夜壶的大腿上拧了一把，当时痛得夜壶咧开了嘴，但是他没有叫。

杨柳又说："我再猜一个看你能不能猜出来，吃鸡母吐皮皮，吃鸡公打合吞。"说完捂着嘴窃笑。

夜壶回答说："这是夜壶嘛，我又不是不知道，我们家有，我的名字就叫夜壶!"

杨柳这时咯咯地放声笑了出来。

老师走过来问："你们怎么啦? 上课要专心听讲，在同一个班就是同学，是同桌就更应该相互帮助，共同进步，要把尿屙到一个壶里去……"老师说完，全班同学顿时哄堂大笑起来，把老师惹得很生气。

夜壶主动站起来向老师道歉，说："老师，是我不对，是我的名字叫夜壶才把她逗笑的，我对不起老师、对不起同学。"

老师把夜壶打量了一番，没说一句话。

好半天，老师重新走上讲台告诫全班同学说："名字是个符号，你们听到了没有，今后要把尿屙到一个壶里，共同进步。"

从此，同学们互相一见面，就说："喂! 我们尿一壶吧。"每当这个时候夜壶就望着他们笑，显得很宽容。他不计较他们，名字只是个符号，他总是觉得老师说得有道理极了。

夜壶只注重他的学习。

一天，夜壶在班上写了一篇作文，题目叫《秋风》——

"昨晚那一阵萧萧的秋风,攫取多少人的心,摔掉了夏日灼灼的炎热,执一缕凉馨栖于心头。

即使小溪放慢了夏日匆匆的脚步,在秋的原野上片刻休息,可怎能阻挡信念催促种子在泥土里萌芽,即使秋日的蛙鼓渐去,随片片金黄收进谷仓,那是否在养精蓄锐,酝酿着星野满天,夏日蛙唱。

秋风秋风,好清好爽。它稀释山村古老生锈的往昔,它销蚀山村列祖列宗近亲远亲繁殖出来的陈俗……"

老师问夜壶,你是怎样写的?

夜壶回答说,我想了就写了。

夜壶回答完,全班同学齐刷刷地把眼光投过来。倏然间,夜壶一下感觉莫名其妙。

下课的铃声一响,全班同学都围着听他讲《秋风》的立意和构思。

同学们面面相觑,口里不停啧啧。

杨柳说:"我不懂,一阵秋风竟有如此的五颜六色和千姿百态,让人好难想……"夜壶说:"你得静静想,得用心去想。"

夜壶说:"你想,风儿撩拨,风影婆娑,风托着翩然而来的倩影,就像你呢。"

但夜壶没敢正视杨柳嫩白的脸。

杨柳是个好看的姑娘,脸上的皮肤都很白皙,白得让夜壶看一眼就觉得眼花,有时还产生奇痒痒的味道,他好想拧她一把,让她咯咯笑,笑出一泓泪来……夜壶不敢。

初三下学期的一天晚自习过后,杨柳趁夜壶不注意,在他书包里塞了一张纸条,写道:你有出息。

那一晚,夜壶就在床上反复地想,我真的会有出息?

他于是想,很有必要和杨柳把这个问题进一步探讨深一些,透彻一些。

但杨柳终于不再来上课,不再做他的同桌了。他想问老师,他又没有足够的勇气。最后他偷偷跑到杨柳所住的院坝里打听,才知道杨柳她爸已经调离,杨柳要离开这个山村到县城上学了。夜壶为此自我折磨了好几天。接下来的好些日子都让夜壶感到无比乏味。

杨柳的爸当时在乡里做话务员，听人说是从省城下放的一名官员，拨乱反正后，上级就调他到县里一个挺重要的位置做了不知道叫什么名儿的官。

从此以后，夜壶失魂了。老师安排其他同学做他的同桌，他坚决躲避，宁愿自己不上那一节课。甚至于，他感觉读书也不再像从前那样有滋有味了，他想逃学，他感觉有点怪怪的，自己已经失去了一种力量的支撑……

（三）

秋阳明媚，夜壶从县委大楼办完事，兴致勃勃地走出大院。当时他还沉浸在组织部长的那句语重心长的话里："陈庆元，你到乡里要主动搞好工作，自己辛苦点，树好第一印象……这个第一印象很重要，它就像照相的底片，底片花了，任你洗，也是洗不出好相片来的。还有，你要协助领导搞好工作，把尿都尿到一个壶里去。"

部长不是一般的人，如此谆谆教诲，可见对干部的关心与爱护。

部长说完，就点上一支烟，吐起一串串烟圈，他看着夜壶那副诚实的模样，就自己笑了。夜壶正诚惶诚恐，两肩儿真就有了沉甸甸的感觉，但他实在很拘谨，就把两只眼搁在自己的两只脚尖上。部长又盯着夜壶追问了一句："陈庆元，你说是不是？"

陈庆元就回答说："是的，是的。"

陈庆元的喉咙很打结，虽然自己站在部长面前叽里咕噜一阵，但是部长还是没听清他到底说了些什么话。

一路上，陈庆元反复回味着部长跟他谈的那些话。不知不觉地想起他爹那佝偻的身躯，他家屋后那一湾一岭的青松翠柏，还有石香炉坦荡的土塬上青葱蓬勃的苞谷林……他还想到，在乡上读书时，在回家的路上，给祖婆摘栽秧泡、苞谷泡……他自己舍不得吃一颗。祖婆说："细娃看小时，夜壶啊，你跟得到你祖祖的韵。"祖婆说完就叹息，说你祖祖命苦……然后缄默不语。自从祖祖离开人世，祖婆凡事小心，即便说话也挺节俭，知道语言的金贵。夜壶一听到祖婆念叨祖祖的事，脑袋就显得特别的重。

祖祖是新中国成立前夕的保长，是那时国民党的区上和乡上授意他的。他起初根本不愿意干这种差事，但上头说你不干就等于是和政府唱对台戏。胳膊拧不过大腿，祖祖虽然很委屈，但还是上任了。

在解放军的部队开到石香炉之前，他给儿子大粗讲贺龙的两把菜刀的故事，讲刘伯承邓小平如何打富救贫。他还想让儿子大粗也上火线，为平定地方上的土匪暴乱贡献出自己的一切珍爱。可惜，大粗当时太小，才过完十一岁生日，他的愿望最终没能实现。刘邓大军的部队开到石香炉这一沓地方的时候，他做了许多让解放军感动的事情。

解放军雄赳赳进入石香炉那天，他盛情款待了这支威武的部队，亲自望着杀猪匠吞下那一碗苞谷火酒，把家里的过年猪杀了。之后，他腾出两间厢房让排长办公；又把堂屋让出来，给部队的士兵们住，自己一家则住到猪圈楼上。这让解放军很感动，觉得他很开明，是人民政府团结的对象。解放军在石香炉住了整整三天时间，每天天麻麻亮，号兵的军号吹得一村人热血沸腾，精神振奋。石香炉的乡亲为此在这种亢奋、欢快的节奏中度过了他们一生中最美好的时光。

解放军的部队要离开石香炉到其他的地方去完成他们的神圣使命，就把石香炉这地方交给了保长——夜壶的祖祖。

部队临走的前一天晚上，解放军排长送给祖祖一本记不清叫什么样的书，反复嘱咐说，认真看，会有好处。

临别时，祖祖率家小把部队送到石香炉那一棵有合抱粗的柳树下，对他十分敬仰的威仪之师拱手作揖，祝他们旗开得胜，早日凯旋。然后举起右手向部队挥手告别，直到手臂摇得很麻很酸。

这些情节，在大粗一生中是十分深刻的。只是星河斗转，光景一日日不如从前，他只好把这些情节深藏于心，及至夜壶上了中学懂得了些许是非曲直，大粗才老泪横流地告知夜壶这些鲜为人知的重大历史事件……

就在部队离开九围的那一年腊月尾，一场大雪封住了石香炉的山寨，村民们聚在祖祖他们家的火塘边围着烤疙瘩火，都说人民政府和平解放了米粮县，大家都很高兴，兴致勃勃地说既然解放了，石香炉这四里八方就不再受到土匪弯二的骚扰了，接下来，大家就可以好好地生产、好好地生儿育女了。

就是在那个夜晚，祖祖的命运却是径直拐了一个弯，向着另一个方向转了去。无怪乎祖婆后来经常哀叹"他命苦"。

那时，幺祖祖正提着褶腰裤儿上茅厕，忽然石香炉的东头传来了一连串杂乱无章的枪炮声，吓得他当时连屁带尿撒了一路，丢了魂儿。等他跑回屋里才说出几个字，一群土匪早已经把石香炉包围得水泄不通。祖祖顿时热血翻滚，怒火冲天，他说："解放军前脚刚走，茶水都还在冒热气呢，土匪弯二就脚跟脚的来了，不行，抄家伙！"在这一瞬间，他倍感维持一方治安的责任在身，又加上解放军排长的谆谆教诲，他下决心要和土匪弯二一决高下，奔个牛死铧口断。可是，五祖祖不置可否，他说石香炉这地方天遥地远，如若真的要和土匪干起来，寡不敌众会吃亏，到时喊天天不应，喊地地不灵，好汉不吃眼前亏，得忍。忍一时海阔天空！这是一支叫着"川黔鄂剿共"部队的残余势力，头目叫刘三麻子，是被西南大军首长点过名挂过号的。他们执迷不悟、不思悔改，沿着解放军行进路线一路反扑过来，残酷对待那些协助过人民解放军的人家。情急之下，祖祖把五祖祖护进寨洞后，便邀约一拨人马和土匪头子斡旋，另一方面又派人加急找已经走得很远的解放军部队。后来，战事最终平息，可惜那位首长壮烈牺牲。

许多年过去了，祖祖走到了人生的十字路口，他没有足够的理由证明自己的清白，换句话说，他在这件事情上说不清道不明。在冬月的一个黄昏中，他被一排兵带出石香炉的那道山垭口……

（四）

人是三节草，不知哪节好。祖婆生前经常念叨的这句话，陈庆元烂熟于心。

陈庆元做梦也没有想到，铗刀山会红得发透，声名远播。在那种盛名之下，铗刀山也就不再是以前的僻静之地。随着时间的荡漾，它渐渐地变成一种非常时尚的话题。谈起铗刀山，石香炉的人莫不心旌摇曳，一种无上的光荣与自豪之感时时镌刻在脸上。

人怕出名猪怕壮，自从铗刀山有了点名堂，至少有半天下的人如朝拜般纷至沓来，各路人马不厌其烦地围绕铗刀山的过去、现在和将来对陈庆元展开强有力的追问。

陈庆元头晕脑涨，有点招架不住。不过，陈庆元始终非常理性，非常冷静，他说："不听老人言，必走西方路。"老前辈留下来的话很管用。陈庆元的心里比谁都要亮堂，铪刀山与石香炉除了地缘关系以外，根本不存在前因后果，他把话说得很直白，石香炉是得仙气于铪刀山而后横空出世，是铪刀山养育了石香炉，石香炉成就了铪刀山。

铪刀山远在天边，被刀砍斧劈般的十万大山密不透风地包裹着。倘若远远地瞭望，眼眶里仅仅是一抹黛色，此外就没有一丁点儿收获。天生万物，铪刀山之下凑巧就有石香炉。

这个石香炉，山环水绕，地润方圆，且炊烟袅袅，柴扉洞洞。据说陈庆元的祖祖曾经费尽心血请一位端罗盘的先生在这里的山上山下反复晃荡过，直到临走那先生才冒着酒气扔了四个字：一地难求！陈庆元祖祖听了这句话，当着先生的面认真地把头点了。陈庆元祖祖送别那个之乎者也的人，不知有多少次辗转床褥。

岁月在变迁，罗盘先生的话被湮没在岁月里，在石香炉方圆百里被演绎成一个动人的故事。故事传得很久很久，一辈又一辈，谁清楚它将止于何辈？

石香炉很神奇，这种色彩浸染了人们一代又一代。回归现实，流连于石香炉丰茂的土塬或许是最为恰当的一种途径，除此之外简直无法让人们那颗景仰之心释然。

在天地之间，石香炉诸峰连绵，突兀而起的铪刀山幽静苍茫，壮阔威严，在碧空万里之下，那与生俱来的恢宏气势别开生面，气象万千。

石香炉有一条河流，叫三岔河，是石香炉的母亲河，源头上由三条小溪流汇集而成，自南向北而来。这条河本身极会拿捏，时而温顺，时而咆哮，胸有成竹地把石香炉原本好端端的土塬张罗成星罗棋布的样子。三岔河就是三岔河，其秉性不可复制，它一阵阵死去活来地曲绕，结果在石香炉的东边一头蹿入深谷，然后一路挟江裹雷投奔了一条大溪，明朝嘉靖《古州图经》说"其下乃为瀚江"。

到过铪刀山下石香炉的人，总是对着河流发问，为什么要把自己弄得万分曲折啊？石香炉的人回答不清楚。陈庆元也总是摇头不语。

很多年以前，陈氏祖先几经艰苦卓绝的迁徙，到铪刀山山麓倚山而居，他们面对满眼平畴，日出而作、日落而息，勤耕苦耘，在大娄山脉的鸡鸣三县之地造就了铍刀富庶与殷实的赫赫声名。我们今天这样叙述陈氏家族蜿蜒曲折的历史的确显得有点轻描淡写，过于简陋。不过有些事情我们无能为力，由于诸多因素，真正想了解陈氏家族的历史相当费神，除非你有天大的本事让那些死去了好几百年的人又复活过来。

当年陈氏高高祖提着鸟铳震慑这一方不毛之地时的情节非常动人。他高大而魁梧，绝对的血性汉子，他用剜人的双眼扫视了一番四周的青山绿地，血管里的血液一阵阵翻江倒海。他没法抑制内心的激动，跺着脚说："有这一沓地势就够了，孙孙蛮蛮们以后就放开胆子生吧！"

铁的事实证明，陈氏高高祖的话并非信口开河、无端遐想。没多久工夫，时光哐当一下到了陈氏高祖那一辈。那一时期，陈氏家族的人口高度繁衍，三天两头佳音频传，现在翻开黑黢黢的《陈氏族谱》，那上面记载的有名有姓的男丁就有上百口，这在铍刀山下简直是顶呱呱的一支望族。不用说，这赫赫功劳一半属于男人，另一半当然属于女人，他们各自都劳苦功高。

天有不测风云，正处于欣欣向荣阶段的陈氏家族后来遇上了"白号军"起义。"白号军"是威震大西南的一支农民军，杀富济贫，以反清复明为宗旨，在清王朝那里挂了号。处于黔省边陲的石香炉地茂粮丰，又加上铍刀山这道天然屏障，"弯二"（土匪）出没犹如家常便饭。为避匪患，陈氏一族人没日没夜地筑寨堡、造枪炮，以此对外防御侵略，求生保命，对内劝课农耕，繁衍子孙。境况如此，陈氏家族依然朝夕难保。在那个时节，政府实行二丁抽一，拉兵派款无休无止。最可气的是，石香炉从前显赫的命运随之荡然无存，男丁多半血洒疆场，魂不归家，一些女人哭肿了眼睛依然熬守妇道，而一些女人则招人上门"扶力"，嫁作了他人妇，改了"香盒"上的姓。掐指算算，也就是从那时起，铍刀山下的石香炉不再是陈氏的家天下，张王李姓比肩。

过了好长一段时间，陈氏祖祖死心塌地跟着他的叔子伯爷倒腾着这方弹丸之地。匪患依然没有消停，世事隐藏艰难，有再多的理想和抱负也都被冷冰冰的现实强行塞进他的肚子里。种地、牧牛，偶尔经营些山货，日子经营得算是比上不足，比下有余那种。

（五）

陈庆元想着想着那些陈年往事就走出了县委大院。

穿过一条街，就是电影院，这是米粮县唯一的文化活动场地。每天下午总是人山人海，显示出县城的繁荣与人们的精神富足。大门前的宣传橱窗十分醒目地张贴着本院放映《蛇妖显灵》的电影广告。广告是用红、绿两种颜色书写的，光艳刺目。许多人都围在那里琢磨眼前令人惊跳的广告内容，而且有人还一再琢磨广告是不是和电影实际内容相符。

陈庆元挤进人群，在兴奋声中读完了一遍又一遍，在深刻领悟文字所包含的那些内容后，他把手伸进衣服的口袋里，准备掏出票价规定的二块五角。说实在的，他显得十分慌乱，他生怕有熟人看到了，说你龟儿还工作呢，你连起码的素质都没有，又尤其怕被刚才的那位部长看见。但实际上他只是希望能通过一场电影把他的情绪做一个简单的调整。

"陈庆元！"

陈庆元让这甜甜的脆脆的声音牵回了头，在懵懂中，一名穿着白衣长裙、足蹬白色凉皮鞋的少女正亭亭玉立于他的身前。天不逢时啊，此刻陈庆元显得万分猥琐，恨不能钻进地缝里，刹那间，他脸上青一块、紫一块，怪糟糟难受得一塌糊涂。

"你，不是陈庆元吗？"

"是……"陈庆元有些迟疑，下意识地点头。

"你不认识我吗？"

"哦，认识啊，杨柳吧？"

同学间偶然相见，难免忸怩，对陈庆元来说尤其感到局促不安，而且有些尴尬不自在。他们彼此寒暄之后，杨柳主动掏钱要了两张电影票。

离电影开始还有两个钟头，他们就穿过一条巷道，来到河堤上。

天边的火烧云荡漾在缓缓流淌的河心，情侣们依偎着来到这个静谧而欢悦的世界独处。有的还在浅水中戏水，那飞起来的水花溅起满眼的美丽。在行人投过来的目光中，他们俨然是一对情侣，这让陈庆元感觉很害羞，似乎周身扎着很多很多的刺。连杨柳反复问他的话，他都没能听进耳朵。杨柳跨上两步提高嗓门大声喊道："夜——壶！"他才缓缓停下脚步，向杨柳表达歉意。

离开父母好多年，离开乡土好多年，许久没有人这样叫他了，当他听到这个名字时倍觉亲切，似有乡音归来的赤子感觉。停下来的那一刻，他几乎用光的速度把眼前的这个姑娘看了个完，看了个透。啊，多么美的姑娘啊，他差点惊呼出声音来。不知道是出于什么原因，他陡然间升起了一种奇怪的想法，但在瞬间就打消了。他想，自己出身乡野，城市里总叫乡下人为粗人、土包子，怎么能够和这么美的姑娘在一起呢？想到这里，他自卑，自叹自己命运不济，没有福气。他觉得和她在一起简直是对美神的亵渎，于是他狠狠地朝前挪动步子，尽量在他们之间拉出一段距离来，极不情愿让一路上的陌生人误解了他们。

其实，他们亦如一对情侣，他们正有好多的话儿要在此刻倾诉，这是彼此间的，两相情愿的，完全出于对对方的牵盼和挂念。

这样的时候，他们沿着河堤的石梯坎一步一步走下去，在静如深潭的水边坐下来。他们彼此的倾诉是何等的平等、平静、轻柔，当然互相间也渗透进一种青春的气息。

是的，波光摇曳，晚风习习，这正是人心甜畅的时候。杨柳说："我是知道你今天要来的，你知道吗？我在这儿等你一天了，从早上到中午，从中午到现在……"陈庆元说："你等我？你等我做什么呢？"

杨柳多么希望陈庆元能说出一句感人肺腑的话，使她心理得到一种安慰。但他还是从前那个样，都要参加工作了，仍旧显得很从容，带有几分成熟和稳重。

杨柳告诉他，她从乡上走的那天，唯一希望的，就是能和他见上一面，或者能说上一句话，但她没能实现愿望。后来她在县城读师范学校，她总是思念曾经生活了十多年的学校、老师、同学，还有那些好看的山，好看的水……那么，那是怎样的一段曲折的经历呢？

就在他们分开的那一年，陈庆元没能考上高中，不是因为别的，全是家庭出身的原因。在初中毕业考试的前五天，班主任在班上向全班同学作了宣布，同时宣布的还有另一名女同学，老师没作过多的解释，只是说他们的家庭在历史上有污点，政审过不了关。那个女同学嘤嘤地哭了起来，陈庆元的鼻子酸了一阵后也跟着挤了几滴眼泪，让老师意料不到的是全班男女生竟然也哭了起来。其实，老师的心里也像吃了只小毛鼠，怪糟糟难受极了。

最后校长亲自来宣布政策，说参加考试么是可以的，但能不能读是要报教育局和县政府批准才得行。

陈庆元最终还是没能读上高中，班主任当时拿着比别人高出二十多分的成绩单对陈庆元说："可惜呀！你不该生在那个家庭！"

回到家的时候，陈庆元不敢告诉父母所有的这一切，他想父亲和母亲知道了一定很伤心。他闷闷不乐，在假期中，他默默地割猪草、割牛草，或者上山砍柴。有时候他到塬上遥望远方，可山隔水阻把他的双眼遮得严严实实，茫然和失落陡然升起，使他一人独自叹息。

在这个漫长的假期中，他总是把头天没想完的事情接着想完，无休无止，似乎只有这样，他才感到充实，才能解脱自己。

后来是一位姓吴的老师收留了他，让他重新拥抱了他热爱的学生生活。在父亲、母亲的热切希望中，最后他一口气读完高中、大学。

（六）

八卦乡横卧山垭，四周皆是起伏的山峦，20世纪50年代修的一条公路从窄窄的街道中扬长而过。街上上百户人家都是土著，人称"古老户"，他们一代又一代在这里繁衍生息，其乐无穷。那些房子是清一色的吊脚楼，雕梁画栋，错落有致。虽然岁月把它们风蚀得斑斑驳驳，但依然可以看出它们曾经的辉煌。

从街中间的一条巷道向上行走半公里即是一座土司衙署，背靠笔架山，面向二龙山，有数百年的历史，监狱、面壁，甬道、街道一一俱在。四周树木森森，庄重气派，景象非凡。

明朝万历年间，播州宣慰使杨应龙对抗明朝廷，神宗皇帝赫然发动了历史上著名的"平播战争"，战争结束，中央王朝在播州实行"改土归流"，自此，播地土司在名义上消失，而实际上大小土司我行我素，依然存在，直到中华人民共和国成立以后，尚存的土司经过人民政府的改造，才重新做了普通人。过去的土司衙署现在成为乡政府办公室，已经有了一些时日，不过看起来仍然气派。

陈庆元走进一间办公室向一位中年人问道："请问秘书在家吗？"

中年人抬起头，取下眼镜问："你什么事？"

陈庆元掏出县委组织部的介绍信递给中年人，那人哦哦两声，就把介绍信夹在墙上的文件夹上，说："书记在家，你见见他吧。"陈庆元见秘书对他没有别的交代，很尴尬地退了出来。

陈庆元走上楼梯拜见了乡书记，书记听了他的自我介绍，说："听说了的，听说了的。"书记把他带到走廊，指着一间木房说："你住那儿吧，乡里条件差……"陈庆元一个陌生人到八卦乡，睁眼一团瞎，摸着石头过河，哪敢粗心大意！

乡里正副书记、正副乡长每人的宿舍都是里外两间的一套，外间办公，里间作卧室，有妻儿老小的自然多占一套。这房子是老了一点，但每个人都相当于是独门独院，非常的清静、自然，这既是它的优势，又是它的特点。

见过了书记、乡长，也就算是拜过了码头。秘书老李有时候过来对他说说话，但总是皮笑肉不笑的，两道锥子似的目光时而偷眼看人，就像贼滑的蚊子突然想狠叮你一口，陈庆元想，这家伙肯定是个不好惹的角儿。

第二天，乡书记把陈庆元叫到自己的办公室，指着两条弓一般的木凳说："你把它抬去用吧，这是当年的老书记送给我的，你看那书记如今都做了县长了，凳还是好好的，现在我就把它送给你。"书记的话意味深长，耐人琢磨。

书记正值血气方刚的年龄，全县五十个乡书记中，他是能说会干的一个，说话办事信心十足，给人一种只能仰视他的感觉。

陈庆元很感激书记的关照，他对书记说："我刚刚步入社会啥都不懂，凡事要请书记指点。"说话时陈庆元一脸虔诚。书记点着头若有所思，告诉他："这八卦啊，是三县四镇结合地带，明清为州城所在地，乡情地情人情复杂，因此你事事务必小心谨慎，切忌大而化之！"

陈庆元听着听着两眼顿时发花起来，心里虚飘飘的。他想，八卦乡真有这般的折磨人么？

陈庆元抽时间一一认过了乡里的工作人员，然后在乡里听差，比如给各村发会议通知，替话务员喊人接电话，为秘书老李跑腿等等。也有几次跟着大家到村组催收征购任务，忙里偷闲，苦中有乐。时间过了一个月，他心里也有了许多感受，这基层工作就是一哄二吓三诈：哄，虚情假意，兔死狐悲；吓，虚张声势，瞒天过海；诈，敲山震虎，暗度陈仓。一想到这些，心里感到特别好笑，他想如果基层行政工作都是这样，也许只要具备小学文化程度的人就绰绰有余了。想着想着，他的心里多了一丝丝说不出的味道。

这样熬到十月初上，区里一纸令文，让他担任八卦乡的秘书之职，这多少算是与他的理想沾了一点边。

这天早晨，陈庆元和原来的秘书老李搞过交接，便倒床蒙头大睡，不一会儿就扯起了呼噜，那架势真是睡觉睡到自然醒，打鼾打到鼻抽筋，把上一层楼的惹得心烦意乱，说："年轻人哪，就是瞌睡大。"

他刚翻二眠，笃笃的敲门声把他惊醒了，接着一串叮当的鞋声在他的卧室门前停下来。办公室在一楼，到乡里来打证明或者签字盖章的人一向径直而入。起初他嘀咕这是不是有点太那个，书记乐呵呵瞧着陈庆元那焦皱的样子说："基层嘛，这样方便群众办事，还可以接受群众监督。"

陈庆元懵懵懂懂拉开门栓，问："有什么事吗？"满脸的惺忪让对方一阵哈哈大笑，他还没回过神来，对方就说我是来报到的，到乡中学教书，"啊……是新来的老师……"陈庆元忙提上鞋，张开五指向对方说："你等一会儿，我马上来。"

凡是新分配到乡属部门工作的，都要先到乡里报到，由乡里在那张纸单单上写上"×校毕业新分配，工资多少，请予接收为荷"之类的话，再拿到工作单位报到，方算你有了工作籍，属于吃官粮、拿官钱、做官差的人。

陈庆元接过县里开具的介绍信，目光很快拉直了："杨柳？"

再看看眼前的姑娘，体态轻盈，富有一种高傲的美。由于穿着束腰胸衣，显得格外窈窕，高跟鞋和头上的发饰使她那修长的身材格外引人注目！

陈元庆有些激动："你怎么不早说啊？我问你，你怎么也到这儿了啊？"

杨柳说："陈庆元，坐了官家的椅子才几天啊？"停了停，就把绯红小嘴高高噘着，露出两排整洁的牙齿来，"老爹让我吃苦呗！"杨柳说，本来离开学还有十多天，可老爹却催命鬼般逼着我下来，说先来了解了解情况总有好处，正好今天老爹的一位同事要来基层搞调研，就把我的东西往车上一扔，打发乞丐一样的，让我搭车来了。陈庆元说："你老头子办事还真干脆利索。"

陈庆元自己不做饭，扎根食堂，他对杨柳说："本想让你尝一顿玻璃汤的，想想还是算了，先到为主，今天我请客。"

开饭的铁钟还没有敲，院坝里却是响起了一片交响曲，每个人都敲着碗，叮叮当叮叮当乐声一片，那意思是煮饭的师傅你搞快点。他们个个准备得都充分，一旦钟声响起，就毫不迟疑地冲向饭甑山，比战场上抢军功章还执着些。但有时候尽管敲一阵，饭还是没有马上熟，人们又只好蹲在地上，摸着肚皮嗷嗷嚷嚷说："老子肚皮都饿不见了！"骂骂咧咧地指责师傅总是不准点又超了好几分钟。

杨柳跟着陈庆元出来，穿过吵嚷的人群。面对此情此景，陈庆元不得不对杨柳解释说："基层嘛，哪里比得上城里文明。"说完，自己摇了摇头，嘴里直咕哝："咳……"吃罢饭，他们便来到羊肠般的公路散步，公路两旁已经有了玉米成熟的芬芳，不必说，远山四野自然是一派翠绿。杨柳很想把藏在心底许久的秘密告诉陈庆元，刚要开口，心里实在跳得慌，她只好扼住了这股涌动的潮流。想了想，她还是下了决心，对陈庆元说，她很迷茫，她想自修其他本科专业，比如法律或者经济方面都可以，趁年轻干一番事业。陈庆元听了以后，觉得她眼光高远，顿时自惭形秽起来。他放慢脚步，暗自思忖，是啊，我们的前程难道就已经到彼岸了吗？接着又自我否定：不会的，它应该是缤纷的绚烂的，这才是我们彼此向往的一湾河流啊。

开学以后，杨柳买了一套炊具，自己动手做饭，邀请陈庆元也过来搭伙，彼此之间充满了信任和欢乐。学校里或大街上，人们总是议论他们：真是天生的一对儿！

生活充满着激情，陈庆元工作任劳任怨、积极肯干，得到了乡里书记的肯定，乡民们也喜欢结交这位年轻的朋友。区里的领导也都十分赏识这个年轻人。

一天，县委组织部一位组织干事专程来到乡里，问陈庆元，工作了这么一段时间了，有何感受？

陈庆元告诉他，工作苦点累点有什么啊？我年轻，多干点，这里的老百姓才苦呢，再说，我很多东西都不懂，希望上级多指点。

组织干事临走时，单独当着乡书记面说："你可以放手让陈庆元好好干！"

人怕出名猪怕壮，八卦乡里里外外都知道乡里的秘书叫陈庆元。到了次年九月，乡政府任期届满，县委明里暗里物色人选，乡书记给县委推荐说："我们这儿已培养了一个，请组织上就少操些心吧。"

组织部长问："谁？"

乡书记说："陈庆元！"

部长点着头说："那人还真是块料！"

（七）

乡人代会选举陈庆元担任了八卦乡人民政府副乡长，陈庆元抖抖擞擞上了任。八卦乡人民政府的领导一正二副，他尾随在乡长和一名副乡长之后，做起了八卦乡的鸡母娘娘。

选举结束第六天，陈庆元得到了一封家书，信是他爹大粗的亲笔，他不敢迟疑，他要回家禀告爹，禀告娘。

他把回家看望父母的想法告诉了杨柳，她很高兴，说："我也去看看。"陈庆元说："你就不必了吧。"其实，他内心是想她去的，只是没个说法，也就没有邀请，再者说，也让人别扭，如果父母问起他们之间是什么关系可怎样交代呢？那不等于是向爹娘心里捅刀？于是，他说了一句模棱两可的话："我们那儿远，山高路陡，怕你经不起折腾。"

杨柳说："我就得去，不然，让你不高兴！"

一大清早，陈庆元向乡里书记乡长请过假，就和杨柳踏上了回家的路。

九月里，挞谷声声，山雾灰蒙。稻田的谷桩，金黄黄的，雀鸟在田埂的谷草个上飞来飞去觅食，让人想到农人丰收的喜悦。

大粗越发佝偻。这些年陈庆元经常在医院开一些岩白菜素片，让他不停歇地吃，咳嗽少了，身体还康健，在犁田犁土方面仍是一个好把式。娘见夜壶带了个城里人模样的闺女，疑是自己的媳妇，喜悦之情溢于言表，说夜壶隔家远，"你爹真是害苦了你们啊……"那时，娘眼角有些湿润，夜壶知道她激动了，就说："娘，好久没吃你做的饭了，夜壶在外天天想吃你做的饭。"夜壶又对娘说，田土那样宽，做不到哪些事，种点够吃的就行了，办不到的地方送点给邻居们办吧。

夜壶看了看娘的头上增添了好多银丝，心里自是有一番说不出的苦味。老人很高兴，儿女只要这样成双成对回来一转就比什么都要高兴。老人想人能熬一辈子虽然是不容易，但是她很知足。

陈庆元他爹是随那只归鸦在天擦黑时才背着谷草回家的。这些谷草先在坡上晒干后再背回来，一个一个地垛在树上，预备着腊月落雪下凌时给牛羊吃。大粗看见夜壶回了家十分高兴，他隐隐觉得夜壶这些年长了一些生存的本事和能力。当他看到夜壶带回来一个如花似玉的闺女，那喜悦的样子就有了些表现。

大粗在心里大声说：家发有德！

陈庆元爹之于陈庆元，是一部厚厚的书，永远也让他难以读透。

在陈庆元他爹大粗的眼里，即便陈庆元做了乡长，但还是他心中的夜壶。

晚饭时间，父子俩一起喝酒，到了第三杯，大粗憋在心里很久的话就开闸了，他说："夜壶啊，你现在做了乡长，那就是要比别人多做一点事，多做一点善事、积德事，人贵有自知之明，你要时刻想到你祖祖。人哪要行得端坐得正，古人说得好，人是三节草，不知哪节好。"又说："三穷三富不到老，响鼓不用重槌，这些你想过？你懂？"

大粗继续对夜壶说："从前啦，有一富户人家和邻县的一富户结了怨，对方重金买通江湖杀手追杀他，在这样的危急关头，你说，怎么办？要是我们常人，就得躲，可他不，你看他是怎样处理的呀，他请了四个背脚子，挑了两挑大烟、两挑铜钱，连夜赶到对方的家门口，等对方一大清早起来开门，还没有弄清楚是怎么一回事，就咕咚咕咚地在对方老爷脚下跪起来，千声'保爷'万声'保爷'叫得对方泪花直涌，这一声'保爷'呀，不仅使得对方冰释前嫌，还保住了他自己的一条性命！"

他问夜壶："你说，人一辈子到底是图个啥子呢？"

接着大粗又咕噜一下吞了一杯。

夜壶知道爹此次通知他回来的用意。他很感激爹，是爹赋予了他皮肉毛发，赋予了他永不言败的精神。如果不是爹一生苦心经营、谆谆教诲，自己哪里成得了今天的气候？

大粗自己斟了一杯，又继续对夜壶说："历朝历代，就五个字'权、钱、势、德、能'在作怪，有时候这个世道浑浑水浑浑鱼，但你保险就没有正本清源的时候？"

夜壶很想让爹少喝一些，但大粗已经又把酒杯斟满了，兴致极高，他给夜壶解释说："当今这个社会，依然如此，谁也不例外，一要有权，二要有钱，三要有势，四要有能，五要有德。自盘古开天地，世间也就有了左中右之分，五者具其一，为中下；五者具其二，中中；五者具其三，中上；五者具其四，上中；五者全具，上上也。上上者，可入仕，官可至二品；五者全无，为苦命之人……"夜壶知道爹心里装着好多学问，非常敬佩，他同时明白爹很久没有这样说话了。

大粗必须对儿子负责，对陈氏家族负责。凭着他对人世的理解，他要把纷繁的道理给夜壶讲清楚。他对夜壶说："有权，君叫臣死，臣不得不死；有权也会有钱，还可结势；有钱，可拉出尿来叫穷人淘金，可目空一切，天下皆为我有；有势，可天马行空，独往独来，偶或可升天得道；有德，可包容天下，广结良缘，德独立于社会独立于人品；有能，可靠诚恳和勤奋，获取一定的声望，但有时权势会趁你不备时在你脖子上给你架上一把寒刀，问你要钱还是要命；为了赶路，你会掏光最后一枚分币……五者全无，是庸人。"大粗说："光有能，注定人一生的悲哀，当然也是这个社会的悲哀！"

大粗瞟了一眼夜壶带来的女人，又说："色为权起，色因钱起，人人皆备色心，但色胆不宜张狂……有阴必有阳，这是中医的观点，也是《易经》的观点……"说着说着，身子一歪就跌倒了。夜壶慌了神急忙要扶他到床上，他打了一个酒嗝之后说："你以为我醉了不是？我——没——醉！"

在夜壶的记忆里，爹一生都没有像今天这样高兴过，更没有像今天这样醉过。

第二天夜壶临走时，大粗异常庄重严肃，他谆谆告诫夜壶："凡事不可强求，也不可强遇，顺着走的路如果走不通，你就不妨倒着走。俗话说得好，条条大路通罗马。今后在工作上生活上遇到什么不顺心的事，你就回来，爹帮你出主意。"样子极认真。

（八）

晚上到了乡上，政府领导开始分工，好管的让人家先抢到手，只剩下文教卫生和计划生育这一麻糖盖盖，陈庆元知道这下烫着了，但没吭声，谁叫自己比人家年轻一截呢，牙齿掉了吞进肚里，认了。书记说："你这一口的工作这几年年年在县里幺鸭儿，领了黄牌，挨够了批评，现在由你管正适合你的胃口。至于裤腰带以下的事还要成立计划生育专业小分队，你管发号施令，那些巾巾索索的事让小分队具体抓去。"

大家一时无言，足足停顿了四五分钟，书记就合上本子锁口了，说："分工嘛就不再翻来覆去地说了，就这样定下来了，从明天开始，大家各负其责。"

陈庆元开完会回到寝室，书记的话还在大脑里萦绕。他明白，书记的那些话言轻意重，对分析教育、卫生、计划生育几项工作充满期待。他意识到，要搞好这些工作就得找到工作的症结所在。其实，乡里的大小官员都清楚，这几项工作乡里以前本身底子薄，乡上又没钱投入，更为严重的是乡政府三年两头换，头年制定措施计划，第二年摆摊子，第三年换防走人，所以，尽管政府换了一届又一届，这一口的工作是懒婆娘过年一年不如一年。

铁打的营盘流动的官啊，怪谁呢？陈庆元感叹！

陈庆元苦思，这不行，得找个突破口。

一连几天，他分别找股室干部座谈，找一般干部了解情况，又把各个股室前三年的工作计划、总结拿来研究一番。功夫不负有心人，一个星期以后，他精心拟定的一个方案就要问世了。他暗自高兴，不知不觉地，就吹起口哨来。

第二日清晨，他先上了一趟厕所，在院坝筛糠似的晃悠了几圈，然后就请示乡里的书记、乡长，征得同意后就正儿八经开始工作了。

陈庆元一不做二不休，他砰地关了办公室的门，沿着那一条十分狭窄而曲折的乡场来到乡教育辅导站。办公室关门插锁，还没上班呢！他足足等了半个钟头，才看见会计屁颠屁颠地朝着办公室走来。他没顾及自己的言语是不是文雅，便从齿缝间射出一句："你们站长呢？"

"还在家里。"会计喉咙打着结。他把右手的食指点到会计的天灵盖上，说："你，去把站长给我找来！"

他站在那里万分毛杂，像临投江自杀之前的心情一样。上班时间不到岗！当然，这成为他目前指责下属的唯一证据。

站长屁眼上好像夹着一团屎，畏畏缩缩地来了。

陈庆元没等他开腔，就说："从今天起，辅导站的人一切听我调度，家里不许留人，全部给我一道下乡！"

站长丈二和尚摸不着头脑，站在那里愣着，陈庆元就喝问："你听到我说的话了没有？通知全体人员到办公室来集中！"

一会儿，辅导站站长、副站长、会计、出纳、业务等一行人呆头呆脑涌进了辅导站办公室。陈庆元没有等大家完全落座，就严肃地对他们说："从今天起，辅导站的人一切听我调度，办公室不许留一个人！其余的不说，现在下乡！"

此时，诸位大气不敢出，都怪自己倒霉透了顶，做出一副遭受人欺侮的可怜相。陈庆元没理睬他们。

队伍先开到乡中学。

学校上课已经好半天，陈庆元事先没有通知学校负责人，带着辅导站的人员大步踏进校园内，径直一班一班地查看教师上课情况和学生听课情况，等学校弄清原委，这边的工作已经全部结束了。

"谁是校长？"陈庆元问。校长脸上红一块白一块跑过来，喉咙像吞了一只死苍蝇，好久没说出话来。陈庆元说，下课铃响后，你通知全校师生集中，教师上的哪班就站在哪班的后面，学校管理人员站在会场前面，各班的兼课教师站在学校管理人员的后面。

一切布置妥当，陈庆元吩咐学校教务把全校教师的备课本、学生作业本全集中在学校综合办公室，然后对辅导站的人员说，"你们给我好好查，做好记录"，就拉着辅导站站长走了。

操场刚平整不久，师生们稀里糊涂到了操场，等候他的发落。他没向任何人打招呼，站到会场前面说："站长，你清点人数吧。"站长接了指示清点学生人数，再清点教师人数，结果让他吃惊不小，学生有三分之一的人数不齐，教师有二分之一不齐。站长站在那儿发怵，陈庆元说："你告诉我情况吧。"站长这才清醒过来。他把教师和学生的人数情况记录在笔记本上以后，就说：

"好了，今天就是这样了，散会吧。"接着他又到办公室检查了学校的各项规章制度。他只看不说，站长、校长愈发心慌。

回家的路上，陈庆元仍一路无言，直到要和辅导站的人员分手，他才对站长说："请在三天以内做好以下工作，在全乡所有公路旁、主要人行道、中心村寨、乡直中小学、村校贴出告示，主要内容是：请全乡群众对各地教育情况提出意见；请各校把目前存在的问题逐项梳理提交乡政府办公室；请各地教师提出在教学方面的热点和难点问题。告示要特别注明以上三个方面的情况由乡人民政府直接受理。"

说完，站长一行眼巴巴地望着陈庆元的背影在乡场的另一头消失。

当晚，陈庆元征得书记、乡长同意，乡里召开了党政联席会，陈庆元详细汇报了全乡目前的教育现状、存在的主要问题等，并成立了由陈庆元牵头，乡纪委、组织干事、财政、乡党政办主要领导组成的调查组分赴全乡开展工作。

这之后，陈庆元和乡书记、乡长到县里先向分管教育的王副县长汇报乡里的教育情况和乡里的具体整顿方案。王副县长十分高兴，他说："你们乡党政领导这样重视，我还能站在黄鹤楼上看船翻？"于是他举起电话找教育局长，请他来办公室商讨重要事宜。

座谈开始，陈庆元又详细介绍了八卦乡的教育情况。

局长申修义说："你们乡的教育情况我们也了解一些，譬如站、校负责人不得力，教育管理混乱，老师不爱教，学生不愿学，社会办学态度不积极……"说着说着，局长申修义便大摇其头，叹道："都到这个分际了，那就治一治吧。"

陈庆元把调查的情况做了具体介绍，乡书记和乡长分别表明了乡里的态度，谈了乡里的具体方案。王副县长说："既然八卦乡的教育状况已经到了这种触目惊心的地步，建议由乡政府分管领导陈庆元同志兼任八卦乡教育辅导站站长，申局长你配合一下，物色合适人选，对现有站、校领导班子重新调查，该撤的坚决撤，该降的坚决降，该调离的坚决调离，决不能手软。"最后，王副县长经请示县长，把今天的座谈形成了会议纪要。

陈庆元一行三人听王副县长这么一说，信心也就鼓鼓地凸了起来。

从县政府出来，书记说："庆元啊，我们乡的教育状况早些年就这样治理的话，还会年年中考出现白板，让我们党委政府的脸上不光彩吗？"

乡长说："这事得一鼓作气抓下去，不能出现闪失，庆元，你的任务重是重了些，但要挺住。"见时间不早了，三人来到一家便民饭馆每人要了一碗面条胡乱吃了，之后，便一起钻进破吉普打道回府。

乡里的教育整顿如火如荼，乡党政办把群众提交上来的热点和难点，以及反映教育状况其他方面的问题认真进行了梳理，把一百二十多个问题整理成七个方面，分别由陈庆元——作了批示，然后交办下去，由乡村两级负责具体落实。

乡教辅站站长王坤在站里工作整整八年了，他先任会计，后任副站长，再到站长，可以说是一步一个台阶。这次乡政府大刀阔斧整顿教育，他自感脱不了干系。一层火来一层炕，形势逼人，他不得不再去找一找他在教育局的老同学。他的那位同学对他其实也很仗义，否则，明明知道他能力不够，怎么还让他当站长呢？王坤开了很大的门面做百货生意，一个月不是守摊就是到县城，利用开会的机会拉货，当然，对于王坤来讲，开会即拉货，拉货即开会。有时本不是开会，也到教育局转一转，摸摸情况、了解动向，这本没什么不对的，问题是公私兼管过了头断然会影响工作。站里的其他人早就对他有意见，可是他朝中有人，只好哑巴吃黄连，憋一肚子气在心里。眼看这次乡政府要动真格的了，大家就有最为直观的感受：王坤的摩丝不打了，领带不系了，分头不梳了，总之一句话，过秋的茄子蔫了。最为高兴的当然是教育辅导站的，他们就像六月大热天吃了冰激凌，心里舒服极了。

那天，王坤不等天亮就骑着摩托车往教育局跑，他老同学一见王坤神色慌张地走进他的办公室，就问："王坤，你死眉烂眼的什么事啊？是你爹死了还是你娘死了？"因为他根本不知道水已经淹到了王坤的口上。

王坤这位同学是教育局副局长，分管人事。每年暑假调整人，除非新提拔的，局长是不直接过问的。因此，乡镇里的教师都认为他是实权派，那些喜欢争校长、站长之职来当的人把他认作铁哥们。这天王坤一来到他的办公室就递上两条软"中华"，副局长不解，说："王坤，以前都是一条的，今天怎么加码给两条了？"同学间说话十分随便，省去了许多客套话。他见王坤木讷讷的，就又说："有什么事，晚上到我家里去，咱哥俩边喝边说，你看行不行？"说着就立起身说："我有事呢，先忙你的吧。"王坤只好悻悻地退了出来。王坤又想，几十年的同学交情，这节骨眼上怕你也要宰我一刀？但又一想，不对，得把他盯住，我不当站长，能有那么好的生意？一学期光作业本、笔墨销售就是十万元哪，还代销辅导教材。想到这一点，他的眼前就十分光亮。他自己把自己鼓励了一通，人到屋檐下，该低头时就低头呗。他这样一想，任何事情都想清楚了。所以，他决定还是要在副局长身上再下一番苦功夫，反正带来调货的钱宽裕。

晚上王坤贼一般来到副局长的家门口，听了听屋里的动静，好像客厅里正在唰唰地搓麻将。他停下来琢磨，进去呢还是不进去呢？想了一会儿他就撑直脖子，按了门铃。他正瑟缩着，副局长女人就来开门了。女人四十多岁，身上珠光宝气，一看就是很会经营自己的那种。她一边来开门，一边嘴里还在责怪自己男人说："该碰的不碰，会不会打啦！"女人才把门开到三十多度，王坤抓救命稻草一样立马拉住了女人的手，女人以为王坤调什么情，转身说："王坤你……"王坤压着嗓门说了一番，就把一个牛皮信封交给了女人。

王坤来到客厅，业务股、人事股、计财股的股长在麻将桌上围了一圈，王坤掏出香烟一一递上，算是打招呼。他见每个人都精力充足，又不好打扰副局长的雅兴，就自己找来一张凳子坐下，索性观望起牌局来。

副局长眼皮翻了翻说："王坤，来玩吗？都是自己人。"其他的几个人抬起头来，纷纷说："玩嘛玩嘛，好不容易打个堆，你来扶点贫有哪样。"

王坤问："玩得好大哟？我又不晓得你们兴的规矩。"

众人说："不大不大，老哈数一二三四五，杠上花算自摸。"

王坤在计财股长的位置上坐下来，手里摸着牌，心里想着事，副局长打来他不敢和，结果挨了对门一个杠上花。他心里想，这是哪些人哇？

几圈下来，王坤包里的钱就到了各个扶贫户手头，王坤越发窝气，越窝气手越背。等墙上的钟当当响过十二点，其他的几位说："算了，明天还上班呢。"便作鸟兽散。

王坤悄悄按了按钱包儿瘪瘪的，三千多块无情无义地打水漂了。心里嗷嗷叫苦，刚才递给副局长的是五千元，总共花去八千元了不是？"咳！"他叹道。

第二天，王坤两手空空蔫茄子样直奔家里，女人不知详情翻来覆去地问："你调的货呢？"问得王坤两眼火星子直往四处溅，他跳起来凶狠狠地照着女人圆溜溜的屁股就是一脚，"你干嚎湿嚎，你问问老子心里几多的苦！"

又过了一个月，全乡教育工作整顿进入实质阶段。在乡书记亲自主持的全乡教育工作会上，陈庆元代表乡人民政府宣布乡教辅站原站长王坤调到一个村任副校长，主持学校工作，乡中心学校校长由乡政府文卫股股长兼任，并同时宣布各校一律采用教师聘任制。

八卦乡，这片苍凉的土地开始有了蓬勃生机。

（九）

时光在浩瀚的岁月之河转了一个圈，乡书记调往县里做了一个局长，乡长升任了书记，陈庆元也朝前挪了一步任八卦乡乡长。从这种情形下看来，陈庆元的前程还是铺满了灿烂云彩，因为他经过这些年的努力已经有了一些工作上的体会和经验，更特别的是他还处在年富力强的二十多个春秋上。

刚刚开完人代会，各项工作就要实打实开干了。每年人代会的模式都是一样的，政府工作报告上的工作任务、工作措施、工作目标、工作重点一四六九一样不少，但等到三年任期结束，工作还是停留在纸上，数没有数头，看没有看头。就说白岩沟那里的"长江防护林工程"吧，人代会上代表们都提了三年的议案了，还是老样子。代表们这次又提了，陈庆元的骨子里就意识到问题的严重性，不能再怠慢了。于是，他在人代会上斩钉截铁地表了态，说抽时间要去看看，一定要把问题处理利索。

那天早上，陈庆元穿上衣服，来到乡政府坝子中间，正准备下乡去，这个时候，办公室秘书走过来说："县政府办公室刚刚来电话，县政府长防林检查组要到白岩沟，检查这几年来的工作落实情况。"

陈庆元停下脚步赶忙往回走，对秘书说："那里的情况我心中没谱啊。"然后又吩咐秘书："你先到村里找护林员、村主任，让他们准备一下汇报资料。"

秘书前脚走，检查组一行四人吱溜一下在乡政府院坝停了下来。

既然是检查工作，又牵涉到县里今后对八卦乡的项目资金投入，陈庆元硬是大气不敢出，火急火燎地都忙成了罗圈腿。

检查组组长是县政府的余副县长，陈庆元先向检查组介绍了一下情况后，就一起直奔那个村子。

白岩沟属牌坊村，汽车在山道上气喘吁吁半个钟头才到了村头，这时，村主任早已经望穿了眼，急忙率村委全体成员迎了出来。村主任四十多岁，一双小眼睛闪闪烁烁，他忙前忙后地递烟、点火，热情得让检查组一行人十分感动。乡长陈庆元见村主任这般机灵好使，心里踏实了许多，有说不出的高兴。等检查组的人喝了水，歇了气，陈庆元就对村主任说，你先向检查组的领导汇报一下工作情况，再带我们到白岩沟去看看具体的，怎么样？

"哎哎。"村主任嘴里应诺，掏出脏兮兮皱巴巴的笔记本，毕恭毕敬地说："我嘴笨，说不好，请各位首长多包涵……"检查组的成员都一本正经地翻开笔记本，准备记录。陈庆元生怕他汇报不彻底，还特别点一句："村主任你是怎样开展工作的就怎么说，别紧张，慢慢说，说清楚。"

不紧张不紧张，村主任清了清嗓子回答。村主任端正了身子，又捧着本子念："各位首长，现在我汇报牌坊村的'长江防护林工程'落实情况。检查组的成员一听到这儿，再一次翻开笔记本，准备记录。村主任说："第一嘛，先谈思想认识，'长防林工程'是一件关系到我们牌坊村子孙万代的头等大事，是一切工作的中心……"村主任的两个嘴角泛起了一团白沫，好像还要继续"谈认识"，陈庆元皱起眉头，用手示意他说："你往下说，说具体的，比如造林面积，成活率，长势情况这些。"

村主任一愣，有些慌乱，不过，他当过兵，震得住场子，他又干咳一下，继续说："对不起，我这个人没有多少文化，没有见过世面，第一次给这么多首长，这么多领导汇报工作，心里发虚，嘿嘿，请多多包涵。"村主任说着，额头上冒出了一层汗水，一副老实巴交的样子，叫人不忍心催促。村主任瞟一眼陈庆元又继续汇报，他说："现在，我向检查组的领导汇报具体情况。"说着，他又扯开话题绕了绕，说我的汇报比较详细，比如这个造林面积，它一共是……大伙正准备记录，村主任抬起右手很随意地看了看表，惊叫道："哎哟，十二点了，吃饭，吃完饭我再给领导们汇报。"接着，他向检查组表示歉意："我们这儿穷，没啥好吃的，请各位首长、各位领导艰苦一点，嘿嘿，情况我们陈乡长都是清楚的。"村主任这么一说，大伙的眼光便集中到陈庆元身上，陈庆元只好顺坡下驴点了点头。

大伙儿正饥肠辘辘，只好收起笔记本。谁都清楚，笔记本上才开了个头，往下还没有实际内容。

检查组的组长笑了笑说："客听主安，这地方，穷是穷了一点，但是人是热情的，理解，理解。"

不容分说，检查组的同志就在饭桌边围起来。热气腾腾的饭桌上摆满了油炸斑鸠、清炖斑鸠、红焖斑鸠、火锅斑鸠……简直是道道地地的一席斑鸠宴哪！一个个目瞪口呆，一个个唾液直流，这哪里是穷乡僻壤啊。

检查组一行人的眼珠子发着绿光，筷子对准目标就是一通扫荡，这个喊鲜，那个喊嫩，都异口同声说："到底斑鸠比鸽子好吃呀。"

组长大夸村主任会动脑筋，一桌子的斑鸠让人吃出了牌坊村的特色，笑着对很少动筷的陈庆元说："城里哪里能吃到这些玩意儿啊！"陈庆元点头，也笑。

村主任接过话茬，一脸的谦恭："没办法，地方上穷了一点，只能抓几只斑鸠凑合，实在不好意思，来喝酒，喝！"

一连几杯下肚，组长就为山里人的纯朴、热情和真诚所感动，半开玩笑说："这酒该不是茅台酒吧？哈哈，咱们村人热情，菜好，就是苞谷烧也能够吃出美味来。"

村主任一怔，回答说："领导这不是在涮我吗？我们穷山野沟，哪里得茅台酒来？火酒、烧火酒！"

组长一想，也对，这穷地方哪买得起茅台酒？大概是难得吃上斑鸠，酒过若干巡，组长搁下筷子，指着满桌的斑鸠哈哈大笑："诸位，你们就没有吃出什么'味'来？"

满桌人让组长这么一说，都停住了吃喝。

组长见大伙瞠目结舌，又喝了一口酒才说："这桌斑鸠宴啊，菜中有菜，味中有味，大有文章！村主任想说的话呀，都在桌子上，都在这菜里。这还不明白？没有树林哪有斑鸠？能搞这么一桌斑鸠，就证明山上绿树成荫，就证明这里植树造林搞得好嘛，是不是？"

检查组的一行人全都鸡啄食一样点了头，似乎大梦初醒。

村主任一看这阵势，就赶紧声明："嘿嘿，这都是你们城里人会联想……不过，首长也说得对，鱼儿离不开水，斑鸠离不开林，我们这儿的斑鸠嘛，想吃就去抓，一枪打一串！至于造林情况，还有劳各位领导深入检查，眼见为实，那山么，高是高了一点，陡是陡了一点，路是滑了一点……"组长接过村主任的话，十分坚定地说："不用了！刚才下车我们都看了，四周全是绿的，都是树！"

这时，乡党政办秘书跨进门来，拉着乡长陈庆元就往外走。

门外站着一个剑眉高挂、身板硬朗的老年人，陈庆元还以为是老头让不孝儿子逼了来喊冤。

陈庆元走过去，对老头说："老人家你有什么事？"老年人说："是，我要告状，你是我们的乡长吧？"秘书告诉他，这正是乡长。秘书提醒说："老人家，你把这事给乡长说一说吧。"陈庆元把秘书瞪了一眼："等会儿说不行吗？打扰检查组的同志吃饭哪。"老人没有听乡长的话，毫不犹豫地把全是鸽毛的布袋交给了乡长。秘书怕乡长误会，就解释说："你安排我到牌坊村后，我就去找了村里的护林员，我走进这位老人的家的时候，他正一人在剔鸽毛，我想打这么多鸽子干吗，是不是鸽子有什么问题？后来老人愤愤地告诉我，村主任安排他到山上打斑鸠，可光溜溜的山上哪有斑鸠？他就……"老人叹了一口气接过话说："上面每年拨的造林专款，叫村主任不是挪用就是请客送礼吃喝用光了，实际的造林面积也就是不足五十亩的一块样板林。一听说你们要来检查，村主任就安排我打些斑鸠招呼客人，我都跑了一天了，没有林哪有虎？没有树哪得斑鸠来？我跑了整整一天，连斑鸠的影子都没有看见，最后，我索性将村主任家的鸽群——崩了……"老人最后大声说，你们吃的不是斑鸠，是鸽子，村主任家的鸽子！

"不是斑鸠！"检查组的人一个个都呆若木鸡。

"鸽——子！"村主任梗了脖子。

半晌，老人又说："那酒，也是专门派人到商店买的五粮液！"

此刻村主任瘫软在地上。乡长陈庆元脸上的肌肉开始抽搐，走过来一把抓住村主任的衣服，大声咆哮："走——上山！"

陈庆元带着检查组的人上山检查完毕，虎着牛卵眼对村主任说："你听候发落吧！"

陈庆元回到乡里，越想越气愤，把情况给乡书记做了汇报。他很忧虑，照这样下去岂不是误国误民？

检查结束不久，陈庆元先是被县委诫勉谈话，接着背了个行政记大过处分。在陈庆元看来，自己被诫勉谈话、处分事小，八卦乡发展事大。如果不煞住这种歪风邪气，八卦乡的一切都是水中月，镜中花。为此，陈庆元向乡党委书记建议，必须整肃纪律。

陈庆元在三干会上捶着桌子一字一句说："三年以来有虚报浮夸的不管是村干部还是股室干部，全部滚蛋，乡政府一个不留！"

到陈庆元一届乡长干下来，全乡行政村主任让他撤了一大半。乡直工作部门凡有假大虚空的股长或主任挨个向他求饶，结果还是让他弄掉了三五个。

乡政府把这些被撤掉的官员的主要错误事实写在大街上的宣传栏里，任凭群众讨论、评价。一时间，被撤掉的人都不敢上大街，做鼠一般过日子。乡里的老百姓看了如喝了蜜，高兴地说，陈庆元这一届可能会翻点浪。

然而一些事情是人所无法预料的，甚至在一些时候让人无法接受，这应了先贤那句话：福兮祸之所伏。

中秋节那天黄昏，杨柳对陈庆元说："我们逛公路吧。"陈庆元说："好啊，我正有好多的事情需要和你细细商量呢。"

那个黄昏实在太浑浊。就在那个浑浊的黄昏里，他们彼此间的命运开始各驶各的航道，不在一条辙上。

走了好一段路程，杨柳才说："我明天就离开这里回县城了。"

"那是为什么呢？事先为什么没有透露半点信息呢？"陈庆元一再追问。

"我……"杨柳说，"我已经有了对象，是县城中学的教师。"隔了一会儿，又接着说："父母之命难违啊。"杨柳眼眶噙着泪水，把年轻人之间的那种依恋和不舍演绎得入木三分。

陈庆元像泄了气的皮球，一屁股栽倒在草地上。他望着隐隐出没的星星，眼中含着眼泪，心中忍着悲伤。他不知道人为什么这样不平等，他原先呵护小花一样呵护的这个女人，不久将嫁作他人妇了。他的内心承受不了这个现实的打击。

其实杨柳也不想撒手不管他们这些年培育起来的感情。她知道自己太对不起陈庆元，太伤陈庆元的心。然而，她不是叛逆的女子，她只是想孝顺父母，完全没有别的。

眼看要各奔东西了，杨柳多么想陈庆元抱紧她歇斯底里地狂吼一阵，或者抱着她亲她，甚至于做点其他什么。

然而，陈庆元没有。他尽力冷静，保持那一份淡定和矜持。

对于陈庆元，那个日子简直刻骨铭心。每每朋友间谈论起这个话题，他总是恶狠狠地吐出两个字："歹毒！"

对于失去自己心爱之人的陈庆元，乡政府大小领导、普通职员对他都报以深深的同情。很长一段时间，陈庆元不能进入正常的生活状态，下乡解闷，看书消愁。

直到后来在生活中认识了叶眉，陈庆元才放弃了做乡长的斯文儒雅。

在一个漆黑的夜晚，他趁人们都进入了梦乡后，钻进叶眉的房间，以排山倒海之势席卷了这个尚处在幻梦中的姑娘。叶眉是乡里的林业技术干部，不仅年轻漂亮，而且做事仔细周到，是公认的好姑娘。他们平时在工作上有很多接触，彼此之间在内心有那么一层意思，但是碍于陈庆元和杨柳之间的那一层关系，叶眉只好作罢。当陈庆元左一个耳光右一个耳光对叶眉说对不起时，哭得死去活来的叶眉戛然而止，她一咬牙便把自己的终身托付给了陈庆元。至此，陈庆元结束了他长期的寡公子生活。

陈庆元结婚，是在那个黄昏的半年以后。在那个时刻，他竟然情不自禁地想起了自己愁肠百转的人生。

（十）

已经任了两届乡长的陈庆元，在八卦乡那个深山峡谷之间，阳光照耀不到，雨露滋润不到，按当地人的说法，过秋的瓜，苦！

在一个黄昏，陈庆元回到了石香炉家中，沉没在爹雄浑的声音里——

"夜壶，我看了你那颗心，有很多黑东西罩着，不光亮，你别责怪，不要怨世。

你回来，把媳妇也带回来，我们这石香炉有山，有水，有鸟的声音，你看对面那座山多雄壮、多巍峨。记住，水清石瘦雅景致，林长绿瘦有清奇。"

接着又说："你想通了告诉爹，爹来等你们。"

陈庆元点头说："爹，我记住了。"

夜壶从家里回乡上的路上，一路悲叹，一路清泪。叶眉一团狐疑："庆元，爹给你说了些什么？"

陈庆元不语，叶眉说："你洗洗脸吧。"他说："算了，我想和你商量一件事。"

叶眉问："什么事，神神秘秘的？"

陈庆元说："叶眉，我们回家吧，回到生养我的石香炉，那才是我们的家。我要辞职，或者不辞也行，隐退，彻底隐退，从干部花名册上隐退，从纷纭的世界中隐退……"叶眉是个有见解、有主张的女人。陈庆元清楚，要说服她，让她支持眼下这个惊天动地的举动，就得晓之以理，动之以情。他孤注一掷解释说："退，从会意而言，'走'之旁，表行进，'艮'表停止，合之表'停止行进'，进退无非相对，如逆水行舟，不进则退。"陈庆元不知不觉地把中文专业知识炒了一次冷饭，继续侃侃而谈，说："古人谓之'退'，有撤后为退、打逃为退、降损为退、离去为退、谦让为退、改悔为退、返回为退，但都不是我们要的'退'，宋代范仲淹在《岳阳楼记》中说'进亦忧，退亦忧'，那个'退'，就是辞官，就是我们要的'退'。"

叶眉更加疑惑不解，她想，这不是陈庆元，也不是陈庆元的参要思考的。

不过，叶眉不是自私的女人，她要为自己的男人着想，要为这个家庭着想。想想也是的，做了这些年的乡长，工作没少做，气没少受，七乡八镇的乡镇长该升的升了，该调的调了，他不就是撤了一批股级干部，一批村干部么？有人说他个人表现欲过强，有人说他群众观念不强，有人说他缺乏领导艺术，总之一切都可以证明陈庆元完全丧失了做一乡之长的资格，简直做公务员都成了疑问。一想到这些，叶眉就显得有些气急败坏。她说："这个事情不是小孩子过家家，办儿戏，你要思前想后，反复权衡才行。作为我叶眉，生是你陈家的人，死是你陈家的鬼，你走到哪里，我就跟到哪里。"

叶眉又讲了最近一些时间她听到的许多马路传闻，说县纪委收到不少举报，有告他贪污收贿的，有告他滥用职权的，总之，名目很多。还有人说，县纪委可能在乡政府换届之前，要对他采取立案侦查。陈庆元沉默一会儿，说："天要下雨，这是由不得你的事。不说这些了，你既然想通了，支持我，那就算是大家的意见，你今后千万不要责怪我。"叶眉说："以前我妈给我算八字，那先生说，我命中能遇贵人，吃饱饭，一生衣食不缺，看来八字先生都是骗人的。"她叹了口气，又说："我们现在做什么？"陈庆元说："你去通知家具店的小黄到家里来，就说我有事找他，另外，你去找找财政会计，请他在我的工资中扣除水电费，剩余的作党费交纳，如果他问理由，你就说我要出门治病，去吧。"

家具店的小黄师傅来了，陈庆元先招呼他坐下后，就说："小黄师傅，你是晓得的，我在八卦乡已是两届的乡长了，说不定组织上哪天就要调我走，我的这些家具都是柏木和杉木做的，我也十分舍得，只是搬来搬去难免有个磕磕碰碰，损坏了可惜，我想麻烦你给我处理一下，如果难度不大的话，你点点数，看能值多少钱，在今晚十点前搬到你那里去，更为要紧的是我最近想出一趟远门，手头缺钱花。"

小黄师傅说："乡长，你前面的事我都没来感谢，如果不是你亲自出面给我协调电的事情，恐怕生意也做不到现在这种地步。这样，兄弟你的事就是我的事，给你一万块，如果包括所有家电在内给你两万。"

陈庆元说："那好。谢谢。"

晚上十点钟，家里的所有家具搬走后，两万元如数到了手，家里就剩下几件衣服，一大摞书籍。

陈庆元对叶眉说："你处理衣服，我处理这些书。"

陈庆元对于书籍是十分有感情的，他踏着这些书籍离开家乡，又踏着这些书籍任了乡长，他因之而生活，因之而对这个世界产生爱。

陈庆元把那些书籍一捆一捆抱出来，有些是小学、中学甚至是大学时的书，有的则是参加工作以后的各类工作工具书。他拣了拣，只把读小学时的书和本子装入口袋，其余的则全部抱到乡政府边的山洞里，浇上煤油，付之一炬。就在那一刻，他的心是何等的剧痛，他等啊等啊，直到它们全部都化成了灰烬。

陈庆元回到乡政府铺开纸张开始写信，信是写给县委的，他说：感谢组织上长期以来的培养和信任，自己由于身体上的原因，不能够再在党和人民的事业上继续奉献，希望理解。他说，请组织上认真审查我工作期间的得失与功过，对于审查结果无论怎样我都接受；离开工作岗位是自己的选择，与任何因素无关。组织上如果允准，就批准与妻子叶眉一道停薪留职，如果不允准，就算辞职。落款：石香炉陈庆元、叶眉。

信转到县委书记手中，他半天没说一句话。根据陈庆元的请求，县委召开了常委会。常委会通报了八卦乡对陈庆元的不实诬告。有些同志认为对陈庆元这种一心一意为党工作的人应该予以保护和重用，不然正气就出不了笼；有些同志则认为，县里刚刚出台鼓励干部职工带薪领办绿色企业的意见，陈庆元此举符合政策规定，能起到一石三鸟的作用。最后，常委会一致同意由组织、人事部门为他和他的妻子叶眉办理停薪留职手续。

回到家中的第二天，陈庆元跟着大粗来到石香炉的铍刀山。这里在许多年前还是原始森林，但现在山上光秃秃一片，只有稀疏的杉树、松树和一些灌木丛。他们先登上山的顶峰，大粗指着一望无涯的山对陈庆元说："这是另一本让你难以读懂的书，懂了，你会容忍一切，拥有一切。"

看山的巍峨，山的险峻，陈庆元顿时在心中升腾起太多的感叹。"草木生焉，万物殖焉，飞鸟集焉……出云导风，天地以成，国家以宁。"这是古人的绝唱，陈庆元情不自禁地吟哦起来。

大粗说："夜壶，仅凭一天一日，一时一地的长嗟短叹是肤浅的，仅凭自己的喜怨哀乐抒发一己一物的感叹是微不足道的。"他对夜壶说："山高、山阔、山险，更在乎一个空字。"大粗告诉陈庆元："我要你每天吃完饭就到这山上来，你有什么想法就告诉我，记住，万物皆空。"过了一个月光景，陈庆元来到大粗跟前，说："爹，你莫不是让我聆听祖先的告谕吧。"

大粗沉默如山，俄顷颔首——

"我儿夜壶确实是我家真血脉啊，嗯，你说吧，想做些什么？"

"我想……在光秃秃的山上……植树。"夜壶吞吞吐吐地说。

大粗走过来抚摸着他的头，说："儿啊，你会谢顶的，很早。"然后倒剪着手径直回到屋里。

之后，大粗每日静坐院坝端详东方日出，不作任何声响达数月之久。

很快进入冬天，山上狂风骤起，呼呼滚过山原，陈庆元和叶眉沿着山缘一步一步行走，踏着空寂的山，一直走到他们原来出发的地点。叶眉说，这是多大多大的山啊。那情形，他们似乎跨越了时间的界线，成了这个世界上的一个幽灵。

是好多好多天了，到底是好多天了，他们都记不清楚了。在那些日子里，他们没有听到人的声音，汽车的声音……但他们听到了另外一种声音。

他们在一口深潭边歇下来，叶眉把一粒石子掷进水里，潭清、潭深，许久才泛起一层涟漪，一轮一轮的波纹从深处渐渐散去，接着浪拍岸边，生出轻轻的回荡之声。

阴郁的天空飘起细密的雪花，气温降到零下十摄氏度以下，但他们还没有找到安身之处。在潭边有一块大石块，让猛水冲刷得亮白，他们在那里歇息的时候，就四处张望，终于发现在不远处有一个洞穴，这让陈庆元他们很高兴。陈庆元说，天无绝人之路，今晚就在这里安营扎寨了。陈庆元专心作业在那里搭帐篷，叶眉就捡那些被水冲下来的树枝，燃起夜火。夜火燃起时噼啪作响，火光照亮着这片山野、沟谷，夜间寻食的山羊、野猪停住脚步在不远处张望一会儿，就又一头扎进灌木丛林中。

夜有些深了，叶眉从潭里取来水，往嘴里送一把干米泡又喝一口水。风仍在呼啸，不停地撕扯着帐篷；远处，老山羊凄婉的号嘶刺入心里，叫人毛发竖立。他们就这样平静地听着四野的天籁。等到时间都差不多的时候，他们才疲倦地偎依在一起睡着了。

到第二天天明，山里积了很厚的一层雪，一些树枝难以负重而折断，样子令人怜悯。一只母山羊居然拖着家小寄居在他们的帐篷里，直到他们醒来，母山羊还投过来一道温柔的目光，似乎在说：同是天涯沦落人，相逢何必曾相识。他们和山羊之间彼此没有干扰，小山羊无拘无束地钻进母山羊的身下吃奶。母山羊显得很慈祥、很宽容，陈庆元看了一会儿就情不自禁地笑起来，对叶眉说，天地之中只有母性才是最崇高的。

大雪封了山，继续向前走是没有希望的了，他们只好停下来。

他们忘掉了世间的一切，几多牵挂和期盼已不复存。那些时间，叶眉有一种被世间抛弃的感觉，对陈庆元说，她很想哭。陈庆元则更加冷峻，亦如这山。那夜火升起的温暖使他们想起了亲人，想起了世界上的所有人曾经对他们的呵护与关怀，可如今禁锢于荒山僻野，悲欢与离合、欢乐与幸福在此刻又被赋予了别的含义，别人不能理解，他们能够理解。

前面横亘一条山脉，看似在眼前，却总也走不到尽头。他们在途中度过了几个难熬的夜之后，阳光终于照射下来，让人眼睛胀痛。雀鸟、野鸡出没了，开始咯咯地啄食，溪里的水也开始潺潺流淌。陈庆元定睛细看一会儿那些山谷，不禁愣住了，他在想，他们的心何时才能如这溪水潺潺作响起来啊？想着想着，陈庆元不由分说扔掉背囊，朝着远方，慢慢地跪了下去，是那样虔诚。

与接下来的人生相比，这算不上血肉和灵魂的洗礼。陈庆元不知怎么越来越沉默，也许他在想，人生需要思考，需要践行，需要付出。这次经历，让他对人生有了新的看法。

他们下山回到家里，大粗用慈祥的目光看着他们。他知道夜壶他们的心太累。陈庆元站在大粗跟前说，过几天我们就到山上去……大粗欲言又止，自个儿吧嗒着叶子烟。

过了一些时日，风渐渐柔软起来，光也灿灿的。夜壶和叶眉就带着行李住进了钹刀山。

他们盘算着用十年或者二十年的心血经营这座山，实际上这已经是一辈子的事情。陈庆元安慰叶眉说，这不要紧的，等最后一棵树种下地，先栽下地的那些树就已经长大成材了。

他们来到山的顶峰驻足，陈庆元眯着眼环扫眼前的一山一岭、一沟一壑。叶眉用手敲了敲一块大石头，对陈庆元说："我知道你要干什么，你难道不知道我是学林业的吗？你看，这里就是一个圆心，围绕这个圆心，把偌大的山原分成十等份，每一年完成一等份，这就是我们即将要做的工作。"陈庆元把叶眉的肩膀一拍："哎呀，我真是个槌草棒呢，放着军师不用。你说得对，就按你的意思办。"

他们与世无争，远离了尔虞我诈、钩心斗角，只静心来完成每年的那一份。为了有计划地开展工作，陈庆元把每年的那一份又分成十二份，就是说每一个月要完成其中的一份。

陈庆元每天背着锄头、柴刀、斧头出早工，叶眉在家里煮饭，然后把饭送到山坡上。叶眉也懒得说多余的话，饭煮熟了，她就走过弯弯绕绕的荒野，大老远看陈庆元像一柄弯弓似的聚精会神地割草、挖坑。叶眉望了一会儿就拉长声音喊："喂——吃饭了！喂——吃饭了！"陈庆元抬起头，罩着耳朵听了一会儿就回答说："哎，搁那儿吧。"声音在大山里回荡，显得格外悠扬。

陈庆元吃饭，叶眉就坐在一旁看她男人嚼饭，那嚼出的饭味让她闻起来很香。他大嚼大吃的样子令她陶醉。这时，叶眉开始笑，她笑男人吃饭的样子和夜下间做的一些事情差不多。

饭吃完了，陈庆元摸出烟袋裹叶子烟抽，等把一杆烟吸完了，就对叶眉说："你回去吧。"

陈庆元便起身回到原先的位置上割草，砍荆棘，挖树坑。叶眉没有回去，她走到离陈庆元两三米的地方像陈庆元一样弓着腰割草……不一会儿，汗珠儿爬上了她的头，弄得她酥痒痒的。陈庆元说："你回吧，我自己做。"叶眉回答说："我帮助你做会儿，等太阳落山了我们就一起回家。"

陈庆元每天都要在夜幕下架着一捆柴回家，叶眉把晚饭煮熟了就要来半路接他，然后从男人肩上接过柴，让男人轻松一会儿。一路上互相摆些话儿，比如今天想了什么等等，互相乐着，填充这个空旷无垠的世界。

有时候，他们爬上山顶，张望他们的家。家离他们这里太远了，有十多公里路程。从南边的那个方向看过去，是陈庆元和叶眉曾经工作和生活的地方，但是现在一层又一层的山崖阻隔，看起来着实缥缈。陈庆元想，现在说不定新来的乡长正在村里催育龄妇女到乡上做妇检，或者叫人们搞东西向玉米育苗移栽，也说不清楚现在乡里已经是换了第二任还是更多任乡长了。之后，他深深抽了一口气，对叶眉说："无官一身轻，还是我们现在好。"

斗转星移，山上的风又粗重起来了，陈庆元他们迫在眉睫要解决的是抗冻御寒问题。他们起初建起来的茅草房属于千柱落脚——典型的"屙屎棚"。茅草房已经有了一些时间，经不起大风大浪的折腾，大落大漏，小落小漏，况且风一吹老是吱呀吱呀地作响，叫人心神不安。陈庆元在几棵大树下重新用树木撑起棚架，用野草把房顶盖了一层又一层，这样，即使春雨来也不会再漏了。山上最不缺的就是木柴，他们的房子四周已经堆得满满的，如果天下起雪来或打起冻凌来，烧它几个月都是不成问题的。

这年冬天里，狂风不止，旷野上白雪皑皑。就在这个时间，让陈庆元既纠结又开心的事情发生了，叶眉为他生下了一个女孩。陈庆元没有和叶眉商量，自作主张给她取名叫树丫。陈庆元说："我从娘肚里滚下地时就在夜壶旁边打起了呼噜，爹顺便就给我起名叫夜壶，俗话说名贱人不贱呢，只是我这个夜壶是个例外，人们用它的时候显得无比亲切，把它轻轻地提起来，不用了的时候就把它扔下，冷落在一旁。"

叶眉说："树丫，很好啊，就叫树丫。"

到树丫能叽喳学语，她跟着娘在山疙瘩上读"离离原上草，一岁一枯荣"。劳累了一天的陈庆元从山上回来，老远能听到树丫喊："爹耶，吃饭喽！"

陈庆元问树丫："树丫，你跟到我姓还是跟到你娘姓？"

树丫歪着头回答："我姓陈，耳东陈，跟爹姓。"

"你好多岁了？"树丫回答说："我两岁了。"

陈庆元把树丫抱起来吻她的额头，然后把树丫捧在手上唱儿歌：

> 黄丝蚂蚂，
> 来抬嘎嘎；
> 黄丝孃孃，
> 来吃米汤；
> 黄丝脚脚，
> 来抬角角；
> 黄丝爷爷，
> 来抬虼虼；
> 大头不来细头来，
> 吹起唢呐一起来。

这样玩了一会儿，树丫说："我们'推磨'吧。"说完就把手伸过去，搭在爹的手上，又唱起来：

> 推磨，
> �磨，
> 赶少午，
> 推豆腐，
> 阳沟头捡个罐罐来煮，
> 煮又煮不熟，
> 抱着罐罐哭。

这是陈庆元小时候他娘教他唱的。唱起这些儿歌，他就想到自己小时候的那些境遇。

爹问她："树丫，你长大了做什么?"

树丫说："我长大也要栽好多的树。"

他对树丫说："孩子，你也要栽树，好呀，这样好呀。"这个小树丫啊，从生下地就只知道山、树，其余什么也没有见过。看到这个天真无邪的孩子，

陈庆元心里的那一汪苦就再次狂卷而起。叶眉见父女俩玩得尽兴，就不去打扰他们。她想让他们父女俩多玩一会儿，多说一句话。虽然叶眉的心里也不平静，但是她没有办法改变现实，只能从眼前获得满足。

山野中的树木一天天地长，树丫也跟着长。到后来，树丫只能偏着小羊角辫仰天痴望树架。

自从上山以来，陈庆元他们就没有下过山去，他们的生活用品也是树丫的祖祖请人送上山来的。一天，树丫的祖祖走上山来，到那些山里走了一趟，就把树丫接走了，说让孩子读书去。

树丫走了，陈庆元和叶眉两个大人感到无端的寂寞。

夜空里，叶眉说："我们植了这几年的树了，也不知道具体有多少面积，心中还没有个数呢。"陈庆元说："还有三年时间，我们的计划就完成了，你看，山润润的，多好啊，树木成林了，飞禽多了，野兽多了，昨天我到林里去，发现了很多种动物的足迹呢。"陈庆元嘴上之所以这样说，是想给叶眉一些安慰，他知道叶眉的内心再也伤不起。自从他们两人结婚以后，陈庆元在前线冲锋陷阵，叶眉在后方摇旗呐喊；陈庆元在外挨饥受冻，叶眉在家牵肠挂肚；陈庆元在人前受人凌辱奚落，叶眉在人后给人赔小心。风风雨雨这些年，他们之间更像同志和战友，心心相印，不离不弃。在陈庆元的心中，叶眉就是他避风的港湾，精神上的家园，此生他无限感激叶眉，他对叶眉说："是我害了你啊，我下辈子给你当牛做马吧。"

叶眉说："命中只有八斗米，恒走天下不满升，这都是命，说这些干什么呢？夫妻之间是要互相帮衬的嘛，我告诉你，人要赢得起输得起，我们在仕途上失志，但是我们在人格上一定不要失态。"

陈庆元说："叶眉啊，你人长得好，你的人品好，你的修养好，这是我们陈家上辈子修来的福气呢。"

陈庆元摩挲着叶眉的头发说："反正我这辈子感谢你了，我爹也感谢你。"他又说，一晃眼，我们到这山上就有七年了，再过三年，树丫就十岁了，再过六年，小树丫初中就毕业了，到时她能考上林校就好了。叶眉静静听着陈庆元畅想，躺在他的怀里悄悄睡着了。

接下来的时间里，他们的精神依然很振奋，他们要去种完那些还没有种的树。

当他们完成了最后的那一份，适逢国家规划"绿化生存环境，再造秀丽山川"盛世蓝图，他感到此生何其有幸。

就在同一时间，陈庆元原先工作过的八卦乡的许多村庄在一夜之间荡然无存，洪水把二龙山下的村庄围困了数十日之久。当然这都是很久以后他才知道的。后来他担任了米粮县的县长，专门驱车前往八卦乡二龙山的公墓瞻仰，从墓碑上了解到当时的书记、乡长等二十余人全在抗洪抢险中丧生。离开公墓时，他的鼻子一阵阵发酸。他走到九步十梯子的最高一个台阶上，凝视着这片苍茫的土地，胸中如潮水般涌起万千感慨，他叹惜道："我的八卦啊……"陈庆元和叶眉根植的钺刀山，山峦起伏，沟壑纵横，奇峰叠翠。数年过后，已然鸟语花香。当它迎接朝阳的温暖时，那蜿蜒的山峦立即化作千万条彩带，万千朵彩花，在蓝蓝的天空下，时而有一只白鹭掠过一道白影，划破神秘的宁静，带来一片婉转动听的声音。

（十一）

雨洗过的青山更绿。城管部门的两辆洒水车把县城街道冲洗了一遍又一遍。公路两边由三十二名仡佬族少女组成的音乐队，鼓点铿锵有力。过了一会儿，车队的一辆黑色小车里走出一位小姐，她向音乐队频频招手致意说："辛苦你们了。"然后款款步行。在县委门口，那一幅写着"热烈欢迎杨柳小姐到我县投资"的标语迎风摇曳，她看了看会心地笑了。这时，十六名仡佬族少女穿着节日盛装，翩翩起舞，迎接她的到来，让她再一次受到感动，她走到过道的中央停下来，抚胸微倾，分别向她们点头致意。县委、县人大、县政府、县政协四大班子的领导已在会场门口静候多时，杨小姐一到，掌声便在这座庄严的大楼里响了起来。

会议上，县委书记先致辞，等他的话一完，杨小姐便示意她的秘书分别向县委书记和县长递上了文件。她说："这次来米粮，主要是两个目的，一来拜望我的家乡父老，每逢佳节倍思亲，牛背阴晴入面来啊；二来是想顺便了解一下家乡有什么项目可以开发。"杨小姐的话一完，会场上又是一阵热烈的掌声。

会议结束之后，她就钻进小车从县城的东边直奔她曾经读过书的小学，她要在那里出席一个捐赠仪式，由她主持的信帮药业公司向八卦中学捐赠现金五百万元，她要在曾经生活过的地方修一幢拥有现代先进设备的综合性教学楼。

早在半年以前，县里接到她发出的传真之后，曾经多次召开联席会议，研究杨小姐的这笔巨资落实方案。分管教育的副县长为此把它作为一个任务交给了县教育局局长，要求在一个月之内拿出可行性方案提交县长办公会郑重其事研究。为此，县教育局局长还拨通杨小姐的电话试探过她的具体想法。

到学校已是下午四点半，守候在那里的县教育局长把各项欢迎仪式逐一检查了一遍，生怕有让杨小姐不乐意的地方。在那天的捐赠仪式上，校长按程序第一个登台答谢。在蔚蓝的天空下，他先用双手把风纪扣重新收拾了一番，走到杨柳的面前代表全校师生给她深深一鞠躬，随后就颤巍巍地登上讲台。在他泣不成声的率领下，全校师生顿时振臂高呼，老校长挥动着臂膀说："同志们、老师们、同学们，这就是我们学校烛照百年的精魂所在呀……"此次杨小姐来校捐资令他老泪纵横，他说十年再出一个杨柳，老朽我肝脑涂地死了也值。

老校长已到了要退休的年龄，他一生教书育人桃李满天下，就是手下的教师走出校门后也挂念校园，不忘这一块儒风圣地。他硬性规定全校师生要在这次捐赠仪式上高呼振兴教育之类的口号，并使之响彻云霄，足见这位老先生为一方水土高度负责的赤胆忠心。在校委会上，当他把心底的这一层意思表达完之后，先是两泪滂沱，接着在场的人为这声情并茂双泪俱下的气氛所感染，也跟着涕泪交织。大家其实心里也明白，再过一百年，学校不可能再出现杨柳，也不可能再出现老校长！

杨柳显然被眼前的场景感动，特别是老校长的这番惊人举动，尽管就要把巨款撒在这片生活过的土地上，但她仍觉得这远远不够，或者她的举动于一个十分僻远的乡土而言还是显得微不足道。她把手上洁白的手绢弄得湿漉漉时，情不自禁地把五百万元巨款支票捧过头顶送到了校长跟前。

时间在一分一秒地流逝，杨柳毅然决定，要在这间小学校里寻找她昨天的足迹。

往事梦难追，往事梦难回，这里也不再有昨天的影子：教室里坑洼不平，屋上的檩角全是用木棒上了夹板支撑的。面对眼前情景，杨柳接受了一番忆苦思甜的残酷教育。之后，她心里又产生了新的想法。

在晚餐上，老校长专门安排了一桌麦耳粑、洋芋汤这种地地道道的伙食，言下之意，是希望杨柳永远记住这间学校以及这里的乡民。杨柳强咽下一个麦粑之后，就想起十多年前的那顿麦粑下洋芋汤，于是她凑近老校长的耳朵，问十多年前班上那个同学陈庆元如今流落何处，校长手拍脑门说："陈庆元？早就辞职了！"

杨柳在一连串铁钩似的问号中若有所思，若有所悟。

到县上，杨柳在县里有关人员那里打听到了陈庆元的许多细枝末节，她心潮澎湃，百感交集。

也许是受到良心的敦促或者胁迫，她下决心要与陈庆元见一次面，也好让自己曾经的一副衷肠能够释怀。

那天，碧空万里，杨柳携一拨人马穿过丰厚的土塬上青翠的苞谷林，来到石香炉陈庆元的家。

家中只有两位老人，他们打开门栅，用非常陌生的目光盯着这群远道而来的人，杨柳自我介绍说："伯父伯母，我是杨柳呀，我来过这个家里，你们现在身体好吗？"两位老人顿时打开记忆的闸门，高兴地说："是杨柳呀，快快坐。"接下来，便把其他人一一邀请到屋里。这个家于杨柳，既熟悉又陌生，她仿佛看到了自己昨天的影子此刻正在屋里晃动。老太太走过来把杨柳拉到一边问："闺女啊，你这些年都到哪些地方去了？伯父伯母一直想着你呢。"杨柳看见老人现在也是满头银发，心中沸腾起许多惆怅，她回答老人说："伯母，我到了很远的地方，我也时时想念着你们哪。"

虽然杨柳此行的目的就是要见陈庆元，但是她和老人们都心照不宣，彼此不提陈庆元，不提陈庆元的过去，不提陈庆元的现在。

杨柳主人一样招呼随行的人，跟着两位老人在灶前忙了起来。

陈庆元辞职后这么多年，他们家就差不多隔绝了与外界的来往。老人们猜测，杨柳这次来，一定与陈庆元有关系。当然，有可能是好的，也有可能是不好的，到底是好是坏，这在他们的心里是一个谜团。两位老人看着眼前的杨柳，就想到他们的夜壶，难免嗟叹一番。

两位老人执意要做一席"三幺台"招待杨柳，一片亲切而温暖的热流顷刻间涌遍她的全身。

"三幺台"，这是石香炉这个地方的习俗，大概兴起于清朝末年、民国初期，当时人们为了戒除鸦片烟，便用喝油茶取而代之，后来渐渐演变成为"三幺台"，当然，"三幺台"是款待贵客到来的最高礼仪，至今还保持着氏族规矩。

不一会儿工夫，八方桌上摆满了猪腰花、猪肝、猪肚、猪心、猪舌和香肠之类的下酒菜，而且每样一盘，每盘十片。两位老人又从堂屋里的大绿缸里舀来醪糟酒，那醪糟酒是年前置办过年盘子时熬制的，现在刚刚过了六月，甘甜而香醇。两位老人自然坐在上席招呼杨柳她们吃酒吃菜，并主动和杨柳拉家常。

大家吃罢"一幺台"，两位老人撤走碗筷，便筛上滚烫滚烫的油茶。只见四方桌上又摆上了米粑、滚团、麻饼、酥食、粽子、糖果、瓜子、花生、核桃、板栗等名目繁多的助饮食品，一行客人闻所未闻，见所未见，大享眼福口福。他们依然边吃边聊，杨柳尽量避开陈庆元的话题，多给两位老人摆一摆这些年的生活经历，以及国内国外的社会变迁。不知不觉，就完成了"二幺台"。

接下来，饭席开始了。陈庆元爹介绍说，这一席一完，就是"三幺台"了。眨眼间，四方桌上菜之丰盛，令客人们目瞪口呆，一碗亮闪闪的梭子肉居其中，然后，一碗黄花居其上，一碗红薯粉居其下，其余灰豆腐、油豆腐、肚扣、酥肉、瓜蔬等十二道菜肴热气腾腾，香气逼人。两位老人一边引导大家吃菜添饭，一边非常歉意地说："我们家吃法简单，真是耽搁大家，'把连'（大家）都不要嫌弃，多吃一点，姑且当'打个短稍'（不是正餐之意）吧。"

"三幺台"完毕，杨柳看见一个小姑娘把一大一小的两头牛关进牛栏里。小姑娘不知眼前这群人是来干什么的，她从小到现在都没有见到过这些人。

杨柳下意识明白了什么，她走过去把小姑娘揽在怀里，理了理她的头发，亲切地问小姑娘："妹妹，你叫什么名字？"小姑娘回答说："我叫树丫。"

杨柳又问："是姓陈吗？"

树丫说："是的。"

杨柳又问她："你爹呢？"她回答说："在很远的铗刀山上植树。"

杨柳又问树丫对祖祖、祖婆有没有孝心，想不想爹和娘。树丫一一点头回答。当然，树丫到现在尚不知道她爹曾经是一乡之长，更不知爹一颗咚咚跳动的心遗落在八卦的那块土地上，她知道爹和娘在山上植树。树丫的祖祖和祖婆看到这种情景，便抱歉地对杨柳说："小娃娃没有见过世面，见识差。"又指着杨柳对树丫说："这是你孃孃呢，喊孃孃。"树丫偏起头来，把杨柳望了一眼，就甜甜地叫了，这一叫，杨柳心花怒放，眼泪汪汪。

这天夜里，杨柳辗转反侧，铁下心要和夜壶见一面，无论有什么艰难险阻。

第二天天空放晴，远山四野青翠欲滴。走在大山里，野鸟齐鸣，山泉潺潺，杨柳感觉所有的欲望陡然间荡然无存。山远，山阔，山青，他们涉过一条条小溪流，翻过一座座山，来到了钗刀山上。

走进大山腹地，一间茅草房跳入他们的眼帘。杨柳停住脚步，尽情欣赏这一幅上天恩赐之作：蓝天白云，炊烟袅袅，柴扉洞开。杨柳大声叫道："好一派出神入化的景象！"

离茅草屋越来越近了，杨柳高兴地对大家说："到了，到了，这里就是陈庆元的驻地。"

叶眉被吵闹声惊呆了，她上下打量着这一群人，又望着眼前的女人，便问："你们要往哪儿走？"两个女人互相观望着，都有似曾相识的感觉。

杨柳说："我是杨柳，是陈庆元的同学。"

叶眉笑了笑说："那就进屋坐吧。"

杨柳进得屋里，只见这里没有书，没有报，没有电器，一切都是纯天然的。叶眉对杨柳说，他们到这山上都将近十年了，对山外的事情一点也不清楚，就连树丫的读书情况到底怎么样也都不清楚，每天只和树、山打交道。她接着说："前些年栽树，后来树长起来了就管树，很少有空闲的时候，陈庆元这几天出去检查树去了，去的时候带了斧子和鸟铳，说不定要有个十天半月才回得来，如果你在这里多待些日子，是能见到他的。"她笑了笑又说："你们好多年没有见面，肯定有好多的话要说呢。"

杨柳把叶眉的话听完，心里直呼这个女人不简单！她的形象立刻在自己心里挺拔、伟大和崇高起来。杨柳做梦也没有想到这个女人对于她们的过往岁月无比宽容并且理解，这使得杨柳有说不出的感激。杨柳已经意识到，叶眉不仅智慧过人，而且通达事理。她为陈庆元欣慰，祝福他能够拥有这样的女人。事情既然这样，杨柳就全盘托出这一路的艰难，只盼望和他见上一面的原因。

相反，叶眉倒是显得很平静，她没有问杨柳的情况，也没有问她是怎样了解到陈庆元的情况的，她不是木讷，而是在她看来，这大可不必。和陈庆元在一起生活了十多年，她太了解他，太信任他。再说是人都有过去，只是过程不一样，结果不一样而已。

夜深了，露珠爬上屋外的青草，它们打算在那儿做梦。叶眉把与杨柳一起来的人安顿好后，就和杨柳一起躺在她们那张简单的床上。杨柳对叶眉说："好妹妹，这些年真是难为你了，这苦原本是我来受的，可是我没有这福气。"

杨柳告诉叶眉，当初，她父亲叫她回到县城，不久考上中学教师，后来经过别人介绍与一个高中语文教师恋爱，没有想到那人性格古怪，生活不到一起，不到一年就各奔东西了。杨柳说，不久父亲接到伯父的信，伯父早年移居美国，无儿无女，可能是出于对亲情的挂念，坚持要她和父亲一起过去帮助料理公司商务上的事，因此她们在那里生活了五年。后来伯父去世了，按照美国的法律，由她继承了伯父的所有遗产。这次来是在省城开办一个分公司，同时来看一看过去读书的学校。"当然，"她停了一停，又说，"还有夜壶——陈庆元，不瞒你说，这些年我一直思念着他，所以我才至今独身。"似乎，杨柳在对叶眉告白，但是更多的是在做一种倾诉。说着说着，杨柳就啜泣起来。等过了好半天，杨柳问叶眉："告诉我吧，好妹妹，你们这些年是怎样生活过来的呢？"

叶眉摇着头，笑了笑，并不说什么，说什么呢？说了或许心里会挺难受的，沉默了一会儿，她才说一句："我代陈庆元感谢你。"

两个女人整整谈了一宿，似乎仍没有尽兴。杨柳说："妹妹，你能够带我到山上看看吗？"

叶眉说："好，我会的。"

爬上钺刀山的最高处，杨柳感受到空气的新鲜。举目望去，上万亩人工林青葱碧翠，林相整齐，微风起处，碧波荡漾，一片绿色的世界。还有那护林小径，遍布林间。在林荫道上闲庭信步，杨柳顿觉精神舒爽，心旷神怡。

杨柳打发了随行的人，连续在这里住了几天，就完全陶醉在这里的环境、景色中了——波光亮处月琴湖、天鹅湖、母亲泉与山相连，其乐无穷；仰望宝剑峰、狮子岩、老虎口悬崖峭壁，高雄险峻；白水洞、观音洞、七彩洞晶亮耀眼，别有洞天。杨柳对叶眉说："难怪你们选择了这里，这里有一派仙气呀！你看这里的山、水、峰，岩洞合一，险、峻、奇、幽、美并举，水天一色，如诗如画，就是王母娘娘的瑶池，其神宫仙境，洞天福地，也不过如此。"杨柳说这里是酷热时节的避暑山庄，是休闲日子的度假新村，是生物科学的研究园地，是游览观光的旅游胜地……杨柳说起来滔滔不绝，叶眉也听得如醉如痴。

杨柳在山光水色中度过了她一生中难以忘怀的日子，时间虽然短暂，但是她觉得可以写成诗，画成画。

杨柳临别时，鼓足勇气对叶眉说："好妹妹，你把树丫交给我吧，行吗?"杨柳还说："我这辈子不能够和陈庆元做夫妻，但是我们可以做姐妹。"她告诉叶眉，她下山后就要去认陈庆元的父母为自己的父母，要把树丫认成自己的女儿，要把树丫送到最好的学校去读最好的书……叶眉想了一想，便点了点头。其实，在这一刻，不管叶眉要做出怎样的决定都是太痛苦太痛苦、太艰难太艰难的事情。

而那时陈庆元仍在大山中爬行。这一次，杨柳没能见上他一面，她带走的是一腔遗憾。

（十二）

八月中秋的夜晚，陈庆元领着叶眉在坝子上赏月，眼前的景物勾起他们对十多年来的生活的回忆。这时，一个中年人在月光下来到他们的眼前，叫他们好不吃惊，来人说他是专门到这儿来的，接着递过去一张名片，名片上写着：陆敬，中国作家协会会员、中国报告文学学会副会长、中国生态与环境文学研究会常务副会长、中国《时代潮》杂志社执行副主编。

陈庆元把眼睛揉了揉，把名片上的相片和来人做了一番对照，才深信不疑地说："坐呀坐呀，我叫陈庆元。"又指着身边的叶眉介绍说："这是我糟糠。"

十多年了，陈庆元与世界隔绝，只能和叶眉、树丫还有这山以及这山上的树说话。陆敬这位作家的到来，使陈庆元有了许多要与他谈的话题，比如这山，这山上的树，当然也想了解一些山外的事情。他的内心充满着感激。

他们开始谈山。陆敬从包里拿出巴掌大的声控录音机放在一边，让那小东西仔细听陈庆元聊，接着递给陈庆元一支烟，自己又点一支抽起来。

陈庆元点燃嘴角的香烟，鼻孔里缭绕出一串串烟雾，他抑制不住内心的疑问："你是怎样来这儿的?"陆敬是作家,他明白陈庆元的这句话包含着几层意思:你是怎么来的? 你为什么来? 你来干什么?

陆敬手舞足蹈起来,详细地给陈庆元谈了来这里的原因和想法。

还是在辞职以前,陈庆元在报刊上读过眼前这位作家写的许多文章,那种深度和气势让他佩服,至今记忆犹新。

陆敬说:"嘿,你知道我这人在文艺圈圈里头有很多朋友不是? 我先写诗,诗写了一段时间觉得那没味,太浪费感情了,中国能出几个诗人? 屈、李、杜、白,其余都算不上什么。"陆敬说得累了,就吞了吞口水,继续说:"后来我改弦易辙写起了小说,小说不比诗歌好到哪里去,你以为小说真的能拯救人的灵魂? 鲁迅生活的时代过去了,伤痕时代已过去了,全国人民对作家也开始了全方位的审视,种种迹象表明,小说也都是放屁,你以为你很会玩文字把戏? 你以为你能叫读者在你的作品中号啕大哭? 没门! 成样不成样的人弄个什么协会会员往脖子上一挂,便在一夜之间'著名'起来,把鲁、郭、巴、茅这些人的位置挤光占尽了。"陆敬咬牙切齿地说:"真不害臊!"

陆敬说得有些忘情,似乎这是在文学馆给文学青年作文学报告。他大声嚷嚷一会儿就开始停歇下来。他重新鼓足了一口气之后,又接着说:"人类浩繁的文明史有一些章节需要人来记述、挞伐、呼告甚至礼赞,这就要从绿色的自然开始,告诉人类哪是未来!"

陈庆元头脑里清楚,陆敬来头不小。

近墨者黑,近朱者赤。叶眉虽然没有和作家打过交道,但和陈庆元生活了这些年,耳濡目染,自然知道今天要好生招待这位主动走上门来的贵客。山上山珍海味没有,但是热情一定有。她把简单的菜办得不简单,寓简朴于丰盛之中,比如山菇的种类就有好多种,还有刚刚风干的野兔、野鸡。饭好了,茅草房里芳香四溢,于是两个男人朝饭桌靠过来,桌子其实只是一块石板,一切皆出于自然。陆敬看了看桌子上是那样丰盛,就主动从口袋里取出一瓶酒来,说:"嘿嘿,我这人么什么都放得下,就两样放不下,酒和烟。高尔基当时一句'一不抽烟二不喝酒三不嫖女人'成为俄共产党的座右铭,形成一代影响,我么惭愧得很,只做到了一样,不嫖女人。"

酒自然是一人盛一碗,陈庆元好多年不沾酒气,那种酒的味道散出来他就忍不住打了两个喷嚏。陆敬笑着说："罪过罪过，酒肉穿肠过，佛祖心中留，有损你十年修为，我实在不好意思，不过今天算特殊，就属于例外吧？喝！"

陆敬张开嘴巴连续往里面倒了好几杯，似乎才勾起他的酒意。他夹着一片兔肉停在空中，好久不伸进嘴里，对陈庆元说："兄弟，你看大哥是不是骗吃骗喝的人？"接着，从肚里冒出一口酒气。他和陈庆元碰了一杯，继续说："兄弟，你认不认我这个大哥啊？"陈庆元回答说："大哥你看得起我一个小老百姓，兄弟我今天认了。"陆敬把两个空杯满上，说："光说不行动不算数，我告诉你，谁今后不认大哥是王八，谁今后有事不找大哥是王八蛋。"说完两人一起把酒往嘴里倒了。叶眉把桌子上的菜热了一遍，在桌子边坐下来，自己先倒一杯，对陆敬说："从今天起，你就是我们的大哥，这是老陈家上辈子修来的福，请大哥抬杯，兄弟媳妇敬你。"

陈庆元并不多动筷，曲腰坐着，单把酒来细呷，偶尔也把菜含在嘴里，却不动弹，双眼定定地看着陆敬，心里想，这辈子怕是遇到贵人了。

陆敬这时曲着长臂说话了，说这年头哇，西北地区荒漠化日益严重，黄土高原的水土流失难以根治，江河源头生态危机，黄河断流，长江污染，塔里木河越流越短，沙尘暴愈演愈烈，可可西里藏羚羊的命运悲惨等等，讲得陈庆元大脑一阵横七竖八。陆敬把一只大手朝油兮兮的嘴上一揩，说："兄弟你把你的经历说来听听。"转身从口袋里取出那声控录音机，说："你说吧你尽管说，这玩意儿听着的。"

"我嘛……"于是陆敬在陈庆元拉长的沉重调子里寻找陈庆元无限悲凉的人生。

末了，陈庆元说："就这些了，这就是我的经历我的人生。"

第二天浓浓雾霭中，陆敬随陈庆元气喘吁吁来到巍巍的山之巅，他连连赞叹谢灵运再世，谢灵运再世！

告别钺刀山，陆敬留下一个笔记本，扉页上写了几行字——

"携着远古遗风的人类，必须抬头仰望，仰望绿色，你将看到祖先的故居，看到那纵横交错的生命的根！"

陈庆元凝视着，胸中顿时暗流涌动。

　　过了些时日，他们办理了荒山租赁手续，也补交了有关费用。这个时候，陈庆元感觉到有一片红彤彤的希望在牵引着他。

　　不久，专家的规划会审一致通过把钹刀山水域的资源开发与生态环境保护、总体规划与系统布局、设施布置与景观效果、长远规划与近期发展、旅游开发与林业建设统一起来，建成黔渝鄂武陵山区民族生态旅游公园。

　　在一个月的时间里，陈庆元和叶眉又走完了那些山。他们把整座山分割成若干个点，一个点一个点进行仔细观察，然后把每一个点的情况都记录下来，比如每一个点再补充培植什么合适。

　　陈庆元对叶眉说："我们到山上这些年的劳苦总算没有白费，你看树木成林了，鸟儿来了，水也清了，这就是希望。"

　　他告诉叶眉，要把这座山建成一个美丽的地方，让城里人来玩耍，让他们在这里掏钱消遣，到时我们真的会成为这个世界上最富有的人呢。叶眉望了他一眼说："你看你都快要成为偻老头了，半截身子都入了土，还那么偻。"

　　一片猩红的夕阳之下，一位年迈的老者颤颤巍巍登上了钹刀山，他像检阅三军将士一样，审视了一遍青翠欲滴的树木，在那些林子里很满意地走了一圈，然后说："夜壶，你想什么呢，给爹说说，免得闷在心头。"

　　陈庆元说："爹，这里下一步要修建榭塔、道路、桥梁呢。"

　　爹点头，露出笑意，说："你生下地，我就说我儿有大器之相。还人性于自然，带给人们一个鲜活的梦，这没有什么不好的，你把这件事办成了，就可以说是修成正果了。"

　　老人在扔出一连串的好字之后，就独自一人下山了。

　　陈庆元和叶眉站在山顶用一双泪眼把爹送至山垭口。

　　又是深秋了，那些橘黄叶片儿从树丫上掉下来，在林荫里堆垒成厚厚的地毯，它们不久就会慢慢腐烂、腐烂，形成一层层的腐殖土。陈庆元到林中转了转，才发觉在林中看不到深邃的天空，看不到那层层阻隔的星河。他停下来，坐在石墩上望着前方那对锦鸡咯咯地嬉戏，他抿着嘴笑了。

　　叶落秋心小，花开春梦多。陈庆元想哪一天真把这个地方建设成具有仡佬族风情的飞云阁、龙王庙、凌霄楼、飞天亭、观景台、狩猎场和大大小小、星罗棋布的水榭、凉亭、行桥、游道，以及度假村、避暑山庄，林区风格的森林游乐园、森林沐浴场、森林野营地、森林食宿栈，那就实在太壮观了，我陈庆元这一辈子也太值了。

这样想着想着就走出林子，走到了回家的路上，一串银铃般的笑声打断了他的思绪，把他从梦里撵了回来，"这个夜壶呀，我早说了，他会有出息！"这不是杨柳吗？

他停下脚步，又听到一个女人的声音在说："好妹妹，这都是人各有命。"

如果真的是她呢？陈庆元停下来倚在那棵松树上。他不断追问自己，真的是自己命苦吗？真的是命中只有八斗米，恒走天下不满升吗？

对于这个问题，他无法回答，只能关注现实。是啊，这些年都做了些什么啊？陈庆元不停追问自己。

夜幕下，叶眉和那女人像两条女人蛇一样朝他眼前滑来，滑来。

叶眉说："陈庆元已经按照规划逐步开始实施，这个事情我想一定能成功的。"

杨柳说："这也是我所希望的，说实在的，我想做一点我该做的。"

这是杨柳心里的债，陈庆元听了，又回到从前的那个纯真无邪的世界里去，寻找昔日的影子……杨柳对叶眉说："我这次带来了技术员，一切按庆元的要求来设计，至于经费我已带来了五十万元，我转去以后再划五十万，这些你都要多给庆元做工作，不然他是难以接受的。另外我还想，等工程竣工，要热热闹闹在铇刀山举行一个剪彩仪式，让报社、电台做点宣传报道。"

一个成功的企业家总是一个成功的政治家。杨柳已经是一个完完全全的企业家了，多自信多成熟，陈庆元听到这里心里叫道。

"庆元……"

"庆元……"

叶眉发现了陈庆元，连声喊了起来，但他没有答应。他的思绪正在飞翔。

两个女人都走向陈庆元，他仍不语。他绝非自卑。也或许是因为一颗心正在享受荣华富贵，一颗心在地狱接受身心的磨炼而产生某种反差。

（十三）

随着工程竣工，通往钺刀山的旅游专线开通了，双向四车道，清一色的水泥路面。

竣工典礼那天，县里的领导和省市新闻单位都派人参加了，县委书记还向陈庆元转交了陆敬寄的一本书，书里还夹了一封信，写道——

"庆元兄，如握！在你那里采写的报告文学已经出版了，我已分别送给了省市县的有关领导，希望引起他们的重视。中央有关领导同志看后已专门做了批示。我相信，它会给你带来好运。另外，我将在不久后到贵省挂任省委副书记，时间两年。"

陈庆元读完信似乎明白了什么，县委书记拍着他的肩，说："庆元，你为我县的生态建设、旅游建设、民族文化建设做出了努力做出了贡献，我代表全县人民感谢你。"

陈庆元说："书记不怕深沟野箐山道艰险来参加竣工典礼，陈庆元在此不胜感激。"

书记拉着他的手说："你不简单哪庆元，我们常常说守住心灵的家园，扎根这片热土，这话多漂亮，多吸引人，但是践行的不多，做到的微乎其微，唯独你陈庆元做到了啊。"

县委书记对钺刀山产生了极大的兴趣，一种使命感强烈推动着他。他觉得这个钺刀山生态、旅游、民族文化建设的经验太值得认真总结推广，当下指示县委政策研究室的同志来做一番调研，在一个月之内把材料拿出来，再送给省市领导和县里每一位县委常委参阅。

竣工典礼结束，陈庆元的事业就噼里啪啦朝前蹿。这几天，派往省旅游学校学习的三十名仡佬族姑娘陆续归来，这都是他和叶眉在县职业高中旅游班精心挑选的，年龄在二十岁左右。这些姑娘眉目清秀，能歌善舞，她们穿着民族服装，婀娜多姿，全部安排在二十多个景点上，在旅游景点形成一道独特的风景。二十多个景点的解说词又经过有文字功夫的人反复琢磨，做成十分漂亮的锦绣诗文，让姑娘们娓娓道来，一个个客人不仅为仡家姑娘窈窕的身段、娴熟的服务乐得合不拢嘴，而且被这处昔日僻远乡野的景色深深吸引，赞不绝口。

然后，陈庆元在有关部门注册"灰豆腐果"商标，发动石香炉的家家户户开办灰豆腐加工作坊，把仡佬族地道的土特产灰豆腐果摆到各个旅游景点销售，这不光富足了一方乡亲，也极大地刺激了邻近三省之地的人前来旅游观光。在民族生态旅游公园里，有打仡佬族篾鸡蛋的，有玩仡佬族高台舞狮的，还有玩仡佬族煞铧、退七星箭等一类绝活的。每天公园开园，那悠扬婉转的仡佬族《干妹调》在公园里此起彼伏，把游人逗得心里酥啊那个麻，脚弯打闪闪，脚板打飘飘。你听听——

> 天上落雨雨淋淋，
> 半夜三更到娇门；
> 喊声情妹门不开，
> 不知为了啥事情。
> 昨夜不来为何因，
> 把妹等到二三更；
> 一罐青茶熬干了，
> 一炉杠炭化成灰。
> 钺刀山，不再是一座山，而是一片天。

这钺刀山说出名就出了名。陈庆元打电话给陆敬，要他把采写的那本书再加印六万册，竟然在一年内销得精光，游客们都说陆敬写得绝，读来字字穿心、句句流情，心里直淌血。

枯黄的叶子正在慢慢泛绿，钺刀山在这个春天里迎接了这一年的第一批珍贵的客人。先期到达的陆敬和省委秘书长对陈庆元说："这回你一定要把你的痛苦经历全说出来，当然，重点是你这十余年上山苦耕苦耘万亩荒山。"陈庆元让他们说得没有回过神来。

这时，市委书记、省委书记陪着一位客人从大巴车上下来，县委书记介绍说，这就是陈庆元，这是陈庆元的爱人叶眉。陈庆元赶忙跑过来准备和客人握手，不料，县委书记接下来的话把他吓蒙了，县委书记的手从他眼前划了一道曲线，在客人面前停下来，一字一句对陈庆元介绍说："这是中央首长……"首长主动把手伸过去和陈庆元握手，当他抓住首长那宽厚的大手时，一股暖流顿时直达他的心田。他没有办法不流泪，他简直泣不成声，连连说感谢中央首长的关怀。接下来他分别跟省委书记市委书记一一握过手。

中央首长兴致勃勃地参观了渐渐成林的小树，还有那些新开辟的旅游景点。首长了解到十余年来陈庆元是怎样上山植树造林的，眼眶不自觉湿润起来，显得十分感动，他对身边的各级领导说："英才难得，英才难得呀！"眼前的各位领导齐声回答说那是那是。

首长告别钹刀山，一路缓缓行驶，在石香炉东边停下来，紧紧拉着前来送行的陈庆元的手说，庆元呀，你不光要治理好钹刀山，还要治理好全县的钹刀山哪！首长又盯着省委书记、市委书记说，类似钹刀山的情况全市有多少？全省有多少？这些钹刀山需要陈庆元这样的人来治理啊……亲切的言语让在场的每一位切身感受到中央领导同志对于治理祖国河山的刻骨期盼与殷切希望。

　　……

三月里，边陲大地春风和煦，万山叠翠，陈庆元作为县人大代表参加了米粮县五届一次人代会。离开政治舞台十二年后的陈庆元今天又重新出现了，出现在米粮县宽阔美丽的街头，出现在庄严肃穆的大会礼堂。当他跨上大会礼堂的台阶的时候，报社和电视台的记者把他截留了下来。面对记者们穷追不舍的提问，他并不像人们想象的那么激动，相反，他是那么的冷峻，那么的严肃："我要感谢父母，感谢生养我的这片土地，是父母与乡土叫我懂得自珍、自爱、自信……"

早在举行人代会之前，市委组织部范增部长就曾经在县委东楼八号客厅见了他，范增部长当时说："根据民主测评和组织的认真考察，市委决定把治理米粮县的重任交给你，希望你积极工作，团结同志，顾全大局，不负众望。"

这次范增部长又作为换届选举指导工作组组长亲临指导，足以证明上级对这次会议的高度重视。范增部长在预备会前专门找他谈了一次，特别叮嘱了他一句，要注意团结协作，共同搞好工作。

从部长那里退出来，陈庆元恍恍惚惚地走进了大会礼堂。

会议进行得严肃而紧凑。陈庆元作为县长候选人被各代表团认真讨论。陈庆元，这个陌生而又熟悉的名字出现在三百多名代表的视野里。当主持人在选举大会上宣布他的当选结果时，他像小学生那样站起来，面对代表们深深地把腰弯下去弯下去，弯成一柄射雕的大弓。

一时间掌声雷动，刺破屋宇，响彻天空。

人代会胜利闭幕，按照惯例，当天新当选的县长要发表就职演讲。

会议大厅，代表们早早来到那里，他们要一睹这位新县长的风采，当然，他们最为关注的是本届政府要办的是哪几桩实事。

陈庆元迈着稳健的步伐登上讲台，频频向代表们点头微笑致意。他在表达了一番感谢之意后，严肃认真地说，我一定要加强学习，要求真务实，要勤政廉洁，要亲政爱民等等，最后，他有力地挥开手臂，坚定地说：我真诚地希望全县父老乡亲携起手来共建同属于我们的八百里米粮川！

电波在米粮县传播，乡亲们指点着屏幕："嘿，那是曾经担任过八卦乡乡长的陈庆元！"家乡的人咂着嘴说："嗬，那不是夜壶吗？"

人代会结束了，陈庆元被暂时安排在县民族招待所里，他没有回石香炉，没有回铍刀山。

晚宴上，陈庆元一一和代表握手，并且挨个给一桌桌代表敬酒，以此感谢代表们的支持和信任，同时也希望今后大家能够同心协力，共建家园。进程才到一半，他两眼金星直冒，只是强撑着。眼看露出酒力不胜这个端倪，政府办主任立马接过酒杯替他解了围，送他去县民族招待所。

来到梧桐树下，他对办公室主任说，你去休息吧，我在这里歇一歇。办公室主任感到难为情，他劝道，没有事的，你尽管放心。

清风吹来，吃饭喝酒的场景在脑海里一幕幕浮现出来，他担心自己是不是有点失格。

当他掏出钥匙打开房间的锁孔，朦胧的房间里飘出一股柠檬香，一个穿着华丽的女子立刻站起来迎接，陈庆元顷刻酒醒大半，大声问："你是谁？"一种紧张感骤然升起。

"我，杨——柳！"一种裹着蜂蜜的声音钻进他的耳鼓，他按亮电灯，眯起双眼认真端视一番，才放下心来。

杨柳说："陈庆元，我是特地来向你祝贺的，你这个夜壶终于又让人提起来了啊。"

此刻，对于陈庆元而言，是不是算得上千年修道终归玉汝于成呢？但他一想到今后的曲折路程，以及父亲母亲的那些叮咛，喜悦之情顿时烟消云散。

如今，陈庆元和杨柳以兄妹相称，这多少让人们感到有一点遗憾，但这又是人们心理上的一种期许。

那一夜，他们谈了好久，关于米粮，关于八卦，关于石香炉，关于铍刀山，直到环卫工人的扫帚在街上吟唱，跳起欢快的舞蹈。

（十四）

连绵不停的春雨过后，陆敬从京城来到这个史有"蛮荒"之称的高原省任挂职副书记，要予以声明的是，副书记是宾语，挂职是定语，这就是组织上安排他到这个地方好好体验生活，进一步搞好文学创作，要他写精品那个意思。省委理解这一层含义，就分配他抓精神文明建设一类。他观察问题和思考问题极其深刻，却没把官位看得太认真。在省里头他把一些急需办理的事情做了一番交代之后，就急匆匆赶到米粮。他想，必须挖掘出陈庆元身上蕴含的某种思想，再写成一样东西，那就是中国的《老人与海》，如果能够达成心愿，那简直堪称旷世奇作，足以让世人扼腕称绝甚至搁笔。

到了米粮，他先没告诉县里的其他领导，径直在电信大楼营业部花钱买了一本米粮县电话号码簿。他走进电话亭，对服务小姐说："挂电话。"小姐精神很好，扔下一本什么书，就把鼓鼓圆圆的屁股从靠椅上弹起来，问是市区还是外埠，陆敬说："市区市区。"一按电话，那边出了忙音，他有些茫然，暗暗嘀咕："龟儿子做什么呢？"他从口袋里摸出一根香烟点上狠命地吸了一口，说："小姐你打114查查县长办公室的电话。"服务小姐甜甜地说："好吧。"在他举起话筒时，电线的那一头说："开会呢你别心慌，等会儿就来接你。"

小车在大街上蛇行一大圈，就在"仡佬饭庄"停下来，陈庆元说："我买单菜你点。"

陆敬说："到你这个地方好吃的东西多，就来一钵'洛党鸡'吧。"

陈庆元说："这是没得讲的，滋阴大补。"二人坐下来，服务小姐神态优雅地端着两杯茶来到桌旁，说："先生请。"陆敬问陈庆元："做县长感觉怎么样?"

陈庆元说："感什么觉呀，全县生产总值八千万块，而人均纯收入只有一千多点，这当中还有浮夸的味道，实际的怕只有五六百元……"他越说越没有了边，脸上浮起了"居庙堂之高则忧其民，处江湖之远则忧其君"的焦虑。陆敬说："你再不可能'一不小心'就又隐退吧。"

他盯着陈庆元："我倒是有个主意，不知你中意不中意?"陆敬欠了欠身子，慢慢抬起茶杯放近唇边，有意吊陈庆元的胃口，说："你不想知道?"

陈庆元说："我知道，你怂恿我搞旅游招商!"

陆敬说："对，但这远不够，差层次，缺前瞻性。要搞就搞一个火爆一点的，比如仡佬族文化节暨旅游招商会什么的，北京那边文艺界的人我给你拉。"说完自个儿信心十足点起了头。

陈庆元说："你别逼我!"

哈哈哈……这么说真还有些心照不宣。

吃完饭出来，陈庆元告别了陆敬，回到了石香炉。他爹那时已躺在床上三天三夜，一直没苏醒过。叶眉静静地守在老人的病床前。

在场的人都默不作声。夜壶娘揩着眼角对叶眉说："你爹今年七十九了，男怕九啊，叶眉，你爹这回怕是翻不过坳了。"

老人苏醒过来了，有气无力地说道："夜壶，叶眉，要照顾好你娘啊，树丫要孝敬你婆啊。"声音是那样轻微，细如抽丝，但却刺得人心痛。刚刚跨进门槛的陈庆元一个踉跄奔到病床前。老人睁开眼睛，陈庆元跳上床去把老人揽在自己的怀里，说："爹，我是夜壶呢，你有什么话，你就说吧。"好半天，老人用尽力气指着南方说，那里，你知……不……知……道……

此刻，一道白光闪过，一个响雷从屋顶劈了下来。

老人走了。一串"落气火炮"钻天入地般响起来。

就在那一刹那，早已等候在此的唢呐队在一位老者的率领下突发一个长音，然后急转直下呜呜咽咽如泣如诉，像在丝丝缕缕回忆着几十年的交往几十年的情谊。

出殡时，鞭炮齐鸣，吆喝不断，陈庆元捧"灵牌"，树丫执"引魂幡"导柩前行，叶眉、杨柳护柩随行。唢呐苍凉的调子让人们听着沉重，听着叹息。两行热泪再次从陈庆元眼中涌出。乐曲摒弃了缠绵，摒弃了哀伤，沉痛中带着雄壮和狂放，呈现着死者生前把酒当歌的劲头，在十余里漫长的送葬路上撒下一片响亮的声音。送葬的人不知何时停止了哭泣，他们似乎也感受到了一种力量而尽情宣泄和释放。

如血的残阳里，陈庆元一步步把父亲送往钺刀山那黄泉之门。那门温暖地敞开着，亘古至今。

从此，雄浑的钺刀山上又多了一位老人的守护，他岁岁守望万树枝头枯而再荣。

陈庆元最后做出决定，接纳杨柳六亿八千万元的资金，注册"中国仡山生态园林旅游集团"，由杨柳任董事长，叶眉任总经理，启动钺刀山新一轮开发。

紧接着，"中国仡山生态园林旅游集团"正式披甲上阵，对万亩林地进行间伐，留优去劣，留大去小，留直去弯，每亩保持一百株左右，其次剃除干枝，清除灌草，清理残枝败叶，搞好林地卫生，开设防火线，对林木逐株开挖施肥，及时防虫治病。又斥资一亿六千万元开发新的旅游景点，使前来旅游观光的人数成倍上涨。

经过一番艰苦卓绝的奋斗，"中国仡山生态园林旅游集团"为米粮县的财政税收立下了赫赫战功。

对此，作家陆敬在他的《皇天后土录》中写道："曾经的钺刀山是人类的起源，现在的钺刀山是人类对自己生存故园的依恋，那么五十年后，一百年后的钺刀山很有可能成为人类社会共生的一片乐园……"从钺刀山回来，陈庆元似一位孤独的智者，一路任由三山五岳在眼底奔腾不息。

之后，他一头扎进米粮六十万顷丰饶而又贫瘠的土地，为了众生的生存舍出他那一副身躯。

到了孔仲尼看《易经》的年纪，陈庆元陡然间意识到了什么，比之如茫茫宇宙下这片炽热的水土，偶然间竟也有串串叹息声声作响，那样的怆然而沉重，他总是泪流满面，神差鬼使般走向南山，远眺他心灵中的铗刀山——一块已经新生的土地。

在那些日子，陈庆元没有和石香炉的铗刀山厮守，默默承受着生活的某种熬煎。叶眉和杨柳已然如孪生姊妹终日坚守铗刀山，在风雨中、日月中，铗刀山越发倩丽越发折磨着人的痛楚。

一轮残阳下，叶眉和杨柳相伴着步行在山间和沟谷，她们已感觉出自己的腿脚和腰板不再如从前那样活络，爬坡跨坎已明显底气不足，时时发生一阵阵喘息，汗水浸湿着她们的衣衫。

"老了。"杨柳说。

"老了。"叶眉说。

"是的，我们都老了。"她们异口同声地说。

她们来到老人的那座坟冢前伫立。晚风飘来，坟冢上的丛草跳起欢乐的舞蹈，老人已经静守铗刀山好多好多年了，叶眉说："爹在给我们打招呼呢。"

她们开始瞭望黛色的远山。仿佛百里远山之外，那个令她们今生今世揪心的人正踯躅而来。

担任了两届县政协主席的陈庆元在接到调任省政协的通知书时，往日的激动已不复存在，他把办公室的文件进行清理并做了详细的登记。他明显觉得有些累了。他重新坐到办公桌前环视了这个熟悉而又陌生的地方，他按了一个长途，似乎又没有完全考虑清楚，放弃了，嘴里喃喃："咳，这是为什么啊？"

他从椅子上立起来，在办公室里踱步，脑海凸现出斑斓色彩。

这时，桌上的黑色电话响了起来——

"喂，老陈吗？我是老陆呀……"他没说话，对方的听筒只有沉重的喘息声。

许久，他才说："我是老陈呀老陆……"他告诉老陆自己身体上的一些零部件出了点问题……老陆告诉他，那就抓紧维修……陈庆元向单位递上病退申请，就退出办公室来。而后，他在办公大楼前久久肃立。

……许多年后，树丫率子孙从国外回到石香炉，铗刀山无埃无尘，无争无噪，已是一片人人追念、幸福美满的世界。山依然在，树木依然在，亭榭楼台依然在。只是，在祖祖和祖婆坟冢的旁边，多了一丘三人合葬墓。

历经了一番番风雨，墓碑庄严地立着。人们清楚，那魂牵梦绕的"寻根墓"，会永永远远地挺立在自己的心中。

端详着墓碑，树丫心中一阵阵急流奔淌，她缓缓地埋下头颅，深深地鞠躬……

老兵尤四

我今日所做的事远比往日的所作所为更好，更好；我今日将享受的安息远比我所知道的更好，更好。

——查尔斯·狄更斯《双城记》

之前的尤四与王耳山绝无瓜葛。有了那一次相遇，王耳山成为他心中神圣的山，一座齐天高的山——

接完办公室主任的电话，搁在尤四心中的那块石头哐当一下落地了。

嘬了一口茶，尤四在十来平方米的办公室踱起来。递交辞去驾驶员职务的申请时，满大街都是女人令人眼花缭乱的裙子，他当时的心情不错还哼了歌。日子哗哗流淌，女人脖子上五颜六色的围巾随风飘扬，冥冥之中他有一股说不出来的味道。渐渐地他没有了定力，稳不住自己，莫名其妙变得焦躁不安。

希望总是有的，他坚信。

但他还是担心组织上把简单的事情搞复杂了。过去开车走过惊险的路、艰难的路，总之千奇百怪的路，他想，为什么就走不通眼前的这条路呢？生活主题开始不声不响地发生微妙变化，甚至让他有点懊恼。他后悔自己做事鲁莽、草率，简直不计后果。他倒是明白了一点，提醒自己不管结果如何，走抑郁症那条路是万万不可的。有次好不容易在走廊里遇着一把手，便主动迎上去准备问一问那事，可是他刚刚才把嘴咧开一条缝儿，一把手就接电话。单位不大，没有人权、财权，只有事权，在县直部门中就是个二等科局，要闲不闲，要忙不忙，好歹是政府的一房人，上级在领导人数上给配了个一正二副。一把手经常参加由县里一把手主持的会，忙得脚打屁股，二把手、三把手要么下乡，要么出差，班子成员一年半载总是没有凑齐过。

难过的日子只有自己知道。谁也没有注意到一些细枝末节，那段时间，尤四竟然偷偷关心起一把手的办公室来，连他自己也觉得有点鬼使神差。每当一把手紧闭的办公室从他眼前浮过，他就两眼无光，久而久之连脑袋都摇晃得有些痛了。

从部队回地方，尤四就一直管挡、管方向，这一晃就是五十多岁的人了。尤其令他措手不及的是，天灵盖上那片土壤越来越贫瘠，苍凉得令人生怜。身板倒是还在，但是连续开车跑上一天两天，腿麻眼花实在难以招架。当初他对一把手说："头儿，出于安全考虑，对单位负责，我才万不得已的啊。"换句话说，辞职是尤四这辈子做出的一次十分慎重的决定。可是尤四度日如年，却又摆脱不了一把手那句话的强大魔力。当时一把手在老板椅上说的那些话如今还在他脑袋里叮当作响："这个啊，我们会尽快研究答复你。"

走进一把手办公室，尤四秃顶上稀稀拉拉的几根头发也精神焕发。一把手在老板椅上绕着圈子对尤四说了一大堆表扬话，他乘着云雾差点晕死。一把手说："尤老兵嘞，驾驶员不干就不干了嘛，多大点事啦，这么大把年纪了，还扭住那个方向盘做啥子？岁月不饶人，我们十分尊重你的意见。"尤四把目光放在自己的脚尖上听着，感觉刹那间斗大的希望就要向他呼啸而来，一股股暖流在全身上下东奔西撞。他挪了屁股好半天，窸窸窣窣一阵，仓皇地给一把手递上一支烟。他的想法非常朴素，就是想趁机感激一下组织上对自己的关心和照顾。一把手顺手把烟朝那个长城烟缸上轻轻一扔，接着说："你这个老兵啦，在我的心目中你简直……啊，一直……啊……你就是一个时刻都有大局意识的人，单位的有些事还是要你来顶起，我们是一个团队啊……"尤四说："是是是。"尤四说话时，右脚拇指就在鞋子里狠狠地刨了几次。以前给领导开车，和领导一起喝酒，说起话来要圆就圆，要方就方，转瞬间竟然磕磕巴巴语无伦次，回答领导就三个字，三个字竟然屁滚尿流打了两次架。尽管如此，一把手的话他是放在心上的，认真当回事。回到自己办公室，大脑翻江倒海，一把手最后的那句话到底暗藏着什么深意？同事们纷纷下班了，他还在凳子上尽情思考。

回家就三十分钟的脚程，尤四顶着硕大的问号硬是足足走了六十分钟。他打算在吃饭时和家中的一把手分享喜悦，可是好好的想法被一个脆生生的电话铃声打断了。单位晚上召开紧急会议，传达县委会议精神。他在喉咙里一阵叽里咕噜转身往单位赶去。

老式空调偶尔发出吱吱的声音，会议室显得特别安静。尤四选择在一个角落坐下来，把笔记本铺在大腿上画鸦雀棍似的记录着。会议传达县委脱贫攻坚会议精神，宣读县委组织部的任命文件，最后一把手在桌子上敲着手指头强调了政治意识、作风纪律等。

尤四听得专心致志，所以会议的核心内容清清楚楚：他是组织部名单上的一员；明天一早下乡驻村搞精准扶贫；时间一年；每月出勤不得少于二十天；德能勤绩由所在村支两委负责考核。

尤四是个特耿直的家伙。平时就是说话也是刚刚把话扔出去，就想立马把它拉回来。按他自己的话说，这是年轻时过了几年军营生活落下的病根。举个例子，单位年终评优秀，因为名额太有限，一把手往往被这事搞得焦头烂额，只要尤四发话说他的不用考虑，这棘手的问题就不再是问题，一般都会迎刃而解。尤四家中的抽屉有好多先进红本本，就是年终优秀一次都没有沾过边。他自己也看得开，一个驾驶员有哪样功劳与同事争？尤四常常说自己有没有都没有关系，同事要紧。一把手口头表扬那倒是经常性的，尤四对此十分知足，心里时常想着领导对他的好。耿直有耿直的好处，单位受益，同事沾光。风风雨雨几十年，尤四凭着自己的脾性与人相处，他在同事眼中算是个人物，连外单位的人见着他尤老兵，都竖起大拇指。

妻子在沙发上乐滋滋的，心想尤四回来一定有好消息，结果等到电视上的文艺节目都谢幕了他才耷拉着脑袋回来。尤四不会转弯抹角，说明天要下乡呢，去搞精准扶贫，妻子听到这话脸马上就青了。尤四说，每个单位都有人下去，又不是我一个。他瞟了一眼妻子又说，我一把老骨头了，就当去活动筋骨锻炼身体，再说这是政治任务，那几分工资要紧。妻子把下乡要用的东西给他收拾了一大包，叮嘱说去老乡家要随和点，帮助做些家务，饮食上没有家里方便个人将就点……夜很深了，尤四躺在妻子旁边扯着呼噜进入了梦乡。梦里，他在巍巍群山之间的一个小村落里生活、劳作，已经是一介樵夫、渔民，并且娶妻生子……

这个早晨的空气极清冽。阳光早早从大老远射进屋内，把家的温馨重新演绎了一遍。妻子看着尤四活脱脱就是壮士出征，一泓清泪似流非流。看着站在门口的妻子，尤四说，你安心的吧，接着一串脚步声在楼梯间回荡。尤四办事从不拖泥带水，他去办公室移交车钥匙，点交车子，给办公室主任汇报了车况、保险、违章等情况，就背着背包坐车去百公里以外的寒窑村驻村去了。

寒窑村位于乐福山下，极僻远，一足踏三县，山前山后都有羊肠小道，半山腰河水缓缓而行。街子在半山扬长而过，毗邻地界的乡亲每隔三天在这里赶场云集，交易皮张、山货等土特产。老旧木房临街而建，由于岁月的侵蚀，大多数变得支离破碎、歪歪斜斜，倘疾风吹过，时不时有吱呀作响的声音传入耳鼓，叫人毛骨悚然。虽然如此，还是可以看出它曾经繁华的影子。寒窑村尤四听说过，以前是个出名的土匪窝子，可以说是个藏污纳垢的地方，赌、毒、淫俱全，那儿发生的几次人命案还登过报，外面那些陌生人到此往往会谨小慎微，生怕发生意外。后来政府大刀阔斧经过几次整顿，残渣余孽被一扫而光，地方才得以安静。

顺着一条狭窄的小巷子，尤四来到寒窑村办公楼。办公楼以前是土司衙署，很陈旧，木柱子上到处爬满了木衣，单凭这一点，就足以证明这儿的岁月不浅。大楼前横挂的"精准扶贫，精彩脱贫"的宣传标语很炫目，不过尤四感觉与这儿的环境毫不搭调。来到这里，尤四仿佛一下子进入了一个陌生的世界。尤四站在院坝打了一个寒战，径直去村文书那里登记，文书说，书记正开会嘞，你等一会见他吧。

村书记是一个年轻人，鼻梁上架着一副生硬的眼镜。尤四把组织部的文件从口袋里摸出来递给他，自我介绍说："我是组织部派下来的驻村干部尤四，没有农村工作经验，要麻烦书记你今后多指导。"

村书记一边沏茶，一边对尤四说："你老同志来传经送宝，我们求之不得。"尤四回答说："我是个粗人，没有文化，没有经验，书记你今后要多担待些。"书记说："你这个老兵啊，很仗义，很豪爽，我早就听说过你的大名的。"尤四说："书记你点拨我啊，我那是腰杆上拴鸡屎藤，臭名远扬。"

一番客套话后，书记向尤四介绍王耳山的情况，说以前那里有五十余户人家，由上寨、中寨、下寨组成，由于地势高寒，两年前实施了整组搬迁。那些没有整组搬迁的，都是之前在县城买了房子的，现在留下来的人家，政府都三番五次做工作却不愿意搬迁，说到这里，书记把话稍稍做了个停顿，接着又说："不过那里的民风还不错。"

从村办公室出来，天色已晚，尤四在街上选择一家"乐来客栈"住一宿，打算明天一早就去王耳山。客栈临河边，在石阶上能够听到潺潺的河水声。两耳吊着大圆圈的女人把他安排在客栈接待室隔壁，半夜都能听到高跟鞋着地的声音。尤四十分想念自己的家、自己的女人。整个后半夜,他浮想联翩,想象着五十多公里以外的王耳山以及接下来的工作情景。这一夜他根本没有睡安稳。

鸟儿早早来到窗外的树丫上啾鸣,尤四明白向王耳山出发的时间到了。他背负行囊,俨然游客。走在山间崎岖坎坷的路上,他气喘吁吁,汗流浃背,不时停下来歇一歇脚。走着走着,一块老岩落于眼帘,老岩下的大石墩圆润而闪闪发光,那是过路行人经年打磨而导致的。他放下背包,在石臼里掬了一捧水,抬头打量眼前这座山。岩壁千仞,它平静,它沧桑。石壁上,镌刻着清代某位诗人的《咏观音岩》:"沟尽山缺凸岩脊,穿跃苍天一片险;弧沿边悬连云道,一洞一天一离奇。"

咫尺苍山,心境却悠远,任凭一种空无衮衮而生。

淡淡的余晖散落在山间,树林中野鸡等动物不停攒动,偶尔有老山羊的号嗬从对面的箐林传来。翻过山坳,青山成黛。俯瞰村落里的黄昏,宛如天河里坠落了一弯金色的月亮,亲吻着田园。炊烟袅袅的村落,传来几声犬吠鸡鸣,仿佛是一个遥远、朦胧的梦。梦幻般的王耳山越来越现实,尤四情不自禁默念:王耳山……王耳山到了!眼前的这片土地就是自己即将落脚的地方,也是接下来要生活和工作的地方!

浑浊的夜色中,尤四在村头叩开一洞门扉,向一位大爷请教阚玉书家怎么走。大爷眯了眯眼,很生疏地询问起原委,尤四如此这般一一回答。就这样,自述叫王万金的大爷深感有义不容辞的必要,引导尤四又走了一里地,来到了四周用竹篱笆围起来的房子面前。主人是一个中年男人,王大爷指着他说,这就是阚玉书。阚这个姓很特别,以前没有接触过,如果不是这次机会,尤四真不知道"阚"该怎么念。尤四进入屋内,玉书赶忙招呼他到火炕边去。火炕的边沿放着一条杀猪凳,宽且厚实,平时用它坐着烤火。杀猪凳是玉书高祖那辈人的家传,在这个家来说算是一件宝贝。玉书自言上山去挖野生药材一天两头黑,刚刚才回到家。屋内的光线不太好,使杂乱无章的物件丑态百出,把一个困难家庭刻画得惟妙惟肖。玉书在灶上刷锅煮饭,两个女孩子,一个叫树枝,三岁多,一个叫树丫,四岁多,她们在火炕里传柴火。

吃完饭,尤四把自己的身份给玉书详细地说了一遍。尤四说:"我是组织上派到王耳山来搞帮扶工作的,叫尤四,组织上安排我吃住在你们家,一年半载不走，工作任务就是搞帮扶。"玉书带着愧色说："这里天远地远的，我们家条件又不好，实在委屈你啊尤同志。"围着火炉，他们谈得十分投缘，玉书称呼尤四哥哥，尤四称呼玉书弟弟，两人的心理距离越拉越近。话一投机，玉书不由自主回忆自己的过往，他说："哥，你不知道，我这个家以前不是这个样子的……"语气有点抑郁。他告诉尤四，他高中毕业参加高考，二本线差十一分，高职院校又不愿意去读，心里一直有一个愿望，就是找钱给父亲医病。从玉书的叙述中，尤四知道玉书是他父亲赶集时在大路边捡回来的。玉书说，他的父亲很早就患有类风湿，他一心一意想把老人医好，让老人在风烛残年过个好日子。玉书告诉尤四，前几年走狗屎运，出去"杀广"在一家厂上打工，收入还可以，在厂里又遇到一个姑娘，大家你情我愿不久结了婚。眼看着日子已经有了蒸蒸日上的气象，不料家中父亲病危，不得不回家。玉书擤了一把鼻涕说，父亲在病床上躺了三个月去了天堂。玉书摇着头叹息一阵说，钱花光了，人走了，半年以后母亲又跟着父亲走了。屋漏偏遇连夜雨，这年年底，妻子不忍继续面对家庭的灾难离家出走，至今杳无音信……玉书瞅了瞅眼前的两个孩子，眼泪汪汪哽咽不止。尤四被感染了，跟着玉书悲伤一通。作为帮扶责任人，尤四感觉自己的两个肩膀瞬间酸溜溜的。他拍了拍玉书肩膀，说兄弟你要硬气，人是三节草不知哪节好啊。一番劝慰后，玉书勉强振作精神，尤四见机行事给他讲一些政府的扶持政策，鼓励他把家庭搞起来。这样一直谈到深夜，各自带着几分疲倦才罢休。

第二天一早，尤四悄悄起床在玉书房屋的四周溜达了一圈。屋后的杂物乱放一气，院坝污水横流，不堪入目。尤四心里五味杂陈，他想新的生活从现在开始了。他索性把院坝打扫了，把屋内灶台、桌子清洗了。玉书起床见状十分愧疚，说："哥，我平时管嘴巴都来不及，哪有时间管这些，你休息吧，等有时间了我来打理就是。"尤四笑着说："兄弟，这是个习惯问题，不急，你慢慢来，慢慢来。"

这是让尤四新鲜的一天。雾幔如丝，清风微漾。路蜿蜒崎岖，他压着声音唱起"天不刮风，天不下雨，天上有太阳……"今天他要去看望包保的其他三户贫困户。一家住在上寨，其实是山腰；一家住在下寨，就是村尾；第三家住在山坳的另一边。他一家一家走，把每一家的家庭人员构成情况、生产情况、收入情况仔仔细细了解清楚，记在本子上。逐一拜访完毕，肚里已经装下了乡亲给他煮的七八个鸡蛋，这也印证了村书记给他说的话，这里的乡亲好客、大方。

天色渐渐昏沉，夜幕缓缓拉开。在回家的路上，尤四大脑浮现出到每一家去的情景。他思绪如潮，王耳山的帮扶工作应该怎样跨出第一步？站在山垭口，他伫立眺望远方，奇峰耸秀，巉岩峥嵘；山溪秀丽，茂林修竹。他想这片土地上一定留存有众多的传说故事和历史遗迹，那都是大自然和历史的馈赠，是王耳山魅力之所在，精神之所在，希望之所在，是王耳山借以腾飞的基石。

熊熊大火把屋内照得红彤彤的，玉书说："山里就是这样，比外面冷得多，你小心不要着凉了。"尤四把树枝、树丫揽在怀里，给她们讲大熊猫的故事，讲奥特曼的故事，一直讲到他口干舌燥，最后在玉书的催促下两个孩子才极不情愿地洗脸、洗脚、睡觉去。尤四说："王耳山这地方我第一次来，人生地不熟，只有依靠你呢，你给我讲一讲王耳山的情况好么？兄弟啊你看，王耳山的人怎样才能够有吃有穿有钱花？"玉书往火炕里添一把柴火说："今天你都走过那几家了，情况你都了解了一些。"又接着说："哥，一斧砍不出一个观音菩萨，慢工才能够出细活啊。"尤四回答那倒是。玉书说："你要我回答的这个问题太深奥，我说不出所以然，再说我的稀饭钵钵都没有吹冷，哪敢吹别人家的汤圆。"尤四说："没有关系，你愿意怎样说就怎样说，说多说少也无妨，就当你我弟兄间扯闲谈。"玉书说那行，不过说不好你不要埋怨。玉书于是肥着胆子说："下寨王老幺家，有两人在外面打工，这家人不缺盐巴钱。"尤四问："那他们家差什么呢？"玉书说："关键缺当家人。"玉书接着介绍上寨半山腰那家，玉书说："李国栋家女人患冠心病好多年了，长年累月在外面捡药吃，身体一直病恹恹死不成又活不起，加上有两个孩子在读书，家庭的确拖累大。山那边肖廷福家我就要给你说详细一点了。"玉书吞了泡清口水继续说："他们家曾经办过养殖场，最多的时候有五十多头牛，遇雪灾那年，眼睁睁看着冻死了十几头，在这个节骨眼上，银行贷款到期，银行催命似的催还贷款，向政府申请的产业补助款和微型企业补助款又不见踪影……"玉书似乎对肖廷福家的遭遇很同情，他望着尤四说："钱这个东西，天上不落地上不长，一家人被逼到绝路上，只好把没有冻死的也卖了，一下子亏了大几十万，从那以后这个家就一蹶不振，到现在都没有恢复阳气。"听完玉书的介绍，尤四点着下颌，若有所思。

连续一段时间，尤四去拜访他包保的十一户非贫困户。每进一家，尤四都要自我介绍："我是组织上派下来的帮扶干部尤四，到这里来搞精准扶贫工作；我是当兵人出身，你们叫我老兵就好。"如此重复这些话，难免把嘴巴说干。尤四调查核实到，这十一户非贫困户，有七户在县城买了商品房，在王耳山的老旧屋已经拆除且复垦复绿，政府兑现了"增减挂钩"补助政策，不过他们的户籍没有迁走，还算是王耳山的人。迁居县城的这些人有的在开出租车，有的在开铺面，有的在浙江上海打工赚钱，总之各有营生。

尤四的笔记本上有杨顺章、王德远、海亮、申英奎四个人的名字，每当夜深人静时，他都要拿出来看一看，有时还会发呆。这是四户非贫困户，他们在这片土地上做最后的苦苦坚守。这四户都是六十岁以上的空巢老人，他们的孩子都在外面打工赚了钱在县城或者镇上买了房。祖祖辈辈在这个地方生活，他们心里始终隐藏着一种说不清道不明的眷恋之情，尤四想，也许是因为这里有他们的根，有他们祖先的魂，所以他们才压根不愿意远走，更不愿意迁出。

一天，尤四把杨顺章、王德远、海亮、申英奎四位老人召集在一起，和他们拉家常，他想了解他们的内心。尤四说："你们都是王耳山有福气的人啊，孩子们争气，在外面挣了钱买了大房子，日子都过得舒坦，为什么不去和孩子们一起生活呢？"杨顺章老人说："尤同志，你是不知道，我们去和孩子一起生活，心里有一个过不去的坎，一来担心去陌生的地方生活不习惯，二来担心给孩子增加负担。"王德远老人接过话茬，说："哎呀，我们宁愿在家刨几窝苞谷，栽几窝洋芋，喂几头猪巴儿，养几只羊，苦干苦熬惯了，哪个愿意去过闲云野鹤日子啊。"海亮老人说话直来直去，说："我们过了大半辈子了，喜欢来去自由，无拘无束，空闲了去赶一下集，在大街上和老熟人老朋友聊聊天叙叙旧，即使喝二两柜台酒，也酣畅淋漓心里舒坦呢。"申英奎老人说出了他的心里话，他说去和孩子们住在一起，有点心不甘情不愿，即便是去住在一起，也不过是和住宾馆客栈差不多，歇几天脚而已，去去就回……话题越拉越远，从家庭谈到村上镇上，谈到国家。尤四听得明白，在老人们的内心深处，长期隐藏着一个想法，他们认为国家的政策一天比一天好，政府说的话办的事最贴他们的心，最合他们的意，所以他们心中无比感激。他们把村上的干部当作小政府，小政府也好，他们把上级政府要求办的事办得妥妥帖帖，把老百姓想要办的事办得巴巴实实，怎么不让人心悦诚服？尽管说小政府里也有人办事有私心，不公道，甚至把上级政府交代的事情给办歪了，办斜了，那都是鸡毛蒜皮，不伤大体。杨顺章老人笑着说："你尤同志是上级政府派来的，我们心里有底，而且非常踏实，好歹你说话办事代表一级政府对吧？实话对你说，提过高的希望是为难你，如果那个样子的话，显得我们不地道，我们只有一个想法，就是请利用你的资源帮助我们修一口水池，架通自来水，让我们也喝点干净水。"王德远老人接着说："你能不能想个办法帮助我们修一条公路进来，哪怕它窄一些都行。"海亮老人说："我们这里打电话没有信号，看尤同志能不能帮助解决。"申英奎老人最后说："王耳山的土地、气候都适应种植中药材，尤同志是不是能够帮助贷款，发展天麻、玄参、党参、重楼这些中药材？"

乡亲们关心的问题，尤四始料不及，又满心欢喜。他万万没有想到乡亲们整天日出而作日落而息，却对国家政策了然于胸，心中也装着梦想，只是因为居处僻远导致有些事想办起来却力不从心，也或者说有一点无可奈何。

尤四缄默了。自己虽然是一个老兵，既然组织上信任，就要踏踏实实干好分内之事。想着想着，千钧在顶。一步一步摸清了乡亲们关心的问题，尤四决定迈出第一步，把每家每户请来，开一个坝坝会，听一听大家的想法。

玉书在院坝燃起一堆柴火，乡亲们陆陆续续到来，自然围成一圈。坝坝会的规模不大，总共十来个人，这算是中国最基层的群众会了，然而在这里可以直接听到群众的呼声。尤四的嗓门本来就大，为了引起大家的注意，他把嗓门再提高一度。尤四说："乡亲们，我是个老兵，大家今后叫我老兵吧。我尤老兵没有文化，没有这方面的经验，但是我愿意和大家一起实打实地干。今天晚上占用乡亲们的休息时间，希望大家原谅。我们今天这个会就专门谈王耳山发展的事，牵涉到每家每户，所以来参加会议的人，都要发言，当然，两口子晚上争被条的事不谈，鸡啄菜的事不谈，只要是不违背国家法律法规、党纪政纪的事都可以谈，行不行？"

听尤四这么一说，乡亲们都敞开了心扉，全无顾忌。这一谈，就谈到深夜一点多钟，乡亲们依然意犹未尽。乡亲们异口同声说："尤同志，你这个坝坝会开得舒服、过瘾，像这样的会你今后多开我们才安逸。"

走访，调研，核查。尤四自己都忘记了在王耳山干了多长时间。

到了新的一天，尤四挎着口袋又是东家进西家出，他拿着一对一的帮扶措施去和贫困户非贫困户见面，并且一家一家征求意见，详细询问这些措施可以不可以，妥当不妥当，还有哪些地方是不合适的。

肖廷福的家背倚小山丘，青瓦木屋前是一排整齐的圈舍。环顾四周，是一片广袤的灌木丛与草地。他家儿子儿媳在外面打工，家里就两夫妇另加一个孙子。肖廷福女人过去在民办小学代过课，长得干净，穿得利索，知书达理，见尤四来，笑声立马爆满木屋，她说："难怪灶肚里的柴火硬是噼噼啪啪地炸呢，原来是有贵人来。"一会儿工夫，女人端来油茶、瓜子和茶食果饼，说："尤同志，是哪股仙风把你吹来，我们这些地势柴不方水不圆的，你不要嫌弃哟，我们这些小户人家，没有哪样吃法，你将就着吃一点不要拿活人来遭罪。"尤四说："嫂子，这都是天意，天意不可违呀。"肖廷福说："我一看你兄弟就是个好人，俗话说得好，遇到大神好打卦，我今天遇着了贵人，我就想麻烦你一个事。"尤四问："什么事啊？你说。"肖廷福慢条斯理地打开话匣子，他说："前几年我们家办养殖场养牛遇到冻凌天气，十几头牛被冻死，结果血本无归，好汉难取身边钱，信用社的贷款我们借钱借米还了，但是当时政府承诺的补助款和微型企业补助款有将近八万块到现在都没有到手，你看能不能帮我们理落一下。"尤四端起茶碗喝了一口，回答说："你这事我一定记在心上，但是恐怕一天两天弄不清楚，你要耐心等待些时间。"肖廷福听了很高兴，说："兄弟，时间长短无所谓，有你这句话我就很满意。你不晓得啊兄弟，我前面好几次到村里镇里找过，他们既不解释又不兑现……"肖廷福的脖子青筋凸起。

尤四来到下寨，王老幺一个人正推磨打浆搞得热火朝天，尤四心想这是个勤劳人家。"大哥你忙啊。"尤四先声夺人。王老幺回答说："不忙，尤同志你随便坐。"尤四在方桌前坐下来和王老幺攀谈。王老幺常年经营灰豆腐，小钱时时进。尤四带着好奇问道："一年能够卖多少钱啊你这个？"王老幺说："兄弟，小本生意，磨骨头养肠子，找一点汗水钱，你想，一个人能找到几个钱？"王老幺透露出几年前女人患病离世了，两个孩子外出打工，生活不精不鼓，勉强撑得下去。他说乡里乡亲有个红白喜事或者逢年过节有人订货就做一点，街上开馆子的有时也来订一些，就是一个人忙不过来，他叹了口气说："做一点是一点，人总不能把自己困死了。"尤四笑着说："你的条件这样好，怎么不找个老伴来晚上焐脚？"王老幺停下手中的活儿说："兄弟你开玩笑呢，哪个看得起我们这些家庭，再说都一把岁数了。算了，现在还可以动一下，等到哪一天实在动不得了，就指望两个孩子了。"语气中流露出一种豁达态度。

走进上寨李国栋家，墙壁上贴着两排有些发黄的学生奖状，良好的耕读家风扑面而来。他家里两个女儿刚刚放假回家。大女儿读师范专业，毕业后在县城一家私立学校上课，正准备参加县里的招聘考试。二女儿在外省读艺术专业，还有一年毕业。孩子的母亲生病，但是家庭其乐融融，两个女儿乖巧听话，而且争气。见眼前这位叔叔胡子拉碴，球鞋也裂开了一条缝，大女儿说："叔叔你们搞帮扶工作好辛苦，路程这样远一个月可能难得回家一次啊。"尤四看了看脚上鞋子痛苦的样子，回答说："是啊是啊，是有好长时间了，你看鞋子都闹情绪了。"李国栋说："有你们叔叔这些干部的辛苦，才有我们老百姓的幸福，要不是有政府的扶持，我们这个家哪里能支撑到今天。"尤四明白，这是知道感恩的一家人，也是有希望的一家人。捧着李家大女儿递来的热水缸，尤四情不自禁对两个女孩儿说："你们都是家庭的希望，要勤奋努力，父亲母亲在指望着你们。"尤四特别对大女儿说："你好好复习，力争一举成功，下一步支持妹妹，支持这个家。"两个孩子听罢，都噙着泪花，大女儿说："叔叔，你真是个好人，我们长这么大，除了父亲母亲，还没有人像你这样来教育过我们，我们谢谢你。"

春节前夕，尤四回了一次家。他要到村上、镇上汇报工作，要到单位上给一把手汇报工作，要到通信公司、水务、交通等部门汇报工作，甚至要到县监察委员会汇报工作，当然也要给家里的一把手汇报工作……关于王耳山的报告，他一个人一个人地递，一个单位一个单位地递，总之他据理力争，争取方方面面都重视、支持王耳山的工作，让王耳山的老百姓有一天能够真正过上有吃、有穿、有房住的舒心日子……

春暖花开。一湾一岭的树叶嫩了，一天比一天绿了。在春天的滋润下，这个十万大山里的王耳山绿野掀涛，万鸟鸣翠，无处不洋溢着生机勃勃的气息。

联通公司经理是尤四当兵时的战友，手头正有基站扩容项目，接到尤四的报告，立马请示市公司立项，随后带着一班人马来到王耳山。尤四想，先打通山里与山外的通道，对王耳山来说意义非同寻常。基站开通那天，乡亲们放了鞭炮，还聚在玉书家里喝了酒。八十三岁的王万金老大爷过去是个唱民歌的角色，这天特别高兴，他在院坝中间扯起喉咙唱起了陈年老歌：

六月黄瓜黄又黄，

问你情哥赶场不赶场。

一要带个糖包饼，

二要带个饼包糖；

三要带个鸳鸯枕，

四要带个枕鸳鸯；

五要带个红纱帐，

六要带个象牙床；

七要带个磨刀石，

八要带个救命王。

娇啊！

我又不会做那个糖包饼，

我又不会做那个饼包糖；

我又不会挑花哪有鸳鸯枕，

我又不会绩麻做那红纱帐；

我不会木匠做那象牙床，

我不会铁匠哪得磨刀石；

我不会医生哪得救命王。

你说些话来不知情，

免得在世上教训人。

哥啊！

牙齿就是糖包饼，

口皮就是饼包糖；

左手就是鸳鸯枕，

右手就是枕鸳鸯；

衣服就是红纱帐，

身子就是象牙床；

腿子就是磨刀石，

旁边就是救命王。

过了几天，村书记带着一拨人马到王耳山，他拉着尤四的手说："老兵啊，以前我们给上面递报告手都递软了，它就是不冒泡，你一下子就把基站开通了，真是了不起，你是个大功臣！为了方便工作，我们村支两委的同志商量，大家凑钱给你买了一部手机，你将就着用。"尤四反复推让，还是被书记强行把手机塞进他的衣兜里，他只好接受。尤四对村书记说自己累不累都没有关系，乡亲们要紧。村书记把村里、镇里对王耳山的关心和重视态度告诉了他，村书记说："我们特别特别感谢你，你一来，这里就发生可喜的变化，我相信王耳山的变化会一个接着一个来。"他指着县水务局的业务人员对尤四说："老兵你看，他们就是来王耳山勘察水源的，下一步就是给每家每户安上自来水，你说这个变化是不是一个接着一个？"听到这里，尤四惊喜而感激，他连忙过去和业务人员一一握手，打炸雷似的说："感谢你们！感谢你们！感谢你们！"

精准扶贫工作事无巨细，水、电、路、讯、房、寨，哪一件都事关乡亲们的利益，哪一样都不能落下。叫尤四头痛的一件事，是非贫困户王超群的住房保障改造问题。这是个特殊家庭，两个孩子外出打工，在外面购买了商品房，但是老房破烂不堪，处于风雨飘摇之中。尤四去他家走访多次，王超群每次都带着他在房前屋后楼上楼下看个遍，透风、漏雨、危险源样样占全。尤四多次思考，这家的住房改还是不改？说白了，改与不改都需要政策支撑，否则，他就有脱不了的干系。尤四反复走访、调查、推敲、琢磨，这家人长期在老旧房生活劳作，老旧房应该不能算闲置房，既然如此，那这家的房子就要改。另一个连锁问题是，如果改，就会大大超出预算资金范畴。王耳山的夏天糟糕透顶，成天浓雾紧锁，难得有晴好天气光临。村里的住房保障改造工程正接近尾声，王耳山地处边远角落，工程造价自然高，有几支施工队来把工程量看了后都噘着嘴巴走了。尤四愁死了，现在都还有失眠后遗症。今天村书记的到来，等于就是上天扔给他的一根救命稻草。他央求村书记说："书记，你无论如何到王超群家体察民情啊。"村书记见尤四很执着，也明白了尤四的意思，就抬脚朝王超群家的破烂房子走去。

尤四的心情格外沉重。眼看村书记要下山了，他火急火燎把前几天准备好的一张纸塞给他——"寒窑村精准扶贫工作指挥站，寒窑村、支两委：本村王耳山村民组非贫困户王超群户，在实施老旧房'六改'过程中，存在超预算资金的问题，非贫困户包保责任人深感压力大，同时也不利于'六改'工程队施工。为了把好事办好，把实事办实，非贫困户包保责任人紧紧围绕精准扶贫工作的有关政策要求，特将该户有关情况报告于后，敬请重视，尽快研判决策……"村书记看完前面的几行字就把它装在衣服口袋中，拍着尤四的肩头说："老兵请你放心，我一定会把情况据实向镇里反映。"村书记的背影在山的另一头消失了，尤四仍然站在那里一动不动，他长吁一口气，如释重负。

白云空中飘，点点细雨落香草。那天，尤四站在镇里会议室的主席台上，向全镇介绍"王耳山"经验。三百多号县、镇、村帮扶干部把会场坐得黑压压一片，尤四炸雷似的吼了几个字："同志们，真枪真刀地干！"发言出奇的简短，县委常委、脱贫攻坚战区总指挥长第一个从座位上站起来连声说："好！好！好！"全场的人于是应声起立，掌声响彻屋宇。

从镇政府会场出来，尤四径直就往镇产业合作社跑。他有一个愿望，要在王耳山发展中药材。从镇政府办公大楼对面拾级而上，一眼就可以看到镇产业合作社办公室，门牌亮闪闪很耀眼。走进合作社办公室，简洁朴素的装修风格令尤四肃然起敬。那时经理正在看一个文件，和办公室的装修风格一样，眼前这个年轻女人在穿着上有点简约，但是大方得体，她务实的性格从行为举止上体现出来。尤四省略许多客套话，自我介绍说："我是王耳山的帮扶干部尤四，是来向经理求援的。"尤四把经理递过来的手握了，就把王耳山能够种植中药材的优势滔滔不绝说了一番。经理是商场上摸爬滚打见过世面的人物，尤四说话时，她咧着嘴笑，然后一边沏茶。也许是职业习惯，经理见尤四把王耳山的情况讲得差不多了，便向他介绍合作社目前的生产经营现状和规模，说："尤同志你来得正是时候，我们正在寻找发展中药材种植的合作路子，你那王耳山的特色和优势，我很感兴趣，我们今天简单地谈一谈吧。"这话正中尤四下怀，于是他又把刚才的话重新说了一遍："经理你是不知道，王耳山气候独特，种植中药材历史悠久，产品曾经稳占我们当地药材市场上游，而且还一度作为外贸产品出口东南亚，只是后来村民大量外出务工，有的外迁，中药材种植逐渐歇业，像重楼这种天然中药材在王耳山上俯拾皆是，乡亲们哪一天想吃了就去山上扯一把，到现在还有村民以集中采药材为生。"经理被打动了，她举起手机要副经理和业务人员到办公室来一起座谈。彼此都是实在人，经理说："我们今天先谈过意向，改天到实地考察再说好不好？"尤四说："那好，不过你们要抓紧，我们等不起。"经理回答说："行，一周之内就来王耳山。"业务人员是个年轻清秀的女孩子，她理了理秀发拿了一张《中药材种植意向合同》交到尤四手上，说："叔叔，你抽空看看吧。"

尤四今天的心情特别好。镇政府办公楼与村办公楼之间的距离不过两公里，尤四穿过一串狭长的村街，给村书记汇报王耳山的工作计划，希望村里和合作社衔接种植中药材的事。书记响亮回答，都是分内的事，一定会上心上手。尤四听了村书记的话差不多吃了定心丸，心里扑通扑通直跳。他隔着窗子瞟了一眼天空，估计天黑之前还能赶到王耳山，便谢绝了村书记的饭局。走到街子的尽头，在路边摊买了几袋面包，要了一瓶矿泉水就急匆匆往王耳山赶。深藏在大山中的原野泛起一片青烟似的白雾，远望王耳山，只隐约辨出它灰色的山影。尤四的心境似有一轮明月朗照，脑海里浮现出王耳山的一幅幅美景，这不只是他的遐想，更是一份期待。

回到王耳山，尤四迫不及待地把消息告诉玉书，说："兄弟，种植中药材的事初步有了点眉目，下一步要做的事情多呢，你千万要给我撑起才是。"尤四把口袋里的面包分给树枝和树丫，便和玉书探讨连片种植中药材的事。尤四说："看样子我们得发动乡亲，把一家一户撂荒的田地都整合过来，一年给些租金，这才有规模。"玉书说："如果把撂荒的土地全部租过来的话，我估计有三百亩左右。"两人越说越有劲，接着探讨种植什么品种风险小、赚头大。玉书说："凭我的了解，我们这个地方可以种植重楼，因为山坡上本身野生重楼就多，况且重楼药用价值高。"尤四说："兄弟，这不是玩儿戏，我们必须打有把握之仗，不然乡亲们会骂娘，会造我们祖宗的。"

说干就干，尤四一不做二不休和玉书商量开坝坝会，目的是设法把乡亲们种植药材的积极性调动起来。鸡们懒洋洋地才进鸡舍，乡亲们就到了玉书的院坝。尤四说："种植中药材的事有点眉目了，种子由合作社提供，现在的问题是土地七零八落，分散在一家一户，要搞规模种植难度大，我的想法是自己能够种植的尽量自己种植，合作社按合同保护价收购，没有劳力和时间种植的，把土地拿出来，我们租赁，按一亩三百元每年付给租金。"说到这里，会场炸锅了，七嘴八舌议论，有的人甚至从会场上开溜了。看到这种情景，尤四的心顿时凉了，他诧异乡亲们的行为举止，是不是大家不愿意？他立即吩咐玉书悄悄去跟踪探听，这才知道这些人都在给家人或者是沾亲带故的人打电话，说王耳山帮扶干部尤同志发动大家规模种植中药材，你们家要不要种，土地愿不愿意拿出来。尤四接到玉书打听到的消息心里马上有了底，干脆等大家把电话打完再接着说。见乡亲们打完电话又围了过来，这时尤四底气更足，直截了当地问："乡亲们你们种还是不种？干还是不干？""干！怎么不干？"尤四的话刚讲完，会场上王万金老大爷大声回答道，"那时候大集体，我们这个地方就种植过药材，质量好，数量也可观，只要你尤同志下决心，我把打工的儿子孙子都给你喊回来。"老大爷这么一说，大家都喜笑颜开，纷纷说："尤同志，你是我们的主心骨，我们支持你，种！"坝坝会后的第三天，镇产业合作社的同志就上山来丈量土地，和各家各户签订种植合同。规模种植中药材的摊子铺开，前前后后花去半个月时间，尤四目睹一湾一岭的土地全部种上中药材，他才松了一口气。

那天早上起来，一只喜鹊嗖地飞来停驻在院落的树枝上叽叽喳喳叫个不停，树枝、树丫追着问："叔叔，叔叔，那叫什么鸟啊？"尤四告诉她们："它叫喜鹊呢。"说完，喜鹊嗖地飞走了。就在那一刻，他的电话响了。电话是村书记打来的，村书记告诉他，从村里到王耳山的公路项目县里已经批复，资金使用渠道是捆绑组组通资金和产业路资金，本月底走完固定程序后正式动工……尤四听完追问一句："书记，是真的吗？"得到村书记的肯定回答后，尤四孩子似的高兴得跳起来。玉书见尤四高兴得不能自已，就站在院坝中间跟着哈哈大笑，尤四倒是不明就里反问他："笑什么啊兄弟？"玉书说："我没有笑什么，只是看见你那么高兴所以就跟着高兴。"尤四说："我今天可是真高兴呢，我一本正经告诉你一个好消息，公路马上要动工修了。"玉书问："这是真的吗？"尤四说："这肯定是真的，消息是村书记刚刚才告诉我的，你想会有假吗？"

王耳山要修公路的消息不胫而走。早晨习惯散步的王万金大爷打算来找尤四说点话，他走到院坝坎子时听到尤四打电话，接着看到尤四眉飞色舞的样子，揣摩着尤四可能遇着了好事，于是在墙根贴着耳朵听了一会儿，便迂回到自己家里。王万金大爷也不是自私的人，把消息透露了出去。一向平静的王耳山这天又一次热闹起来，乡亲们有的提鸡，有的提腊肉，有的提鸡蛋，全都聚在玉书的院坝里有说有笑。玉书于是提议："既然难得这样高兴，我们今天就一醉方休。"王万金大爷插话说："对，人逢喜事精神爽，不醉不休！"

王耳山就是那么平实，从容。中秋节过后，王耳山顺利通过国家脱贫攻坚工作评估验收。或许，这是上天恩赐给王耳山的第一张贺卡。一个月后的一天，王耳山的乡亲在电视中看到尤四参加了全省的脱贫攻坚工作总结会。不过，开完会他就要回原单位工作，因为他的帮扶时间已经结束……

辞别王耳山，他连行李也没有带回，他想那是他的魂儿还在那里，他要和乡亲们永远在一起。临走那一刻，尤四站在客车大门前面向万峰群山中的王耳山垂下头颅，深深一躬。汽车一路飞奔，他的脑海里回旋着王万金大爷优美的歌声——

> 哥啊！
> 牙齿就是糖包饼，
> 口皮就是饼包糖；
> 左手就是鸳鸯枕，
> 右手就是枕鸳鸯；
> 衣服就是红纱帐，
> 身子就是象牙床；
> 腿子就是磨刀石，
> 旁边就是救命王。
> ……

回到家中第一晚，尤四梦见肖廷福的养殖场红红火火，王老幺的灰豆腐远销到了马来西亚新加坡，李国栋的一双女儿都参加了工作，王超群的房屋修葺一新，王耳山成为远近闻名的中药材种植专业村……没有过多久，王耳山公路竣工，镇里、村里特别邀请尤四去剪彩，可惜，他正在外地出差无法分身也就没有参加。后来，他听说截留贪污肖廷福政府补助款的有关人员受到了党纪、政纪追究……

尤四至今还是尤四。只是在他的生活中多了一份惦记，多了一些惆怅。他怀念王耳山。他不是诗人，固然不会作诗，但是潜意识里有一股莫名的躁动。他想，他要是李白就好，放几张秋天的图片和几句描写秋天的诗词，可以借此抒发自己心中的思念。

青云崖

天也空来地也空，人生渺渺在其中。

日也空来月也空，来来往往有何功。

田也空来房也空，换了多少主人翁。

——录青云崖民歌《天空地空韵》

（一）

曾木康从杂乱无章的街子上走过来，火球一样的太阳把他的天灵盖烤得稀烂。

这是一条陈年街子，高高地挂在悬崖绝壁上，东头来西头去顶多三百来米。南街头矗立着一块四棱青石碑，记述了先辈凿壁兴市的因果，四百多年的历史因此了然。

曾木康龇牙咧嘴，肩上白茫茫的口袋扎得人睁不开眼。缺少雨水滋润的季节不仅让人们口干舌燥，连街子两边的杨柳、梧桐也屈服于烈日的暴晒而垂头丧气。人们都躲在阴凉处纳凉，羊肠般的一条街子任由他无拘无束自由晃动。他那一双橡胶底一步步踩下去，一串串灰尘便在空中飞扬。穿过狭窄的廊道尽头即是青光石铺成的阶梯，在太阳底下活力迸发金光灿灿。他站在最后一级石阶上重新审视走过的半截街子，样子踟蹰，生怕自己疏忽大意错过有公用电话的店铺。过一会儿，就把目光稳实地放置在前方十来米处的一家店铺上，脸上立刻荡漾起只有春天才有的色彩，焦躁的心情一下子烟消云散。他咚的一下滚进店铺，惊醒了在爪哇岛周游的老板，嘴里不自觉嘶了一下表示歉意。曾木康

146

一双腿战战兢兢倚在木板上，一双手则紧紧抓住柜台边缘处，身上的疲惫暴露得一干二净，但若无其事的模样依然还在。身上的汗流汩汩滔滔恣意泛滥，他捞起衣衫从脸腮到肚子一上一下擦了几遍都无济于事。肚子里气流且粗且重源源不断，一旦从鼻腔蹿出就要哼哧一下，蔫瘪瘪的肚子也乘兴起伏韵乐有致。半个时辰过去，气管里的声息趋于平静。他在店铺里踯躅，随即把一只脚踏在门槛上，歪着一颗雪白的脑袋在深邃莫测的天空中打量，无可奈何地说："这日头硬是晃眼得很嘞！"声音从他牙缝里挤出来，哗啦啦掉了一地，店铺老板老周听得一清二楚。他把皱巴巴的本子窸窸窣窣地从口袋里摸出来周周正正放在柜台上，微笑且客气地对老周说："麻烦你给我挂个长途行不行啊？"老周精神焕发同样微笑且客气，帮他拨通了电话。

曾木康一天有忙不完的政务，邻里有纠纷充当族老调解，遇红白喜事充当事务明白人一方文明代言人管吃喝拉撒睡。也有更高级的政务，就是确保政令畅通。上面千条线下面一根针，他就是那根针，只要有政策涉及一家一户，哪怕是秧子搭在田坎上也得放在一边。往往在这个时候，他就不得不来街子挂一次电话。在他心里，一些事情说大就大、说小就小，只是心有余力不足，想吃吃不掉、想甩甩不脱。

这次和往常不一样，既在意料之中又在意料之外，这不是牛打脚脚打田坎么？他从老周手中抢过电话筒直接喊："喂喂……"老周忍不住一阵嘿嘿，说："木康爷你把话筒弄反了。"害得老周急忙为他纠正过来。曾木康第二次对着话筒炸雷似的喊："喂，水二吧，我是你木康爷，乡里很快就要实施生态移民搬迁了，你叫长旺他们都务必回来一趟，千万要把这事记放在心上，别误事……"说到这里再一次眯着眼睛把皱巴巴的本子翻开从头至尾瞅一遍。大约是因为心里不踏实，扳着手指头儿掐了掐数对着话筒又说："一共是十二人，莫整漏落了，听清楚没有？"说完那些话，自己把头摇了摇。青云崖村民组散落在遥远而僻静的山上，作为这个小小村民组的组长，他上管天文地理、下管鸡毛蒜皮，苦是苦着、累是累着，默默无闻、无怨无悔。

放好话筒，从老周那里拿过一支笔来把本子上的那些名字一个一个地圈了，神情如阎王勾簿一样。这事就算清楚了，他在心里说。无意间伸长了舌头使着劲舔了舔上嘴唇。该忙碌的都忙碌完了，他反手扯了扯粘连在背上的衣服，丢心落肠地舒了一口气。付过钱，他微笑着对柜台说："添麻烦了，老周。"

　　曾木康七十出头，是安度晚年的年纪，可青云崖就是特殊，这个群山万壑之间的山旮旯儿，要找出一个比他更为年轻的人做村民组长比大海捞针还难。时间长了，就连他自己都烦了，冥冥之中他有一种预感，自己这辈子真的是"猫抓糍粑甩不脱爪爪"了。辞职不干村民组长并非他一天两天的突发奇想，说穿了是梦寐以求。有次他提前准备了一大堆理由去找乡长，反倒被乡长滔滔不绝的一通大道理整得哑口无言。乡长当时乐了，说："木康爷你找不到'替子'当接班人，你说你不干那谁来干？"木康无言以对，悄悄地吞了泡口水。话是挑明摆那儿了，乡上是不会轻易拿他放手。曾木康的脑袋从来没有这样大过，一时间云里雾里一塌糊涂。好在他不是一根筋，命中只有八斗米，恒走天下不满升，是命就该认！想着想着就想通了。但是要干到哪一天呢？怕是天王老子也说不出个准数。漫长的日子太折磨人，他隐隐觉得犯神经衰弱症是迟一天早一天的事，有次他躲在被窝里赌气发誓谁要是接下组长这摊子事，就给谁烧几把高香。说实话，他自己都知道这是在打饿肚胡说。咳，干就干吧，这么长的时间都熬过了，了不起干到咽气入土的那一天行了吧！一点办法也没有，最好的结果是自己解脱。

　　黄花乡根本不产黄花，但是乡政府驻地就在那儿。曾木康的脑袋里满是乡政府开会的情景。乡长那天挺着脖子敲了桌子，说："这实施生态移民搬迁是牵涉到国计民生的大事情，凡是涉及村民组的要开好会，让村民充分理解上级的这项民生政策，最关键的是大家要心往一处想劲往一处使，确保政策落地生根，开花结果。"其他的村民组长等乡长把话讲完，就信誓旦旦地向乡里放了漂亮话。该到青云崖村民组发言表态了，会场上的人也都齐刷刷地把目光扫过来，曾木康的脸上顷刻间青一块来紫一块，就差没有个地缝钻。青云崖的生存环境天知地知，其实乡长心知肚明，其他地方一年四季安安稳稳、无忧无虑，青云崖则是大落大雨，小落小雨，不落不雨，是个路不通、电不通、水不通的"三不通"地方。这样子说吧，老天爷不小心把鼻子酸一下子，青云崖的人就要痛苦一辈子。

　　青云崖住着曾氏家族。这个家族的历史隐藏在祖上传下来的《经单簿》中，还有就是那部发霉的《曾氏族谱》中。曾木康因为这个家族时常寝食难安，却又爱莫能助。他比其他人都清楚，作为青云崖村民组的组长，自乡政府把青云崖交到自己的手上，他就没有含糊过政府的一件事，辜负过村民们的一件事。

毫不夸张地说他一直在为青云崖谋幸福、争荣誉。实施生态移民搬迁，村民之所以不情愿，根子在挪窝，他们担心的是今后赶麻雀都没有了石子。他坐在会场后面角落的木椅上，泪水涨满眼眶，悄悄在大腿上拽出一道道深深的血印。曜地，他站起来和乡长对视，说："乡长，我……"乡长明白他的意思示意他坐下，说："木康爷，我们听你说。"木康从瘦黑的眼眶里射出一道目光，扫遍会场上的几个角落，一字一句字正腔圆，他说："命苦，但不拖后腿！"话是说给会场上的那些人听的，当然也是说给他自己听的。

村组干部和乡里干部在食堂吆五喝六轮番轰炸，这是不成文的规矩，雷打不动，每次秘书提着酒壶、乡长端着酒杯都要一桌一桌给大家碰。曾木康的肚里早就装了三杯，就他的酒量来说是不多不少恰到好处。乡长满面春风来到跟前，他只好迎头而上。人倒不失志虎倒不失威，他想。强大的精神支撑使他奋不顾身勇往直前。他瞪圆眼睛指着酒碗说："你乡长的事就是我们庄稼佬的事，你乡长斟的酒就是政府斟的酒，我今天就是把肝喝出血来也要把这碗酒整利索了。"乡长眼睛眯成弯弯的缝，说："这酒你老人家随意，工作上的事你一定得推一把！"

曾木康喝下乡长斟的酒，身影很快隐没在街子那一头的山路上。

山风极粗重，路边树木的枝丫让风摇得吱嘎作响。曾木康解开扎在腰间的绳儿，一切思绪瞬间烟消云散。他走着走着无事可想，于是嘀咕：好哇，喝了酒正好有劲赶路。是的，他得赶路，他得回家，他得好好谋划青云崖生态移民搬迁的事，当然还有青云崖另外的一些事。

酒精大规模发挥作用的时候他已经爬到了半山腰。面对眼前空旷的舞台，一种落寞与凄凉油然而生。也许是神差鬼使，他胀着喉咙唱起很小的时候爷爷教给他的那首歌儿——

> 天也空来地也空，
> 人生渺渺在其中。
> 日也空来月也空，
> 来来往往有何功。
> 田也空来房也空，
> 换了多少主人翁。

　　青云崖离乡政府太远了，大约要花上四个多钟头才走得到。从乡政府院坝出发，全是蜘蛛丝般的山路。先要爬过五座山峰，再攀过很险要的攀崖石级，最后走过狭长的野谷才能够依稀看见几洞门扉。山高、山险，这儿的树木由于土地湿润，所以生长得很好，和青云崖的人一样在岁岁枯荣中艰难地生存繁衍。山路蜿蜒曲折，但曾木康行起路来有如猿猴般敏捷，仍然是那样轻松自如。

　　他的歌声如泣如诉，顺着山路飘向上空，山羊、野兔都静静听着。它们都很久没有听到这种歌声了，在空落的日子中忽地又听到这种久违的旋律，听得它们醉了，听得它们痴了。

　　回到家中饮了一瓢水，胡乱地吃了两碗冷饭。他开始登门拜访几位老人，在他们的房前屋后转一转，然后把他们叫在一起传达乡里的会议精神。他对几个老汉说："哥子兄弟些，这次乡政府开会还是讲生态移民搬迁的事，并且乡长说我们这几家必须得搬。但是搬迁不像挪鸡窝，说挪就挪那样容易，况且涉及家家户户吃的住的。"大家听后一阵叽里咕噜，他心里头凉凉的甚至莫名窝火。他不管那么多，照本宣科把乡政府的意思说了一大通。实话说，老汉们不是没有道理，祖辈以来就在这里土生土长，为什么到现在就不能生存了？木康期待老汉们继续发言，哪怕是发一点牢骚也行，可是他们现在不说了，只管接二连三不断裹叶子烟。木康知道现在给大家讲搬迁无异于与虎谋皮，在一定程度上说是变相在他们身上割肉。木康知道这个会是开不出好结果的。没有人搭言接话，只好给自己打圆场，说："一沓一地安稳就好，吃根酸菜都心安。"这样坐下去就是自讨恬气，他说："自己是看不到自己的后脑勺的，我们这辈人舍不得青云崖，不等于子子孙孙舍不得……"说完披着衣衫回到自家的吊脚楼上睡觉去。

　　和这几个老汉一样，他何尝不希望青云崖出现一种欣欣向荣的景象？但这毕竟是梦想，是一厢情愿。前大半辈子一晃而过，到了风烛残年猛然感到辜负大家的地方太多。眼前政府要实施生态移民搬迁，可是有的人家外出打工多年，家里只剩空房，有的人家则压根把这个地方丢弃搬迁到外地谋生去了，如此经年不息的折腾，以至于青云崖人烟稀少，那些田啊土啊大块大块的撂荒……

　　天微亮，鸟儿在树丫上放开婉转的歌喉，他不知道自己一晚上到底睡没睡，是自己醒了，还是被鸟儿弄醒的。他披衣下床，趿着鞋来到几个老汉的房前。一夜之间，他的身子一下子比以前更弓了。他想再听一遍老汉们的意见，他觉得这样心里会踏实一些。老人们起床很早，或许压根没睡觉，他们早就集中在一块了。见他走来，心里都明白他可能拿定了主意。木康坐下来轻言细语对老汉们说："生死有命富贵在天，青云崖还是青云崖，只是我们换了个住的地，再说换个地住也好，说不定到头来人丁会兴旺起来……"几个老人面面相觑，他欲言又止。他想了想说："你们肚子里面的那几根蛔虫我是一清二楚，是不是？我们脑筋活络点想宽点，要是青云崖这地适合我们居住，谁愿意搬啊，政府为了我们的生存条件好一点，脑壳都想大了，我们要理解要知足要支持，至于今后的事就靠儿孙们的造化了。"老汉们依然不语。他说："你们想一想吧，我今天要上街打电话给水二，把这次乡里实施生态移民搬迁的事告诉他。"说完扭头回到家里，把昨天夜里收拾好的口袋挎在肩上朝山下弯弯曲曲的路走去。

他独自一人在山路上行走，也正是思考一些事的时候，特别是青云崖的兴衰太让他揪心，而且成为他的一块心病。眼前的青云崖太落寞，换句话说有些颓败。这个景象的发生不过十数年，外面却风起云涌发生翻天覆地的变化。其实几个老汉也亲眼看到山下的村民大种烤烟，硬实把腰包撑鼓了。有了钱啥事都好办，坝下的乡亲修路的修路，牵电线的牵电线，连拖拉机那种铁牛儿都突突地施展开手脚有了用武之地，特别是亮堂堂的电灯一照上，坝下的乡亲逢人见面就要扯上几句，把电灯说得神乎其神天花乱坠，说在电灯泡刚刚照上的头几个夜里硬是头晕目眩，还说这个家伙太神奇，让雄鸡也从此难摸准时辰叫更了。乡长的见识不一样思维与众不同，有次无意中听到大家议论就告诉大家："这叫阔步奔小康！"木康爷不明就里，自己为什么干到现在这一把老骨头了，却越来越跟不上时代的趟，想着想着从头一直凉到脚。他曲着手指儿敲着光光的额头回忆，青云崖这个村民组在他手上从来没有发生过一起纠纷，执行政府的政策也从来不拖泥带水……他唯一有一个私心但是又不好说出口，那就是他想在自己过了七十五岁生日后，把组长这个官让贤给长旺干，自己无忧无虑享受余生。按当地的话说，算计不按算路来，谁也没有想到，长旺给他放了一次鸽子，差不多让他七窍出血。眼看七十五岁生日就要来临，长旺伙同一帮年轻人下了山去，具体说，是走出青云崖"杀广"去了，这一下子把木康搞得措手不及，使得他满腔热血顿时化作一盆冷酷的冰水。长旺小子前些年到外面跑过几年牛贩子生意，接触了一些三教九流，见识呼呼疯长，心思也跟着蠢蠢欲动。问题是，这小子多少给曾木康一点面子也好，他居然当着几个老年人说："你给我整个省长、县长还行，这个组长我就拜托你了！木康爷你干了几十年的组长，青云崖现在是个什么样子，大家两眼鼓两眼，你自己也清楚，比田比土比钱这些玩意比不过人家我们打屁认臭，要和人家比那些我们真的不行，问题是我们办庄稼也比不过人家，一年做来不够半年吃，要刨半年的秋荒，是我们不勤奋还是我们祖坟葬得不好哇？"话钻进木康耳朵，当场就差点儿让他背气歇火。

长旺事先是和水二取得联系的，说走便一抬脚就要走。启程那一天清早，他把男男女女一拨人马带来，规规矩矩站在七个老人面前，毕恭毕敬——鞠躬。他对木康说："你大人有大量大人不计小人过，我们出去不单是图稀饭钵钵，是图个有奔头，图到时候脸上光生生的能会得到祖宗的面……"听到这话，木康咕噜噜滚出一行热泪，他伸过枯枝般的手拉着长旺叮咛道："长旺啊，青云崖的这些年轻人就交给你了，你带他们出去也好，说不定十年八载后曾家会成为一个旺族……"

是呀，曾家从高高祖那一辈人来到青云崖有几百年了。后生们至今也弄不明白，那会儿祖上不住平坝、河边，为什么偏偏看中悬崖峭壁上的山疙瘩呢？祖上那时在这个山疙瘩做出种种艰辛努力，并对未来抱着很大的幻想，然而到如今，后人们抛弃了他们苦心经营的旧巢，狠命而去，老话说雀往高处飞，水往低处流，果真不是信口雌黄的。

一直盯着长旺他们在山垭口消失，木康的眼睛已经发酸发涩。他挥着手对那些背影喃喃自语："走吧，走吧，都走吧，今天走年轻的，明天就走年老的了。"说完却又笑，他说："还有田草，他还在部队当兵。"说到田草这一刻，他眼前忽地闪出一丝光亮，似乎又看到了一线希望。

（二）

青云崖曾经悲壮。上溯到十三世纪中叶，州府凭借一道天险，在青云崖构筑军事城堡，春则出屯田野，以耕以耘；秋则运粮运薪，以战以守，无数骁勇在此寄放魂魄。至于明清两朝，乃是州城卫所之地。辉煌褪去，沧桑尽显。山高处的青云崖在时代背景下就有了它别样的地方，常常受到别人的恭维。在过去的几十年里，青云崖一直由乡里直管，一年的生产计划、物资供应、征购任务入库等一概由乡里直接调拨、征收。就是青云崖村民组长这个极不具含金量的官儿，也都是揣在乡长荷包里的。光阴荏苒，这个只有七户人家常年居住的村民组，与一个具有上千人口的村在社会地位上是平起平坐的。即便是县里坐小轿车的领导，他可以不知道其他地方的任何一个村，甚至说可以不闻不问，但就是不能轻易把这个青云崖村民组给忘记掉。上级领导每次到乡里来，总要向乡里了解这个村民组的生产、生活状况，哪怕是随意提起。总而言之，曾木康的名儿在某种程度上比一个村委会主任还要硬，还要响。最起码，青云崖只要有一口人存在，青云崖这个村民组的称谓就要在各级行政单位的统计表册之中堂而皇之地存在下去。

曾木康挂完电话径直走进乡长的办公室，乡长正趴在桌子上写什么，连木康走进屋里也毫无察觉，不用说，乡长为民操劳确实全神贯注。木康朝墙上瞧了瞧自己在去年初冬时节写给乡里的架电申请，现在都积上了很厚的一层灰，心里扑扑通通蹿起一阵酸唧唧的滋味。他木然地站在那儿很久很久。乡长终于疲倦，放下手中的笔站起来，木康醒过神来主动打招呼，说："乡长日理万机呢？"乡长一脸愧色，连忙道歉说："对不起呀木康爷，我真的没有看到你老人家。"他把木康招呼在凳子上，说："你老人家早不来、迟不来，来得正是时候，我正要找您商量你们组上架电的事。"木康一激动立马跳起来，接过话茬指着肩上的蛇皮口袋说："乡长，你知道我这是什么东西不？"不等乡长回答，木康火烧屁股般卸下口袋，从里面摸出一团鼓囊囊肉嘟嘟的东西来，说："你猜猜看这是什么玩意儿？"乡长曲着脖子、偏着头观察了一会，直摇晃着头说："我不知道。"木康说："我就知道你是不知道的。"说完把外面裹的那一层解开，乡长这才明白这是个烟熏过的野猪肚子。青云崖的野猪肚子是出了名的，也算是特色，就像有的地方盛产鲢鱼，有的地方盛产党参，有的地方盛产猕猴桃一样，让远近的客人对这种珍稀玩意总是忘怀不下。野猪吃百样草，吃了野猪肚子治百样病，说这是青云崖的一大"名"处、一大"特"处也毫不夸张。以前，大山以外的人在年末岁尾总是要到这里狩猎，捕杀野猪、野兔等，后来乡里野生动物保护管理部门认识到重要性后，对捕猎者给扎实处罚了几回，还关了几个，那些打猎的人慑于法律威严从此不敢再踏脚半步。这于野生动物而言巴心不得，它们大模大样在山野沟谷间觅食或者嬉戏，久而久之到了肆无忌惮的地步。野猪肚子可爆炒、可泡药酒，其神奇之处在于治胃病。木康抖了抖野猪肚子，手指比画着说："没有五斤怕是也有三四斤的，我放了好长时间一直没有舍得吃，你把这东西炒了，爷俩好好喝它一盅，我告诉你，吃野猪肚子是最后一次了，现在野生动物保护严得很，护林员天天在山上蹲守，逮着就要坐牢，哪还有？上次我说给你弄一个来泡酒喝恐怕难兑现了。"乡长笑着说："算了算了，有这个东西吃也不会多长只耳朵出来。如果我们不忌口，一天四山围猎，任性捕杀野生动物，谈保护那不是睁着眼睛说瞎话？"木康嗯嗯地回答："谁说不是嘛乡长，过去来说野猪这物子，在我们青云崖就像家里喂的猪，哪一天感觉肚子有点寡淡了就去捉一只，真以为棒打麋鹿瓢舀鱼是神仙日子。现在难了，比登天还要难，哪个敢去做违法犯罪的事，真敢，就叫作拿鸡蛋碰石头，不过野猪践踏庄稼呢该怎么办？"乡长听罢觉得不无道理，遂含糊其辞说："到时是有办法的。"他把笔和纸收了放在一边，操起家伙咚咚把野猪肚子切碎。木康说："炒野猪肚子讲功夫，葱、姜、蒜、辣椒、花椒一样都不能少，尤其是那个麻辣，和你们吃鲢鱼差不多，火候也有分寸，猛火炒三转，不然绵而无味。"

乡长说："木康爷，不说了不说了，我都吞口水了。"木康口若悬河叉着腰指挥，野猪肚子在锅里被高温煎炸，吱吱嘶嘶暴跳一气。香辣裹挟，小小房间顿时充满油烟味，俩人时不时转身捏着鼻子压低声音打喷嚏，样子像端公跳戏。佳肴新鲜出炉，乡长噼噼啪啪从酒罐里舀酒，打算以此慢慢细品美味，木康立刻进行劝阻，说："你那酒搁开点要得不，要喝喝我的。"乡长说："客随主便，今天在我这儿不喝我的哪行，还是喝我的吧。"木康从口袋里取出一个高温瓶子使劲晃荡，说："我这是泡了好久的野猪肚子酒。"乡长看木康一直坚持，拗不过便依了。

曾木康举起酒瓶很豪壮地把两只碗盛得满满的，然后捧着酒碗说："乡长你请。"乡长也把酒碗捧起来说："木康爷，你老人家请。"

木康说："乡长，你木康爷是不是喝了酒在说酒话？我问你，我们组上的电灯什么时候才能照上？"做了几十年的村民组长，懂得说话办事怎样把握火候，他见坐在对面乡长的脸上渐渐起了红晕，就壮着胆儿这样问了。

乡长说："木康爷，我不是说了你来得正是时候吗？"

去年冬上，一村人喊着叫着筹划安装电灯照明线，村里其他村民组都计划上了，唯独在盘子里没有青云崖的份。木康当时很委屈，迅速找村委会主任说了这事，村委会主任说："你们青云崖距离变压器十多公里，按每公里两千元算就要两万元，再说全村一刀切就要大家出劳动力，你青云崖六七户都是七老八病的，十个怕也抵不上人家一个，人家怎么会同意？不是我没有做他们的工作，你也是村委会委员，这些年头的事情你是知道的，大家都晓得你们鸡毛不成火炭的几个年轻人都到外面挣钱去了，明摆着人家吃亏他们哪还听你的！要不然，您想个高明的法子吧。"村委会主任把话说到这分上，木康准备要说出口的半截话就只好憋回肚里。

回到青云崖，曾木康把村里架电的情况向几个蔫老头儿说了，大家兴高采烈围绕这事还好好地设想了一番，但说到架电要钱、要劳力，便缄默下来。他们都是七八十岁的人，儿女们出嫁的出嫁，有能力外迁的外迁，打工的出外打工，实在没有办法的也当倒插门女婿去了，能有什么法子？不过这阻止不了木康的想法，因为这几十年来青云崖压根就没有落后过。木康想，如今各村各组都给电灯照得亮堂堂的，青云崖怎么就不行？难道青云崖是另外一个世界？后来木康再次赖着村委会主任把这个意思给说了，村委会主任从大局出发还真的又一次依了他。他们二人连续在村上跑了两天，其他村民组的人就放出话来，说："谁敢说你们不照电呢？你青云崖的人也想照电行啊，行，但是得先交搭伙费，再交过路钱！"尽管经历几天的折腾但是后来还是黄了。村里把情况反映到乡里，乡长一不做二不休亲自率电力站的人到村上跑了几圈，结果仍然是一锅大白水。说实话，青云崖照不上电也不能全怪其他村民不同情，得调根板凳坐，相互替对方想一想。为了照上电，其他村民当初牵猪赶羊、捉鸡卖鸭变卖家产，能值一分钱的东西都弄光了，这笔损失谁来给补偿？村民们的质问不是无理取闹，乡长有苦难言张着嘴巴硬是没有说一句话。乡长装了一肚子苦水甩了甩脑壳说这事难办，只好率着一拨人马打道回府。

安装电灯无疾而终，尽管过去了好长时间，但是乡长一直觉得对不住青云崖，对不住木康爷，一种存在于内心的愧疚时时敲打着他。木康见乡长的样子很苦，就向乡长汇报昨天开完会后在组里宣传生态移民搬迁的事，末了说："水二一定会支持乡里的，我是给他挂了电话的。"

乡长回应说："木康爷，在青云崖实施生态移民搬迁是好事，水二他们一定想得通，你们搬到安置点来，赶场用不着两头黑，吃的用的上街就有，如果有头痛脑热到医院也方便。"听了乡长的话，木康心里乐着。他问，安置点几时才动工修啊，老人们怕是等不及了。这话把乡长问住了。乡长说："不急，政府会安排，一步一步来，先从基础工作做起吧，比如说思想和行动，哪怕有一点点意见都不行的。"

要不是即将要实施生态移民搬迁，乡上真心怀疑青云崖会自生自灭。青云崖白天晒着太阳晚上顶着月亮，要是哪家的一根针不小心掉在地上，老人们都听得一清二楚。搬迁于青云崖而言，几个老人一下子还没琢磨出有什么意义，是历史的，还是现实的？他们只是清楚眼前，照现在这样下去，青云崖只能成为十分令人痛心的一页历史留在人们的记忆里，就要成为人类现代文明时期乡间村庄消亡的一个缩影。

说是那样说，乡长还是禁不住扭着头问："你都说清楚了？"

木康一边嗯嗯，一边从口袋里掏出那个皱皱巴巴的本子，说："乡长你看，我一个一个点人头的，一共十二人哪！"

乡长哦了一声，又捧起酒碗盯着曾木康，说："木康爷我敬您。"

曾木康听乡长这么一说，喉咙一阵滑动，咕咕噜噜把酒碗弄了个底朝天。

乡长说："县里今年实施生态移民搬迁的任务已经安排到乡里，我们正在着手前期准备工作，这次你们是第一批要实施的村民组，你我都不能当缩头乌龟啊。"木康听乡长话里的意思好像在给自己敲警钟，心里起了一层凉雾。乡长顿了顿，说："你要一家一户做好疏通工作，把工作做死，不能有丝毫抵触情绪，上面要求搬得来，住得下，能致富，历朝历代哪有这个政策？"

木康说："怪老祖宗没有远见，住在偏僻地带，吃包盐巴都不方便。地势不好，过去望天吃饭，现在靠政策吃饭，年轻人奔生奔死到外面去也不过是找几个盐巴钱。多承县上、乡上领导关心，现在有这样的好政策落在我们头上，我们怎么不高兴，搬迁了，在外面打工的人对家里也少牵肠挂肚。"木康越说越激动，他抓住乡长的手，说："行啊乡长，我一定把政府的这片好意传达到位。"木康转了话题说："乡长，你是知道的，我们几个老年人年老的九十多岁了，年纪轻的就是我了，都是七十五的人了，老刀不砍刺，老人不管事，老天爷不收，活着造孽。水二、长旺他们一走就是好多年，指望他们回家兴业怕是不可能了，年前水二还写信来，要把我们都接过去，苦磨了一辈子，也想过去开开眼界，长点见识，随到儿孙们好好过晚年，就是下不了这个决心离开脚下的土，金窝银窝都不如自己的狗窝好呀……"木康这番话是发自内心深处的，虽然絮絮叨叨，但眼下是这个现状不假。乡长眨眨湿润的双眼，叹息道："这个青云崖啊……"

曾木康说："乡长，人是菜籽命。"

乡长听着木康的话，急迫地问："水二在那边兴的场合很大，效益蛮不错的吧?"

曾木康回答说："办的叫啥子厂，说是可以，可天远地遥的，到底可不可以，我们在黑处，不清楚。不过，管他的，人活一口气，只要过得比我们好就行。我们待在家里的几个老年人都入了半截土了，今天你不出气伸了脚，我拖你，明天我不出气伸了脚，你拖我，咳，早死迟死反正一回事，死了就拖出去，掏几笕泥巴掩上就是……"

乡长听到曾木康的这些话，眼圈顿时润润的。他劝慰木康爷，说："你别想那么多，水二、长旺他们在那边生活得一定好，你们青云崖的搬迁，乡里书记和班子成员都统一了意见，今年无论如何也要搬迁到位，您放一百个心。"

曾木康摇着乡长的手说："乡长，我相信政府，你放心。"

在暮色中，那条崎岖的山道又响起一串咚咚的脚步声。

（三）

正月初，曾木康居处的青云崖下了一场厚厚的大雪，雪里夹杂着冰凌，这个冰雪世界把青云崖包裹了整整一月之久，而后才在温暖的阳光下渐渐复苏开来。

那一天，曾木康向大哥改康他们打了声招呼，就扛着火铳和打山狗花宝一道朝水巴岩走去。

水巴岩是青云崖的顶峰，这里曾经发生过战争，绵延的城垣、城门、炮台、墩台、栈道、兵工作坊和军营等军事及生活设施在那遥遥古昔一定是鬼斧神工，然而它们的遗址被掩藏在灌木丛中，埋没在历史烟云中，踪影难觅。

冰雪开始融化，怪石嶙峋的山涧发出了好听的叮咚声。

曾木康踩着山路曲曲绕绕来到一块极空旷的雪野上。雪野开阔，深厚。花宝不到一岁，极精灵，在他的身边跳跃着，时而蹿前时而蹿后，尽情地宣泄它一月以来的沉闷。他们不停地在荒原的边缘上行走，花宝朝前跑了一阵后，忽地又掉转头来，反复在曾木康身上嗅，他眯了它一眼，撮起嘴唇发出"嘘唏嘘唏"的口哨，花宝跑到一棵十分低矮的松树下撒了一泡尿，他没去理会它，他知道每次走远路，它都要这样做下记号，天黑时好找路往回赶。莽莽原野，遍地长满灌木丛。在一个山凹地，花宝钻进丛林里撞击着枝丫飘起纷纷扬扬的雪，一阵阵地狂吠，一只野鹿被它追击得透不过气来，累倒在木康百来米的地方。木康端起火铳瞄准黑鹿眉心指头伸向扳机，因为那一闪念，他毅然放弃了，打它干什么呢，他想。

这冰天雪地的，这些生灵的生存也不易，他又"嘘唏嘘唏"吹起口哨唤回花宝，花宝在主人的威压下狠狠地看了野鹿一眼跑了回来。

"放过它，花宝。"他用手摸着气喘吁吁的花宝做思想工作。他对花宝说："它们也不易，天寒地冻啊……"花宝似乎理解了主人的语言，凑过来在主人的裤管上舔了又舔，低眉顺眼地听取主人的教诲。

山凹大，看不透它的边际，陡增了几分寒气。曾木康排开那些枝枝蔓蔓，雪在足底下吱吱嚓嚓发出那种艰涩的声响。花宝朝前跑了一阵，又转来接应他，他对花宝说："你各自走吧，我没问题的。"

把爬行当作功课，踩住山的脊梁翻山越岭，两个时辰就来到山的顶峰。在这天之一角，月亮没那么圆不要紧，反正没有多余的心事。这座山远远瞧来似刀削，但它的山体厚实，铺满丛林杂草。峰的另一侧是万丈深崖。曾木康无比惊喜，大声对花宝说："到了到了。"花宝跑过来蹲在他的身边，学着他的样子打量眼前这个从来没有见过的浩瀚世界，不过双眼忧郁。

他静静坐下来，眺望一个遥远的地方。群山万壑阻隔了他的眼，但他坚信从前边的山垭口一直朝前走去，就是乌江口，再从那里往前走，可以到达涪陵口岸，接下来就是山城重庆。

重庆，对曾木康来说是一个恍如隔世的梦。十二岁那年，他跟着他爹从韩家沟挑桐油下重庆，来来去去花去十个月时间，换回了一丈三尺灯草绒。那年月，一丈三尺灯草绒可换得一间木房或者三四匹马，就是大户人家也视若珍宝。这记忆太美好了，甚至感觉这个记忆就发生在昨天，在眼前。木康回忆那些情节便露出笑脸，还吧嗒吧嗒嘴。花宝死死盯着主人不放，把主人的每一个细节都记在心里，它甚至担心主人过度怀旧而伤声。

他之所以忘情地追忆那段美好的历史，是因为从那次以后，他就没有下山出过远门。如果说那道山门最后破例为他开启过一次的话，要算 20 世纪 50 年代他担任农业生产合作社青年突击队队长，被评为县劳动模范到县上接受表彰那次。可那一次是走路赶到虎掌场的。那时，从乡上到县城的公路才刚开始修建，他背着苞谷面和被子跟着开会的大队伍步行到县城。那次最大的收获是目睹了统领八十万人口大干社会主义的县委书记和县长的风范。这个待遇，青云崖人迄今为止没有任何一个人敢奢望。山风特别刺骨，但是他胸腔里是热烘烘、暖洋洋的，仿佛融化了冰雪。花宝把头从他的双腿间伸出来，千方百计与主人保持着心心相印的状态。

这青云崖太古老，向前百余华里是邻县的地界，站在峰巅，即可以瞭望到邻县的那个镇上。那个镇是新建成的，新修了很多建筑，一些新开工的工地在渐渐消融的雪野中显得空落和冷寂。山的另一侧即是他所在的村子，如果不是一条攀崖石级路把它们彼此连接起来，很难想象得出这个世界上除了青云崖之外还有人烟存在。

花宝好久没有发出声音，似乎已经陷入沉思，木康摸着它的头说："喂，你在想什么呢？好吧，你也想一想吧。"

旁边有一个洞穴，洞口处挂有很多冰柱，晶莹透明，木康用刀磕下来放进嘴里，慢慢地任它融化，最后化作一股股坚硬的雾气。

木康的目光在崇山峻岭间游弋，感受着眼前的壮美景观。在这个极端空旷的荒野，他张开双臂痛快淋漓地接纳天与地的恩赐，如冷雾、粗风，以及半空中盘飞的雪雀……一切都容不得他多想，在这些日日夜夜，年轻时的豪气冲天与侠骨在岁月之河中全部付之东流，化作一声长长的叹息。

青云崖的年轻人走了，离开了这块哺育过祖先与自己的土地。而且最后一批五十来岁的人也带着家眷毫无眷恋地走了，走得那样干净、彻底。木康吧嗒着烟杆想，他的祖先从遥远的地方迁徙而来，在青云崖这个山疙瘩盘山而居的时候，到底有没有想过他们即将开始的生活会遇到种种艰难险阻。可是，今天的青云崖已经走完了它的一生，就要开始它新的使命。

作为村民组长，曾木康想，他的过去是十分自豪的，他的德行令青云崖熠熠生辉。20世纪50年代，青云崖人在离他们十多里的山麓分得十二亩稻田，以至于改变了从他们祖辈以来的膳食结构，至少说年终扫尾那一顿年夜饭有了大米饭吃。又过了几年光阴，他们风风火火加入农业合作社队伍建设美好的社会主义。在那一时期，祖国大家庭让他们绝大多数享受到了政府的温暖，有了自己的妻子和儿女，对此，青云崖人没有不为之感念的……

　　荒野里，夜间寻食的野猪拱翻了老老幼幼的松树、马桑树，狼藉的景象令人寒战、恐慌。花宝在那里实施了一番格斗动作后，又进入悄无声息的状态，它用十分挑衅的目光注视着曾木康，希望主人不失时机地下一道指示让它钻进深山野箐与众多的野兽们作一生死较量。但曾木康没有，他在瞭望崇山峻岭逶迤之外更遥远的地方，因为那里有一抹云霞在深情地燃烧。

　　就在此刻，曾木康感觉出黄昏中的山峦比任何一个时候都要凝重。

（四）

　　水二，曾木康大哥曾改康的孙子，十八岁那年离开青云崖外出打工，他已在南海立足十余年时间，主持着南海市鸵鸟陶瓷有限公司南海鸵鸟陶瓷厂的工作，按一般的说法，就是这家企业的厂老板。

　　水二离家出走的初衷，并不是想要到外面找好多好多的钱，也不是外面的世界真的令他羡慕得十分了不得。真正的原因是为了一个女人。

　　也许是山外的阳光与雨露十分特别之故，进县城读了三年高中，富有节奏的学生生活使他如春笋般茁壮成长起来：高大、挺拔，毛茸茸的胡须勾画出他的阳刚之美。在众多的男生中他有如一抹灿烂的阳光照射在每个情窦初开的少女心上。高中毕业那一年，他与一个叫琼的女生悄悄恋爱，每天食堂开饭，琼总是主动为他打好饭菜，然后两人端着饭盒来到跑道的榆树下甜甜地共同进餐，共同学习。关于这一点，显然与学校的有关规定相悖，却是一个在全校学生中广为流传的话题。在很多个晚自习铃声拉响后的夜晚，他们在一块温习一天的功课，谈今后的理想抱负。这种行为在一些老师看来十分扎眼，但由于他们的学习成绩总是保持年级第一名或第二名，已到退休年龄的班主任最终还是放了他们一马，没有向校委会声张。问题出在后来，大约是高考前一个礼拜，水二与琼昏头昏脑跑上街来到影院看了一场《老娘够骚》的电影，电影中时时传出那种勾魂的声音，致使水二走火入魔。那一夜，他们蜷缩在角落里演习了镜头里的相同内容。最为致命的是，他们才刚刚进入亢奋状态，文化稽查同志的一支手电筒照得他们二人的血液顿失澎湃之态，满脸死灰，在他们被大盖帽带进派出所的木条沙发上的那一刻，他们不曾想到最坏的结局，他们首先想到的是罚款，但民警最后一句才让他们彻底蒙了，"知道吗？市长视察文化工作，今天晚上是县委政法委书记带的队！"

水二和琼被处以行政拘留的处罚，在冷冰冰的拘留所里度过了他们一生中最耻辱的五天时间。等他们重新获得阳光的温暖，高考结束了。这时候的水二和琼真如一叶浮萍，他们在校园的周围游荡了一夜之后，凑足身上的每一分硬币，几经辗转，双双飘落到南海边一个刚刚开发的小镇上。

他们没有一个可以证明身份的证据，任何厂家对他们巧舌如簧的陈述都表示爱莫能助。整整一个月的时间里，他们如同乞丐，用几近乞讨的目光搜索着这个陌生的地域上的人或物、光与影。那时南海的市政管理还没完全正规化，这就使他们能在一家陶瓷厂旁架起窝棚立足。皇天在上，面对生存的艰险，水二的脖子一硬，便在陶瓷厂拉起板车，当装卸工。老板娘仁慈善良，接收琼做了柜台勤杂服务员，月薪拿到三百五十元。这意味着，老天爷从世界这个大圆盘的缝隙间向他们挤出了一丝阳光。他们在这里生存下去成为一种可能。不久，积蓄了足够钱财的店老板拆旧屋建起了高八层的大楼房，改换门庭拉起了南海市陶瓷有限公司的旗子。

在老板造新房的那段时间，琼失去了固定收入，水二则在工地上自己的事一样为老板跑这跑那、累死累活，因为他知道老板是他们的衣食父母，只有这样方能哄住肚皮。

在陶瓷有限公司正式开业的头天晚上，老板毫不思索地给他们每人两千元辛苦费，足见老板并不是那种为富不仁的家伙，相反他仗义疏财。水二当时看着白花花的钞票闪闪发光，他没有接反而哭了，让老板感到莫名其妙。

老板问他："水二，我给你钱啊，你为什么哭呢？"水二深深陷入悲不自抑的状态，好半天才止住抽泣，对老板说："老板，我千里迢迢来到这里就是为了钱，但是你这钱我不能收，不能要，老板，你同情我俩，就收下我俩仍然做勤杂工吧。"老板捋了捋胡须说:"行,水二,给我好好干,有我吃的就有你喝的,你从现在开始给我张罗开业的事吧。"

水二一点儿不含糊,他张开两臂迎接了这一千载难逢的良机,拿出浑身解数给老板写了"谋猷杰异,志量高超;运筹有策,货殖多能……"这类字样的开业词,老板眯着双眼反复琢磨了一阵没弄出个所以然来,但他知道这绝对是祝贺夸奖一类的好词。水二把老板过了目的开业词让有线电视台反复播放,一切费用全由自己悄悄垫着。第二天,他请来电视台的记者把那喜庆场面全录下来,在电视剧频道占了整整三分钟。他还叫琼起草一份带有广告性质的消息稿亲自送到一家周末报。受到消费市场制约的报社也悄悄起着变化,正向商业化大众化方面迈进,他们看准了打工族和商家一类,原因是既能弄钱创收又拥有读者,主编亲自审阅了稿子,答应马上发排。十余天下来,老板桌上的BP机、手机、商务通叫声不断,有的还拎着报纸直奔陶瓷有限公司实地考察,直接与老板洽谈商务活动,老板这才从晕头晕脑中清醒过来,所有的这一切功劳全在水二和琼的身上。

在商潮中爬摸滚打大半生的老板意识到,把水二和琼揽在麾下,就无形中拥有了另外一笔宝贵财富。这样过了半年时光,老板盘算营业收入比他起初的设想多好几倍,当即和太太商量,留下水二和琼,水二做老板秘书,琼做老板太太的助手,并许下诺言,只要水二、琼这样巴心巴肠一心一意为主,等到哪一天收入丰了,一定为他们解决住房问题。

水二清楚,他们这辈子确确实实遇到了贵人。

水二做老板秘书,实际是相当于做公司策划人。没过多久,鸵鸟陶瓷有限公司改变策略,靠信誉占领市场,生产的产品不仅瓷化程度高,吸水率低,光洁度好,而且色彩典型、柔和,规格齐全,迅速拓宽了市场,深得客商信赖。老板按照水二的建议,分别与全国大小城市的客商签订购销合同,发放消费者意见书,不惜重金从国外聘请陶瓷专家为技术顾问。自此,公司产品远销美、欧、东南亚和广东等地,一时之间陶瓷公司的美名远播海内外。

有了较为稳定的职业以后,水二这才回过头来想到自己是在身败名裂之后逃遁远方的,他总放心不下生他养他十余年的青云崖,他告诉琼,该给家里写封信了,琼点了点头,她依了水二的意思分别给双方的父母大人写了封信,末尾郑重其事署了水二和琼的名字,无论从哪个角度讲他们都有点海枯石烂永不变心的意思。写完信，水二狠狠地瞪了瞪眼前的女人，说梁祝同窗两年两小无猜，我们也才三年时间呢，为什么就把事情搞砸了呢？琼这时两腮鲜红，微微启开嘴唇向着水二充满爱意甜甜地笑。水二沉浸在自足状态中，他开始飘飘欲仙，咂着嘴再一次对现实充满幸福感自豪感。

时光如一条浩瀚江河。就在水二和琼实现理想的初级阶段，老板不仅为他们买下了蓝皮户口，还为他们购置了住房，只是水二迟迟不愿接老板的钥匙。他告诉老板，目前陶瓷公司有相当的实力，应当考虑在属下建立陶瓷厂、陶瓷有限公司和装饰有限公司，实现产供销一条龙配套服务。他向老板提建议时，天边的朝阳正冉冉升起。老板听了水二的话，从椅子上站起来，反复在宽敞的屋子中闷闷地踱着，半晌，他扔给水二一句不得要领的话："水二，我是叫你干什么活儿的？"而且脸上明显泛出青色。水二耷拉着头，一脸懵懂，一动不动如一尊金刚般坐在那儿不敢言语。老板走过来，拍了拍他的肩膀，说："水二，我问你话呢！"水二把目光怯懦地射向老板，不知怎的，他的嘴唇不由自主地抽搐，半天吐不出一个字，他不知道自己的话为什么让老板发了怒。老板说："你个水二，叫你怎么不吭声了呢？"

水二好半天才回过神来，说："老板，我可能说得不恰当，你不要见怪啊！"

老板换了副面孔说："你说得太是点子了，来……来……"这时，老板示意他在沙发上坐下来，仔细给他说说刚才的方案。

水二长长叹了口气，把心平静下来，给老板讲了集团作战的许多好处。

老板说："你为什么不要房子钥匙？"水二回答说："老板，目前您正需要扩大再生产，我怎能釜底抽薪啊。"一句话把老板说得脸上灿烂生辉，他抓住水二的手，说："你在一个星期里把方案给弄出来吧。"水二暗暗高兴，说："老板，方案我尽力整去。"

水二越是真诚，越是坚定了老板要让水二到陶瓷厂任厂长的决心，因为他知道，水二的精明能干完全可以使陶瓷厂保持旺盛的生机和活力。

一番张罗之后，老板亲自送他到五十公里以外的地方就任厂长。当然，琼作为水二的秘书也一并同期到达。

陶瓷厂虽然不属于水二自己的领地，但水二的本领也终于有了用武之地。到厂上任的第一天，水二分别到各个车间了解生产、查看厂里的技术设备，而且还做了记录，最后他自己掏腰包宴请了全厂职工，反正就是希望大家携手前进、以厂为家那层意思。厂里除技术骨干和部分管理人员外，其余的职工都是下岗再就业的，也有部分外地打工仔，大家见水二这人思路不简单，也就没含糊，大家乘着酒兴把酒杯碰了，齐声说，只要年终多拿几个钱儿，我们累死也心甘！

（五）

水二从南海回到乡上那天，适逢赶场。在这一沓乡土上，就属水二的名声大，都知道他在那边当老板有作为，乡邻们都纷纷围过来听他讲南海那边的见闻，特别是年轻人，显得格外兴奋。在这个僻远封闭的乡村，乡亲们多数不知道有位世纪老人刚刚到南海边上画了一个圈。但乡里已明显感受着从那儿吹拂过来的缕缕春风，县劳动局、县妇联在乡上屡屡张贴招工广告。乡长正愁带领乡亲们脱贫致富奔小康的步伐迈得实在太艰难，也巴望这次水二能多带些青年人到那边去。

木康、改康见水二在乡政府院坝被围得水泄不通，心底里既着急，又得到不少慰藉。乡长脚打屁股向他们奔过来，说："木康爷改康爷，水二出息了，您们高兴了吧？"木康对乡长说："这都是托政府的福啊，水二在那边干得很好，都干起了厂老板了！"木康说这话时，语气十分铿锵有力。那些姑娘小伙们齐刷刷把羡慕的目光射向水二，啧啧声脆响了一片天地。

水二扒开人群，走到乡长跟前说："青云崖的搬迁离不开政府，离不开你，感谢啊乡长！"乡长把头反复地点了几下，接着水二的话题说："搬迁这事啊复杂嘞，我们不妨坐一块研究研究？"水二当即表示同意，说："行啊，怎么不行？"接着他领着木康、改康一起来到乡办公室。乡长看了看水二，说："今天我们乡政府安排一顿便餐，权当为水二兄弟洗尘，你是我们一乡人的财神爷！"秘书听罢，迅速安排伙食去。

乡长对水二说："兄弟，你是我们乡第一个吃螃蟹的人，是青云崖人的骄傲，也是我们乡里的骄傲，幸好你走出去了，不然也会屈死在这个山疙瘩上，老话说得好，人不出门生不贵，火不烧山地不肥，我想你这次转来一定有你的特殊打算。"水二递给乡长一支烟，回答说："这次转来主要是两件事，一个回家看看，了解青云崖搬迁的事，另一个嘛就是想带几个人过去，方便的话把他们的户口也迁过去。"水二说得有板有眼，样子极认真。他说："我到南海这些年了，那边的发展才真正叫日新月异，我们这个地方，何时能赶上潮头啊！"水二的话直把乡长说得自惭形秽。水二接着说："我一个陶瓷厂长月薪能拿到八千元，一个工人尽心尽责完成生产任务也能拿到一万多元，不比不知道，一比吓一跳，我们青云崖的人出去打工不都是因为没钱吗？"说到此，他顿了顿说："青云崖搬迁的事，我会百分之百地支持配合，不会打一丁点的折扣。"

雀鸟归巢时刻，水二到了青云崖家中。四邻八寨的人也早早赶到这里听水二讲外面的趣闻，当然更多的是想借这次机会和水二一道走。

这是一个不平凡之夜。青云崖这个僻闭的山疙瘩出现了历史上少有的热闹景象，在一定程度上也算是给祖宗增光添彩。对前来探望的人不论男女老幼，水二都一一递上烟或糖果，这就使人们感觉像大集体时能分配到布票一样，显得万分兴奋。乡亲们不论怎样也想不到青云崖的水二才十多年的光阴便在南海成为一个厂长了！也带"长"字号了！就像乡长、县长，总之带了"长"字号就是官了啊，陶瓷厂的厂长是多大的官他们弄不清楚，但月薪是八千元，那是真金白银，是真真实实的票儿，总之，乡亲们认定的是钱，有钱能使鬼推磨，无钱就是推磨鬼，想想也是，青云崖到如今没有安上自来水、没有照上电灯、没有通上公路，那不都是因为没有钱吗？

水二对乡亲说："厂长不算什么，也就是一个打工仔，那不是吃官饭！那个地方时兴一句话，叫'宁愿今日辛辛苦苦干工作，不愿明日辛辛苦苦找工作'。"这就等于扔给大家一个谜团，那个地方有干不完的力气活，挣不完的力气钱。

乡亲们说："水二，你莫不是拿外面的话吓我们，不情愿让我们跟你一起走吧？"水二说："我一点也不夸张，你们到时去了就清楚了。"

这天夜里，乡邻们在水二的那些话语里飘浮着各自踩着山路回家进入梦乡。

木康见该走的都走了，盯着水二问："青云崖把你养成了一条汉子你就手拍屁股到外面发财去了，我问你，你在乡里给乡长表的态算数不算数？"

水二回答说："爷，我水二说的话没有不算数的。"

木康听完表示放心了，说："这样就行，只要你能够做到那你就还是曾家的种！"

改康插话说："你不是说要把青云崖稍微年轻一点的人都带走吗？我问你，我们这些老汉哪天咽气了谁来拖出去呀？"

水二是改康唯一的孙子，他理解爷爷的意思，他对爷爷说："不光是您，还有青云崖的所有老年人，我都会想办法的。"

夜很深了，水二没有一点睡意，他把青云崖五十岁左右的人的名字一一统计在册。不觉间，公鸡报晓，从天边破土而出的朝阳欢快地照射在青山白岩上，把青云崖的人们带进了新一天的生活中。

在晨曦中，水二来到田草的家。田草正一人枯坐在一条木凳上抽闷烟。他刚从部队上退伍回来，见长旺他们这些年轻人全外出打工去了，一直闷闷不乐，有时连饭也懒得吃，没日没夜里把个笛子吹得呜呜作响。起初他去当兵是想能到外省的大都市干武警，回来好弄个媳妇，岂料到县上稀里糊涂被本省一个州府的接兵首长相中，一闷罐车拉到和他青云崖差不多的地方，武警生活太单调了，就是实战演习也没好运气能碰上一次，远大的理想在肥皂泡沫中消失得几乎无影无踪。还好，田草自幼与父亲上山狩猎，练就了一手好枪法，在他入伍的第二年，被选中参加省武警总队的军事比武，那一次是他人生中最为惊心动魄的时刻，他毫不费力地拿了"射击能手"这样一个荣誉称号。按理说，这为他今后实现人生价值铺平了道路，提供了一些方便。一次，部队首长启发他说："田草啊，军事上有了一套，思想上也得有一套啊。"这简直是耳提面命。田草自己在队长的话中掐出谱，他做了一番激烈的思想挣扎，便把一份三千多字的入党申请书郑重其事地向党支部递交了……

田草向水二袒露自己的真诚，倾吐自己的苦水，目的是想水二帮助他做通父亲和曾木康的工作，容他也到远一点的地方去转一转，至少还能够碰碰运气。

曾木康一度有自己的宏愿，从前长旺没能接下他的班，后来打算让田草接他的班，当青云崖这个村民组的组长。为这事木康花了不少心思，费了不少力气，结果是大白水一锅，关键是田草不买木康的账。那是在给他做了好多次思想工作之后，曾木康的话就带了点火药味，提拔提拔，既要人提，你还得爬呢！这话让田草听起来怪扎耳。田草再三推拒木康的盛情，木康的话后来便带有些鸡屎味，扶猴子能上树，扶狗，那任你扶，它也上不了树！田草在军营里摔打三年，没摔打个什么名堂出来，知道曾木康话中有话，当个组长怕是谈媳妇都要好谈些。

田草做梦也没想到，从部队回到青云崖以后，什么理想什么抱负一切都变得虚无缥缈，因此他越想越气，越气也就越乱了套。

水二说："田草哥，亏你当了三年兵，改革开放的政策你知道么？告诉你，沿海那些地方开放得很，私人办企业照章纳税国家允许，就说我所在的那个厂吧，不还是私人老板办的？现在独资企业、合资企业多得是，这些有钱人办企业，他需要劳动力，需要技术，我们的命苦，生长在穷山野岭，没技术，没文化，但我们有的是劳动力，这劳动力就是资源，就是财富。"

田草好像被点醒，瞬间恍然大悟，说："那我该怎么办，你给我指一条路？"

水二回答说："照我说就是一句话，只要你愿意走。"

青云崖村民组除了水二，就属田草有文化。田草在初三下学期还没完全结束就赖着学校办了一张毕业证跟着接兵部队走的。水二想，田草有三年的部队生活经历，如果拉他一起干一定能干出名堂。

田草明白水二的意思，回答说："水二，看来我也得背水一战，这次我就跟着你走定了。"水二点着头，对他说："你到我的厂里负责抓生产，长旺跑销路，把厂子弄它个红红火火，可以不？"

田草说："我是军人出身，绝对服从你的命令，请你放心。"

水二说："上次让长旺带走了一批年轻人，我这次回家来，就是要把青云崖五十岁左右的人全都带走，到那边去发展，你看看，这青云崖是住人的地势吗？"

田草问："你那个厂容得下这些人吗？"

水二告诉他，厂子大着呢，你以为是我们山脚脚下那个挖煤厂呀，上千上万的人都不在话下！

田草高兴了，说："我们青云崖组的人全都过去，说不准哪一天在那边也会成立个青云崖的村民组呢。"

水二说："你这思路不错！到时厂子有了效益，就要办幼儿园、办医疗所，成立百货门市部，还要规划家属区、生产区，整得比我们乡上还气派些！"

田草说："那到时候我们不都成城里人了吗？"

水二把目光从门口放出去，盯着蓝天里浮过来的一朵云彩，说："是的，到时买个蓝皮户口就是城里人了！"

田草此刻陷入沉思，嘴里喃喃道："好……好……好……"

田草拉着水二来到曾木康的家中，向老人家禀报了刚才他俩交换的意思，不想老人家不但不生气发火，反倒像这些设想就是他自己首先设计的，他吧嗒一口烟后说："依我看，这路子说不定走得对头。"接着叹了口气，说："咱祖上从大老远搬到这地方如今几百年了，但是几百年之后，青云崖会成什么样子，谁都说不清楚……"

曾木康自责了一阵，最后说："你两个把这次要一道走的人喊来开个会，一是要统一意见，二是我还是要对大家讲一讲，尽一点我的责任。"

曾木康的院坝坐着那些即将要离开家的人，有的人激动，有的人默默无语，不过也是一次难得的村民会议，曾木康想，青云崖像这样把人凑齐的机会可能不多了，他扫了一眼会场便当之无愧地打起了开场白。他的话明显没有往常多，他知道他扮演的是一个于他而言并不光彩的角色。因为从此次以后，青云崖村民组这个称谓到底还存不存在，在他的心中已经是没有谱的事情。

会上水二把带着大伙到南海的事情以及由此以后的设想说了一遍，会场顿时鸦雀无声。人们从水二说话时的语气、神态中揣摩此次跟着他出去，今后的生活到底会变成什么样子。

会议开到末尾，曾木康不忘给大家说一句到那边去以后要遵纪守法，不丢祖宗脸一类的话。那些话他说了几十年，几乎是一辈子，只要有机会他都总是例行公事般地说上一句。

水二最后说："凡举家要走的要妥善处理好家务。"听锣听音，听话听声，"要走的都走"。水二又继续说："由田草负责领队在桐籽花开以后赶到南海。如果乡里在大伙走之前进行实质性的搬迁，大家要齐心合力把事情办好，让老人们享点过安稳日子的福。"

清晨的青云崖格外清朗。沐浴着和煦的风，意气风发的水二带走了亲人们的夙愿。阡陌，千回百转。山垭口，是他内心深处最后的一片故土，他双眼噙满泪花跪下来，全因为自己祖先的亡魂与骨肉相连的亲人。他内心明白，可能这是千年一回。

到县上参加生态移民搬迁工作会议的乡长在会议结束后，专门把青云崖村民组生态移民搬迁的报告递给了县长，县长说："这个青云崖生态移民搬迁的事县政府在此次会议之前开了县长办公会并已经作了研究，县政府拨专项经费立项，乡里要解决地盘问题，村民组也要自筹一点经费，调子是定下来了，关键在于乡里如何做好群众思想工作，解决他们的后顾之忧。"乡长回答说："县长放心，我们一定全力以赴，搬迁户的自筹金水二是作了承诺的。"县长当即拍板在政府办公会再争取一次，把青云崖的生态移民搬迁列为全县一期工程，力争在近期启动前期工作。

冬日的阳光将绵延无尽的山和苍暗的落叶丛林罩上了一层淡黄色。乡长回到乡政府，向乡党委班子成员汇报了县里的会议精神，就马不停蹄赶到青云崖曾木康家里。他告诉曾木康，青云崖生态移民搬迁县政府县长办公会研究了，乡政府也要组织专班着手立项施工，计划在明年秋季交房。

消息振奋人心，木康把在家的人召集起来，商量搬迁前的准备工作。木康说："我们这里山大林大，但是干烧，一年四季吃天花水，地里的红苕、洋芋、苞谷基本上是和野猪、狗獾抢，颗粒无收已经习以为常，现在政府好呀，把我们的苦处看在眼里，要给我们找一个安身之处，我们是从糠篼跳到米篼里嘞，大家说是不是？"田草接过木康的话盯着大伙说："我们坐落得偏僻，山高皇帝远，生活条件不好，托人民政府的福，政府规划生态移民搬迁是一件好事，要是在过去简直是想都不敢想，所以，我们不要身在福中不知福，下一步政府的工作人员来做我们的工作，不光是在生活上不要亏待人家，还要注意文明礼貌，热情周到，当然，自筹金是要各家各户来筹集的，我们只要齐心这件事一定会办得好。"

阳光淡淡的，舒舒的，不带一点暴戾、骄横，犹如兰花幽幽飘散着淡雅清香。大地很仁慈，植物没有变霉，动物没有颓废。厚重的水巴岩安详而仁慈，它对于人世的这些举止十分包容。大伙听了曾木康和田草的一席话都显得很兴奋。木康注视着青云崖亘古未有的这一幕情景，连连说好，他的眼眶里一下子滚落许多浑浊的泪珠，多皱的老脸顿时舒展开来，绽放着灿烂的笑。

刹那间，青云崖的山腰间亮出了一道银环，它勾起了这里的人几多美丽梦想。这梦想跨越了时间的栅栏，耸立于人世的某个醒目处。它昭示着在这个世界上，只要勇往直前向着光明处，便会抵达世间的一切希冀与梦想。当然，另一方面，不能不排除青云崖人对自我的宣泄——几百年来沉闷的宣泄！

冬去春来，气温上升，山野渐渐地绿起来，溪涧的水比以前更加欢快。

前一段时间，人们把精力全放在生态移民搬迁的事情上，完全没有注意到世界的这些变化。随着大伙在生态移民搬迁的思想渐渐统一，曾木康的精神也格外抖擞，他和改康他们把板凳安放在院坝，各自吧嗒着叶子烟。

坐在院坝那里，坝上那些田野、村庄尽收眼底。他们知道，一年三百六十五天，任何节令都是先从坝上那儿传到这山上的，收成如何只要看一看坝上丰茂的田塬，看一看那一湾一河，就能知晓得八九不离十，这是几辈人流传下来的经验。站在那儿，真如看一幅十分美丽的乡村图，这是动态的、变幻着的，它蕴含着世道的兴替、人心的变迁。

青云崖没有污染、没有喧嚣，空气清新、泉水甘洌；这里夜不闭户，路不拾遗。白天，他们与百鸟和野花共舞；夜间，他们与星星和月亮为伴。就连他们耕耘的土地，也显得那么厚重和古朴。日复一日，曾木康他们看到远处河里的野鸭增多了，看到梅花红了又谢了。他们静静地观察着这山川，这大地，谁也不去过问对方心里到底有着怎样的浮躁和不安。

那些时日，人人都懒得说话，懒得去过问春播夏耘，甚至懒得去过问人间的纷争。不管怎样，曾木康他们仍旧从清早开始，就静坐在院坝里。到后来，并没有谁提议，似乎各自都心照不宣，七个老头把独木凳搬到了一个大石墩下，因为它高出其他的地方许多。在那里，更能看到远方时节的变化，譬如桐籽花是否在山下开始渐渐绽放。

他们执着地在追求什么？不，他们是在期盼遥远的桐籽花次第开放么？他们是在用这残余的生命阻止眼前那些汹涌滔滔的故事吗？都不是！

那么，他们是在干什么呢？

就在他们焦急的期盼中，山麓的桐籽树枝丫上隐约出现了点点雪白，曾木康最终没能控制住自己，歇斯底里喊叫起来："桐籽花开了，桐籽花开了啊！"

改康跟着叫了。

其余的几个老人也都叫了。

木康看到改康掉下了滚滚泪水，一颗本就揪得很紧的心倏地痛起来。

木康说："孩子们要走了啊……"

其余的老人都木然地点了点头，没有话语。

木康说："那样好啊，我现在想通了，火不烧山地不肥，他们到那边去，再过几年、几十年、几百年，就又是一个青云崖，我们曾家在这儿的气数已尽了，如果这样下去说不定会更加糟糕呢……"

改康说："水二现在还不算有出息，等到他实现了他的理想，到时曾家一定又是一门旺族。"

三十年河东，三十年河西，我们在这地方死守了几十年、几百年有什么呢？曾木康说。

晚霞在天边一角燃烧，他们注视着它完全化成最后一片灰烬，便不作声地走上了回归路。

田草知道老人们对于后代儿孙不愿意死守这地方心灰意冷，他不知道怎样来安慰老人们。要走了，要离开几辈人勤耕苦耘建立起来的家园，连自己也都有些不愿、不忍，但没有办法，和水二已经协商好了，他正在那边等呢，唉，他叹叹气，那边……那边到底是怎样的一个世界？是啊，没有走之前恨不能一走了之，再不想见到这个穷山恶水的烂地势，但真正要走了，心里却是另外一番滋味，更何况还有父辈们守着家园。

那一夜，青云崖显得出奇的寂静，没有噪声，没有人走动，各自在家里最后检查一遍仓储，最后打扫一遍房屋，他们再没有过多的心思去考虑，走之后，老鼠会不会来咬粮食和家具。在他们看来，这一切都显得过于累赘而没必要，他们走之后，家里的鸡、羊、牛全扔给几个七老八十的老人了，生活上哪天遇到困难，实在过不到路，可以随便捉上一只宰杀或出售，不必担心哪是你的哪是我的。"你我"两个字眼将在这以后的时日里完全消失。大家心里都猜想着，从今往后，青云崖的日子该用怎样一个词来描绘，来形容。

田草在院坝里和即将离开家的人一起向木康、改康他们涌过来，然后齐刷刷地跪在他们面前。七位老人的双眼在顷刻之间黯淡下去。曾木康率先止住了抽泣，揉了揉湿润的双眼，说："孩子们出远门了，到那边去……好好发展……你们今后要团结，要教育后代执行国家政策……要互相关心……"最后的话已被完全噎住了。末了，老人们点燃事先准备好的香烛、纸钱，在苍穹下长跪，他们默默祈祷自己的子孙远走他乡求财，伏望祖宗神灵保佑……香烛袅袅，朵朵祥云向天空飘浮而去。

　　田草带着最后的年轻人走了，老人们在村口燃响了鞭炮，那响声惊天动地，震荡着寰宇。

　　那一天，老人们在村口朝着儿孙们远去的方向张望了整整一天……

（七）

　　水二走了，长旺走了，接下来，田草走了，青云崖这个村民组里年纪在五十岁左右的人都走了……

　　青云崖这个古老村庄在历经岁月的熬煎之后，孤零零地偏处世间的一隅，唯一能让他们有些欣慰的是，曾木康这个村民组长的官位依然存在着，他仍要代表这个村民组参加村里的会议、乡里的会议。

　　山下坝间开始春播了，农人吱嘎吱嘎运肥的扁担声似乎从狭窄的上空传进了曾木康的耳中。布谷鸟那种亢奋而悠扬的歌声撞击着山峦、沟谷，纷纷扬扬地萦绕在这个世界上。

　　老人们注意到房子周边的杜鹃花早已开始烂漫了。有一天，曾木康对改康他们说："我们到山上去吧。"

　　来到山上，胸腔随着山野的空旷忽然变宽，变得广阔无垠，似滔滔大海。山野，完全成了红杜鹃的世界，一片一片的红充斥着他们的视野。

　　花宝，也变得无比老成持重起来，它跟在七个老人之后，放稳每一个脚步，似乎每一步都花尽了心血都踩得很有分量，仿佛它也有许多沉重的心事，但谁也不知道它在思索些什么。

　　来到山间的一块平地上，七位老人一字儿在地上坐下来，花宝也跟着蹲在地上，有时它还要尽心尽力观察老人们一阵后及时纠正自己做得不对的地方，这就惹得木康、改康他们终于在脸上挂上了一次笑容。

　　改康打破沉闷说："水二现在怎样了呢？厂里的效益是不错的吧？"

　　木康平静了一会儿接过话头说："要有效益才好，青云崖大帮小帮男男女女都涌到他那里向他要饭吃、要衣穿哪。"

　　停了一会儿，木康又说："没想到水二这小子还时时想到青云崖，想到青云崖的弟兄叔侄，这是曾家的真血脉呀。"他点着头说："这人哪，就得这个样子！"

他们坐着、蹲着、站着，曾木康不知怎么扯着腔调唱起了《泥巴谣》：

> 请问泥巴哪里来，
> 开天辟地就存在。
> 请问泥巴哪里好，
> 泥巴生来就是宝。
> 山间林木泥巴生，
> 田间五谷泥巴长。
> 接着改康跟着唱：
> 修建房屋靠泥巴，
> 出入往来泥巴道。
> 金银本是泥巴生，
> 万物都是泥巴造。

其余的几位老人感染了，都齐声唱了起来：

> 人死之后泥巴盖，
> 莫把泥巴来懈怠。
> 千金难把寸地买，
> 世人要把泥巴爱。
> 只要讨得泥巴好，
> 长命富贵传万代。

调子哀哀的，一腔心愁随了一股股山风飘向空旷的山野。

唱完之后，他们平心静气地坐在一块大石头上吸叶子烟。木康说："老汉们呢，孩子们走了，但我们的田土不能撂荒，我们还是要把它办出来。"大家异口同声说，："对，我们还是要把它办出来。"

改康坚定地说："我们办多少算多少，收几颗算几颗。"

第二天，七位老人迎着曙光，牵着牛扛着犁铧走向他们侍弄了一辈子的庄稼地。

好些年没下地犁过土了，现在又重新操起了旧业，老人们的心里五味杂陈。不是吗？以前是为了生计，现在他们是为了不让土地荒废。

老人们犁啊，犁啊，犁了一天又一天，好像这个世界没有穷尽了。以前三两天可以做完的现在要做上六七天甚至十天半月。力气大不如从前了，有的犁得深些，有的犁得浅些，有时隔了两三铧又才犁一铧，但这都不妨害他们劳动的初衷，不影响他们劳动的情绪。他们犁得汗津津，周身都粘上了很黄很厚的一层泥巴，心里却乐呵呵的没有一点怨气。

土犁完了，接下来他们便开始播种。因为精力都耗费得差不多了，实在没力气挑大粪下底肥，他们就点白窝，这样一天不停歇地耕种，青云崖村民组的土地已然种完了一大半。他们每天出早工，收晚工，完全进入了从前的劳动状态，甚至比他们年轻有劳力、有完整的家庭时还要专注。

"薅草大婆"——那种催促耕耘的鸟儿从山下一直叫到山上，叫得他们心里直慌乱。木康很怨气地说："才种一大半呢，怎么就叫了啊？"改康说："它愿意叫就让它叫吧。"起先只是一只"薅草大婆"在叫，接着又有了一只，以后三只四只，简直成了"薅草大婆"王国，把一个只有七个老汉的青云崖村民组包围在中央，让老人们始终走不出这个浩瀚的荒原。

过了些时候，老人们放下活计，拖着疲惫的双腿来到山崖边。

放眼望去，山川也全绿了，原野全绿了，这里的一切都绿了。这个时候，老人们像做错了什么事的小孩子一样，在心里自责、唠叨，但谁也没有唠叨出啥名堂来，只觉得自己的责任还很大很大。

然而，播下的种子渐渐生根、发芽，一片接着一片的苞谷林让绿色连缀在一起，形成偌大的绿色世界。木康带着老人们从一个丘块一个丘块走过，那种香甜包裹着他们的心，他们不约而同地露出了来自心坎上的微笑。

在那种恬静的日子中，老人们似乎听到了禾苗发出毕毕剥剥的拔节声。一天一天地，禾苗抽穗了，那种名叫"挂顺"的知了又很快占据了这片地域空间，它们不厌其烦地絮叨，好像在说"挂须，挂须，是时节了是时节了"，叫了一遍又叫第二遍，这里停歇了那里掀起，此起彼伏。那些苞谷——他们的唠叨果实就在知了的催促中一天一天地长大、成熟。

老人们盘算着今年的收成是比往年增加了还是减少了，当然，这仅仅是他们的兴之所至，增加也罢，减少也罢，这都与他们无关，只要能收获也就心满意足，没有更多更大的奢望。他们想，只有这样，水二、长旺，还有田草他们在那边才能安心地生产，才能又建设一个新的家园。想到这些，他们的心情就十分愉快，甚至到了忘我的境界，因为这种渐渐透熟的秋完全让他们陶醉了。

野猪这种专啃苞谷的野物在老人们防不胜防的时候，不断践踏着林边地角的苞谷。每天早上，老人们踏着晨曦和雨露捡拾被野猪扳倒或啃食的苞谷。他们在捡拾的时候，心里多半是隐隐作痛的，但防不过它，只好晚上在苞谷地的边缘燃些旺火，在火中夹些竹子，让它在燃烧时偶然间发生一声爆响。这种爆响在夜晚尖厉刺耳，能在寂静的旷野上久久地回荡，偶有胆小的野猪会因此仓皇而回，但胆大的却顶多蜷缩在苞谷林边的丛林中驻足踌躇一下子，然后又义无反顾地窜进苞谷林，肆无忌惮地扳倒青油油、嫩生生的苞谷杆，弄出一片窸窸窣窣的脆响，让他们听了万分心痛难忍。

曾木康他们搭了好多个护秋的"屙屎棚"。苞谷林太宽了，有时野猪、刺猬联合进犯，还与你做打一枪换一个地方的游戏，这使得木康他们彻底疲惫下来。人老了，腿脚不灵便了，纵使心游八极，对这种有意与他们作对的天敌，难免心灰意冷。木康说，这年月到底是怎么了？好像天底下的野猪、刺猬都云集在青云崖了。也是的，山下的秋已经熟透了，野猪对成熟的苞谷不感兴趣，专拣嫩苞谷践踏。

老人们的精力完全放在护秋的事情上，每个人在山上守一个"屙屎棚"，待到天明大家各自检查完夜间的损失才又聚在一起，也只有在这个时候，他们才有语言的交换，感情的交流，至于晚上各自在想些什么，谁也没说，谁也不愿说，也没有去过问的必要。太阳出来了太阳晒，雨落来了雨淋，这种充实的生活磨炼着他们的意志，敲打着他们一日日逐渐憔悴的心境。

苞谷还没收到一半，乡长来了青云崖。这一次，乡长没有对木康说什么。

是的，乡长这次什么也没有说。

其实，乡长的内心也无比落寞！

（八）

鸵鸟陶瓷厂在原有生产设备的基础上，增加四条自动化程度更高的抛光生产线和多台三千至四千两百吨的德国、意大利全自动压机，使陶瓷厂的自动生产线增加到二十多条。水二对此信心十足，他不仅拥有以鸵鸟丽晶抛光砖系列、大颗粒仿石抛光砖系列、金花玉石系列等为龙头的产品，还有以瓷质抛光砖系列、瓷质耐磨砖系列、水品种面内墙砖等五大系列为配套的产品体系，年产量达一千六百万平方米。

这天，风和日丽，鸵鸟陶瓷有限公司孔老板兴致勃勃地来厂视察，他到车间转了一圈，然后在办公室坐下来，对水二说："我看厂里的生产形势很不错啊。"水二心领神会即刻向孔老板汇报厂里最近的生产情况。孔老板说："陶瓷厂在保证质量的前提下完成年生产量一千八百万平方米，超产部分由你自己负责处理，你以为如何？"水二以为孔老板是在开玩笑，没有应声，孔老板又接着说："年生产一千八百万平方米难度大不大啊？"水二回答说："如果要保证质量，这个任务是有压力的，但不过我们十分有信心，望孔老板放心，这里的质量上不去、产量上不去的话你撤我的职！"孔老板说："我是这样想的，为了调动各个分厂的生产积极性，超产部分公司一分不提存，全部返回分厂。"水二琢磨了一会儿说："这显然是一个生产重组的问题，涉及生产系统、管理部门以及营销环节的大事，我个人的意见，老板还应该认真分析国内外三到五年、五到十年的市场前景，千万不能盲目，如果策略与战略失调将会出现不堪设想的失败，当然，孔老板对这些一定是作了仔细分析，我这纯属个人意见，请您别见怪。"孔老板说："国家一再降低银行存款利息，不就是为了刺激消费吗？"水二说："你的想法我认为有一定道理，但您必须弄清楚，消费的范围、消费的概念要看怎样来确定，比如旅游、娱乐场所等等。"说到这里，孔老板已经意识到今天的水二和昨天的水二不是一个人了，现在他懂得了企业生产的许多道理，对于水二的一天天成熟，孔老板既表示吃惊也感到不明就里。孔老板七十多了，仁慈、善良都能从他身上体现出来，完全用不着去怀疑他是做作。老板太太比他小一代人的年纪，五十多岁，老夫少妻在生活上、感情上总那么融洽，但毕竟老人精力有限，加之春节期间他在国外留学的儿子回国途中不慎随机一道坠入太平洋，虽然从保险公司领到一笔丰厚的保险费用，但对于孔老板夫妻来说要紧的是儿子的性命。就在夫妻二人抱成一团痛哭流涕时，水二也跟着抱头大哭，他跪在孔老板夫妻面前说："老板，别哭了，要保重啊，您的儿子不幸遇难了，我们也悲痛……"水二之所以说这些话，全因为青云崖跟着他来的兄弟姐妹，如果孔老板从此收摊不干了，不等于从今往后没有了饭碗吗？更何况，兄弟姐妹们千里迢迢而来，自己如何交代呢？

　　一个星期天的傍晚，老板太太将琼召回公司另行安排工作，水二怎么也想不到琼从此不再是他的人了。当时水二抽了鼻涕。话说转来，琼又忍心离他而去吗？在那些时日里，他想了想青云崖人苦难的命运，狠命咽下那口恶气。接着，水二被叫到公司和老板谈判了一次。

　　紧接着，一串串事儿接踵而至。

　　那个夜晚，动听的音乐从富丽堂皇的大厅响起，孔老板揽着琼出现在大家的视野中，频频向来宾招手、微笑。琼无疑笑了，她穿着一步裙，长发飘飘，避开了水二的目光，让水二心里好不绞痛。老板原任太太若无其事地带着高贵典雅的微笑注视着孔老板和琼在人群中穿梭。在这一非常时刻，宾客注意到，当司仪喊道"新郎新娘入洞房"时，水二和老板原任太太都各自跟跄了一下。

　　新婚不久的孔老板与原任太太有很多要紧的事情要做，尽管老板原任太太从法律的角度来看不再是老板太太，但她仍可以做企业合伙人。琼在这个时候来陶瓷厂告诉水二，这间陶瓷厂将成为孔老板对水二的精神补偿。水二说："谢谢你，琼。"言语充满了忧郁、失落和一丝感激。琼告诉他："我知道你恨我。"她说得轻松自如。接着她又对水二说："但要考虑青云崖来的兄弟姐妹，或许我对你是重要的，但人生当中如果能得到青云崖那么多兄弟姐妹的心，也是一种安慰，更重要的是……"说到此，她本想抬脚走了，却又转身说，"老板已经通知律师制作文书了，请你到时一定答应吧。"

　　说实在的，水二太过于痛苦。他的那颗心已淌下了鲜红的血。琼说得太对了，他不能丢失了青云崖的兄弟姐妹。他强忍着泪水从椅子上站起来轻言细语对琼说："青云崖感谢你，妹妹。"琼说："你应该好好感谢你自己才对，好哥哥，你要好好保重身体啊……"片刻间，水二和琼彼此都泪水涟涟，互相走近，却又仿佛远在天涯，如此难以触及，琼咬了咬牙转身冲向门外，她不想再亵渎他那颗圣洁的心。她那飘飘长发飞呀飞呀，直到水二的眼睛完全模糊……长旺、田草见水二失去了琼，内心里都积蓄着一股莫名的愤怒，担心水二经不住这样的折腾。水二在他们面前显得很大度，告诉他们说："你们是青云崖的人，就化悲痛为力量吧，兄弟们，把心用在生产上，用在企业的发展上，其余啥都不要考虑。"

水二和孔老板办理了移交手续，陶瓷厂的法人从此就是青云崖人了。水二从孔老板手中接过法律文书，一种悲凉紧紧拽住他的心。长旺、田草也没有兴奋，在大家的心里，陶瓷厂现在虽然已是青云崖人的了，但青云崖人进行了怎样艰辛的付出，他们自己很明白。想到这一层，他们就没有任何理由不认真去搞好生产，以此报答水二的种种付出甚至是牺牲，同时报答祖先的荫庇……岁月的河床经历着时间的打磨，琼和孔老板带着刚刚出世的小婴儿来到水二的住处，请求水二给取一个名字，水二不假思索地取了个名：曾孔。孔老板说："这名字好，富于联想，就叫曾孔吧。"琼若有所思，点头笑了。

为了广泛拓展发展空间，水二曾带着解决水晶釉面内墙砖釉面炸裂的问题考察了全国各大城市。他十分明白，谁能首先解决好这个问题，谁就将率先进入市场。就在陶瓷厂的生产进入发展瓶颈时，一位名叫徐儿的姑娘突然闯进水二的生活。她刚从国外飞回来不久，是在国外学陶瓷专业的，来到陶瓷厂后，她主动请缨研究陶瓷砖的炸裂问题。徐儿姑娘的到来，让水二、陶瓷厂无不兴奋不已。一年过去了，炸裂问题终于成功解决，水二为此特别为徐儿召开庆功会，祝贺陶瓷厂繁荣昌盛，祝贺全厂职工将拥有美好的明天。

那次庆功会一直开到深夜，徐儿对水二说："今天特别高兴，我要把自己喝得特别醉……"

一曲《真的好想你》响起来，在大厅里久久地萦绕着，那旋律多么美妙，那歌词多么感人肺腑，徐儿靠近水二身边说："哥，你不觉得这歌曲动听吗？"

水二点点头回答："这歌好、词好、营造的氛围好，但我毕竟是漂浮的落叶。"

徐儿嘤嘤啜泣，水二不知道说什么好，刹那间，他没有言语，没有表情，甚至连大脑也倏然间空白了。也许是因为水二自失去琼之后，更多地理解了世事与纷争。

又是三月，又是桃花盛开，百鸟和鸣。抑或是一种缘，不久徐儿和水二俩人的情感黏合在一起，他们来到野外踏春，在明媚春光的照拂下，徐儿的脸颊泛起一阵阵浅红，她告诉水二，她的父母准许她和一个男人马上结婚，而且，她的父母还要亲自参加他们的婚礼。他们的目光在短短距离之间发生了碰撞，水二感觉自己的背心让人猛击了一下，有一股热流直捣脑顶，眼前的徐儿却沉醉在少女那种痴情状态之中。他意识到自己失态，他回答说："直到现在我仍不知道你的父母是谁，何方人氏，敢问你将和谁结婚？"徐儿说："假使我愿意和你结婚的话你愿意吗？"不等水二回答，她又接着说："结婚是我们自己的事，与其他任何人无关。"水二有些害怕了，倒不是因为别的什么，他始终觉得心在惊跳，在那一瞬间他似乎看到了青云崖的人们那一张张焦急期待的脸。

水二怎么也不敢相信琼亲自向他送来一封信，信是老板亲笔写的：

我真对不起你，我的做法是十分不道德的，请原谅我。我真心希望你能爱我的女儿——徐儿，祝你们白头偕老。

——孔祥玉

水二展信读罢，如大梦初醒。他长长叹了口气，他对孔祥玉既感激，又愤恨，他多想将自己掷落于万丈深谷，或者葬身于大海，他多想把酒问天，然而他不想更多地刺伤一个女人的心，只好暗自饮泣，任一腔感情的潮流东奔西闯，继而回复理智的故地。

一个星期以后，琼来到水二的办公室，她几次翕动着嘴唇，但什么也没说出口。是祝福吗？是期望吗？不久便默默离开。只是今天，他看不到她那一步裙，那飘飘长发，留给水二的是多年以前他们从僻远的山乡来到此地时她的那身穿着打扮。

水二在狠命休息了多天以后，投入紧张的劳动。如今他面对的是南海市鸵鸟陶瓷厂，面对的是从故乡迁徙而来的乡亲们，兄弟姐妹们，他不能因为自己的半点闪失让他们失望。

徐儿矜持，是一位典型的淑女，她待人接物通情达理，他们结婚后，水二提出建幼儿园、卫生所的事情，她不光应承下来，而且还主动办理了土地征用手续。水二内心是多么地感激。徐儿还主动提出建立住房区，给青云崖所有来这儿的人买下蓝皮户口，让他们安心生产，安心生活。

从此以后，水二的生活激情被大大激发出来，他感觉到有一股强大的力量牵引着他勇往直前。在徐儿和琼之间，他难以分辨出二者的优点。那么接下来，他便要张开有力的臂膀努力地实施自己的人生计划，为了装在他心中的那片山川，那一方水土。

不过，老人们也在这岁月中一步一步走向天国，他们对于这片土地十分怀念，但力不能支了，眼睁睁地看着曾经耕耘一生的这片土地荒废起来。只是他们对那些疏松肥沃且不平坦的土地依然没放过。种多种少全不在意，他们只注重这个过程。春来了，他们吟唱春；冬来了，他们吟唱冬。一年四季里，他们在那过程中周而复始，丛草、荆棘、刺藜从地里爬出来，蓬蓬勃勃，长成成片成片的林，长成粗壮如橡的大树。它们从遥远的地方跋涉而来，袭击着曾木康他们此生守了一辈子的房屋、圈舍。家鸡与野鸡同在丛林嬉戏，山羊不再顾忌花宝的凶残，有时还要在房屋下寄宿一夜两夜。

在这个冬天里，呼啸的寒风吞噬着这个孤独的世界，冷汗浸透着曾改康单薄的躯体，他哮喘发作得十分厉害，曾木康没日没夜地守在哥哥的床边，为他喂汤喂水。

改康说："我又做梦了呢，我梦见一条白蛇爬上了竹竿，好大好大的白蛇哟。"

木康说："那是个发财梦，水二、长旺、田草他们在那边一定发财了，说不定哪天就要来接我们去享清福过好日子了。"

改康说："那样的话就好，那样的话我们就会少点挂念。"

到了深夜，改康平静下来进入梦乡，木康把头枕在床上，一只手拉着改康的手。他倦了，他在梦里多酣畅啊。他朝着一条宽阔的大路拼命走，累得他喘不过气来。在前面的大路旁，他看见了一棵摇钱树。生活了一辈子，为什么没有见到这样一棵摇钱树？有了这棵树，儿女们还用到外面乱哄哄的世界中去打工挣钱？有了这棵摇钱树还愁什么啊。水二你转来吧，还有长旺、田草，凡是青云崖到外面去打工的都统统转来吧，你们转来，老汉们才能享天伦之乐呢！

改康猛烈的咳嗽把木康从梦中惊醒过来，木康赶忙递给他一杯水，把嘴凑近改康的耳边，说："哥，你喝水吗？"改康微微动了动，摇了摇头。他没力气了，只是咳嗽得更厉害。木康踢掉鞋子上床把改康抱在怀里，改康这样依偎着他，平静许多，他对木康说："我的日子不多了，你一定要见到水二的面，让他好好关照青云崖的那些孩子们。我们这个地方怕是今后再也不会有人来住了，这些房子让它保存下去，留个念想，说不定子孙们还会转来看一看。"

木康点着头说："哥，你有想说的就尽管给我说吧。你说的我都想办法办到。"

改康笑了，他平静了一会儿，又紧接着咆哮似的哮喘，十分痛苦。木康不忍看哥哥的惨状，对改康说："哥啊，你要走，就赶快上路吧……"木康从双腮上滚下来的泪淋湿了床衾，就在这一刻，他似乎听到天国的门哐当一声开启，他目送着哥哥走完了人生中的最后一个驿站……山风呜咽，雨雾飘飞。剩下来的六位老人捶胸顿足失声痛哭，恨不能与曾改康一道上路。

整整七天，没有道士，没有哀乐，六位老人肩负改康的棺木艰难地到达青云崖水巴岩的峰巅，因为从那儿能眺望遥远的天之角、地之隅。

临别坟茔，六位老人没有掉下一滴泪水，也许那是因为眼眶都干涸了。

送走了改康，老人们越发空落。在自己浑浊的目光中他们分明已经看到了眼前那条路，那条路时时刻刻招引着他们朝那里奔……

从那以后，乡长深感自己肩负的使命与职责重大，他专程请示县民政局在青云崖建敬老院，让年迈体衰的几位老人的生活有所依靠，但曾木康却坚决不依，他告诉乡长："政府的心意、你的心意我们都领了，我们有儿有女，我们的生活他们会照顾。"

热血滚滚的乡长只好把这个消息如实反馈给民政局，民政局认为这件事情非同小可，当即确定由一名副局长率队专程到青云崖进行调研。副局长对曾木康说："木康爷，我们知道您不想增加政府的负担，我们理解，不过，您应该为今后的生活负责，人的生老病死是人所不可抗拒的，是谁也说不清楚的，您现在或许确确实实能料理生活方面的一些事情，但万一……"曾木康说："那就让我再仔细琢磨琢磨，行吗？"副局长最后说："您千万要把这个事情想清楚，我们静候你的回音。"

已经是深秋了，瑟瑟的秋风摇落枯黄的叶片，山枯了，水瘦了。曾木康又和老汉们把建敬老院的事再次议了一遍，老汉们说："建了这个敬老院，说明我们的确断子绝孙绝了后，从这一点上讲，我看不建好，但儿孙们远在天边，隔得远，我们总有个三病两痛的，总要有个找得到人帮忙的地方，建就建一个吧。"

曾木康仔细听完大家的意见，他果断地说："这个敬老院建是肯定要建的，但何时建需要认真斟酌，我个人的意见是这样的，如果我百年归天在你们任何一个人之前，那就在我百年归天之后建，如果你们任何一个人百年归天在我之前就不建。我们还是一个村民组，我还是这个村民组的组长，上面还没有宣布我这个组长不当，既然是这样，今天就算是一次全体村民会议，我会把刚才大家讨论的意见转告给乡里。"

过了些日子，乡长率着一群人上得山来，在那些山头山坡指指点点，曾木康听不清他们在说些什么。他的耳朵背了。乡长走到他跟前大声地对他说："客商来这里考察荒山了，看这些荒山有没有价值，能不能开发搞点什么。"曾木康嗯嗯地把头点了几下。乡长还告诉他，县里召开了荒山拍卖会，好几个乡镇都把荒山拍卖了，这次有成都来的老板、有南京来的老板，还有香港、澳门、台湾来的老板，客商从资料上得知青云崖水巴这片荒山，就执意要到山上来看一看，说不定还要和我们签订意向合同。

是呀，山潮水潮不如人潮，这地方老是太穷，是因为没有足够的资金来建设。曾木康听了乡长的介绍，高兴地说："乡长，这太好了，你给客商们讲，让他们早点来开发，好让我们也看几眼，死了心里也踏实舒服。"那位客商还向曾木康详细询问了他们在这里的生活情况，在这里有好多代人的历史等等。曾木康都一五一十作了介绍。

乡长带着老板下山后，曾木康他们每天的生活增添了新的内容，他们弄不明白，水二、长旺拼死拼活要到外边去打工挣钱当老板，而那些在大城市里生活得安安逸逸的人，有了钱没地方花，却要大老远跑到这穷地方买荒山搞开发。他们不理解这些人到底为甚，这个时代到底要做些甚？

说着说着，他们就不说了，说什么啊，天有这么高，地有这么远，是你能说得清楚，说得透的吗？祖先在这儿生活了一辈又一辈，自己又在这里生活了一辈子，祖辈也好，自己也好，一生都在去去来来，但是生活到底是没有个边没有个沿。

老人们无事就打量这片荒野。他们花费的时间，更多的是在仰天、抬头。

（九）

岁月是一条激情澎湃的河流。

鸵鸟陶瓷厂已发展成南海市规模最大、实力最雄厚的一家陶瓷厂。

在短短数年间，一跃成为全国 50 家最具经济效益工业企业之一，中国建材工业企业龙头。为了企业的蓬勃发展，水二与徐儿都做出了巨大的牺牲。结婚这几年，他们没敢要孩子，其间有几次人流引产也都是徐儿悄悄咬着牙到医院去做的，水二对徐儿的真情感到万分内疚，他对徐儿说："是我害了你，让你跟着我受到精神上和肉体上的创伤，我太对不起你了。"徐儿是那样温情，她不许水二说任何一句不好听的话，她对水二说："你要想到企业，想到青云崖的兄弟姐妹，想到青云崖还有那些巴望着你早一天成熟甚至飞黄腾达的老人们……"水二每当在工作中、生活上遇到不顺心的，徐儿总是给以抚慰。徐儿作为孔祥玉的女儿，自幼天资聪慧，她念完大学计算机专业以后，父母没让她工作，因为工作对于这样一个家庭来说无所谓，他们需要的是创品牌企业，一向精明、追求事业的孔祥玉毅然将女儿送到大洋彼岸深造陶瓷专业。一次从国外飞回来过春节的时候，她对父亲企业的飞速发展感到十分吃惊。后来，她发现这竟然源于一个外来打工仔的策划，从那时起，她便关注起水二来，她判定，这个外来打工仔水二绝对是个聪明透顶的人。在一次闲谈中，她还向母亲说起了一些想法，岂料母亲告诉她，他是已经有了女人的人，那女人就是琼。

当然，至于后来父亲孔祥玉娶琼为妻，绝非徐儿从中怂恿之故，完全是孔祥玉受封建思想迫害极深所致。徐儿向水二递送秋波，是在孔祥玉与琼结婚之后。

所以，表面看起来，琼与徐儿之间保持的仍是一层姐妹关系，孔祥玉与水二都觉得这并不伤大雅，反正存在即合理这种想法在他们心里也或多或少存在，谁也不愿耗费不必要的时间去探讨一个枝节以外的事儿。

经过一段时间的打理，工厂里的幼儿园办起来了，水二高薪聘请了保育员，使职工们在子女教育问题上没有牵挂；工人们最为关心的住房也修起来，凡是双职工，按照德能勤绩表现在厂里都分得一套，凡是单身职工的每人分得一间。

她又从省艺术专业学校招来两名教师，在厂里办起文娱俱乐部，方便职工娱乐健身，如此一来，欣欣向荣的陶瓷厂成为南海市许多下岗职工向往的地方。

国庆期间水二被南海市评选为"十佳市民"，市长亲自给他颁了奖。市长兴致勃勃地问水二，听说你接纳了一大批下岗职工是吧，我要好好感谢你！水二回答道："作为企业，主要考虑的是企业的效益，企业的发展。我对下岗职工十分同情，但我对下岗这现象并不反感，因为它是一种社会在超级发展阶段必然出现的客观现象。一个企业发展到一定阶段，它要依靠自身克服不合理因素被动朝前滚动，自然会对有关肌体造成损伤，这是必然的。"市长打量着水二问道："那么你的企业怎么样？也会出现被动朝前滚动吗？"水二坦然地说："我称它为复合制动因素，比如人才、技术、资金呀，市场营销呀，还有消费手段呀等等，而这些复合制动因素之间又是相互制动形成链条关系。每一个人的作用都不容忽视，它好比机器零部件，如果产生不了它的相关作用，那就得淘汰！说到我的厂，我想也不排除这一点。"

市长还从水二口中得知，水二不光自修本科毕业，而且还投身到南海市一位资深的经济学专家门下攻读研究生。市长为此十分高兴，他拍着水二的肩笑着说："难怪你对企业研究得这样深。"水二回敬道，谢谢你的夸奖，我这是初生牛犊不畏虎。

说话间，一辆夏利开过来，车上下来一位相貌姣好的女性给水二打开车门。

回到家里，徐儿开动电脑蒸气房，把水二按进了恒温按摩浴缸里。屋内，霓虹灯闪烁，乐曲动人心扉，徐儿走到窗前，一轮月亮照着榆树在绿草坪上投下美丽倩影，她心潮起伏，一阵阵情感奔流。那晚，夜色多美好。

当夜入睡之前，徐儿说："等咱们的孩子也能走了，我们就到你的那个青云崖去看看，看一看老人们的生活过得怎样。"水二说："不光是我们，还要让青云崖过来的所有兄弟姐妹们都回青云崖看一看。"

这时，长旺打来电话，说一家经济报的新闻记者发来传真，希望见见你。水二问："几时到？"长旺回答："明天到。"水二告诉长旺，你必须打听清楚这个记者的来路，是真心宣传企业，还是想趁机拉赞助费。

第二日清晨，水二和徐儿刚刚起床，电话又响了，长旺告诉他说："记者已于昨晚抵达南海，现在已到了厂部，专门等候你。"水二问："弄清楚他来的目的了没有?"长旺说:"我策略地问了,但他执意说要等和你见了面再说,其他我就没打听到什么了。"水二一阵迷茫,疑惑不解。

水二来到厂部,一位精神很好的男士早已恭候在那里,长旺正耐心地向那名男士解释说:"厂长有可能昨晚喝醉了,他平时是不喝酒的,因为是市长亲自招待,不得不陪。"长旺话音刚落地,水二一步踏进客厅里大声说:"我昨晚哪里喝酒去了?"接着问道:"记者呢?"随着水二的声音,那位男士从真皮沙发上弹起来说:"敝人何康在此!"水二转过身来,张了张瞳孔:"谁? 你是何康?"何康说:"曾厂长好大的架子,连老同学都不认识了!"水二连忙正言道:"是老同学我自然认识,是记者我一个也不认识!"何康说:"这么说,你不认识我?"站在一边的长旺喜不自胜:"哎呀,你们原来是同学呀?"何康说:"三年同窗啊。"水二打破话题说:"不说闲事,何康,这些年你混得不错呀,在新闻机关过得好吗?"何康说:"你看我不是乞讨到你门口了吗? 怎么样,给口饭吃吧。"水二说:"你莫开我的玩笑好不好呀!"何康喝了口茶,十分正经地说:"上个月我回了一次家乡……"语气淡淡的,水二催促着问:"家乡好吧,这些年变化了吗?"此时此刻,他多么希望何康能告知一点家乡的蛛丝马迹,但何康并没有说什么,只说了两个字,"很好"。

何康告诉水二,这次到南边来,纯属是想借老同学的光,聊聊天,闲逛闲逛,绝对不要赞助。何康很想告知青云崖的一切,但他还是尽力克制,没有把话说出口。水二看他一副心神难定的样子,便问:"何康,你心里一定有事瞒着我。"何康显得很镇静,说没有的事。

当天下午何康飞回北京,水二、徐儿、长旺、田草,还有琼一道前往机场送行。何康在安检门前停下脚步,说他前段时间做生态移民搬迁专题报道时到过青云崖,对那里的情况做了一些了解,这次来,就是希望水二一定抽出时间回青云崖去看看,毕竟在外的时间长了。何康说:"有些事情你我同学间不一定要见面才说,其实在电话上也是可以说的,但我觉得这件事情必须见面说才踏实。"临别,何康说出了他此行的目的。

听完何康的话,水二顿时预感到青云崖发生了什么,鼻子酸酸的。他流着眼泪一直望着飞机徐徐滑向蓝天。

一连几天里,一个硕大的问号在水二的脑海里悬着,青云崖好吗? 老人们好吗?

一定得抽出时间去青云崖看看，毕竟在外这些年了。何康的话如天崩地裂般震撼，如雷霆万钧使他大脑整天轰鸣不歇，好多次把他从熟睡中惊醒。

看来，回家看看刻不容缓了。徐儿说："是该回家看看了。"水二说："是啊，该回家看看了。"

水二对长旺说："我们回青云崖看看吧。"

人们听说要回青云崖，都到大街上给老人们买了大包小包最新鲜最好吃的，要让一辈子没有走出过大山的老人们品尝。

千里迢迢，他们不顾路途劳累，在乡上下车后，便急着往青云崖赶。

青云崖，那是几多回魂牵梦绕着的青云崖！爬过诸峰，行过蜿蜒石级，站在村口，他们大声说："青云崖，我们回来了！"那匹厚重的水巴岩久久地回荡着："青云崖，我们回来了！"

可是，不久四周便寂静下来，唯有花宝朝着他们狂吠。从一间新起的水泥砖房里走出一位老人，他凝视着这群陌生的人问："你们这是要到哪里去呀？"

水二、长旺、田草齐声说："我们这是回家啊。"

老人连忙招呼他们到屋里坐下来休息，对他们说："你们还没吃饭吧？"

水二说："你别管了，老人家，我问你，这儿的人哪里去了？"老人说："我到这儿已经五年了，来之前这里便没有人，听说，他们的子孙在好多年以前就外出打工去了，留下他们六七个孤老头，他们坚持生活到最后，不久一个接着一个相继去世了，政府还在这儿给他们建了敬老院。房子都还在，明日天亮了，你们可以过去看一看，房子也都保持原样。我没猜错的话，你们就是这儿的子孙吧。"

第二天清晨，老人带着水二他们看了看房屋、圈舍，有的完好如初，有的腐烂不堪，屋脊上、瓦片上长满青苔，长出了一些野生的杂草。他们从昔日的院坝里过，也都要穿过荆棘、马桑等。水二他们的心此刻彻底凉了，他们在每一栋房屋面前停下来默哀。房屋的四周，昔日耕种的土地全是灌木丛，那位老人告诉他们，这是上海客商买的荒山，使用权五十年，客商总共买了一万亩，发展五倍子，老人指了指几幢用石头砌成的房屋，说那是培植提灯藓的车间，那是培植倍蚜虫的车间，一共花了五百万哪！

老人说得头头是道，还向他们介绍了五倍子生产的技术。但他们并无心听这些。

一连几天，老态龙钟的花宝总是跟着他们，它还是那样温顺，对于这些主人的到来，它有说不出的高兴，它也老了，有点儿老气横秋了，上坡下坎都有些气喘吁吁，每到一处总是走在前面，作为沧桑历史的见证，它完全有理由把老人们最后生活的一切告诉给水二他们。

花宝轻车熟路，带着他们来到山崖边——那里是七位老人的墓冢。

七位老人的墓冢已长满青草、荆棘。睹物思人，水二他们再难以抑制住内心的悲哀号啕大哭。

孩子们来了，老人们走了。水二他们在墓前默默跪下来久久不起。

远方，是一片夕阳。

（十）

青云崖雄伟、奇诡、傲然，坚持属于自己的那一份气质和风骨，以自己独特的姿态屹立在旷野之上，自是千山万岭中的另一种典范！

乡长已经轮岗担任黄花乡人大主席，水二他们回到青云崖，他特地抽出时间陪同。他们在院坝前一边沐浴久违了的冬阳，一边回忆这里的过去。

乡长说，当初政府修建生态移民搬迁安置房，我们没有半点懈怠，可是……乡长说着说着就哽咽了。

他带着一丝惋惜说，安置房刚刚竣工没有验收，老人们没有来得及住上新房，就匆匆忙忙地走了，你们千万要理解、要原谅。水二说："这是谁都预料不到的，政府尽了力，你也是尽了力，你不要自责。"乡长说："老人们很倔强，执意在水巴岩搭了一间茅草屋，在那里架锅埋灶，他们唯一的愿望就是在那里能够多看你们一眼。"一席话把水二说得眼泪汪汪。水二说："真对不起老人们啊。"

乡长说："老人们心里有指望，就是希望你们在外面争气，能够给青云崖争一个面子。每个父母都是对儿女抱有很大期望的，望女成凤，望子成龙，他们都希望下一代能够过上更好的日子，能够更有出息，成为他们的骄傲，能够让他们引以为荣，把自己一生的希望和未竟的事业寄于他们身上。"

水二点点头说："是啊是啊，多亏老人们了。"

乡长接着说："后来他们把老屋里的棺木也运到水巴岩去，我得到护理工的报告，专门来给老人们做工作，答应他们，即使要运棺木，也由乡里派劳动力帮忙运，但都被谢绝了，他们说，'运一天是一天，运到哪天算哪天'，你说，我有什么法子啊兄弟！"

水二陷入沉思，他想，老人们这是为什么啊？乡长说，六盒棺木整整运了三十六天，这是什么概念！他们没有多少力气，就把整盒棺木拆开，一块一块地运，累了躺在地上休息一下，渴了捧一口山泉，天黑了就在半路上歇一歇，然后你牵着我、我牵着你沿着山路一步一步走。有时候天亮才回家中。

他们要叙说的太多。这里的景致给人一种宁静祥和的感觉。他们沿着山间小径走到水巴岩——老人们的墓丘处，乡长在墓冢前鞠躬那一刻掉下了眼泪。

他们站在那里，抬头仰望，目之所及，皆是高岩陡壁。往沟里看去，薄雾缭绕，茂林修竹，溪涧怪石，一眼望不到头。这里的植物有上百种，沟谷两边长满了喜湿的棕竹。轩轩翠竹顺着沟谷，沿着两岸高坎延伸，把整个深箐装扮得清朗俊逸、幽深雅致。而那一团酽酽的绿意，竟似又要将你的身心挟裹，把你的五脏六腑淘洗得空明澄净。要是酷暑来这里独坐，那该是怎样的一种惬意？

眼下山瘦水寒，飞虫鸟兽都没了声息，藏匿起来；花儿们也过了花期，谢了花事。乡长在水二的讲述中想象那属于春天的繁华与喧闹。然而，一路走去，另一种喧哗却打破了冬日的寂寥，让他们体验到了不是繁花胜似繁花的惊喜。那是树们、叶子们奉上的视觉盛宴。

青云崖这个季节的色彩如同春天，大红、橙红、深绿、浅绿、鹅黄、浅金……树们五彩缤纷的衣服把青云崖也渲染得色彩绚丽。它们或擎一树红叶站在高岩绝壁，或撑一把黄色大伞悄守溪流河谷，纷飞的落叶如同天女散花，为林子、沟谷、山涧铺上了一床床五彩的毯子，也在这寂静的冬日上演了最后的华丽。

翻过一座石峰，他们来到青云崖最美的一处所在。这里不仅有灵泉，而且还有飞瀑和古潭。瀑布如银练倒挂，从高处飞流直下，落差达两百多米，在谷底古潭腾起团团烟雾，阳光下折射出道道彩虹。穿过飞瀑和古潭，后面的路越来越顺，从山顶至谷底的落差也越来越小。这时，只见峡谷里一沟的桫椤数以千计，大大小小如列阵的哨兵，似是在等待谁的检阅。而树阵里，分明伴着声声号角，响起排山倒海的脚步声。错愕间，仿佛时光倒转回到了侏罗纪。

你一言我一语走着，又回到墓冢处。他们席地而坐，看看这里的森林、野草、茅舍，如在观看古老村落发展、繁茂、衰败的自然博物馆。

乡长问："有什么打算啊？"

水二说："老人们走了也没能赶回家看他们一眼，真后悔！"

乡长说："老人们去世时都安详，没有一点痛苦，没有留下一点遗憾，但是，嘴里把孙子、孙女、曾孙子一个个念了个遍。"

水二听着听着，仰首向着苍穹，双手合十，祈祷老人们能够安息！承蒙老人们挂念，儿孙们一切安好！

乡长说："有一次来看老人们，木康爷拉着我的手哭，他说他活不了几年了！我的心里酸酸的，还要强装笑颜，安慰他说他会高寿的。不过，老人们都心宽，怕打扰你们，一直叮嘱我不要告诉你们家中的一切，所以你们不知道这些信息，原谅老人们吧。"乡长说："老人们在三年之间前前后后去世，但是他们去世时身体都是软软的，暖暖的，他们每个人的寿衣寿帽是我亲自替他们穿戴的。"

水二十分感激乡长，说："乡长啊，你是我们真正的亲人啊，我给你鞠躬吧。"说完给乡长鞠了一躬。乡长立马拉住水二，说："你见外了不是？这是我的职责，我的使命，换成其他人也会这样做。"

水二对乡长说："我们没有给老人们尽孝，是要遭天谴的，怎样才能够赎罪啊？"

乡长静了静，说："孝道二字在我们的心里，不一定硬是每一天都在身边筛茶喂饭，端屎端尿，当然，有条件也未尝不可，但关键是你没有那个条件。"

水二说："我想给大伙说一说，给老人们立块碑，你看如何？"

乡长回答说："你既然有这个想法为什么不可以？我赞成。再说这也是十分有意义的事。你们远在他乡，这里只是有你们祖先的灵魂，有块碑，表明他们还有子孙，有儿的坟上挂白纸，无儿的坟是长满草啊，虽然这是以前的传统观念，有偏见，不一定科学，也不能让每个人都接受，但是这个想法在人们心底里实实在在存在。客观上的青云崖没有了，过去人们脑海里的青云崖是这块土地上的人，现在不一样了，只是记忆。青云崖这个村民组自从最后一位老人离开人世，也就不存在了。这里的村庄不存在了，土地也不存在了，你们今后有时间回来，看到的就只有山、树木，还有野兽、鸟儿、花儿，做个念想也好，至少在精神上有个寄托处。你牵头把这个事情办好了，老人们的在天之灵一定是很高兴的。再说，这是个功在当代利在千秋的好事，你们还有你们的儿孙哪。"

水二听了乡长的话，心里一下子踏实了。送走乡长，立即召集大伙开会。会场就在老人们的墓冢前。水二把墓冢看了一遍又一遍，心情格外沉重，好半天说不出话来。一时间心头平添几分愁绪，他低声对大家说："我们都没有给老人们尽孝，现在唯一能弥补的就是给老人们立一块石碑……"大伙听罢沉默不语，仿佛时间在那一刻停止了。过了一会儿，大家异口同声说："船载千斤主舵一人，你是我们的主心骨，你想得周到，你怎样安排我们怎样做。"

岁月里，每一步都是修行，光阴里，每个人都是一本书，前一页是桃红柳绿，后一页也许是满目苍凉，谁也不知道，生命的下一个路口会和谁离散，又会和谁遇见。此刻，水二做出立碑的决策，是想以此祭奠亡魂，寄托他们无尽的哀思。

安排妥当，水二率领人马又要奔赴南海。离开前他们到水巴岩去了一次。

这一次离开，有的可能在春节或者清明会回来，有的可能就不一定了。一根绳子牵两头，一头牵着生命起源的地方，一头牵着生活向往的地方，哪一头都割舍不掉。

一大清早他们就来到乡街上，水二的步子迈得极其沉重。他叩开乡长的办公室道别，感谢他这些年对青云崖的关照，对青云崖人的种种谅解。

时间过了三个月，春暖花开，石匠率弟子及民工三十人劈石、锻石、磨石，一通石碑旦夕即成。师爷兢兢业业访地百里，最后将半页纸交到水二手上，他说："我为曾氏家族震撼，先辈的德行阻止了我的笔力，只好作罢。"水二展开纸，一行字映入眼帘——

> 青云高耸入云端，
> 谷涧深壑涌清泉。
> 翠峰叠岭荡绿浪，
> 树茂林丰却少田。
> 曾氏家族劈荆棘，

生生不息几百年。
青山作浪五菽香，
鸡鸣牛哞好家园。
农商并重风声起，
青出于蓝胜于蓝。
……

从此，群山万壑之间的青云崖立着一尊无字碑。它似一方石印，戳在这一方水土，为大千轮回见证。

无字碑的故事不胫而走，被时间淹没的青云崖渐渐演绎成"无碑山"。

青云崖如同七位饱经沧桑的老人，乐成苦，欢亦悲。在南海的曾氏子孙一旦累了苦了，就要遥望一眼他们心目中那一座神圣的"无碑山"，唱一唱流淌在他们血液里的歌——

天也空来地也空，
人生渺渺在其中。
日也空来月也空，
来来往往有何功。
田也空来房也空，
换了多少主人翁。
……

山青秋色远

我游走梦里的梦和梦外的梦。只叹道：浮生如烟……

（一）

卓尔是一个孤儿，天生就是一个孤儿。

他出生时没有爹，爹把娘接过门不到半年时间就"打火线"去，以后没有音讯，邻居说，一定是死了。他也没有娘，娘生他时，血崩命绝。

他刚刚会说话，爷爷便带着他去见一座孤坟，他咿咿呀呀叫娘。别人家的娘有疼有爱，他的娘就只是一堆冷冰冰的石头，但是他认它是自己的娘。他从三岁开始就在每年的大年三十夜和清明节到娘的坟前唤一次娘。他想娘也一定很想念他，只是睡得太沉，一时半会还醒不过来。

他一天天长大，一天比一天知道自己是一个苦命的孩子，是一个没有爹和娘的孩子。

六岁那年，他在娘的坟前声嘶力竭地叫娘，叫个不停。那一次的泪比洞里流淌的山泉还要多。那个秋天，他眼睁睁看着别人家的孩子上学了，他却每天早出晚归放牛牧羊。他好想告诉爷爷，自己也想上学，但是爷爷愁苦的样子吓得他张不开嘴，他只好跑到娘的坟前抱头痛哭，天一声、地一声地唤娘。

在山上放牛牧羊，他就想象娘的样子，用木棍在地上把他想象的样子勾勒出来，每画完一次，他就笑一次，他说，这是我娘，天啊，你们知道不知道，这是我娘。

爷爷是个郎中，并且是个游医。地里的活靠奶奶一人拼了命地干，庄稼就像猫尿淋的一样，长得黄毛奄须，忙活一年到头不够糊半年的嘴。

爷爷年过六十，他说办庄稼不是他的理想。

他想着卓尔。他要卓尔也断文识字，也娶妻生子。

爷爷有一天说："孙儿，爷爷就是把裤子卖了也要供你念书。"卓尔听了眼泪汪汪，他想娘听了也会眼泪汪汪。拳头砰砰连声，手心淌汗。

第二年秋天，卓尔到娘的坟前向娘禀告自己上学了。那是个漆黑的夜晚，他在娘的坟前烧了一堆大火，对娘说："娘，儿上学了，你要高兴啊。"风吹来，坟上的青草轻轻摇曳，在那一瞬间，他仿佛听见娘在跟他说话，娘在说："我苦命的儿啊，你怨恨娘吧，娘把你带到人世间，却没有养你管你，让你一个人受苦受难，你自己要争气，要用心，不要和别人比吃比穿，要和别人比吃苦比勤奋，娘等着享福啊。"他回答说："娘，儿记着你的话，一定好好努力，让你少操心，给你脸上添光。"

卓尔仰望缀满星星的天空，想和那些星星说说话，告诉它们他上学了。星星一眨一眨的，似乎明白了他的心思。他对星星说："喂，和我做朋友行吗？"星星没有言语。算了，给你说，你不懂。从那时候开始，小小年纪的卓尔心底里便装着一箩筐一箩筐的心事。

有人讥笑他是寡丁子，是无娘儿，是吃百家饭的种，他听得懂。但一个人的出身由命不由人，他哪里能够做自己的主？

今后会是什么个样子呢？他好孤独，好迷茫。

学堂在宗庙，一里地远，爷爷从布袋里摸出他心爱的铜壳子，按着卓尔的头给先生跪了，笑着对先生说："就拜托你了，他要是不专心学，该打就打；该捶就捶，黄荆棍下出好人。"

爷爷在转身走前把卓尔的头摩挲一遍说："用心读。"

卓尔成了读书郎，邻居对他刮目相看，羡慕他福气好，遇着个好爷爷。

学堂里，先生在书上用朱红毛笔点一句，领读一遍，卓尔胀着喉咙跟着读一遍，读完了画一个圈。

冬月了，散学了。《三字经》《百家姓》《千家诗》《千字文》《教儿经》《童蒙须知》等课文卓尔一字不落倒背如流。先生半辈子教书生涯，头一次遇着这样的弟子，在一沓僻壤之地的酒桌子上就有了阔论的资本。

但爷爷偏偏做了一个决定，对卓尔说："书读到能识壳子，号得起鸦雀棍就差不多了，找个缝洗浆补的要紧。"

卓尔没有申辩，答应爷爷说："嗯。"

卓尔发怵，夜里去娘的坟前，对娘说："念书到头了，爷爷要我成家。"

坟前拜台上多了一块石板，是卓尔在山岗上专门寻的，费了他不少工夫。石板平整且光滑，他有心事就坐在上面和娘说话。坐久了，耳朵嗡嗡叫，恍惚听见娘在说话，娘说："儿啊，听爷爷的。"

山穷水尽了，卓尔想到了外婆。外婆住在山的另一边，算不上远，却很难得见一次面。

外婆，指条路可好？

炊烟向晚，朝思暮想的外婆把卓尔揽在怀里喜极而泣，摸着他的脸庞说："高了，壮了。"

外婆很忧郁，叹气说："要是你娘还在她该多高兴，可惜她命不好没有福气，但是她在那边看着你，保佑着你。"

卓尔泪眼婆娑。

和外婆在一起，卓尔最开心。他喜欢闻外婆身上的味道，喜欢看外婆的脸庞。他想外婆身上的味道一定是娘身上的味道，外婆的脸庞一定是娘的脸庞。

他们彼此倾诉衷肠，要说的话就像滔滔奔腾的江河水。口干舌燥了，外婆这才恍然大悟，说："看看，只顾说话，孙儿饿了我还没有煮饭。"

外婆从鸡窝里摸出三个鸡蛋，在锅沿上敲一个洞，倒出蛋清蛋黄装在碗里，窸窸窣窣把它调匀。外婆说，春上的鸡下得勤，要不了几天就捡一篮子，这些都是刚下的，新鲜。

卓尔在炉灶里架火，锅里刺刺几声飘出香味，让他分泌出一串唾液。他很久没有吃鸡蛋，忍不住说好香好香。

外婆听了卓尔的话心上痛了一阵，说："我们的卓尔好可怜，连鸡蛋都难得吃一个，你回去时带一些去。"

吃完饭，卓尔和外婆继续说话。他说："我不念书了，爷爷要我成家。"

外婆说："早栽秧早割谷，爷爷没有错，你不要生爷爷的气。"外婆说："现在有你爷爷奶奶撑着家，你迟早是要接过这副担子的。"

卓尔回答说："犁土耙田我还不会，田宽地阔不知道办得出来不。"

外婆接过话说："慢慢学，你爷爷会指点，一年不会，两年，两年不会就三年，总有一天会行。"

卓尔点头。

夜深了，倦意袭来，哈欠连天。外婆说睡吧。卓尔央求外婆要睡以前娘睡过的房间。

外婆知道卓尔心重，回答说："我知道我们卓尔时时刻刻想着娘，你娘的房间一直是给你留着的，她以前用过的东西也还保存着，横顺给你一个念想哪。"

第二天卓尔要回家了，外婆把一篮子鸡蛋递到他的手上，叮嘱说："等播完春种就来拿一些去，给你留着。"

卓尔接过篮子，看着外婆的脸庞依依不舍，差一点叫娘。

外婆的头发白了，脸上裂着一道道皱纹，看了心里难受，卓尔说："外婆，你多保重身体，卓尔有空就来看你。"

……

大山深处的山路蜿蜒曲折，杜鹃花红颜褪尽，一片片枯黄的花瓣掩映在日益繁密的翠叶绿枝中，花瓣驮载着消逝的往事，流向未来的梦中。卓尔思绪万千，何必看花开而喜，见花谢而忧，毕竟花开花落花满天。

行路漫漫，卓尔心上的那些苦和那些累烟消云散。

（二）

"你成龙就上天，成蛇就钻草。"爷爷瞪圆眼珠子说。

卓尔不敢眨眼，一眨眼眼眶就会泄洪。他明白爷爷有了心事，小声回答"哎"。

卓尔又何尝不是？

他们都是因为那个人。

那个人到底在哪里？究竟在干什么？不光村里人，连家里人也说不出子午卯西，村人猜测那个人不是做了伙夫就是做了马夫。久了，舌根子满院满坝，山沟野箐的人还会干什么？忽一日秋阳高照，信差送来一封家书，是那个人从火线上寄过来的，一页纸尚余半幅，仅五行字："余入营门，无处不战，至今十年，喜火炮之技娴熟如囊中探物；每战辄弃所有，月饷十二三元，得手仅五六元耳。家中爹娘好否？谷禾好否？糟糠亦好否？一切思念。"爷爷逐字逐句看完信，敞开嗓门对奶奶说："看看，这牛卵倒的！"

做火炮手的消息，一度在十里八乡传得厉害，村人相互咬耳朵，说"庚山甲必出武"果然不假。他们想起了很多年前一位风水先生路过此地时撂过的一句话。

风光了几年时间，家里就再没有收到那个人的只言片语，就像风筝在一阵狂风中挣脱了线，爷爷奶奶极度恐慌。之后的那些时日，各种谣言泛滥成河，爷爷奶奶颜面扫地，走路大大不如以前那样理直气壮。人世间的事情往往就是这样，你越是有痛处越是有人来戳你。村人的头顶上就是拳头那么一点天，早上见不着面晚上总会见着面，见着面对方就会急迫地问："那家伙怎么一回事？"一副关心的样子，爷爷奶奶哑巴吃黄连难以启齿，即使回答也是支支吾吾说不出所以然，对方以为是在刻意回避，怕他们沾上光什么的。也是，一天两天就算了，问题是时间太久了。总算等到有一天光阴把一切都磨平了，那个人被一湾一坝的人抛到了九霄云外忘记得一干二净。村人停止议论，爷爷奶奶的耳根子终于清净下来。然而奶奶相反，变本加厉地想着念着，巴望着那个人早一天出来冒个泡。夜里是她最惧怕的时候，闭上眼就会怪梦连篇，晃来晃去的总是那个"子耳朵"。泪水常年浸泡，害得她一双清亮的眸子越发模糊。

"就当没有那根人。"等苦了，奶奶恼羞成怒。

爷爷比较大度一点也比较豁达一点，安慰奶奶说："怄什么怄，小心怄背了气，人不出门身不贵，火不烧山地不肥，再说雀儿那个东西不是随便乱长的，长了自然就有它的道理。"

爷爷大大咧咧，说得唾沫星子像下毛毛雨，奶奶斜了他一眼，说："那二两肉不是你身上掉下来的你当然说话不腰疼，调根板凳你来坐试一试。"

爷爷继续叽叽呱呱："哪怕是死也要有点眉目！"

奶奶又把眼角斜过去，爷爷这下明白自己的言语多了一点，赶紧停下来，脸上堆着笑说："恐怕你是没有听懂我的意思，我是说……"他想把刚才说的话重新捋一遍，或者说解释一下。

他就是安慰一下奶奶，其实自己的心里也是毛毛的，后悔不该说那么多。

内心的苦比任何苦都要难受，他板着一张脸说："死了就投个梦来，逢年过节我们给你烧钱纸。"

痛苦别人无法分享，只能埋葬在心尖尖上。

夜深人静，虫鸣蛙噪，爷爷的脑海里不是枪炮声就是厮杀声。失眠了。

安静一下多好，他想。他从床上爬起来，一走，一坐，嘴里嘟嘟囔囔一遍又一遍："莫非那牛卵捣的真是去填了炮眼？"

（三）

卓尔虎背熊腰，嘴大脚板大，长得气吞山河。躬耕田亩，劈柴犁地，四邻没有人不称赞。爷爷因此有了几分底气，看到了一丝希望。

村头大杨柳树下有一口水井，清澈甘甜，常年井盈四溢，世世代代的老祖宗靠喝这水转世轮回。

那一年的夏天特别诡异，整个天地就像一坨失灵的机器，火团似的阳光把山壑丘峦晒得死去活来，满山满坡的泥地叽嘎炸裂。灵秀的水井奈何不了持续的高温，在苦苦挣扎了四十多天后彻底干涸见底。断水之忧远甚于断炊，突然发生百十年来都没有遇到过的事，村人茶余饭后牛皮议论，把缺水的原因分析得头头是道，而且绘声绘色。村人不气馁，硬着鼻子到五里之外的一条小溪里挑水喝。好景不长，之前泪泪滔滔的清流也说断就断，河床里满是泥沙、顽石、残渣和枯枝，而且泄出熏人的恶气。

……

村人想到扁河。

扁河在十里外，中间是一条山路，曲曲绕绕，荆棘丛生。为了能够喝上一口水，村人憋足劲拼了命在那条路上反复忙碌，置时间与精力于脑后。

变天了？足足两月滴雨不下，爷爷的脸上布满冰霜。

生活中没有水是个什么情形？先洗脸，后洗脚，再喂猪牛。水比黄金贵，牲畜可怜巴巴被活活渴死。

祸不单行，天花、麻疹等见所未见的瘟疫趁虚而入，三五天便有人家闭户。

这一时间，小孩特别委屈，常常因为四处乱窜挨了大人不少耳刮子。人心惶惶，村人蜷缩在家中，忌讳出门与人接触，担心会被传染而死。

节令不屑人间变故，淙淙依旧。地里的庄稼七高八矮、东倒西歪，颗粒长得稀稀拉拉，但是村人却无暇顾及一任野兽和山鸟吞食。这一年的秋收格外不同于往年，归家的粮食屈指可数，粮仓成为家庭多余的摆设。

随后两个月饥荒造次，家家户户上山刨野菜，有的甚至吃观音土。

粗重的寒风裹挟着死亡的噩耗和哀号，村人眼睁睁看着尸骨被鼠咬狼拖却无可奈何。人人自危，顾及死者入土为安成为天方夜谭——昔日的一片膏腴家园转瞬沦为鬼哭狼嚎之墟。

冰凌铺天盖地，积满山岗沟谷。没有水，没有蔬菜，没有粮食，村人饥肠辘辘，视野浑浊……

（四）

火塘笑嘻嘻的火苗不见踪影，家中冷冷清清潜伏危机。屋檐下结的冰柱是那么粗那么长，爷爷偏着头反复盯着打量，血液顿时凝固不再流淌。

生活成为一条臭水沟，恶气冲天，爷爷说话的声音细如游丝，想诅咒一下鬼天气也嫌多余，感觉太费力气。生活的恐惧正在心中日渐增长。

"怕是要拿命来过。"爷爷说。

"逃荒去？"奶奶惴惴地问。

"要活口命呢。"爷爷说。

"到东头还是西头？"奶奶问。

"东头。"爷爷回答。

"东头山大地多。"爷爷补充说。

"也许只能够这样。"奶奶说。

吃狗屎都要抢头一泡。冥冥之中爷爷预感死到临头，决定带着一家人到外面去闯一闯。

"得趁早！"爷爷一再重复。

饥荒、瘟疫交织，灾难排山倒海般席卷而来。连日里，山前山后山上山下的逃荒人流拥挤在村头，一股劲朝白岩口涌。

奔命。别无二选。

夜幕降临了，惶然无措的爷爷才从政府手中接过花册，他把那玩意儿心肝似的攥在手心。这是唯一的一根救命稻草，有了它，就可以去另外的地方寻找自己心爱的土地和山林，在那里申请入籍，然后安安心心在那里繁衍后代。

就要走了，爷爷围着房屋一连转了三圈，铁锅、斧子、蓑衣、锄头和那块存放了若干年的铁锅碎片已经在院坝里齐整整地等候出征，他在它们身上左看右看，对奶奶说，有它们足够了。他好像又想起什么，转身跑到堂屋神龛中取下一套弓箭。这是祖传的物件，称得上镇宅之宝，他双手把它握着神情严肃地说："怎么会忘记你呢？"

离别的愁绪涌上心头，爷爷带着一家人在石板上向堂屋的神龛跪下来三叩首……

逃荒人口难以计数，黑压压的人流踩着崎岖不平的山路蜗牛般扶老携幼吆喝前行，前望不到头，后望不到尾。

求生的路途没有尽头。长途颠簸与饥饿相互叠加，沿途累死饿死者难计其数，亲人将死者草草掩埋，顶多痛哭一阵又擦干眼泪继续赶路。

对于逃难的人来说，不冬山梁子是路途中的一道鬼门关。不冬山，笼罩着一层轻纱，在缥缈云烟中忽远忽近，若即若离。路挂在山腰绝壁上，须手足攀援，过往者十之有二坠入深渊粉身碎骨。

幺爷爷还好，算万幸，他在攀越不冬山梁子之前就将一把枯骨丢在了路途上，起码没有成为孤魂野鬼，在那里至少还有一些新坟。爷爷把幺爷爷的尸骨掩埋在路旁不远的一棵大柏香树下，盖上从杉树上新剥下来的皮。爷爷说："这下你解脱了，不愁吃不愁喝了……"

砌好幺爷爷的坟，爷爷和一家人反复凝视做最后的告别。爷爷说："你放心啊，我们会到那边的。"

临走，爷爷在幺爷爷的坟上立了一块望山石，嘴里喃喃："你在那边照顾好自己，哥要拖家带口奔命。"说话间，腮帮子淌下的泪水涌如河流。

料理完幺爷爷的后事，前面的人群走了很远，已经看不见踪影，他们在那些被踩碎的泥丸上拼命朝前赶。

到什么地方去？没有了幺爷爷，爷爷情绪低落，一次次悄悄抹泪。幺爷爷从小就患了一种缺钙的病，在准备出发离家前，他对爷爷说："哥，你们走，我不走了，我留下来守候父母的坟。"祈求的语气撕心裂肺，爷爷泪流满面，说："留下你，我还是你哥么？"

幺爷爷是谁，他是爷爷父母亲的临终嘱托。路上爷爷寡言少语，脑海里不时晃荡着已经渐行渐远的那一处墓丘。

"打火线"失了一个"子耳朵"，现在又因为奔命家里的人口再少了一个，悲从心来，爷爷转身瞭望来时蜿蜒在逶迤群山中的路心碎一地，在蓝天白云下的荒野上给遥远的墓丘跪下了……

荒凉，迷惑，恐惧。他们且行且停。

一种不可言状的东西犹如锋利的刀子刺在心上，无法摆脱难以承受。在奔命的日子里，他们吃遍山中的野果野菜，甚至雪地里的死老鼠也不放过。

庆幸的是爷爷坚强执着，他头脑清醒，一刻也没有忘记要到东头去。他生怕奶奶失去信心，一遍一遍地说，把那道大梁子翻过就是了。

远途跋涉的经历泣鬼神惊天地，他们最终翻过了不冬山大梁子。爷爷如释重负，他舒了一口气信心百倍地说，跟着太阳走，太阳在哪个地方爬起我们就朝哪个地方走。

那么，是走一天两天，还是十天半月？甚至是走到猴年马月？爷爷心中没有谱，他只有一个信念，道阻且长，行则将至。

前面的人群一路上有走有停，有的走着走着失散了，有的因为家人突发疾病停了下来，有的则是看中了一块地不再走了。皓皓苍穹，塞满了哭泣声、吵闹声和咒骂声，欢声笑语与那片冷漠的世界毫不相干。

山原层层叠叠无边无际，他们在一个岔路口迷失了东南西北。阳光从树枝间漏下来掉在爷爷的头上，满头细小的汗珠发出炫目的光，他顺手折了几片树叶擦了一把脸上的汗水，絮叨道："太阳正好当头，我们到底该朝哪个方向走？"

奶奶只管自己不说话，专心听爷爷一遍一遍唠叨。

爷爷的表情看起来比出发时还慌乱，比失去幺爷爷还痛苦。他大声说话："等太阳偏西倒是办法，但是等不起，要是等下去，真的是要走到猴年马月。"

奶奶搭话了，她说："再急也不能胡乱走。"她仰头看了看天空说："求求天王爷，你指条路来走吧。"

树荫倒不是难求，只是低矮的灌木丛难以容纳他们。他们找到一棵大柏香树坐下来，决定等太阳偏西再走。

热浪滚滚，小树小草被踩躏得奄奄一息，扑打在身上，就像是从头顶上浇了一瓢滚烫的油。爷爷明白不管接下来如何，必须以足够的耐心等待。

爷爷寻医问药积累了细心观察的本领，现在有了用武之地。他观察树冠留在地上的影子，指着树冠黑影说，只要你稍稍动一动我就心中有数了。他把一根干枝插在树荫的边缘上，匍匐着身体一动也不动，他想这样做太阳偏东偏西一目了然。

爷爷的耐性战胜了灼热的太阳，树冠影子在地上渐渐开始移动。他跳起来指着前面的青山大声对奶奶说，看清楚了没有，看清楚了没有，要翻过前面的山。

一层层山一道道弯。他们却要翻过最后一层山走完最后一道弯，因为那里才是他们要去的最东边。

太阳在完成它一天的使命前，洒下余晖缀满天边发出耀眼的金光，它们有时会变幻成金色的鳞片。他们兜兜转转来到大山下，爷爷像泄气的皮球，怀疑即使翻过了眼前这座山一定还有山。这时，密林中窜出一只白鹿呼啸而过，他顺手弯弓搭箭射向那物后腿。那物带箭疾奔，他紧追不舍一直追至山麓河边的一块高地，那物离奇不见踪影，他满地寻找，只有箭杆插在地上，箭杆上淌着殷红的鹿血。

爷爷心生疑窦，停住脚步仰视眼前这座万仞雄山。环顾四周，云雾缭绕，动静分明，刚柔相济，他念头一闪：难道这里藏着一份尚不为人所知的灵性？

爷爷决定留下来。

嵯峨黛绿的群山，满山翁郁荫翳的树木与湛蓝辽阔的天空，缥缈的几缕云恰好构成了一幅雅趣盎然的淡墨山水画。如此景物，让爷爷在瞬间看到了胜利的曙光，他指着宽阔而茂密的森林哇啦哇啦，兴奋地说："老天有眼，赐我的福地就在这一方了！"

环山以屏，葱茏的林木覆盖着河谷、丘峦、平地、高台，他们眼花缭乱。在密林中穿梭，踩在发霉的腐殖质土上，一股股鸡屎味道呛得人直咳嗽。

丛林遮天蔽日，不知不觉夜色降临。他们就近挖了一些山药，燃起篝火把它们烤了充饥。夜渐渐深邃，他们倚着一丛大柏香树进入梦乡。夜里，梦中一个白发老者对爷爷说："天地浩瀚，何必东转西转？"他被惊醒。

风啸林号，山野张狂，丛林中的野兽四处逃窜，踩得树木枯枝噼啪作响。

这一夜，他们过得比天长比地久。

天亮了，一道山泉的叮咚声使得爷爷的想法更加坚定，他说："人是菜籽命，遇肥迎风长。"

奶奶点着头，尽管眼神里装着懵懂。

清晨，阳光透过稠密的树叶洒落下来，满是点点金色的光斑；山鸟追逐嬉戏，带来无限生机。厚实的密林勾着了爷爷的魂，他执意钻进去一探究竟。这一去竟然在里面耗费了他整整一天。

第二天，他毫不迟疑地带着卓尔跑了三十里地，专程去向官府报告请求入籍，同时在官府粮仓借得一百斤玉米，画押承诺在秋收时按三倍的数额连本带息一起偿还。

户吏说，那地既然山环水绕，必是鱼蚌麋鹿之乡，不妨就叫它入郎吧。

玉米寄托了一家人的希望。

青山绿地，万物生机盎然，未来的生活画卷在爷爷的大脑里不断浮现。

山润了，山鸟欢乐的叫声此起彼伏，特别好听。他们打起火镰点燃一片灌木丛。山火信马由缰舔食一片一片的林子。直到第三天夜里，天空忽然下了一场瓢泼大雨，阻止了火势的蔓延。

山火燃烧过后，巨石，洞穴，溪流，高台，凹地一一凸显出来……土地的轮廓非常清晰。面对这样一个崭新的天地，爷爷带着一家人欢呼雀跃。

地上躺着燃烧植物留下的灰烬，成为耕种的天然肥料，不用翻犁土地，不用打窝施肥，他们直接在灰烬上播下玉米。爷爷对卓尔说，这就叫铲火土，办法简单潦草，但是不窝工不误时。

玉米下了地，既是一种释放，也是一种期待。山雀野兽践踏也罢，天晴也罢落雨也罢，他们已经无所谓，因为他们知道一切得失皆是命。爷爷说，靠老天爷开眼吃饭。

满山满谷的杜鹃花竞相怒放，也染红了他们的茅棚。老天爷不绝情，三晴两雨的眷顾，使得一弯一岭长出翠嫩嫩、绿油油的禾苗。爷爷笑了，笑得特别开心，他对着无垠的天空歇斯底里："老天爷呀，你一开眼小的们就吃饱饭哪！"

上天佑人，爷爷领会了它的深意，马不停蹄盖房垒灶，决意在薄刀山下落地生根。

……

是的，清风徐来，冷暖自知，居一定所，只问身心是否愉悦。新的生活开始了，这往后的日子便可期可图。

爷爷不负时光，只身于旷野放声歌唱。他的歌并非一成不变而是千变万化，时而有词无韵，时而有韵无词，别人根本无法听懂，唯有他自己才明白他所唱的到底是什么歌。

（五）

在这之前，这里还没有爬满苔藓的墓丘和残砖断瓦。横卧在重峦叠嶂中的一片盆状洼地，曾经树木密集瘴气丛生。此一时彼一时，结局完全超乎想象足以叫人目瞪口呆。

爷爷对这片土地十分满意。他说土地平展肥沃，子孙们安心在这里生儿育女。

锄禾耕耘，劈柴采药，日子清净无忧。

一天早上起来，家门口堵了一群陌生人，爷爷并不惊慌，他明白这是怎么一回事。

"你们打算去哪里？"爷爷问。

"到东头去，累了，走不动，在这里歇一下脚。"一个年轻人回答。年轻人接着说："天遥地远，走哪里去还不知道，反正哪里黑哪里歇。"

"你们暂且在这里休息，我给你们弄点吃的。"爷爷说。

年轻人说："我们已经两天没有找到东西吃了。"他指着奄奄一息的一个老年人说："一路上奔波劳顿，缺吃少喝，我爹生病好几天了，不知道过得了这道坎不。"

爷爷说："都是苦命人，在这里住几天也无妨，吃得不好但是可以勉强填饱肚子，等把病养好了再走不迟。"

年轻人说："老家闹灾活不下去了，出来混条命。"样子很沮丧。他继续说："出发时还有个弟弟在一起的，在翻越不冬山时不小心掉入崖谷交了命。老人家，我姓康，我叫康二。"

　　那几天，爷爷去山上采了些苦黄连，熬好后让康二父亲一天三次喝下去，几天过后病情好转，身子骨硬朗起来。康二父亲觉得不好再连累别人，决定启程朝前赶路。他把康二叫到跟前说："路途深似海，我们这样走不知道什么时候才是个尽头，你要记住这个大恩人。"他转身对爷爷说："大伯，如果你不嫌弃，就让孩子认个干爷爷吧！我们到时安顿下来了，一定要来看望你。"

　　康二听了父亲的话，一声"爷爷"扑通跪下去。

　　爷爷连忙推辞，说："都是同病相怜的人，没有这个必要。"

　　康二说："爷爷，有机会一定报答你。打搅你们差不多了，我们还得继续赶路，今后相见吧。"

　　爷爷感觉康二一家人善良实诚，对康二父亲说："露天坝的财，见者有份，你们要愿意就留下来，是不会饿死人的，河对岸有一些地，是我们当初烧山留下的，你们可以暂时去耕种。"

　　康二父亲听完，连连说："这样好这样好，我们就免了劳顿之苦了。"于是牵着一家人就要给爷爷跪下来，爷爷赶紧拦住，怒色道："至于吗？折我的寿也不能这样做的。"

　　康二说："爷爷，你的大恩大德我们记在心里，不知道何时才能报答。"

　　爷爷让卓尔和康二手牵手，说："看看你们俩，活生生是一对打鼓捶，从现在起就是亲兄弟。"

　　康二父亲对康二说："爷爷说的记住了？"

　　康二点头说："记住了。"

　　过了一些天，康二父亲对爷爷说："大伯，要报你们家的恩德估计是子孙一辈的事了，那还远，眼下入冬了，我们一家就帮助你们家劈柴开荒，有口饭吃就行。你那些地是你们费心费血得来的，我们不能平白无故去占有。承蒙你不嫌弃，认了康二做干孙子，这是他的福分，我们一家人感激不尽，既然缘分到了，求你就把我当一家人看待。"

　　爷爷说："贤侄说得极是，我也是这么想的。"

　　眼看进入寒冬，康家选了一块荒地搭起柴棚，爷爷对康二父亲说："也好，暂时遮风挡雨，等日子宽裕了再说。"

　　一切应了天命，马家与康家不期而遇成为世交且互敬互爱，在薄刀山下谱写了一曲不朽的精神之歌。

（六）

多年以后，入郎宛若一颗明星闪烁在大山中，逐渐成为通衢大道。客栈、药铺、盐店从无到有，南来北往逃难之人无不心向往之。

在康家后脚紧跟而来的相继有银氏和龙氏两家。爷爷说都是苦难人，愿意留下来的都留下来，住一块也好有个照应。

因为爷爷宽厚仁慈，一些逃难的人纷纷前来投靠不打算再奔波，就图留在这里有一碗饭吃，爷爷一一答应。如此一来集聚在这里的人口越来越多。

日子过到年底，爷爷把各家各户召集到一起对大家说："我们在一起生活有一段时间了，大家帮助我们家耕地除草，生活上也多是粗茶淡饭，真是对不起大家，实在抱歉得很。上天把这些山林土地赐予苍生，这是我等的福分，既然如此，我们大家都有责任共同珍惜。我们家早来了几天，抢先在这里烧了山开了荒，大家之所以愿意投靠在我的茅棚下，我想都是奔着有一口饭吃。我们家烧的山多，其实也办不过来，多数荒着，要是你们情愿，我就一家一户都划些，你们各家自行耕管，不知如何？"

康二父亲说："大伯，你真是活菩萨，有你这份心我们感谢还来不及，哪里还敢讲条件说如何不如何，我就一个建议，三年后按四六分成不知道你认为如何？毕竟大头总归是你马家的。"

爷爷说："好吧，我也不推辞，头三年让大家免费耕种，三年后在秋收时我多少收点提存。"

银家和龙家十分满意，异口同声说："谢谢大伯的抬手之恩。"

一大清早，爷爷带着各家各户到大坝上去看土地和山林。那时，蔚蓝色的天空一碧如洗，流动的白云在空中随风蹁跹起舞。远处一座座群山蜿蜒连绵，峰峦起伏，山麓下的树木郁郁葱葱，枝繁叶茂。窄窄河漫起氤氲雾气，随着鸟儿的鸣啭，犹如仙境。

虽然是走马观花，但每个人的脑子里都有了地形地貌的初步印象，纷纷陶醉在未来的喜悦中。

爷爷说："看了土地，看了山，看了林子，难道你们就没有什么想法吗？不妨说一说吧。"

康二父亲说："肥也罢，瘦也罢，多也罢，少也罢，一切由你大伯说了算。"

爷爷说："山场这样宽，各家各户人口有多有少，不能长短一根棍，多少要有点区别才对。"

康二父亲说："按照人口来分摊，兼顾土地的肥廋。"

爷爷点点头看着大伙说："这样行吗？"

大伙觉得这样公平公正，齐嚷嚷："我们都是沾你马家的光，你做主便是。"

接下来，他们把由窄窄河分野而成的两岸大坝分成东西南北中五块，除马家居中的那一块熟地外，其余荒地分成若干块由各家抓阄认领。

康家抓阄得了窄窄河北岸，那里危岩险峻；银家抓阄得了窄窄河南岸，那里山高林密；龙家抓阄得了窄窄河西岸，那里的地势平整。其余人家也各自认领了一块地。

有山林土地意味着承载希望的航船就要扬帆起航了。大家簇拥在马家欢声笑语，男人一律喝酒，酒喝完便甩碗，整整齐齐跪在爷爷面前齐呼："老天爷，你保佑马大伯万寿无疆。"

爷爷眼泪汪汪，把大伙一一扶起来，说："我就是比你们虚长了一点年纪，能够和你们相处在一起是天意，天意不可违，我们都得共同珍惜这个缘分。"

是呀，天底下有苦有难的人还有多少？爷爷陷入沉思。

窄窄河最远处那一弯河面像块月牙形的玉，静静的，平平的，没有一点涟漪。顺着一脉小小的沙洲，河水进入弯潭，河面微波粼粼、细流连连。看着如此怡然自得、悠闲潇洒的场景，谁不感慨万千？

（七）

卓尔对生意场情有独钟。他上山采药，围山狩猎，待山货皮张囤积到一定数量后用马驮到三十里地的集市去销售。经验一点一滴积累，逐渐领悟到其中奥妙后，他一抬脚踏入了商界。

一天，银家银老幺来到家中对卓尔说："合伙做山货皮张生意行不？本由我出，利润对半分成。"

银老幺耿直豪爽，卓尔也不含糊，毫不犹豫地答应："那好，遇贵人吃饱饭。"

银老幺跟着父亲做山货皮张生意多年，深谙山货皮张之道，对卓尔说："我们就从杂皮开始，根据我了解的行情，黄狼皮、野兔皮、猪獾皮、狐皮、野猫皮最为畅销，狐皮、獭皮最值钱，黄狼次之。"

说干就干，他们在村头村尾贴出告示，承诺狐皮每张二十银元左右，獭皮以尺计，每尺值四十银元；兔皮每张一毛钱左右。

卓尔说："对这桩生意，我猫吃乌龟找不到头，你多些担待。"

银老幺说："兄弟，我们现在是拴在一根绳子上的蚂蚱，有福同享有难同当，你不必过虑。"

以前是做小本生意，和现在比起来真是小巫见大巫。仅仅半年时间，他们旗开得胜，山货行一天就能卖出野兔皮几十张，大狼皮每张常年为四到六元，有时高到一张八元，在春、冬两季，每天销售狼皮几十张，有时甚至过百张。

积累了资本，卓尔在集市悄悄做一番调查，觉得他们折腾大半天还是在蛙井中，有一天他对银老幺说："继续死守老本行不行了，我看要扩大经营范围才行。"

银老幺问："经营什么？"

卓尔回答："生丝！"

卓尔说："生丝以市两为论价单位，每两三毛钱上下，生丝主要是在夏季的生意，与养蚕季节相联系。"

货通有无，生意场上有人买，有人卖，有人狂，有人癫。收购生丝的消息刚刚传开，卖生丝的人日渐增长。

卓尔说，山货生意季节性强，既与山货出产时间有关，也与农忙农闲相联系。一般秋冬与初春是旺季，其余则为淡季；销售杂皮多在旺季，销售生丝多在淡季，猪鬃则四季都有，但旺季生意更旺。

他们经营山货中的猪鬃、杂皮和生丝。把猪毛分为两类，长为鬃，短则曰毛，猪鬃又分黑鬃、白鬃，猪毛也分白毛、黑毛、花毛。

卓尔说，鬃与毛价格相当悬殊，中等质量的猪鬃与猪毛价格相差十倍，最长的猪鬃可以卖到三千多银元一担。自从开张，猪鬃以交易金额而言，约占整个山货流水额的七成以上，是山货行流水的最大宗。

短短十年时间，定居入郎的商户渐聚渐多，那些断断续续的迁徙人口也几乎选择在这里定居。一沓避难之所集聚天下英雄很快成为一方富甲之地。

虽然是临街兴市，集镇规模一天天扩大，人口数量超过三万，加上乡村杂居人口，入郎方圆二十里范围的总人口达到六万之多。这一年秋末，县政府决定在窄窄河西岸辟出一块地新建入郎镇。商贩云集，生意兴隆，税收增加，镇公所顺水推舟发出号召，由商贩出资在窄窄河西岸兴建了一座关帝庙，称"入郎会馆"，规模可容纳上千人。就那么"哐当"一下，一个崭新的政治中心、经济中心巍然屹立在薄刀山下的窄窄河滨。

戊辰寒冬，第一场大雪还没有喘过气来，毗邻桑树县二里滩的股匪徐大苗子洗劫入郎，掳去人口，烧掉店铺，糟蹋妇女。省长咬牙切齿，令保安司令率部征讨。乱平，被血洗后的入郎元气大伤，村人终日惶恐不安。

卓尔无所惧。因为爷爷曾经做过大黄茶生意，他重操旧业做这门子生意。大黄茶是一种给马喝的茶，马喝了之后消除疲惫，军、匪、商争相求购，有时一茶难求。

这年农历正月初上到端午节，卓尔四处打点，着魔似的花巨资买通水陆两路官衙、渡役、驿站及行差走卒，为日后这桩生意大单铺平道路，又雇佣三十个壮汉作挑夫，把打成捆的大黄茶从窄窄河放排而下，过打磨溪、三溪、遛马溪直抵大觉寺，再经由唐宋时期遗留下来的古茶道转运至武汉码头。大黄茶贸易火爆，卓尔旋即坐上了北部三县商业精英的头把交椅，往后十数年间无人与之比肩。

（八）

卓尔思想活跃，既实干务实又锐意进取。他不满足现状，投入大把时间走村串户调查乡村对生活物资的需求。过了半年时间，卓尔就在薄刀山下窄窄河东岸开辟新市，与入郎镇公所遥遥相对。上场口的米粑、油茶、猪肉，下场口的鸡蛋、茶叶、猪市，中街的山货皮张收购人来人往络绎不绝。新市初开，不管路远路近卓尔一概免费供应吃喝住。

卓尔对新生事物产生兴趣，而且一发不可收。这次，他的动作要大大超出以前任何一次，他在上下场口"坐断山筋，把断水口"打卡收税费。这事惊天动地，镇公所镇长磕着牙巴骨来劝说过几次，但是卓尔置若罔闻。他凭一己之力推动集市消费业的发展，酒肆、烟馆、茶馆、赌馆迅速兴起，就是一些民间纠纷也要来这里的馆子意思意思才算得上真正的了结。在往后的日子里，入郎街头巷尾的吆喝声、打闹声、嬉笑声从早到晚不绝于耳。入郎渐入繁华，实现华丽转身。

祸福总相依。卓尔在入郎的生意如日中天，而二十里地的旧市日渐萧条，为此两地结下梁子，旧市商贾串通一气，以打卡收税费无视国法为由将卓尔诉讼到县衙门。

县太爷正为灾情愁眉不展，把惊堂木拍得地动山摇，一句连着一句咆哮，说："你吃了豹子胆了？知道你这是犯的什么法吗？"

县太爷越说越气晕了头，简直想把他几口撕了，大声呵斥卓尔："你非法打卡这么多年，获得的那些粮食和银两难道就独吃独吞算了？"

卓尔跪在地上勾着个头颅回答："回县太爷，我都替你留着的，一分也没敢花，正打算年底全部给你清盘。"

县太爷歪头一听，顿时耳清目爽，说："限你三日之内全部上交，不得有分文短缺，本县正急用！"

县太爷早就耳闻薄刀山马氏家族艰苦创业，且慈善仁德，这些年收留了不少逃荒要饭的人，心怀羡慕之情恻隐之心，能够兴建入郎镇马家劳苦功高。几次曾想前往拜访，但是县境灾难频发，民不聊生，府州赈灾物资匮乏，连日里催促各地赈灾，不能有半点差池。如此这般，县太爷的心情要有多恶劣就有多恶劣。

卓尔把脑瓜进一步着地，使着劲回答说："回大人的话，我愿意捐款赈灾，为大人摆脱困境助一臂之力。"

县太爷点了点头："念你仗义疏财，有怜悯之心，入郎镇的赈灾任务就落在你头上。"

卓尔一听，感觉县太爷心太黑，立刻大哭，说："县太爷，你是不是该减点，我那点薄田薄土、那点家当如何承担得起？"

县太爷听了头上的毛发立刻竖起来，大手一挥厉声道："你罪不可赦，投大牢！"接着惊堂木在桌子上山摇地动。县太爷这般变脸把卓尔彻底搞糊涂了。

打这以后，卓尔半年没有回家，他在牢狱面壁思过。

端阳节发大水关了秧门，爷爷在一天下午骑着雪白大马进了城。他是去办一件事，要在天黑之前打点好衙役有关人员，还要把五百两银子亲自送到县太爷手里。

爷爷此行使得卓尔的罪行得以豁免，原本十年的牢狱之灾一下子化为乌有。

这一年秋后问斩，卓尔胆战心惊地陪了一回。之后于谷黄开镰时节，他大摇大摆地回到了入郎。

回到入郎的线路绝对是卓尔精心策划的。

那天，他专门绕道到二十里地外的旧市逛了一圈，然后邀上昔日要好的四个铁哥们进馆子喝酒。端酒杯前，他咬着牙说："兄弟我坐了一次牢，失了一回格，也就等于破了面子和里子，今后路长，弟兄们要多多关照才行。"他攥着县衙给的告示对弟兄们说："这次县衙出令，我马氏家族继续经略入郎集市，时限五年，在五年时间里，集市打卡收入按三七分成，县衙归七成，马氏家族归三成，每年年关前十天结清款项，五年过后如若继续经营，收入总额和分成比例重新合计。"酒足饭饱，弟兄们拍着胸脯说："弟兄有难一定两肋插刀。"

坐牢一点也不影响卓尔，相反，他更加注重这个社会中的许多细枝末节。

那段时间，爷爷生怕再有什么差池，对重新开市慎之又慎，不敢盲目松口，他专门请康二父亲帮助掐数，最后确定每月逢二、五、八日开市。卓尔诺诺称是。这次依然对前来赶集的人管足酒饭。卓尔自任卡员，聘巡丁二人，在自家门前悬挂县衙颁送的大纱灯一对，俨然官卡，甚是威严。

几年时间悄然而过，随着市井繁荣，四邻八乡的乡亲在窄窄河东岸踩出一条长八百多米、宽六米的大街。这条街百年不废，一直镶嵌在入郎幽深的岁月里。

（九）

火辣辣的光射过来，卓尔的手触电似的缩了回去。

“又喝马尿呀?”

卓尔的屁股针扎了一样在凳子上挪了一下，噘着个嘴半天没有吭出一个字。趁雪儿不注意，眼珠子偷偷朝杯子剜了几下。

“你呀你呀，硬是狗改不了吃屎!”雪儿有点儿生气。

卓尔往嘴里塞了一口饭，慢慢嚼着，很无味。他在心里嘀咕，上桌吃饭连口酒都没有喝，简直像冬天的牛在嚼一把枯草。瞅了一眼背过身去的雪儿，忍不住又朝酒杯子瞟一眼。

吃完饭，卓尔在院坝弯腰踢腿，甩了甩胳膊，一个念头在大脑里冉冉升起，晚上和她亲热一次。

萌发念头不是一天两天，几天前就有，苦于没有好的氛围，计划胎死腹中。

总算盼来了美丽的夜晚，雪儿身上散发出的一股股香气让他浮想联翩，尤其是雪儿在脱掉外衣外裤那一瞬间他周身燥热六神无主。他作猫逮老鼠状，咬紧牙。雪儿一溜烟钻进被窝，这次又眼睁睁地黄了。他满肚子不舒服，心里直骂烂婆娘榆木疙瘩不懂男人。末了安慰自己，一辈子的夫妻在乎这一时?

卓尔也是被逼无奈，才走了一步。

卓尔至今没有一男半女，常常在梦中被娘敲警钟，娘说不孝有三无后为大。卓尔听了娘的话感觉自己就像犯下滔天大罪，欠着祖宗八代许多债。

马家三代单传，承续香火岌岌可危。

奶奶在那年寡了心，临走时两行清泪流个不停，卓尔知是自己欠着奶奶什么，在胸脯上一阵啪啪击打，说:“奶奶你安安心心走吧。”奶奶有气无力地听着，想你再不中用也不至于欺负我一个马上就要死的人，不信也信一次，于是对卓尔深信不疑，干干脆脆把脚蹬直走了。

说卓尔不努力言过其实，有点冤枉过头。雪儿是他的第一个女人，山背后一樵夫的女儿，模样儿就甭提，如花似玉，堪称山里一枝花，且茶饭娴熟。头年晚秋吹吹打打接过门，雪儿十月怀胎，马家喜上眉梢，却不料第二年夏中来了个逆产，母子两个没有一个活成。

天！爷爷差点气绝。

尽管这是天意，马家还是自觉理亏，主动给雪儿娘家赔礼道歉，心甘情愿承续那段亲情。

卓尔重新过上无牵无挂的生活，爷爷却如坐针毡，担心哪一天顶不住天没法向祖宗交差，戚戚地问："就这样一个人过一辈子？"

卓尔在听爷爷说话时嘴咧了一下。

"有合适的就寻一个吧。"爷爷说。

卓尔偏着头思索了好一阵子回说："嗯。"

漫山遍野的庄稼地嫩绿入眼，拔节时在地里发出脆响。酷暑高浪，知了执着勤奋，旋律高亢。爷爷被知了扰得心烦意乱，时间一久，便忧郁。就在这个时节，爷爷思来想去决定把药铺交给卓尔打理。

黄金有价药无价，一辈子衣禄不缺。爷爷说。

爷爷话中有话，在他有生之年让卓尔接过这门手艺，其中一个原因是要他歇手其他生意，多行善积德，感动一下七仙女和观音娘娘。

爷爷软硬兼施、天南地北说了半天，卓尔被逼上梁山，只能答应爷爷："好吧。"

卓尔对自己一手打得的天下依依不舍。一天下午，他召来康、银、龙三家兄弟讨论未来时局，他说："爷爷老了，我要尽孝，但是又没有三头六臂，生意场上的事怕是离不开兄弟们的一些帮衬。"

三个兄弟应声说："你说得生分，不够弟兄，还用说吗？需要我们的话吭一声就是。"

卓尔答应爷爷接手药铺，就要处理生意场的事。生意场面临两难选择，如果转手出去感情上的确难以割舍，不转手就只能够找合适的人帮助料理。这样一来，曾经与其患难的兄弟成为首要人选，正好也让他们适得其所。但又不是那么简单，譬如每个人的忠实可信程度、对行业的管理能力以及全局把控能力等。一番权衡比较以后，他认为康氏懂信义知礼节，可以经营土地、盐仓、客栈；龙氏通商贾，经营皮张山货，可以营利；银氏擅于精打细算，可以管账房、放租，收高利贷和家丁一类交由他管理。

卓尔分析了现实行情和发展趋势后说："从现在起我就是一个跷脚老板、甩手掌柜，一切事项交给你们处理，利润五五分成。"

自此，入郎就有了马爷、康爷、银爷、龙爷的称谓。久而久之，世面上流传着"赢不过马爷，文不过康爷，武不过龙爷，算不过银爷"的顺口溜，不失为入郎的写照。实际上，另外还有二十里旧市上的四个爷，他们在替马爷经营茶庄、漆庄、染坊和酒坊，总共有八个爷，世称"七爷拱星"，这一颗"星"就专指马爷。

卓尔说到做到，在药神前正儿八经施了礼接下药铺，一心一意背汤头歌诀。足一年，跌打损伤头痛脑热之类的处方得心应手。

那是一个漆黑的夜晚，一个中年女人带着一个瘦小的姑娘敲开了药铺门。卓尔正在药房铡药，见有客人来，立即洗手询问要开什么药。女人介绍说，我家姑娘姓田，和这里隔着几道大山梁子，女儿润儿患病多年无人能治，现在四处求医问药，一心给小女治病，打听到贵府是有名的老中医所以专门来找灵丹妙药。卓尔看姑娘病兮兮瘦如枯柴，忙问什么症状。母女二人焦急，卓尔试着为姑娘把脉，并不言语。过了一个时辰后他把母女二人安排在房屋东头住下来。

次日凌晨，爷爷起床洗漱后来柜台前亲自接待病人，他对病人一番望闻问切后，摘下老花镜一字一句说："我有一秘方，不妨一试，但不是太有把握。"

女人听罢，心里窃喜，说："先生果然名不虚传。"

爷爷说："救死扶伤是行医的天规，你既然求医到我门下，是你的高看厚爱，我一定尽我所能。"

女人说："小女有救，真是天赐福分。"

爷爷说："那是。不过还看造化。"

女人说："病好了，就让小女来你家当牛做马。"

爷爷说："三个月必见分晓，无效，另请高明。"

女人说："听神医的。"

爷爷说："我先处一方，取白公鸭一只，去肠杂，用水泡发桂圆肉，与元蘑、鸭肉、赤芍、白芍包一起炖汤，加盐调味，分顿食用。"

小姑娘按方吃药，逐渐痊愈，脸上红润，肌肤细白，和过去相比判若两人。三个月不到，女人带着女儿上门报告喜讯。

爷爷说："小女子有救，是你们家功德厚实，可喜可贺。"

第二年春天，女人主动托媒来提亲，并捎来书信一封。爷爷逐字逐句看完书信明白了一切，原来，那小女子是一位大户人家的千金，生病前还在念私塾。

爷爷毫不犹豫将这门亲事拍了板，约定佳期在这年农历十月十八日。

娶亲那天，新娘每过深山野箐或遇桥梁沟河，送亲队伍鸣枪掷弹，场面壮观绝无仅有，沿途村民竞相驻足而观。

清澈明亮的瞳孔，弯弯的柳眉，长长的睫毛微微地颤动着，白皙无瑕的皮肤透出淡淡红粉，薄薄的双唇如玫瑰花瓣娇嫩欲滴。卓尔不敢相信，眼前的这个女人成了他的妻子。她那么一笑，眼睛弯得像月牙儿一样，仿佛那灵韵也溢了出来。一颦一笑之间，让人不得不惊叹于她清雅灵秀的光芒。

润儿到来，家就有了一缕缕和暖的阳光。从此，卓尔尽情享受家的静谧和惬意。

（十）

那个夜晚，卓尔和润儿爬到薄刀山山巅，向远方娘的墓丘跪拜。

山风徐徐，撩拨他们的青丝，卓尔拉着润儿的手大声说："娘，你的儿媳妇润儿来叩见你了，你要高兴啊，在那边要保佑她啊。"润儿接着说："娘，你在那边好吧，润儿来认娘，你认我这个儿媳妇吗？"

天空深远，娘在深远的那一方，她真的很好吗？

有个完整的家，这是娘对卓尔的心愿。在娘的心里，儿子有了完整的家，她才少有牵挂。

山风大作，卓尔随风哇哇大哭。

润儿拍了拍卓尔的肩，说："歇歇吧。"

卓尔回答说："想我的娘。"

润儿把卓尔搂在怀里安慰说："我也想娘。"

后来，润儿从卓尔的口中知道这个家的不平凡、不容易。她明白自己应该在这个家扮演一个什么样的角色，暗暗发誓：此生为这个家奋斗，甚至献出生命。

卓尔自从歇手生意场就两耳不闻窗外事，一门心思钻研医术，遇到了疑难杂症就请教爷爷，各个商行的门槛再没有踏足，卓尔觉得这是对爷爷的承诺，他不能背信弃义。

润儿知书识礼，平常打理家务，照顾爷爷饮食起居，抽空去各个生意场走一走看一看，带去卓尔对弟兄们的问候。

薄刀山灌木丛下流着山泉，涓涓滴滴，清明地映现山林的起伏蜿蜒；如风如雾的瀑流，轻灵地丈量行程的长短；凝翠聚玉的深潭，沉静地观看云烟的舒卷。卓尔听爷爷说，岩石边长着一种怪草，俗名淫羊藿，公羊啃吃淫羊藿以后精神抖擞，成天漫山遍野追得母羊气喘吁吁。卓尔对此十分感兴趣，将其发掘成一种补肾良药。他通过研究发现淫羊藿还可以镇咳、祛痰、平喘，治小儿麻痹等好多种病。

时日漫漫，日子不温不火。

卓尔以淫羊藿为主打，研制治疗生殖、骨关节、呼吸系统疾病的药方。他将淫羊藿配熟地、当归、白术、枸杞、杜仲、仙茅、巴戟天、山茱萸、蛇床子、韭菜子、肉苁蓉、制附子、肉桂，治疗阳痿、早泄，也治好不少患关节疼痛、慢性支气管炎的病人。他用淫羊藿医治疑难杂症声名鹊起，同时给自己创造了一笔丰厚的财富。

卓尔攒够银两在窄窄河滨修建了一座四合天井院，总建筑面积五百三十余平方米，土木结构；上房上下十二间，配房分左右共二十四间，中堂屋十二间，完工时契约记："大汉中华民国岁时××年××月××日立栋大吉，房主人裕泰亨记，泥匠人××万事亨通为计耳。"宅院高大，布局规整，门板镶着铁皮，顶门粗大，门楼木雕"八仙过海""福禄寿"。前面是一条八百米长街，一楼左侧立八字朝门，右侧是药铺、门诊室、病房和库房。药铺前的院坝是一块块青石铺成，四周栽着桂花树、银杏树，树下摆放石凳、木椅，远近求医问药之人在此等候、休憩。

给最后几个病人把脉开方后，卓尔显得有点疲惫，他叫来康爷、银爷在院坝的棋盘上对垒厮杀。

康爷用一"炮"作炮架，另一"炮"对准卓尔的"将"说："眼下年岁不好，外面不清净。"

卓尔打算把"将"挪一挪，康爷说："不兴悔棋的，我可以让你一个'车'。"

卓尔一连叹息，说："日子不好过，必然兵匪盗贼纷起。"

往常卓尔惯用马后炮杀，今天他精神不在状态，连输了几局，对康爷和银爷说："你俩下吧。"自己在椅子上闭目养神。

阳光从银杏树的丫枝上掉下来，院落西边留下斑驳的树影。树上的叶子送走了丰盛的果实，尔后各归其所，它们按照预先的打算要去生命开始的地方，安放它这一生孤独且寂寞的灵魂。微风十分友好，捎来塬上稻田里的禾香，卓尔不自主往肚心里吮吸了一口。他的嘴吧嗒一下，一副慈祥的面孔便显现出来。特别是他下巴上那一撮银色的胡须有了阳光照耀就闪烁出无边的光泽。

知了倦了，叫声懒洋洋生无可恋，有一些甚至在旮旯角落里自己躲了起来。

天空无尘无埃，深不透底。卓尔来到朝门的条石阶上站着，慢慢把目光从厚实的镜片里放出去，让它在空中翻了个筋斗才稳稳地停在院坝那一片青石地上。过了一会儿，当阳光透过他的镜片洒在流淌的窄窄河上，水面立即浮现一层金光。绿树青山倒映在水中，随着河水的流动摇曳起伏——何等美妙的画卷！

（十一）

卓尔学名马碧光，诨名"烂秀才"。在卓尔进学堂时，先生按照马氏字辈，给卓尔取名马碧光。马碧光有没有意义爷爷不稀罕，倒是觉得名字怪好听，当时乐得哈哈大笑。马氏《家乘》五年一小谱，"马碧光"堂而皇之入了马家史册。

烂秀才这名儿大有说头，它积淀的是一罂深厚的岁月。无数铁的事实证明，烂秀才这名儿实在、管用，村人即便是到入郎以外的地方去，只要你报上马碧光"烂秀才"的名号，就有不少人围过来赔笑脸。

"故人具鸡黍，邀我至田家。

绿树村边合，青山郭外斜。

开轩面场圃，把酒话桑麻。

待到重阳日，还来就菊花。"

    这是唐朝孟浩然隐居鹿门山时写的田园诗，与入郎风马牛不相及，卓尔一本正经说这个《过故人庄》写的就是入郎。人们怀疑他是在信口雌黄，但是又拿不出有力证据辩驳。村人从骨子里崇拜卓尔，入郎那一沓地方唯他说了算，有时候连天上的月亮只要他说是方的就没有人说是圆的，这倒不是因为别的什么，实在是因为他知书识礼，见多识广。

    西边的晚霞如枫叶一般飘落在旷野上。夜幕拉开，挂在苍穹的星星七零八落，蝙蝠在树木间飞来飞去。夜渐渐深邃，一帮弟兄在厢房里围着火塘烤窜肚火等着发年饷。入郎匪乱不歇，县政府特许卓尔养兵，虽然是有编无人，上面不给一卒一饷，但是一共十二杆枪，足以震慑一方，再说卓尔也乐呵，两相情愿于公于私促成一项事业。年关倏然而至，弟兄们一家老小掰手指巴望领到几个壳儿回家买香烛纸扎、糖食果饼预办过年盘子。人倒是在其次，关键是那些老祖宗要紧，你不是眼睛直勾勾等着这群臆想的人来庇护吗？

    大铁锅架在柴火上热气腾腾，鲜美的肉味在房屋的里里外外弥漫。卓尔敲开一坛老酒，说壳儿一定是没有问题的，弟兄们只管颈子上面的家伙在不在，敞开肚子喝。

    屋外的风一阵疾似一阵，火塘里的青柴加了一茬接一茬。喝到后半夜，酒的威力爆发，弟兄们脑壳发麻、手脚发软。凑巧在那时，一阵枪炮声穿过房屋板壁震得屋内嗡嗡作响，惊醒了半睡半醒的弟兄们。卓尔意识到这是"找过年盘子"的来了，他啪地掀开桌子，嗖地剥开腰间的枪套。

    卓尔赶紧跑到院坝听了一会儿，枪声闷声闷气，他明白枪炮声还在老远的乱石岗，心里一下子踏实了下来，因为有几个弟兄在那里守着哨卡。

    "上寨！"为预防万一，卓尔大声说。

    石寨居高临下，用巨石筑成，位于村落的东山，是村寨的一道天险，易守难攻，与对面的薄刀山遥遥相对，守住它，就等于守住一寨人的性命。炮手火速在炮膛里填上火药和铁镏，一门炮台的炮口紧锁上寨，一门炮台对准下寨，敌人一旦进入防范区域，卓尔一声"放"，火炮手必稳准狠予以反击。石寨是保护全村人身家性命的最后的城堡，内备风簸、辣椒、短刀，倘若敌人逼进石寨，即采用风簸扬辣椒面和短刀还击。

随着枪炮声响，寨子里的骂声和鸡鸣狗跳声混杂一起，局面混乱不堪，仿佛山雨欲来。

正在村人惊慌时，枪炮声戛然而止，一点也不拖泥带水。

对面砂石岗的弟兄带来一个人，来人脸不红心不跳，说我们不抢女人，不抢猪羊，不抢粮食。

卓尔问："那要什么？"

来人回答："替天行道。"

卓尔一只脚踏在石坎上，托着下巴盘问："你们何去何从，吃哪家饭，穿哪家衣？"

来人镇定自若，说："我们从木耳县路过此地，打一家救一家。"说完递上一封信。

卓尔展信读完问："你们与官家誓不两立？"

来人回答斩钉截铁。

卓尔吃惊不小，说："得罪，有眼不识泰山。"

回到寨子，卓尔赶快打开厢房，接待这拨兵马的为首者。那人自称白司令，说话单刀直入毫无酸气，说需要接济一下，别无他图。

卓尔反应快，当即腾出堂屋、酿酒房、染房供兵马住宿，卓尔说："你们杀富济贫劳苦功高，百姓拥戴，我们该当该分支持。"

白司令左手拍着卓尔肩膀哈哈大笑，说："委屈你了。"

这拨兵马有神兵之称，大名鼎鼎，他们头戴红布巾，"化神水"而刀枪不入。一年前他们攻打过县衙，省府令第三督察大队派兵围剿，皆因神兵神出鬼没不了了之。

卓尔如此箪食壶浆，神兵翘指称赞。他们在入郎休整半个月，实则利用入郎的平坝、沟谷、山岗、丛林，一天分早中晚演练格斗和擒拿。

一天夜里，神兵接到侦探密信，他们迅疾整理队伍连夜向大山后开拔。

白司令临行前紧紧握住卓尔的手说："好汉不吃眼前亏，随潮流吧！"

天亮时分，山边枪声大作。

神兵走后没几天，拔地万仞的薄刀山上劈下几个响雷，砂石岗一丛几百年的古柏就没有了。

卓尔琢磨，这个风雨飘摇的社会离脱胎换骨不远了。

此后，再也没有见过神兵的影子。

日子还在流淌，只是不再平静。

（十二）

卓尔毕竟是卓尔，即便是人生谢幕也非同凡响，否则，他就愧对"烂秀才"这个名声。

夜幕罩下来，鸟儿站在桂花树上作归巢翠鸣。银老幺正打算把院子的几行路灯给点起来，石朝门刚刚才撕出一丝缝隙，眼见一拨人马朝四合天井径直逼过来。他慌张一气，舌头打结蹦不出一个字。为首的腰间别着短枪，骑着高头大马走在前面，后边是一乘滑竿，再后边是四五个挑着油漆篓子的壮汉，末尾的是一拨背着枪的兵，清一色穿线耳草鞋、裹绑腿。嘈杂声惊动老犬，站在石朝门口朝着那帮人恶狠狠地狂吠。

马匹两边的兵看见银老幺放缓脚步，却并不见他说话。

银老幺一时脑浆子闷，心里扑通乱跳。

牵着马绳的兵走上前拍着银老幺的肩膀低沉着声音问："你们东家呢？"

银老幺一双腿身不由己颤抖，哆嗦着问："你们这是……"

那兵眼睛一横，银老幺赶紧收住话。

银老幺斜眼看那兵，说："弟兄们口渴了，要喝口茶？"

那兵回答："对的，我们就是要喝口茶。"

银老幺嘴上说："好的，好的。"心里却在想，是那边派来踩水的？

近段时间，村子上常常有背篾客来村寨卖排排线，声称买一排送一排，从东家进西家出差不多做到村不漏户、户不漏人。昨天家里来过一个背篾客，主人作了接待，而且在厢房里说了好长时间的话。

银老幺想，莫非……他不敢往下想。

一番言语交流，银老幺看那架势就是个袍哥，赶忙按袍哥的礼仪翘起两根大拇指，双手抱拳拱了一拱，说："兄弟，得罪，得罪！"

那兵脸色缓和下来，用袍哥的话回答："兄弟当真是在圆的，专门来拜码头。"

银老幺连声哦哦，说："请稍候。"就向四合院子跑去。

少时，银老幺一脸堆笑地对骑马的人说，请！

那些兵叫骑马的廖团副，此时跟进厅房。银老幺忙一手提壶，一手扣着两个装了茶叶的盖碗儿放在茶桌上。骑马的廖团副却不动声色，只在一旁冷眼看了一会儿才在茶桌旁坐下，他两腿平放，端起茶碗儿，右手拇指放在茶碗边上，食指置碗底，左手直伸，三指尖附在茶碗儿底上，向倒茶的银老幺迎过去。

刚才滑竿左边的兵走到银老幺跟前，说："我们廖团副要见东家，多承你去禀告一声。"

银老幺迎面笑着说："你们歇着，我去去就来。"随即一溜烟朝院子的后堂跑去。

卓尔见银老幺进来，用眼会意，说："你去吧。"接着用茶水净手走出后堂，站在正门石阶上瞄了一眼四合天井上方的天空，左手随即在胸前比画出一个请的动作。银老幺灵机一动脸上泛起笑，连忙走下石阶，对廖团副说："我们主人请。"

廖团副望着石阶上的卓尔，甚是端庄，立即左脚向前半步虚点，双腿微曲，身体微微前倾，上身左手掌托住右手肘部，右手臂直立，四指握拳，拇指直立，目视卓尔报号，算是打响片。卓尔明白来人何意，也回了礼。

卓尔心里有底数，袍哥人家，没得千里的威风，只有千里的交情，千里不带柴和米，万里不带点灯油。

礼过，双方在方才的茶桌旁坐下。银老幺重新泡上来一碗茶，立时桌子的茶碗相对放好，摆出仁义阵。

廖团副看卓尔，细洋布长衫上罩一件黑绸子马褂，梳着油亮偏头，脸盘方正饱满，面色红润，印堂发亮，显然是一方说一不二的人物，随即从股袋儿里摸出个小小的瓷茶壶来，将壶嘴正对茶碗放好，按袍哥暗号，摆出个单鞭阵，表示此来是向对方求援的，等着主人的回应。

卓尔沉吟片刻，缓缓地开口说："不知贵公所求何事，所以哥子我还不便喝面前这碗茶。"

廖团副把请求代买枪弹的事说了。

卓尔没有答话，只是微微摇头，说："连日接到口风，水涨得凶呢。"

廖团副听罢着急起来，说："你手眼通天，千万拉弟兄们一把。"

卓尔沉默一阵，端起面前的茶碗，一仰头将茶一饮而尽，干脆利索一个字："好！"

此番，廖团副终于松了一口气，立即起身谢过。

当夜，卓尔留下兵马在院子里食宿。

那滑竿里的是身负重伤的团长，满脸胡苊，身板扎实，廖团副和一个兵把他扶进卓尔的房间，廖团副说："劳你神，东家。"然后退出房间。

在团长躺下的那一瞬间，卓尔看到他右耳上吊着一坨肉疙瘩。卓尔惊呆，这是不是太巧合了？他想……

子弹穿过团长的肩胛骨，疼痛得厉害，团长一直处于昏迷状态。卓尔用盐水洗干净伤口，把钳子在炭火上烤热取出里面的弹片。他以前替一个猎户医治过枪伤，不过那是一支火药枪，虽然都是枪，却有本质上的区别。救人要紧，卓尔壮着胆子用中草药"独一味"敷在伤口上。团长命大，药敷上去没几天很快消炎化肿。

卓尔叫来银老幺，要是有东西给团长补一补就好。

银老幺说："那还不简单？"

银老幺立即派人去窄窄河中小溪流入口处捉些鲫鱼熬汤让团长喝下。

卓尔悉心调理，团长的身体一天天好转，逐渐恢复起来。行医讲究医食医运，卓尔替团长高兴，也替自己高兴。

卓尔的所作所为团长都看在眼里，非常感动，对卓尔说："谢谢东家，有机会了一定要报答你。"

卓尔说："匪患连连，老百姓深受黄连苦，早盼有清净的那一天了。"

团长说："打搅东家真是抱歉，得花费不少吧？"

说话间，彼此有一种说不清道不明的亲切感。卓尔第一次见到部队首长，心存敬畏，他问团长："家中的爹娘和兄弟姊妹都好吧？"

团长回答说："离家几十年了，当年入营门去'打火线'也是迫于无奈，在部队做火炮手后还给家里写过信的，之后跟着部队转战南北和家里失去联系，爹娘和兄弟姊妹他们好不好、在不在一概不清楚。"

团长的话很低沉，卓尔说："兵荒马乱你们拯救百姓于水火真是了不起。"

卓尔继续问团长，难道家中没有一男半女？团长断断续续地说，她老了，也许和你的母亲一样老。

团长深陷往事两眼湿润，妻子和儿女她们怎么样？脑海里浮现出他离家时与妻子难舍难分的情景。团长说："她漂亮、贤惠，如果有孩子的话也和你一般年纪。"

卓尔说："有福经常在，无福走西天，你的妻子和儿女托你的福一定生活得很好。"

卓尔每次看见团长的右耳吊着一坨肉疙瘩，他就想问个水落石出，但是他怕惹团长伤心。看着团长有爷爷一样的身板和轮廓，他坚信他就是爷爷奶奶一辈子牵肠挂肚的"子耳朵"。

掖着吧，或许对大家都好。卓尔放弃了刨根问底的想法。

从团长言语中得知，他们是一支刘邓的队伍，身负重任，在经过一座大山梁子时，遭到股匪袭击，伤亡惨重，所以边打边退，接到眼线报告，东家这里白天青砖绿瓦，夜里明灯高挂，主人乐善好施，所以借地休整。

卓尔吩咐银老幺把家里积蓄的数十担鸦片烟换成银两，又打开马厩放出十匹马一并交给团长，说："你们一时遇到了难处，这些东西就交给你们了，一点小心意。"

团长与廖团副一再推辞不过，碰头商量了一下说："既然东家真心实意，我们就暂时借用，今后要偿还，不管十年八年，只要组织还在，凭我的手迹来找我。"

团长摸出纸写下借条，叮嘱他一定好好保管。

随后，团长率领部队消失在夜空下。

卓尔接过纸条，上面写了几个字：后会有期。马。

（十三）

那段时间烂谷雨非常惨烈。

终于有一天，阳光不负众望，从薄刀山气泡似的冒出来，丘岗和草木随之泛出久违的光。这正是卓尔期待的，也是他所预见的。他站在屋子中央舒了一口气嘟了嘟嘴，粗声粗气地说久雨必有久晴。他的目光注视着屋角黑不溜秋的木柜，里面装着一摞《马氏家乘》。他打开柜子，一股霉味迎面而来。该拿出来晒它一晒，他想。

躲在木椅下的花猫困乏得不行，使了劲憨睡，它四肢张狂任性，看上去无忧无虑与世无争。它当初来到这个家时尚在襁褓，时日催促，日渐老态龙钟，少有心情和主人嬉戏。

不知道为什么，卓尔的心情突然抖擞起来，一种神差鬼使般的激动难以自抑。他绕着晒席走着圈，盯着那堆黑不溜秋的家伙走神发呆。

他怀念祖先，他的祖先早就活在他的精神世界里。一番酝酿，他铺开纸，提笔写了一首诗，题名《渔樵耕读牧》。

曰《渔》：
烟波几重，
波浪几重，
烟波浪里度秋冬，
执丝纶，
钓鱼龙，
渭滨千古有奇踪。
何计王封？
何计侯封？

曰《樵》：
富也无心，

贵也无心，

一生安乐在山林。

挑薪木，

傍松荫，

归来月下漫游寻。

一半禽音，

一半歌音。

曰《耕》：

朝露满蓑，

暮露满蓑，

一年辛苦在山坡。

三秋雨，

数亩禾，

收成喜奏太平歌。

值价几多？

值钱几多？

曰《读》：

诵诗吟哦，

读书吟哦，

瞬息光阴指间过。

勤考究，

苦搜罗，

日夜傍求用力多。

何等潜磋，

何等磨磋。

曰《牧》：

春露满衣，

秋露满衣，

春秋饱暖和牛肥。

求牧地，

坐苔矶，

晚来长笛一声归。

哪管闲是，

哪管闲非。

作罢，嘴上自语道，半生人世，自我陶醉耳。

卓尔时时回想，自己走过的路为什么如此苦涩？是命，还是运？

薄刀山高傲，天空又那么深远。卓尔心中一直有一样东西释怀不了，为什么人走不出油尽灯枯的自然规律？

他琢磨干一件事，这件事又于他能力可及。

他苦思冥想。

修续《马氏家乘》？他问自己。

对，修续《马氏家乘》。他自己也觉得鬼迷心窍。

他想，假如做成这件事，算不上泣鬼神惊天地，但是可以告慰祖宗。

编修《马氏家乘》紧锣密鼓。

不过，在干这件事的同时还要干另外一件事，他暂时秘而不宣。

一天，新市和旧市的七个爷坐在一起谈古论今，感叹人生，卓尔说："古往今来太多这样的人，他们但有一分钱，留与子孙花，仿佛我们今天多留一些钱给他们，他们的日子就能增加一些甘甜与色彩。林则徐说过一段发人深省的话：子孙若如我，留钱做什么，贤而多财，则损其志；子孙不如我，留钱做什么，愚而多财，益增其过。这话说得何其透彻又何其超脱。子孙如果像我一样卓异，那么，我就没必要留钱给他，贤能却拥有过多钱财，会消磨他的斗志；子孙如果是平庸之辈，那么，我也没必要留钱给他，愚钝却拥有过多钱财，会增加他的过失。可今天，能真正读懂并践行林则徐这段话的，又有多少人呢？"

康爷意会，点着头问道："那该怎么做？"

卓尔说："旧市的茶庄、漆庄、酒坊、染坊各位爷现在经营起来都得心应手，如果愿意就接过去自己独立经营，我不再沾手。新市上的几项营生也照例，实在不愿意就对外卖掉。各行一概除去成本，算一算利润有多少。"

七个爷面面相觑。

康爷说："你是有什么要紧的事需要办吗？"

卓尔迟疑了一下说："工人的帮钱一分也克扣不得，都是些苦力汉子，希望新主体谅继续接纳他们。放出去的租子多有陈账，银爷你多费心，去一家一户走访他们，那些五年以上的陈账就一笔勾销，了结他们的一桩心事，估计五年内的新账也不少，能收就收，实在有困难的也都免了。"

各位爷听了一阵酸楚。

银爷回答道："好的，我去办就是。"

交代清楚生意场上的事务，卓尔的心情轻松不少。

再过些时日，卓尔理出头绪，和七个爷在桐油灯下抬酒杯，他说："我手上的钱说多不多，说少不少，费你们的心，给入郎的孤寡老人送一些去，多多少少填补一下他们的生活所需，寨子学堂的窗户得维修一下，让孩子们在夏天少受些蚊虫叮咬，冬天能避风驱寒，再说学堂的灯火费用也得添上一些，这样算来，盈余的钱正好可以在窄窄河上修一座石桥。"

各位爷听了卓尔这番言语，对卓尔的才华与智慧佩服得五体投地，暗暗叹道，今昔的卓尔已经不可同日而语，"赢不过马爷"真是名副其实。

一时间，师爷修谱，匠人修桥，一文一武摆开阵势，马家里里外外景象万千。

卓尔心无旁骛，两件事并驾齐驱一干就是整整五年。

于秋光之中，《马氏家乘》杀青，卓尔请木匠精挑细选香樟木制成专门的盒子，用生漆刷得一个个油亮。三十册《马氏家乘》每五册装一盒，刚好装六个盒子。他在寝室里腾出一个空间来专门摆放柜子，六个盒子在柜子里整整齐齐排成一排，模样儿气派壮观。他每天早晨起床的第一时间就要看一眼柜子里的宝贝。久而久之形成习惯，在睡觉时要看一眼，甚至夜里上厕所也不忘记看一眼，自己都觉得真是痴了。

《马氏家乘》大功告成，只要天空有一缕阳光，卓尔就要在院坝里的那棵桂花树下从头至尾把它翻一遍，有时还要念一念那些令他心情舒畅的字句：

"我祖乃荥阳人氏，先以文章治国都，复以武功佐王朝。"

"不因汗马功劳大，怎得承恩拓此疆。"

谁也没有预测到的是，窄窄河大桥竟然和《马氏家乘》同日起工同日竣工，师爷写完《马氏家乘》最后一个字，石匠砌完窄窄河大桥最后一块石。

窄窄河大桥的桥石墩子取自窄窄河上游，整座桥全由方石砌成，长二十五米、宽八米、高二十八米，似长虹飞跨东西两岸。卓尔欣然撰联镌刻于桥的两端。

左刻：

> 雁齿排空卧波长映千秋月
> 虹腰壮彩折柳遥道万里情

右刻：

> 世路多歧畴是中流推砥柱
> 人心益险唯期利济挽狂澜

石桥竣工，百十里素未谋面的人也前来庆贺，鞭炮在桥上响了十余日。连山匪听说卓尔修桥花光了所有积蓄，卖掉了山林土地也深受感化，在较短的时间内入郎一时路不拾遗，安居乐业。

心事已了，卓尔笑意绵绵。他已然大彻大悟，他说："田园丰茂不丰茂只有鸟知道！"

岁月在风中流淌，在哗哗的水中流淌，历经沧桑的卓尔希望自己不是书页上的僵硬文字，而是其中的一个小小符号。

（十四）

卓尔吐血走了。

隐患在头一天就已经埋下。

夜色积聚的雾，寒冷积聚的霾，在阳光的催促下，渐次轻轻隐去。山和树林，空旷的原野披上了一层朦胧的金黄。阴冷的天空泛着片片红霞，霜雪弥漫的大地沉浸着缕缕寒气，透过迷雾的间隙，千丝万缕的光影洒落人间。

夜幕刚刚落下，薄刀山下的密林里传来老山羊悲天恸地的号啕，声音急促、悲凉。村人忌讳老山羊的叫声，叫声的出现一下子使入郎陷入惊恐和不安中。在那一瞬间润儿潜意识感觉背心被什么东西狠狠地撞击了一下。

子时，老山羊的绝望声一阵急于一阵。卓尔不偏不倚在此时犯病。

康爷催促龙爷赶快翻书，看看其中有什么讲究。龙爷明白康爷的意思，把书翻了会儿开始自言自语，康爷没有听清楚，说："你叽里咕噜说些什么呢?"

龙爷叹了一下气回答说："马爷福大命大，能够渡过眼下难关的。"但是他看了一眼康爷又继续说："万物皆有灵性，鬼魂亦然，能避则不遇，能度则不收。"

康爷明白了。

寒风在上空咆哮，屋后的松柏丫枝噼噼啪啪，连老屋也吱吱嘎嘎不停，仿佛瞬间就要山崩地裂。卓尔平躺在床榻里，从肚心里往外拉粗气，屋子里的人异常安静。

润儿在床前反复打量卓尔那一副毫无生机的面孔，按捺不下内心的焦急一再啜泣。

康爷搓着手，有些话哽咽在喉咙里，他拉着卓尔的手诊了一把脉，又伸手在他的鼻孔那里探了探气息，并不说话。

润儿痛苦难忍，她担心卓尔要是挺不过去，担心最后一句临终遗言都没有，心想卓尔你真的丢心落肠啊，好歹也该交代一下吧。

卓尔忽然病倒在床犹如晴天霹雳，仿佛在一瞬间让入郎的天空比以前低矮了许多。村人纷纷责骂老山羊你安的什么心早不叫晚不叫为什么偏偏在这个时候叫呢?

又一天即将过去，余晖浸透原野，隐在丛林里的山鸟鸣翠不休，使着性子宣泄它们一日里的苦闷和喜悦。

薄刀山因为蜿蜒连绵的大山偶然凸起形成，山麓的马氏家族从此有了自己心爱的家园。润儿清楚，自从那次解放军到家里来，特别是卓尔见了那个耳朵上长着肉疙瘩的团长，他便开始不吃不喝，不言不语。

康爷说："他一定是有什么心结没有打开。"

润儿说："是啊，那心结为什么这样难打开呢？"

"你醒醒啊，文周还小。"润儿盯着卓尔反复说。她太累，说话的声音从喉眼艰涩地爬出来，昔日那种光润富有弹性的声音没有了。要是在以前，润儿哪怕是轻轻咳嗽一下卓尔都听得见。这次，一点反应也没有。

康爷感到事态严重，带着嘶哑声说："都送送吧。"

康爷的话刚刚落地，孩子们齐刷刷跪下来。

跪的时间长了，文周坚持不下来有些不耐烦，大姐带着哭腔说："弟，你要忍着些。"

文周跑出去尿了几回尿，每次撒完了尿之后蹑手蹑脚回来，重复枯燥无味的动作，跪在原先的那个位置上。身上渐渐有了汗，文周挺直身子，悄悄看了一眼仍然躺在床里的爹，思忖着都躺了这么长时间，还不好起来吗？

泪珠洒落在手背上，温温的，淌着热气。文周偏着头看了一眼床沿，娘坐在那里泪眼婆娑，便明白了这是从娘的眼眶里掉下来的。他也打算哭了。

大姐止住抽泣，捞起衣角揩干腮上的泪，把墙壁上灯碗里的灯芯拨了一下，狭窄的房间光亮了许多。在灯光的映照下，几个姐姐的脸庞一清二楚，他们都在抹泪。

大姐心疼弟弟，轻轻拉了拉他的手臂说："弟，你累吧？"他摇了摇头，说："不。"说话间，他头顶上的木鱼帽子响起了一串银铃声，声音隐隐约约带着哀鸣，仿佛是在替爹祈求玉皇大帝早些打开天门。

下半夜文周无法抵御睡意的诱惑，有些力不从心。这时，一双线耳草鞋在他的眼皮子底下不停挪动，他开始精神焕发。

文周坚信是康爷的。

康爷这双陈古八十的鞋子文周烂熟于心，因为康爷仿佛一年四季根本就没有换过。

在卓尔患病之前，康爷每天有空就过来和他下棋，虽然彼此到了一定岁数，但是乐此不疲，仿佛成为一种心缘。卓尔老来得子，康爷视同己出，两家人的感情又更进了一层，同时还平添了许多的乐趣。

康爷见文周一直那么跪着，感到于心不忍，他把文周拉起来搂在怀里，说："文周你累了啊，你爹是知道的，歇一歇吧。"

卓尔躺在床里没有一丝气息,文周摇着康爷的手臂问:"叔,爹几时才好起来啊?"

(十五)

冷冽的风袭来,润儿下意识理了理衣襟也顺手撩了一下面颊上凌乱的头发。院坝竹篱笆上有两只喜鹊跳来跳去相互嬉闹。眨眼工夫,一只飞走了,另外一只却平白无故没有了,准确来说是消失了。她第一眼看见这种情景,心里头有说不出的高兴,等到另一只喜鹊一下子没有了踪影,她便纳闷那家伙会到哪里去了呢?是不是自己看花了眼?她在竹篱笆边转着圈四处寻找,结果毫无收获。她怀疑那家伙肯定是钻了地缝。"没有了就是没有了",找了一番找累了对自己说。

这个事情过去了一段时间,准确地说是一个月,卓尔就突发疾病,谁知道这是天意还是巧合?村人说一定和之前的那件事有关系,怎么会没有关系呢?话说得神乎其神有鼻子有眼。

润儿说:"绝对扯不上一丁点的关系,两者八竿子打不着,为什么非要把牛胯扯到马胯呢?这不是牵强附会吗?"

"这是预料中的预料,意外中的意外。"康爷安慰说。

已经是旧历冬天的最后一天,夜空里密密匝匝的大雪把屋后的松柏压断了无数。屋子里就显得特别暖和,尤其是鼻腔和嘴巴冒出的热气在空中呈现出烟雾状,很有画面感。

凌晨子时,马爷不管那么多,憋足劲咽完这辈子的最后一口气走了,整个动作潇洒自如一气呵成,拥挤在昏暗灯光下的人都清清楚楚看到了这一瞬间。守候在床边的康爷赶紧把手伸过去死死掐住他的人中,可惜晚了,他自己也觉得这是在白忙活做无用功。

马爷倒床以来康爷、龙爷和银爷轮班守候。马爷躺在床上生不如死,他们也备受折磨,跟着痛苦。时间耗得长了难免精神崩塌,康爷一度在心里嘀咕:"哥,你别怪弟不忠,你早些解脱到那边去吧。"

这回果然走了,康爷的眼泪就像破了的堤。康爷是马爷他爹的干孙子,他们情同手足。康爷从壁柜取出一叠钱纸，跪在床边点燃，眨着湿润的眼睛模模糊糊地看见一缕青烟漫卷着飘出窗外，他深信那缕青烟就是卓尔羽升的灵魂，他自言自语说："哥你早死早翻身啊。"

挂在板壁上的那一盏桐油灯也许最了解卓尔的心思，整夜似明非明，时不时非要人去拨动一下。

康爷一直盯着木板上燃烧落气钱纸留下的那堆黑黝黝的灰烬，嘴里喃喃不停。他从润儿手中接过三寸见方的黑色布袋，小心翼翼把灰烬一点一点地放进去，说："这是钱呢，哥，这是你去那边的钱呢。"

润儿忍住啜泣，从柜子里拿出一团鞭炮递给康爷，说你去把它放了吧，给乡邻报个信。

钱纸和鞭炮都是过春节剩下来的，没有想到现在给卓尔用上了。

康爷领会，应声把鞭炮在院坝放了。

鞭炮闷声闷气响动，惊醒了睡梦中的鸡犬，它们立刻警觉起来拼命狂吠，村子难有宁静了。

康爷他们找来两根木凳搁上木板，把卓尔放在上面。卓尔直挺挺地躺在木板上，似乎还在思考他心中的那些未竟的事业，康爷看了看立即用一叠钱纸盖在他的脸上。

板壁上的桐油灯发出孱弱的光，照出一片灰白的世界。

屋子里大人和小孩声声痛哭，康爷见火塘里还留着热气，示意龙爷和银爷在火塘边坐下。坐在那里，他的脑袋嗡嗡不停。

"嫂子，你看……是不是……"康爷吞吞吐吐说话不利索。

夜，轻轻敲打着心门，慢慢释放干枯的浅墨，缓缓吞噬着苍白的心。

"该怎么安排还得怎么安排，是不是？"润儿明白康爷接下来要说什么。

"好的，嫂子。"康爷回答。

润儿一下子想到官立洞的那块田土。那块地是爷爷奶奶带着卓尔一锄头一锄头挖出来的，最近三四年卓尔着魔似的典当出去，现在契约上只剩下二十多亩。润儿之所以留心在意，是因为它肥沃，其他的地比较贫瘠。

润儿对康爷说："入土为安，有什么法子呢，不保就不保了吧。"

润儿接着说："留一点来一年够吃就行了，不管怎么样也不能把房子失了，这可是给文周他们的一点儿念想啊。"

康爷听着，点了点头，说："是的，嫂子。"

润儿说："开销肯定不小，算一算柴米油盐和纸扎花销应该不少。"

康爷回答说："要超度亡灵，实在是没有法子的。"

卓尔最近这几年一点一点掏空了家底，田土、山林、水塘所剩无几，润儿不止一次两次劝过，但是没有用，卓尔固执己见根本听不进去。

康爷对卓尔这几年的家底一清二楚。他担忧田土典当完了会影响文周他们今后的生活。他见嫂子如此毅然决然也就有了信心，有了底气。

润儿说："该怎么办就怎么办，你们办了便是。"

当晚左邻右舍听到鞭炮声都陆续朝马家聚拢来。邱五爷听到消息也赶来了。他在卓尔躺着的木板前点了香烛和纸钱，转身前特意瞥了他一眼，压着声音说："走了？"

润儿装着若无其事，欠了一下身示意邱五爷坐下。

"开销应该不小。"邱五爷揣测着润儿的心思说。

润儿回答："道场当然要办，七天上山斋。"

邱五爷听润儿这样一说就对丧事的花销有了轮廓，对润儿说："请个保人吧。"

润儿想，卓尔生前朋友不少，找个保人没得问题，回答邱五爷说："好的。"

邱五爷对康爷笑了笑，翘着下巴对康爷说："你提个笔。"

卓尔被镇公所任命为入郎镇副镇长，他几次推脱不干，镇长说这是区公所的安排，你好自为之。卓尔找到区长说情，希望放他一马，自己老老实实做个本分人算了，区长说："这是县政府的意思，胳膊拧得过大腿？"没办法，他只好委曲求全接了任命状，实际上他根本没有到任，上面又不是特别追究，算起来就是闲职一个，顶多参加一下镇公所在年末岁尾主持召开的治安维持方面的会议。

邱五爷家底殷实，想寻旧市上的保长位置，专门摆酒请卓尔在上面通融。卓尔劝说邱五爷不必花费闲心思，有精力做点正经事，何况眼下战火连天，等时事明朗了再说。邱五爷却认为卓尔不尽力，在忽悠他，为这事和卓尔有隙。不过事情上不得台面，一肚子气只好在心里窝着。

此后邱五爷暗暗与卓尔较劲，想从财富上压倒卓尔，趁年月浑浊不断囤积田土，地契把字笔箱塞得鼓鼓囊囊。卓尔这几年卖出去的土地山林不少，邱五爷始终没有得到一点，心想我当真"赢不过马爷"？眼看卓尔家庭日渐落魄，他起誓发咒哪一天你卓尔栽在我手里，别怪我踩人不取脚。

官立洞是一坝烂田，水源好，地势向阳，产出来的米颗粒饱满，味道香甜，在村子上数一数二。早些年卓尔典当田土时邱五爷就惦记着，不过那时卓尔留有退路，想着家小以后的日子没有出手。邱五爷这几年算是赔酸了笑脸，巴掌大的地也没有得过手。

邱五爷心想这次是手到擒来稳赚不赔。他轻轻打口哨精神抖擞，心里念道："卓尔啊卓尔，这样的好运气说来就来，我还没有做好准备呢。"

"把蚕树园子的地当了吧。"润儿说。

邱五爷听了润儿的话，气得咬牙切齿，心里直骂，真是最毒妇人心。

"只当蚕树园子。"润儿又重复一遍，

邱五爷说："蚕树园子的地瘦瘠、干烧，官立洞那里的田总是要搭一些的吧？"

邱五爷落井下石，润儿心里不高兴，但是她曲下身段，笑着对邱五爷说："官立洞的田是卓尔生前的命根子，现在他人是走了，但是还有文周他们不是？邱五爷你要是顾及卓尔生前的面子，就饶过这一回吧。"

邱五爷没有言语，之前心头盘算着这次得好好地赚一笔，听了润儿的话，感觉有黄的迹象，心里紧了一下。

邱五爷说："不行啊，现在的形势你不是不清楚，外面成天枪炮连天，隔三岔五闹人命，有几个愿意出钱安置田土的，也就是兄弟我看在乡邻的分上，给你们解燃眉之急，生意不成仁义在，就当这个事情没有谈。"说完把脚抬起来，装出一副要走的样子。

润儿见势，立马大声对身边的康爷说："他爷，没有关系，我们就请街上的弟兄们帮帮忙，哪怕就是借高利贷也要把事情办利索，大不了明年一屋老幼刨秋荒勒裤腰带过紧日子。"

邱五爷其实不想走，他早就担心这窝雀儿飞了。听完润儿的话，他重新坐下来，沉着脸调高嗓门说："问起的猪儿不好割，我本来是安心替你们分忧的，不料热脸贴上冷屁股。算了，就当我施一回善，你赶紧找个保人吧。"

邱五爷说完等着润儿回话。润儿说："他爹等着入土，我孤儿寡母就算是要还清他生前欠下的债，加上这次开销，窟窿是大，但是赶麻雀的泥巴团总是要留着。"

润儿把话说到这个分上，邱五爷感觉理亏，曲着右手说："知道了……知道了，你说得有理，按你的意思办行吧。"

乡邻见邱五爷终于做出让步，而且双方达成一致意见，都齐嚷嚷愿意作保。

润儿站起来给大家伙鞠躬，说："感谢各位乡邻怜悯我们一家，我一定记住你们的这份情谊。"指着文周对大家说："我如还不了，还有文周。"

谢过乡邻，润儿对康爷说："你提笔吧。"康爷点了点头，写下如下契文：

立出卖山土文契人马田氏，今因夫主亡故，手中空乏，无钱安葬，今将自己所耕之业一处，地名蚕树园子长单山土一幅二处、地名蚕树园子荒熟一全幅，请凭中证，出卖与邱五爷名下耕管。即日三家面议，价值抵洋一百三十元整入手现交清领明白，并无少欠分角。……自卖之后，随服承主子孙管理，出主子孙再不得异言了心断心不言今。此系两家心甘情愿，并无中证押逼。恐人心不古，故出卖契与邱五爷。子孙长发其祥，永远存券。民国三十七年十一月立卖契。

康爷把契文念了一遍，润儿画完押转身走了，也哭了。她觉得自己如此懦弱无能，对不起卓尔。

康爷知道润儿心痛家里所剩无几的家产，跟着叹息一会儿，站在屋子中央说："嫂子，我们给马爷洗理穿衣吧。"

文周接过母亲手中的毛巾，端着木盆盛着的温水，来到父亲身边跪下来，毕恭毕敬对爹说："爹，儿给你洗洗穿戴。"

文周搀扶着父亲的身体，由康爷亲自剃头，但留下胡须，然后在他的头上包上绸缎帕子。

尽管过去了一些时间，卓尔身上还热乎软和，仿佛他并没有走远，甚至就在身边。康爷摸着摸着就呜呜痛哭，文周见状，说："爷，你莫哭啊，爷。"

润儿从柜子里取出老衣老料，对文周说："你爹的这些东西都准备了有些年头了，平时他不咳不累，哪里知道他……"

康爷说："嫂子，你歇一歇吧，身体要紧。"康爷按照嫂子的吩咐给卓尔穿了七件超襟长衫，三条裤子。

润儿在十八岁那年嫁到马家，在她的心目中卓尔的寿元至少一百年。所以她给准备的腰带是一百条，清一色的断头棉线。不过卓尔享年六十五岁就只能用六十五条，剩余的三十五条润儿把它们紧紧攥在手里。

穿戴整齐了就开始入殓。文周站在凳子上把棺底垫上棉毡，在瓷枕上放好早先缝制好的三角形棉垫，把落气钱纸灰装入长方形布钱袋戴在爹胸前的衣内，然后盖上丝绸被面。

棺木是卓尔生前就做好的，按照乡俗割成三大埫，外面四周刷了厚厚的生漆，颜色光亮光亮的。卓尔似乎对这个物件很满意，直挺挺地躺着，一副对死毅然决然的样子。康爷和文周最后各自朝棺木中看了一眼，行了礼，把一条崭新的毯子覆盖在棺木上。

第二天一大早，方圆二十里的人都来了。

> ……十分才思不尽我夫滴水之恩，万千泪水难报我夫切肤之情。胸闷难耐，思情难排，寥寥数语，权泄寸寸相思之苦，且谴片片追念之郁。悲哉，善良的夫君；哀哉，痛楚的心灵！
> ……
> 安息吧，夫君！你的灵魂如同春日的朝晖永远照耀着你的子孙，保佑我马氏家族世世生息，代代繁衍，人人健康，处处平安，家家和睦。两盏清泪，尽是凄婉，忍心如斯，弃我如是，夫君，百年何几？泉穴方同。

祭文是润儿亲手所撰，满场乡邻痛哭流涕。霎时，康爷、银爷和龙爷他们七个爷举着长枪瞄准薄刀山山帽连发六十五响。天空应声雷鸣，薄刀山立刻落下倾盆大雨，只见道士振袍挥剑，"嘭"地击碎灵柩上的瓦罐，一步跃上堂屋大门枋挥指长啸：起！

起！起！起！七个爷赤膊抬起灵柩……

永诀了。润儿的心也一下子彻底散落了。

（十六）

多年过后，田氏做梦也没有想到，她戴上竹篾编成的帽子出现在入郎狭长的街子上。高帽子压得她头昏脑涨，两眼发黑。有好几次她做梦一样想去找一找那个右耳上长着肉疙瘩的团长。卓尔生前对她说过好几次，说若遇大难就去找那个右耳上长着肉疙瘩的团长。

但是她哪里能？她没有机会。

田氏默默承受一切，时间长了习以为常。公社要是召开社员大会，她就铁板钉钉地要按照民兵连长的指令去做义务劳动。义务劳动说起来比较简单，是给公社食堂义务提供柴火，但是内涵十分深刻，令人不易理解导致头脑生疼，唯有经历切肤之痛的人才可以理解得到它的深刻意义。或者用高尚的世界观去思辨，它却是接受思想灵魂的强制性改造，是一个革命过程，往深里说，就是让你蝉蜕一次。

一天，家中来了五个人，其中两个人审讯过田氏，无数次打交道，所以眼熟。田氏意识到既然主动找上门来事情可能不是那么简单，心里恐慌得咚咚直跳，那个曾经审讯过田氏的记录人员在一位县干部的示意下走到她身边说："这是从省城来的首长，他在百忙中专门来找你了解一些事，你要好好配合。"

过去这些人都是冷冰冰的家伙，田氏见着就如临大敌。她想，死鬼难缠啊，又有什么事呢？她点着头平心静气地回答说："我会的。"

首长看田氏比以前年迈了许多，但是精气神依然在，走上前握着她的手说："你就是马田氏吗？"田氏回答说："是的。"

首长很高兴，说："我是专门来看你的啊，你现在的日子过得怎么样？"陪同的专案组人员笑着对田氏说："老人家，首长关心你哪。"

首长问："以前你们家是不是有支解放军部队来住过？我记得你们家不是这个样子的，到底怎么一回事？"

田氏无言回答，只是淡淡地说："首长，一言难尽啊。"

"家里应该有一张当时写的纸条吧，还在吗？"首长打破尴尬问道。

田氏听了首长的话很纠结，她不知道该怎么样回答，是答有好还是答没有好。

真是罪过，在无数次接受审问时她就一直没有向组织交代过这件事，难道专门为这事兴师问罪？要是如此，自己罪加一等也是活该。

首长用肯定的语气说："应该是有的。"

工作人员用手比画着并在田氏耳朵上低语："你去找一找好不好？"

田氏疑惑、纳闷，今天遇着的事是福还是祸？

好半天，田氏才把一张黑黢黢的纸交到首长手上。首长接过只看了一眼，便激动起来，他说："对，就是它啊。"

田氏木讷地站在那里，大脑里回放着解放军首长当时在她们家的情景……

首长走过来站在田氏面前工工整整行了一个军礼，和蔼地对田氏说："你们家对革命有功，应该受到表彰和奖励，而且是一个慈善之家，政府应该予以支持，现在我代表组织感谢你们全家！"

首长声如洪钟，是那样真诚和蔼，在那一瞬间田氏的心间甜了。她对首长说："谢谢首长在百忙中到我们家，我们全家感谢你……"她哽咽了，再也无法继续把心中的话说完。

首长也激动了，他拉着田氏的手说："等有了机会，我一定再来。"

最后，首长又一次向田氏深深鞠躬。在那一刻，田氏清清楚楚地看见他右耳上的那坨肉疙瘩，她情不自禁地说："首长你……"她想好好看一看首长的那坨肉疙瘩……

天空的云彩是那么高远，是那么好看。

首长走了。田氏望着他远去的背影，心里在歇斯底里：是他，是他，就是他啊！

田氏想，如果有机会再见首长一次，过去的事必将一了百了。如果真的是这个样子了，就完全可以告慰爷爷奶奶和娘的在天之灵。

当然，也还有卓尔……

但是，从那次以后，田氏就没有再见过首长。

（十七）

光阴流淌，恰如薄刀山下滔滔不息的窄窄河。

田氏一直坐在院坝的木椅上，到中午太阳当顶还没有离开。她闷闷不乐。

她实在是想不通，那么大的一块地说占就要占，而且是要建一个万头养猪场。

消息在村子里的上上下下传了个遍，唯独她被蒙在鼓里，连村头大傻都比她知道得早。

那些人的脑袋里头有股线一定是接错了。她生气。

文周顶着一蓬毛茸茸的头发走进院子，她一定要抓住老天爷创造的机会问清楚那件事，不然，心里头更毛躁难受。

田氏很想问文周，为什么不把消息告诉我？但是话到嘴边却把它吞了。田氏提醒自己，还是找一个合适的理由再问。

那怎么行？操心的命如果不操心，我还是田老婆子？她身上的血液顿时沸腾。

文周见母亲坐在凳子上不高兴，小心翼翼地问："你板着个面孔呢娘，是不是有人借了你的米还你的糠？"

文周这么一问，田氏立刻数落起来："我眼不花耳不聋，你们办的叫人事？我心里亮堂着的，你们瞒得过今天瞒不过明天，瞒得过初一瞒不过十五！"

文周听完马上赔笑脸，说："娘你知道什么呀你知道？"

田氏站起来用拐杖杵着水泥地说，："准备拿那块地来干什么？是你们想怎样干就怎样干的？问一问丘二第几了么？我老婆子起码还有一口气！"

文周说："土地是国家的，国家用它干什么就干什么，难道还需要向你老人家打个响片？"

田氏急了，说："至少要让我晓得这块地是用来干什么，是种玉米，还是种蔬菜？或者是种药材？你横竖得和种庄稼沾一点边不是？"

田氏的性格一向倔强，特别是她说话时从来不喜欢别人插话。儿媳妇朵儿见娘闹情绪，就压着嗓门说："娘，你顾惜自己的身体要紧，你这个岁数的人无灾无病就是天官赐福，你莫管它拿来干什么，咸吃萝卜淡操心。"

儿媳妇这样一说，田氏心里头一下子鼓起一个包，说："你两口子是不是遭人灌了迷魂汤，地是怎么来的你们清楚不清楚，上面淌着我们一辈子的血和汗，是一背太阳一背雨拼命换来的，是你们脑瓜子发了热想用它干什么就干什么的吗？"

田氏越说越气，朵儿见状劝道："娘，你经常说土地是我们庄稼人的衣禄，我们都记在心窝窝里的，所以巴心巴肠伺候着它，生怕它瘦了荒了，但是政策是上面定的，我们又掰不弯，上面叫我们怎样干就得怎样干。"

田氏气得不行，说："叫你们去吃屎，也去？老前辈费心费血难道你们就一点不心疼？你们知道不知道漆树岰你爷爷栽过漆树，春树坪你爷爷栽过春树，蚕树园子你爷爷栽过蚕树，梨树岗你爷爷栽过梨树，茶园堡你爷爷栽过茶树，过去这些都是我们的命根子，过去我们这儿的人家，哪一样不是靠土地上的这些东西管我们吃管我们穿管我们用？"

朵儿说："知道知道，你老人家说了一辈子了，我们的耳朵都听起一层又一层的老茧了怎么会不知道，不过，娘你要替文周想一想，文周该怎么办？他也难啊，他不想干这个村民组长，你说这是给弟兄叔侄办事的好差事，不允许他不干，干了，这副担子挑起来了，你又一天咕哝这不是那不是，埋怨这没有办好那没有办好，他怎样能够甩得开膀子放得开手脚？横竖是要拿条路来让他走，时代不一样了，这个村民组长不好干。"

"我怎么不让他放开手脚干？你们是嫌我碍手碍脚吗？过去交皇粮国税该怎么交就怎么交，我一点不含糊，从不阻拦，因为那是天经地义，现在不交皇粮国税了，我们就应该把庄稼办得比以前好，我们就是个庄稼佬，以庄稼为生，土地上出什么种什么，种什么吃什么，都是上天早就安排好了的，现在的土地倒过来不种庄稼，我看是不务正业，这样下去，万一哪一天闹个天灾地灾的，拿什么来填肚子？是要把嘴巴都缝上吗？"田氏从来没有发这么大的火，这次真的是把她给气着了。

文周说："娘，种不种庄稼，上面有规划，你不要操心。既然客商看上了那块地，说明那块地的用处大，你们老前辈的心血没有白费，我们子子孙孙都是在享你们老前辈的福。"

田氏说:"我脑壳热得很,高帽子早就戴过,现在不稀罕了。凭我大半辈子的经历来说话,无论哪朝哪代的土地都应当种庄稼,这是土地的天分,管你客商不客商村里不村里,我看无论如何都不应该拿土地当儿戏,我们庄稼佬玩不起伤不起!"

文周解释说:"过去我们是在土地上种庄稼赚钱,现在我们是瞄准土地上长什么东西赚钱,总之都是赚钱,只是方式不一样,结果却是一样的。"

田氏反问说:"一样吗?土地上种鸦片烟,肯定赚钱,但是行吗,一定不行,种了政府就要敲砂罐。"

文周又解释说:"我说的和你说的不是一回事,我说的是政府支持的事,譬如办养猪场,我们在办好庄稼的同时,可以去养猪场务工,挣几个盐巴钱,大家互惠得利皆大欢喜,你说的鸦片烟是祸害人的,是政府禁止的。"

田氏听着听着急着问:"老板是哪里的人,怎么就跑这儿来,是不是这儿的地比别的地方的地要香?"

土地金贵,田氏的思想根深蒂固,她担心土地被圈了迟迟不上马,会导致大片大片的荒废。但是一想到办养殖场不会荒废土地,心里立马又亮堂起来,她说,不过得和老板谈具体,签订好合同,这样才有个抓摸处,我告诉你们一个道理,绳子拴石头拴得住,拴水可拴不住!

文周嗯嗯地回答,说:"娘,你担心得对,村里镇里的领导政策水平高,他们会考虑周全的。"

(十八)

薄刀山万仞之躯,血性刚烈。它在十万大山的大娄山脉首屈一指,难有与之并驾齐驱者。

霞光如约而至,山之国烟雾氤氲,似一湾流淌的银河。田氏打开门栓,缓慢抬脚跨出门栏,在院坝的木椅上坐下来。

山是以前的山,但是地还会是以前的地吗?田氏思绪翻腾。

磅礴的薄刀山麓,一排排木屋顶着老式青瓦,因为年华流逝,难掩它们的龙钟之态。新修的几栋砖房,零星散落在翠绿的金竹林中。椿树、柏树、杉树排列在窄窄河两岸风姿绰约。田氏的皱眼在那些景物上跳跃，心头涌起一个念头，我要去那里，一定要去那里看看。

那个地方田氏无法割舍，一辈子，永远。

青山环绕，土地上大大小小的井字格状耀眼夺目。若干年来，这些土地由各家各户自由耕管，曾经写满了人间快乐，村人至今还在津津乐道。几十年的光阴过去，土地格局迄今依然。

窄窄河常年清澈无比，河水从峡谷咆哮而来，曲曲绕绕将入郎这块大坝分野南北，之后义无反顾昂扬东去。河畔上的龙骨车隔三岔五就有一架，叽叽咕咕忙碌无暇，它们要等到田野里谷黄米熟了方才作罢。

马氏家族最初在这里开荒劈草，建设家园，继而繁衍子孙，这些都已经成为历史，如今集镇从入郎搬迁到别的地方去了，过去人声鼎沸的景象不复存在，繁华的街道化为乌有，就是居住在这里的人家也稀稀落落，至于土地也不再是种庄稼的地，这里所有的一切物是人非了。

田氏对这片土地有着深刻记忆，在以粮为纲的年代，入郎红旗招展，莺歌燕舞，大集体的力量把一坝玉米地变成了万亩大田。那时，村人愿意为一颗白米饭而死，就是不愿意为满碗玉米面而生。由于窄窄河河床低，不能灌溉入郎所有的稻田，为此专门在山垭口修建了一口山塘，却是白天晒太阳，晚上装月亮。村人不甘心，在窄窄河上游凿通崖壁修了一条堰渠，从此水流终日汩汩作响。流水声成为田氏心中的记忆，她刻骨铭心，每次到这里来都要悉心听一会儿。这于一个世纪老人来说，不失为一种最好的心理疗愈。

田就是田，地就是地。田栽稻谷，地种玉米。这里的田地过去有几十户人家耕种，面积是土地承包到户时生产队按人七劳三划定的，由各家抓阄而定，大家心里都达成默契，至于土地的肥瘦、水源是好是歹凭自己的手气各安天命。

这块高山间的坝子，自从有了堰渠灌溉以后便成了旱涝保收、数一数二的上等田土。当初田土划到户时，大家之所以都鼓圆了一双眼盯着，道理其实不言自明。

光阴从来不开小差，也没有开玩笑。20 世纪 80 年代第一批外出务工挣了钱的人在县城买上商品房了，紧接着 20 世纪 90 年代读书毕业的孩子就业了，即使老老实实在家办烤烟赚了钱的也都把钱扔到县城买商品房了。近几年来送孩子到县城读书之风盛行，一些家庭不得不在县城租房照顾孩子读书。世风如此，需求与时髦相互交织难辨对错。总之各种原因外迁的人口年复一年增加，大片大片的土地杂草丛生，沦为野兔和山羊的乐园。

在早些年头，烤烟大户可以用二百斤玉米做租金换得一亩地办烤烟，大家你情我愿皆大欢喜，后来渐渐地演变为人情世故，用鸡鸭或者腊肉就可以互换一亩地甚至更多地。现在更是不一样了，土地成为大多数家庭的包袱，一种负担，人们对土地的荒芜见怪不怪，已经习以为常。

唯有田氏老人，只要走过那些长满丛草荆棘的土地，她就拼了命数落张三家或者李四家。在她的眼里，烂贱土地，就等同于对祖宗的不忠不孝。她从年轻时起，就最看不惯哪家平白无故地把土地给荒了。虽然现在老了，但是一旦看见那些荒废的土地，她的脸色就青一块紫一块，甚至于还骂娘。

文周经常对田氏进行防范，阻止她到那些荒芜地方去，生怕她弄出一点意外。

田氏有时感觉自己真的是老了，她经常在问自己，现在这些人都不稀罕土地，是不是国家真的发达了？

文周时常劝田氏："时代不同了，你少操些心，别人家的地种不种关你什么事，人家有吃有穿过得舒服就行。"

田氏想也是，文周的话不是没有道理。把自己气病了兜里医疗卡上的钱还不一定够花。但是她的脑壳还是痛，过去不是讲人哄地皮，地哄肚皮的么，难道这话现在过时了？文周对田氏说："八仙过海，各有神通，你看看，荒废土地的人家是不是都过得差？"

田氏心里清楚，自己越来越看不清世道了，好多心里话秘密般藏在心底，不敢轻易告诉别人，哪怕是儿子儿媳。她有时想干脆妥协，荒就荒了吧，不光自己管不来，关键是压根无法管。心痛是肯定的，可是毕竟是别人家的土地，愿种不种，唯一能够管一下的是自己家的那点。她对儿子儿媳说："我是入了半截土的人，自己下不了地，搭不上你们的手，就是嘴巴臭，其实我清楚，说也是空说，那些土地你们能够耕种的还是尽量去耕种，荒了喂蛇怪可惜，免得被别人说闲话。"

田氏总是对自己家的土地充满信心。她们家的土地总共二十多亩，她从来敝帚自珍，每年过完春节，她便吆喝儿子儿媳妇赶紧打整田土去，该挖的挖，该犁的犁，千万不要错过春播季节。秋收的时候，玉米个大粒满，堆满了整整一堂屋，连屋檐下也挂上一串串金灿灿的玉米。田氏见着这些，打心眼里高兴，就会心微笑。儿子儿媳妇一年辛苦到头，图的就是让田氏在这个时候多笑一下。她心满意足了，笑得一口牙齿金光灿灿。每年收完了庄稼，她都要像这样开开心心笑一次，然后再叮嘱一次，说世间万事万物都有灵性，这叫将心比心，好心才有好报。

那天，村主任带着几个人把家里的桌子围了一圈，讨论土地的租用年限和费用，随后文周也骑着摩托车跟着去了村委会，直到大半夜才摸回家。田氏躺在床上隐隐约约中听到儿子回来和儿媳妇在说话。文周说："这个老板真是大方，是个有实力的主，上下二坝从岩夹大坡直到桐梓坡的地全租了"。媳妇问："官立洞和茶树坪的地都租了？"文周说："租了租了，一点都不剩余，以后追麻雀的泥巴团都没有了。"

清早起来，田氏照例把儿媳妇递来的油茶喝了，慢条斯理问文周："怎么叫租了？你们在打什么算盘？"文周一五一十告诉母亲，村委会引资建一个生态养猪场的事基本定下来了。

听文周把话说完，田氏哦了一声，她想，要在一百亩的地上建一个生态养猪场，是个什么神仙？她的脑海里立刻浮现出一件往事。那是一个空前的壮举，僻远的乡村闻所未闻。为了筹备全省养猪现场会，县长急中生智把全区的生猪在半个月之内集中在养猪场。大大小小的生猪从养猪场东头进西头出，形成排山倒海的生猪大军，把浩浩荡荡的参观人群乐弯了腰。在那个风风火火的年代，谁愿意落伍？

田氏至今记得，家里那头半大不小的猪崽也被捉了去，它跟在猪群队伍里哼哼唧唧不知其所以然。田氏心急如焚，担心猪崽会在现场会结束后被上缴，于是急中生智在猪崽出发前极残忍地在它的大腿上戳了个小洞，因为瘸了腿而躲过一劫。那件事对田氏来说，至今记忆犹新。

田氏摇晃着一双小脚匆匆行走，一副大难临头的样子。终于走完三里地，在一棵大柏香树下停下来，用手梳理了一下花白的头发。过去这里的地十分丰腴，眼下面目全非了，她家的那些地也荒芜了。土地承载了她很多心血和汗水，她看着看着心里不是滋味。泥土被搅翻，新土上堆着一堆堆钢筋和水泥，机器声咔咔响个不停。她心乱如麻，扯住早上出门时儿媳妇给她新换上的青布素衣，直把一双脚在地上一下一下地跺。

曾经这里有大大小小的堰渠如蜘蛛网般布满田地，春暖花开时节，清流的浇灌使得田边地角的花花草草恣意生长；到稻禾抽穗季节，一股股香甜随风荡漾。这印象刻进田氏的脑海里，而且生根发芽。

田氏对这片田地烂熟于心，谁家和谁家的地连界，谁家的在东头，谁家的在西头，甚至谁家的田不保水，谁家的田多蚂蟥她都了如指掌。

田氏踩着高跷似的小脚终于到那块地了，大老远就闻到新挖的泥土释放出的清香。她停下来，搭着凉棚东瞧瞧西瞧瞧寻找自己家的那块地。可惜以前地上的沟沟坎坎不见了踪影，用碎石砌的地界也没有了，整个一片地完全换了新面孔。

在哪儿呢？在哪儿呢？田氏吃力地寻找她家的地，嘟哝着，样子极其吃力辛苦。

塬上微风曼舞，徐徐漾在她的脸上。她抬起足尖慢悠悠旋转，在地上画了一个圈。距离她要去的地那么近却又是那么远，她揉了揉浑浊的眼，打算再继续往前走一会儿，看一看这片土地到底变成了什么样子。

和偌大的田园相比，田氏瘦弱的身躯显得微不足道。这个满腹忧虑的老人决心沿着大坝的边缘转上一圈或者两圈。事实上她根本不可能。原因简单而明了，她无法做到。仅仅一会儿工夫，吭哧声如拉风箱似的连续不断，这就等于把她起初的设想彻底粉碎。她安慰自己说："没关系，走不动就慢慢走，反正走一点是一点。"

文周去年满七十周岁，原本打算泡一次生日酒，为此专门喂了猪和羊。猪是自家一勺一勺地喂，羊是一把草一把草地丢，两者都长得光生生膘肥体壮。田氏一天天盘算时间，一有空就去猪圈羊圈里揸开大拇指和食指卡一卡畜生们的长势进展。

运气背了喝水也塞牙，在酒席行将举行的前两天，村委会老肖主任带着一纸禁酒令来到他家，泡酒的事就这样黄了。不办就不办，可气的是当时把文周教育了一顿，意思是让他做个示范，真正的意图是拿他先开刀。文周愁眉苦脸点着头答应带头不乱办酒席，心里却有一股火，硬生生把他那一蓬头发弄得像一团乱麻。

文周实在想撂下村民组组长这副担子。原因说起来简单，扯不开场面。它不光耽误干地里的活，关键是三不五时要接待南来北往的人。村里镇里来的干部在他这里交代个一二三就打道回府了，他则不然，他要组织召开村民会，当好传话筒。他感觉这样周而复始，实在有点腻。自私一点说，一年下来，家里的酒总是比别人家要多喝几坛。田氏好几次呵斥，说你怎么不干？君子门前三千客，瘸的跛的都要得，多给弟兄叔侄办事有什么不好？文周碍于田氏的情面，辞职的事窝在肚子里再没有提过。

孙子光远长时间没有回家来，田氏心里十分惦记。她好几次问朵儿："光远他过得好不好？"朵儿回答她："过得挺好的，你尽管丢心落肠的就是。"

官立洞的那块地，是文周爹离开人世时田氏誓死捍卫才保留下来的，手上捏有政府发的土地证。倘若只是到地的边缘上，直线距离超不过六个里程。以前从家里到那个地方只有一条羊肠小道，落雨天怪泥泞。就是这条路，耗尽了田氏一辈子的心血。不过，那时她年轻，算不得一回事，按她的话说，把屁股一撅脚一抬就到。几年前村里扩修公路占了一块，村上要给一点补助，田氏对文周说修桥补路如修行积善，要什么要？

客商建养猪场有了动静，田氏每天就要去那里一次，她把它当作必修的功课。文周只要看见田氏出门，就叮嘱说："娘，你一定要小心些。""娘知道，我又不是三五岁的小孩。"每次文周提醒她都这样回答。

田氏岁数大，辈分高，村人伤风感冒头疼脑热只要她一个单方偏方就解决，视她如活菩萨。每当她出行，老远就有人叫她老祖婆，叮嘱她走路千万小心一些。她乐呵呵地对年轻人说："天气好，去活动一下老骨头。"

从前的集镇老早就黯淡失色，街上的公路很早失修，晴天一身灰，雨天一身泥，即便拖拉机也常常扎胎，运输费用高得出奇。田氏把气出在文周身上，有时连村委会老肖主任也不放过，说："入郎这地天不管地不管谁管？"老肖一次次吃灰，壮着胆子在镇人代会上提了议案，镇政府在县政府的帮助下，对原有公路进行水泥硬化，并且加宽到六米。路从自己家院落前过，田氏常常一个人看着亮铮铮的公路发神发呆，她想，这世道也是，一辈子都遇着不顺心的事，日子却又总是一天比一天变得更好，眼前这日子过的就差不多是天上人间，古人做梦都没有想到。她调侃自己说，要是那时候有这样的路，哪会那么造孽？言语中透露出年轻时生活的辛酸。

文周把电话本翻了个遍，逐一通知在外买房租房的家庭赶快派人回家。他在电话上告诉大家，客商租用一亩地一年租金五百元，这是一家一户的事，要和大家一起来协商，愿意的就回来签一下字，不愿意就甭回来。给每一户打完电话，生怕耽误了大家的事，又补充一句最好还是回来一趟。

这件事把文周忙得脚打屁股，朵儿说："你真是白费劲，那些在外面的人宁愿在麻将桌上搓几把也不一定稀罕那几个小钱。"

田氏插话说："说是那样说，那些土地荒也是荒了，多可惜，现在有人看得上眼，不嫌弃它，就要知足。"她对文周说："关键是你要把道理给大家讲透，劝大家不要高高的喊骡子价，只要土地不荒，比什么都强。"她的声音越来越大，"过去老一辈大老远来选择这个地方就是看重这里柴方水圆，图能够活口命，图日子有个奔头，这地，得把它用起来，要我看，只要不荒地，何必要人家的钱？送给人家何尝不可？"

在外面的人家接到电话纷纷回来了，有的甚至是从省城租车回来，可见他们心里还是有那块地。也许，在他们心目中地不重要，钱很重要。也有可能是这样，钱不重要，地很重要。

和往常一样，村民集中在文周的院落里开会，一来这里在寨子上属于居中位置，二来文周媳妇烧的油茶酽、香，添得勤，下油茶的糖食果饼多。文周直截了当向大家通报客商租用土地的时间年限、每一年付给租金的时间和方式。

会议的气氛很热烈，有人提出土地租金应该一年比一年涨一点，不能老是一个价。说到底，这些人还是心疼钱。

田氏也旁听会议。她关心的是那块地在若干年后还是不是地，至于租金多与少她不关心。她说："我是不是可以附和几句？"开会的人都是她的小字辈，大家说："你老祖宗才是我们的主心骨，还是要你活菩萨说一句才行。"

田氏说："我就多嘴多舌了。"她说："办养猪场租金当然要有，不过这个不是事，田土多的租金多一些，田土少的租金少一些，大家要想得通，不要在这个上面计较，我现在的想法不一样了，前面我只是关心土地不荒废就行，现在我心里增加了一个疑问，村里镇里还有客商到底想清楚一个问题了没有，养猪场一旦修起来，就不是一朝一夕的事情，污染水和空气一定是避不开的，再说养猪场万一哪一天办不下去了我们的土地找谁要去，恢复土地的成本谁来承担，进一步说，土地还能不能恢复得过来，这些才是大事，要把它黑字落在白纸上，不能第一脚就踩虚空了。"

田氏把话说完，大家异口同声说："老祖宗多见太阳多见雨，她不说我们哪里知道这些深奥的道理，听活菩萨的话不会错，我们不会吃亏。"

会场议论纷纷，都说入郎开过的会难以计数，这次和改革开放土地下发到户那次开的会一样算得上一回有意义的会。

文周等大家把话说完，高兴地说，听了大家的发言，看来都愿意出租土地，租金也没有异议，主要集中在环境污染和今后土地恢复上，我觉得在理，请大家放心，我会如实向上面反应，等有了答复，我及时把情况告诉大家。

田氏最后叮嘱文周说："你千万不要当罪人，该反映的要及时反映，这些问题事先解决不好，真的就是罪人。"

过了一段时间，养殖场项目被搁置了，原因是没有通过县环保部门的调查评估。田氏听到消息顿时内心空落，她想，曾经绿油油的庄稼地真的一文不名了？

（十九）

奶奶在这个世界上浮沉了一个世纪，耕耘不辍百余年。她亲历清、民国和新中国几个历史时期。光远一刻也放心不下她，春节特地回家过年。

光远一进屋子，田氏迫不及待地把他揽在怀里。

田氏问："光远，还有些人没有回来？"

孙媳妇立马回答："奶奶，我们在这里。"

原来，光远他们是从省城自己驾车回来，光远见奶奶心切，停下车先跑进屋里，媳妇带着孩子在后面收拾行李，进屋晚了一步。

田氏把他们一一揽在怀里，激动地说："我的孙孙些，你们都把奶奶搞忘记了，奶奶还在的哟，我还要替你们祖祖和爷爷活啊。"

和奶奶拉了一会儿家常，光远带着媳妇和儿子来见娘。娘连夜连晚春汤包面，推磨打浆，蒸米酒、粉米皮和泡粑，到现在还在忙着。娘说："难得过一次团圆年，给你们炸些酥肉和丸子，都是些稀奇物，在城里不容易吃到。"

过年猪早在腊月二十杀了，灌好的香肠和熏好的腊肉挂在厨房炕架上，一串一串的，儿媳妇反复看了看对娘说："办这么多，一年吃得完吗？"娘回答说："一年栽秧搭谷和犁田挑粪劳动强度大，总是要吃好一点，平常要招待镇村领导和一些南来北往的人，这点不算多，下半年还要到街上买一些新鲜的添着吃。你们回去时带些去，叫你们的朋友也尝尝我们这里地地道道的味道。"

大年三十这天从早上开始，光远媳妇就帮助娘在灶台上忙，她们要煮年夜饭和祭祀祖先的酒肉饭菜。

堂屋里发出哐哐当当的声音，光远循声而去看见爹正在打散钱和长钱。光远虽然从小在农村长大，对这些旧习俗不懂，对爹说："这些太老套，城市已经时兴烧冥币了，面额有上千上万的，甚至还有烧小车和飞机的。"

文周听了有些生气："你懂什么？祖辈传下来的就是这规矩，不按规矩来，老祖宗收不到，用不到，烧什么都没有用，就是烧一架飞机一幢别墅也没有用！"

文周对光远说："散钱和长钱不一钻一钻地打成什么讲究？机器印刷的冥币是美观漂亮，但是老祖宗些习惯了手工打的钱。老一辈的传教，草纸要上等的，一刀刀地把纸裁整齐规整，再用钱钻在上面一钻一钻打。"

文周生怕光远不懂，一字一句说："散钱要拿专用的小弧形钱钻打，打三行钱，叫单钱，每行五至七对钱眼，打单不打双，散钱就像铜钱一样。长钱是专为石匠、木匠和医生这些手艺人烧的钱，也是打三行，打单不打双，但要开两只脚，意思是钱的底下有两只脚可以走路，相当于万能币，手艺人经常都在外面走，走到哪里都可以用。"

年夜饭好了，文周在堂屋神龛前燃香秉烛，献上饭和酒肉。酒斟三巡，把神龛上的磬轻敲了三下，轻声道："奉请列祖列宗吃年夜饭。"在给列祖列宗下跪时，文周对儿子和孙子说："跪礼时有什么心愿就说，让祖宗听听。"

光远侧身看一眼儿子，说："你有什么心愿就在这里许吧，比什么地方都要灵。"

光远见儿子许了愿，就问："你许的什么愿？"

儿子回答："我给祖婆许一个，给爷爷奶奶许一个，给爸爸妈妈许一个。"

吃完年夜饭，文周带着光远到山上的坟前焚香点烛、化纸钱、放鞭炮。

光远忽然间冒出一个疑问：还有其他的祖宗坟墓呢？这个疑问本来很早就有，不过那时稀里糊涂没有在意，也没有寻根问底。

文周回答说："其他祖宗的坟远在天边边地角角，他们的钱也是准备好了的，祖宗虽远，祭祀不可不诚，给远方的祖宗跪一个吧。"说完，文周和光远面朝很远很远的地方连跪三个。

文周对光远说："你的祖婆在很远很远的地方，你的祖祖也是，那个地方就在太阳落脚的地方，那里非常温暖。"文周说得凄楚，眼眶润润的。

上完坟，光远带着媳妇和儿子沿着公路散步。光远从十五岁就在外面读书，从小受奶奶的影响，对医学有浓厚兴趣，高中毕业考上北京一间大学的医药本硕连读专业，在国外深造读完博士回来后在省城注册了一家制药公司。

在光远的记忆中，儿时吃完年夜饭，上坟焚香秉烛人头攒动，鞭炮声此起彼伏，现在没有这种景象了，显得十分冷清。

光远觉得索然无味，回到家独自坐在门口看着天边，沉默着。

文周问光远："我们祖辈的规矩是三十夜的火十五夜的灯，过年就要高兴，你发什么呆？"

光远回答说："好冷清，没有以前热闹了。"

文周说："逢年过节还好一些，平时就更冷清。老集镇从民国到改革开放住过府州大员，三教九流在此云集，真是名扬天下，不过后来说搬就搬了，只剩下了一堆废墟，时过境迁，现在赶集都要去十公里以外的地方。这几年易地扶贫搬迁迁走了一部分，在县城买房租房的又走了一部分，过去住着上百户人家，现在只有几户人家，气数尽了，再也回不来了。那些搬出去的人如果有情有义，清明节还回来给他们的祖宗插支香，其余的人彻彻底底把这里忘记了。"

文周这一说，光远的心里越发孤独。很多年没有回老家心里朝思暮想，心心念念的老家就在眼前却又始料不及。他意识到，真实的农村和城市之间存在分歧，而且分歧越来越大。

田氏就像一部留声机，她要把白天没有说完的话在夜里继续说完。她对光远说："你就像一条书虫，书也是白读了，只晓得一天就闷在城里，对乡下不闻不知，你看到了没有，现在天也空来地也空，庄稼没有人办了，大片大片土地都荒了。"

光远安慰说："土地荒是暂时的，说不定国家哪一天就会扭转过来了。"

田氏说："过去的土地种庄稼，现在的土地办养猪场，一办一大片。我就不相信，养猪场能够世世代代办下去，关键是养猪场哪一天不办了，土地上面的水泥、钢筋怎么办，今后那些去城里的人要回来办庄稼怎么办？"

文周说："养殖场不是没有通过环保评估吗？办不成了。"

田氏说："办不成倒是不污染环境了，但是成片成片的荒田荒土怎么办？"

文周说："一时的，有了核桃还愁没有棒棒捶？"

光远接过话说："奶奶，爹说得对，有了核桃还愁没有棒棒捶？"

田氏眯了眼问光远："难道你有门路？"

光远点了点头。

田氏说："你不要当弹花匠的女——光会弹（谈），要拿实际的东西来说话。"

（二十）

去看看。为了这个结果光远思考了一整夜。

清晨的入郎，千峰环野立，窄窄河碧水如镜，青山浮水，倒影翩翩，两岸景色犹如百里画廊。院落边，梅花独步早春，花苞在寒风中带伤开放，枯瘦的枝条孕育出美丽的梅花。光远深深地被梅花震撼，由衷地念起了古人那句"墙角数枝梅，凌寒独自开"。

他别一把山斧，带着妻子和儿子钻进窄窄河上游的峡谷。溪水穿山破壁，砰然万里。往里走，从山顶上倾泻下一帘瀑布，好似一匹漂亮的绸缎从半空中飘落下来；露出云层的群山似岛屿般一簇簇一抹抹的悬浮着，有的山挑着几缕乳白色的雾，雾霭里，隐约可见一根细长的线。

从来没有见过如此美的景色，妻子和儿子陶醉其中哇哇大叫。路十分跳跃，一会儿在溪边，一会儿在荆棘丛中，有时相互拽着一步一步往前挪。妻子说："这么个好地方，即便是仙境也少有，如果是在城郊，或者连上一条高速公路，不知要吸引天下好多南来北往的游客。"

妻子的话说到了光远的心坎上，他接过话说："青山不墨千秋画，绿水无舫万古情，事实证明，再好的酒也还是怕巷子深！"

一路穿行，美不胜收。与其说是在欣赏美景，倒不如说是在接受大自然的洗礼，是一次心灵的遨游。

清风拂袖过，弦音抚琴生。光远在心中反问自己，这就是天底下的僻壤吗？自己生于斯成于斯，为什么对它如此陌生？累了，他示意妻子在一块石头上坐下来，说："你好好看看，百年以后要来这里清脚迹的。"

妻子不明白什么意思，问光远："什么意思？我不懂。"

光远说："这话是老前辈传下来的，说人死之前要把走过的路再走一遍才能够升天，叫作'清脚迹'，所以你得好好看，记在心上，免得今后迷了路。"

妻子连声哦哦，说："我已经被景色迷住了，是怎么来的都忘记了。"

光远说："为了加深你对这个地方的印象，我有一个设想。"

妻子问："是个什么设想，说来听听？"

光远说："晚上告诉你。"

傍晚跨进家门，光远遭到奶奶一顿数落，说："到处野，去哪里了？"

光远笑嘻嘻地对奶奶说："你不是说我是一条书虫吗？所以去山坡野地走了一走。"

奶奶抓着孙媳妇的手细细一看，全是荆棘抓痕，心痛地说："也不小心一点！"

夜里光远躺在床上，反复回味奶奶的那句话，心里五味杂陈。对，自己就是一条书虫，一条对社会无所用的书虫。祖辈曾经视若生命的土地现在遍地荆棘丛草，村人不再日出而作、日暮而息，告别了旧有的观念和行为，自己为什么熟视无睹？他有一种强烈的意识，眼前的农村现状就是十头牛也难以拉回来了。

清早起来，光远在院坝打了一个哈欠，妻子知道他一夜未睡很疲倦，走过来盯着问："今天就不再去了吧？"

光远回答："祖辈用双手刨出来的地，得去好好看一看。"

父亲看光远一脸惺忪，也劝他休息好了改天再去。光远甩了甩胳膊说："时间不等路头人，今天一定得去。"

数日里，光远和妻子在父亲的带领下走遍田边地角，林河沟渠，记下土壤结构、海拔高度及水源状况，每晚挑灯夜战悉心整理。到春节假期结束，完成了一本厚厚的《入郎考察记》。回省城前，光远把《入郎考察记》摩挲了一遍慢慢装入口袋，文周拉长眼睛瞟了一眼，假装什么也没有看见。

光远一步一步实施计划，在回到省城后第一时间就把《入郎考察记》邮寄给自己的恩师——全球消化道肿瘤专家、丹娜法伯癌症研究院胃肠瘤中心主任阿卜杜勒·卡拉姆先生，同时附上种植中药材研制抗癌药品的想法。阿卜杜勒·卡拉姆先生随即回信，说入郎的土壤和气候环境很适合淫羊藿、红豆杉、三重楼等一类中药材的种植。光远高兴得手舞足蹈，对妻子说："大战在即，你不鼓励我一下？"

窄窄河淌着无名花瓣，昼夜东流。土地上长着青草，开着小花，文周和妻子开始了新一年的忙碌，田氏说："一年之计在于春，错过季节土地就要喂蛇。"

阳光恹恹的，村委会主任老肖到家中告诉文周一个消息，说上级正式通知养猪场停建，这下把搞得到嘴的食弄丢了，解决土地撂荒的事又无着落了。言语间带着不舍、惋惜。这些话让坐在一旁的田氏听了，她的心率陡然飙升。

田氏站起来气冲冲往门外走，边走边说："土啊，你的命为什么这样苦啊？"她又转身回到屋里继续发牢骚，说："荒了好，荒了就吃蛇。"

老肖看见田氏不高兴，心里愧疚，说："老人家想开些，田土这样宽阔平展怎么会荒呢？我们只是暂时缓一缓，要在下一步招大商，招好商。"

看着老肖返程的背影，田氏把嘴噘起来，说："多承你们做点人事好不好？"

田氏不言不语，甚至饭量也大不如从前了，她追问文周："是不是我的嘴太臭？"

文周回答："不是的，娘，养猪场要是建在窄窄河上游，下游的人整天吃粪水你说冤不冤？你放心，没有人责怪你，你该吃就吃，该喝就喝，再说当初你不是也不愿意建养猪场的吗？"

田氏说："我不愿意是有理由的，我的意思是说建养猪场并不是不好，问题是哪一天养猪场不办了那些钢筋水泥怎么办，还有土地水质污染了怎么办。"

文周说："现在不是停下了吗？你还担忧什么？"

田氏说："可是土地又要喂蛇了。"

晚上文周放在桌子上的电话响了，是光远打过来的。电话那头说养猪场租赁的地他要全部接手，土地租金按原来的不变，先给各家各户吹股风。

田氏听了狠狠瞪了儿子和儿媳妇一眼，说："小崽子兴什么妖呀？"

文周敲了敲手机回答说："他没有说。"

田氏又开始噘嘴，见谁都有仇。

过了几天，盼星星似的终于盼来了光远，田氏把他拉在身边留心他的一举一动，生怕别人抢先一步得到一丝信息。

光远把奶奶搀扶在凳子上坐下，说："孙儿有事还不先禀告你吗？"

改天，田氏看见村委会老肖主任来到家中，和光远把土地租赁年限和土地租金说了大半天，她时刻留心光远的一举一动。光远把老肖主任送走，单独和父亲说了一席话。文周面无表情，说："投资不是三文两文的事，你爹连皮带肉就一百二十斤，帮不上你啥忙，你自己要拿捏准。你奶奶心痛土地，但不是你一个人能够解决的，再说省城公司办得好好的，为何非要走这一步？"

田氏听到光远在入郎投资的信息，乐得合不拢嘴，说光远身上流着马家的血，随他爷爷。她拔高声音盯着文周和儿媳妇说："过去我们拼了命争取土地，今天的人却主动放弃它，当初要是没有土地你不睡荒山野箐？"

田氏把话说完，儿媳妇马上接过话，说："娘，你是不是在拿我们当出气筒？我和文周是规规矩矩把庄稼办好了的，那些荒田荒土又不是我们家的。"

田氏回答："哪敢说你，你要是不办地，还不把我气死！"

光远认为奶奶说得对，离开泥土，你就是没有根的浮萍，你的来路历历在目，去向却一点不明。他的大脑里浮现出一个哲人的话，哲人说：车轮追逐日轮，日轮在远处山梁上喘息；车轮眼看就要追上，日轮却又跳到更远的一道山梁上。我们毕竟比夸父聪明，于是干脆停下来，徒步走向一个小山包，用目光追逐落日。

亚南制药集团从事抗癌药品研发，利润名列省内企业前三强，在十多个县建有种植基地。光远这次在入郎投资，不再是建单一的种植基地，而是要使其成为融种植与加工于一体的实体公司。

消息传到镇长的耳朵里，他在一个星期天专程来入郎实地调研，第一眼看见光远就亲热起来，打着哈哈说："我正愁得像热锅上的蚂蚁，没有想到你就来了。"光远回答镇长说："我一个本乡本土人，不给你添乱就好。"

镇长说："不是我感谢你，而是全镇人民感谢你，有你这一招目前乡村发展乏力的实际难题不就迎刃而解了？"

光远说："镇长格局大，我这小儿科在你眼里就是办家家，今后还望你高看厚爱。"

光远带着镇长在窄窄河两岸看了种植的中药材，镇长激动不已，他站在窄窄河大桥上对村镇干部说："乡村发展没有产业支撑很难，产业没有政策维系同样难，这里面涉及许多问题，需要大家一起解决，比如水电路由谁解决，项目方面谁解决，我看一个萝卜一个坑，一层火来一层炕，你们都是明白人，我点到为止。"镇长把在场的人扫了一遍说："我是点了人头的，希望尽快听到你们的回音。"

光远听了镇长的话心里暖和，心想何不顺水推舟让镇长再干点什么呢？他灵机一动对镇长说："镇长难得来一次，还不如去窄窄河上游看看？"

镇长回答得干脆："好！你投资中药材种植加工，办在我的心坎上，办在全镇人们的心坎上，只要有利于发展，只要法律政策允许，只要我个人能力办得到，你提啥要求都可以。"

本来天色已晚，光远如此盛情邀请，自己又有言在先，镇长只好硬着头皮答应下来。镇长说："我明白你的意思，不过今天只是粗略了解，去上游找个合适的地方看一看，你到时大致做个描述吧。"

光远觉得有点难为镇长，但是既然在入郎投资，就有一整套的设想，再说镇长是全镇人民的镇长，不可能天天守着一块僻地浪费时间。他对镇长说："真是对不起，让你这么费心。"

镇长说："工作嘛要干就干个够，我就需要你这种干事的拼劲、闯劲。"

来到山崖边，光远指着眼前的丛丛远山打开话匣子，他向镇长介绍说："这里谷深涧幽，水秀林碧，溪涧潺潺，绝壁万丈；早晚景色各不同，早上，云雾缠绕，山中有雾，雾中有树，树中有露珠；傍晚，在夕阳照射下，群峰熠熠闪光，笼在片片金色里；这里的雾若有若无，时隐时现，不知何时出现，也不知何时消失；云雾翻滚，群山时隐时现，变幻莫测，难辨天上人间。倘若顺溪而行，闻水鸣而不见瀑，有嘈声而不辨物。两岸峭壁，两岸飞瀑流泉，有的自峰顶一泻到底，有的循山岩一瀑三叠。每当下雨时，岩下可听到人喊马嘶的声音。光远指着最远处说，山峰立地顶天，有的像铜墙铁壁，巍然屹立；有的如危石累卵，摇摇欲坠；有的若盆景古董，玲珑剔透……"

末了，光远摇着头一连叹息道："可惜偏僻，没有开发。"

镇长会意说："我懂的，要把这张蓝图画美，需要我们共同泼墨。"

临别镇长和光远握完手，饶有兴致地说："今后我会常来，而且会定时来，你不会烦吧？"

润远中药材种植加工有限责任公司专门从事淫羊藿、红豆杉、三重楼种植、种源繁殖及种子、种苗加工销售，为亚南制药集团提供研发原材料。一度荒芜的土地重现生机，一畦畦淫羊藿、红豆杉和三重楼青枝绿叶随风摇曳。

光远把目光深深植入厚实的入郎，他承包了所有的土地，按照每一块地的土质、水源对中药材的适宜情况划分出若干种植区域，对外招聘能人管理。山潮水潮不如人潮，搬迁进县城的人重返入郎，他们在自己承包出去的土地上务工，有的看到商机，携家带口把过去闲置的房屋翻修出来办农家乐、开客栈。沉寂了多年的入郎回来了……

一轮红日喷薄而出，光远搀扶着田氏在清风中散步，他指着通往高速公路的迎宾大道问奶奶："你看见了对面那些金光闪闪的东西了吗？"

田氏眯着眼说："怪刺眼的，那是什么家伙？"

光远说："是'欢迎您来入郎'的巨型旅游宣传牌，它在那里迎接天下游客。窄窄河上游的旅游开发完工了，来这里旅游的人就多了。"

田氏问光远："开发旅游不是要花很多的钱吗？钱从哪里来呢？"

光远告诉田氏："这是国家投资的，是政府给的钱，现在我们国家不缺钱，最需要的是发展。下一步游客要在这里看山看水，看土地上的中药材风光，还要在工厂参观药品制作工序，体验药品对人体的益处。"

田氏停下了脚步环视四野，高兴地说："发展真好！"

城里的人早已经找不到来时的路，乡里的人却天天在拍打身上的泥尘。文周在一间屋子里把村史溯源、发展概况、村内大事记、好人好事以及生产工具、衣食住行等用实物展出来，俨然一个村史馆。他的想法很朴素，就是想用一件件物品承载历史，用一幅幅图片记录进程，用一处处实景浓缩记忆。他之所以这样做，于一个行将远离人世的老人而言也许心有所寄。

春和景明，山青了，地润了，花开了。亚南制药集团自主研发的抗癌新药"仡阿娇"由国家药品监督管理局批准上市。消息传来，鞭炮声响彻云霄震破入郎。

而此时，田氏伫立在窄窄河大桥上正放眼望着一蓬蓬生机盎然的绿，她一遍一遍地呼唤心中的卓尔："夫君，这里依然是一片沃野。"轻轻地，那么温婉……

后　记

　　那是一条陈年街子，十里八乡的乡亲每逢三、六、九就要去那里赶一次场。

　　从街子的中间斜坡拾级而上，就是一栋苏式建筑物，看起来非常庄严。这建筑物就生长在黔北高原，是中国最为基层的一级乡政府。在乡人的心中，它一年四季蒙着一层神秘的面纱，无事不敢轻易造次。我则十分有幸，在20世纪80年代就在这栋建筑物里拥有一间房，外做办公室，内做寝室。关键是可以坐在藤椅上向前来办事的乡人做一些工作或是生活上的询问，小模样叫很多人羡慕又可气。我基本没有顾及别人的感受，在这里生活得相当理直气壮。我是这栋建筑物的秘书，被称作"管家"。乡里书记对全乡经济发展、社会治安等运筹帷幄，发号施令，我则管一乡柴米油盐。这样的差事对于一个二十来岁的年轻人来说正好恰如其分。也因此，于一个无甚追求的人而言就相当满足，日子也过得出奇的散淡。

　　有整整四年多的时间，我一直在乡政府做秘书，只是如军营般换着防，从甲地换到了乙地。但是始终绕不开笔和纸，譬如做会议记录，给需要的人写一张打煤油、卖肥料的证明。忙完了一年四季，就心安理得在年底领十分微薄的奖金。印象最深的是写不完的宣传标语，刻不完的蜡纸。这很有趣。父亲对我的行径有微词，说我一年到头唱"月亮光光"，一点也不珍惜自己的前程。

　　但是，街子上的人都认为我是个"会写"的人。乡政府离中学不远，有几十号教师，每天都有人约我吃饭喝酒，他们一方面是在向我套近乎，想我在开煤油供应票时把二两写成半斤，或者把原本供应的碳酸换成尿素。这些完全是原则问题，但是有时也还是有点晕晕乎乎。我之所以成不了气候，骨子里是有原因的，喜欢听恭维话。和那些人吹牛谈天，他们就扯出我读初中、高中时发表在《少年文艺》《中学生》和一些报纸上的作文绘声绘色地讨论，整得我飘飘然。现在想起来，我恨死那些人，连吃了他们的心都有，我甚至怀疑就是他们这些人阻碍了我的成长和进步。

我这人吃得苦，也有点运气，在"建镇撤乡"两年后凭着勤勉居然做了乡政府领导。我做基层工作的那些年，闲暇时在报刊上发表了文学作品，主要是慰藉心绪，思考人生和社会。正如一些人所言，这些都是小儿科，登不了大雅之堂，撑不起作家的面子。因人而异，我由于有这些小儿科而常常得到朋友的指点，终于在一天受到领导的信任，做了县报主编和县委宣传部副部长。回想起来，这一路走来，少不了贵人的关心与支持，没有他们，我可能至今还在一片漆黑中瞎闯荡。

当同龄人在拼命写小说发表的时候，我却在奉命给市报、省报写头版头条，为生活谋苦着累着。自己不想太过于落伍，在业余时间零敲碎打发表了一点小东西。花甲将至，我把这些东西捡拾起来堆砌在一块，姑且以之向自己做一次汇报。

我自知做不了作家，更做不了小说家，因为那是兼具天赋和思辨的人才可以为之。我不同，之所以写小说，只是表达对社会的热爱，也多少娱乐一下自己有限的人生。仅此而已。

向恩师石定先生鞠躬！

向为本书作序的夏世信老师表示深深的谢意！

谢谢人生路上的所有朋友。

2022 年 5 月 10 日于道真县城长朝巷